TORSTEN FINK

Die Tochter des Magiers 3

Torsten Fink

Die Tochter des Magiers 3

Die Erwählte

Roman

Originalausgabe

blanvalet

MIX
Papier aus verantwortungsvollen Quellen
FSC® C014496
www.fsc.org

Verlagsgruppe Random House FSC-DEU-0100
Das für dieses Buch verwendete FSC®-zertifizierte Papier
Holmen Book Cream liefert Holmen Paper, Hallstavik, Schweden.

3. Auflage
Originalausgabe September 2009 bei Blanvalet,
einem Unternehmen der Verlagsgruppe Random House GmbH, München

Umschlaggestaltung: HildenDesign München
Umschlagfoto: © HildenDesign unter Verwendung eines Motivs
von © photoiasson / shutterstock
Lektorat: Simone Heller
Karten: Arnd Drechsler
HK · Herstellung: RF
Satz: Uhl + Massopust, Aalen
Druck und Einband: GGP Media GmbH, Pößneck
Printed in Germany
ISBN: 978-3-442-26633-3

www.blanvalet.de

Leichte Wellen schlugen gegen den Bug der *Garbe*. Das Licht der tief stehenden Sonne glitzerte auf den Wellen des Flusses. Fahs war auf ihrer Seite. Er hatte den Südwind geschickt, und der schob sie langsam, aber stetig den Dhanis hinauf. Mehitu blickte zum Himmel. Rosafarbene Wolken schmückten den hohen Abendhimmel. Das Wetter würde sich halten. Unter Deck knarrten die Riemen, die Ruderer legten sich mächtig ins Zeug. Er lauschte auf ihren Takt. Fahs' Wind mochte helfen, aber es waren immer noch Menschen, die den schweren Teil der Arbeit zu erledigen hatten. Mehitu blickte zurück und sah die Schiffe, die ihnen folgten. Sechs, mit der *Garbe* sieben. Sie hatten kein einziges verloren. Auch auf den anderen Schiffen tauchten die Männer die Ruderblätter kraftvoll ins Wasser und stemmten sich gegen die Strömung. Es waren gute Leute, sie ruderten gleichmäßig, obwohl die Trommeln schweigen mussten. Es ging langsam voran. Mehitu betrachtete das Ufer. Hinter dem dichten Schilf lag der Treidelpfad. Er seufzte. Es ging ihm gegen den Strich, seine Leute an die Ruder zu setzen, aber Treideln war natürlich nicht möglich. Es war ihr Glück, dass Fahs ihnen den Südwind geschickt hatte, denn so waren sie nicht auf Zugtiere angewiesen. Zugtiere, die sie gar nicht hatten, wie Mehitu in Gedanken ergänzte. Er spuckte schnell über die Schulter ins Wasser. Er war abergläubisch und wollte den Wind nicht beschreien, auch nicht in Gedanken. Sapi, der vorne im Bug Ausschau hielt, ließ einen leisen Pfiff hören und winkte ihn heran. Mehitu trat nach vorne. Da trieb etwas auf sie zu. Es war ein

Leichnam, ein Krieger in leichtem Lederpanzer. Er trieb kopfunter in der Strömung.

»Serkesch«, meinte Sapi.

Mehitu nickte. Der Tote konnte noch nicht lange im Fluss sein. Die Echsen hatten ihn noch nicht entdeckt. Er sah dem toten Körper nach, der sich langsam in den Strudeln drehte, die die Ruderer erzeugten. Mehitu runzelte die Stirn. Ihm war, als würden die letzten Segel etwas zurückfallen. Er war nicht nur der Elepu dieses Schiffes, er war der Bel Elepai, der Führer dieser Flotte, und es war seine Aufgabe, die Schiffe zusammenzuhalten. Noch war der Abstand nicht besorgniserregend, doch er wollte ihn im Auge behalten.

»Dem da haben sie die Kehle durchgeschnitten«, sagte Sapi.

Mehitu wusste einen Augenblick nicht, wovon der Mann sprach, dann entdeckte er den zweiten Toten, der durch den Bug der *Garbe* zur Seite gedrückt wurde und zwischen Rumpf und Ruderblättern flussabwärts trieb. Es schien noch Blut aus der Wunde zu fließen. Er konnte wirklich noch nicht lange tot sein. Waren sie zu schnell? Er suchte das Ufer ab. Irgendwo dort im Schilf warteten die Wachposten der Serkesch. Und hinter ihnen schlichen die nackten Füße der Hattu lautlos durchs Schilf. Der Bel Elepai beglückwünschte sich noch einmal zu seinem Einfall, die Krieger an Land zu senden. Bis jetzt schienen sie jeden Posten beseitigt zu haben, bevor er Alarm schlagen konnte. Er blickte noch einmal zum Himmel. Die Sonne war hinter dem Horizont verschwunden. Bald würde die Nacht ihren schützenden Mantel über sie ausbreiten, und spätestens bei Anbruch des Tages würden sie Ulbai erreicht haben – wenn alles glattging. Mehitu seufzte. Das dichte Grün am Ufer versank allmählich im Zwielicht. Der Treidelpfad würde bald enden. Das westliche Ufer des Weißen Dhanis war ein schmaler Streifen Land, der sich vom Meer bis beinahe nach Ulbai hinauf zog. Ein Geschenk der Götter an die Seefahrer, denn wie ein natürlicher Damm sorgte er dafür, dass der Fluss seinen Lauf hielt. Jenseits dieses langen Streifens erstreckte sich nur noch der endlose Sumpf mit seinen ungezählten kleinen Wasserarmen und Tümpeln. Die Akkesch hatten schon vor langer Zeit die Lücken in diesem Damm geschlossen und den Treidelpfad angelegt. Zwei Dörfer lebten davon, dass sie die Ochsen bereit hielten, die in großen Gespannen die schweren Frachtschiffe den Fluss hinaufschleppten. Das Dorf im Süden hatten die Serkesch zu Beginn der Belagerung niedergebrannt und die Ochsen geschlachtet. Das Dorf im Norden hielten sie besetzt. Sie hatten es befestigt und versuchten, von dort aus die Verbindung der Stadt zum Meer abzuschneiden. Mehitu nickte grimmig. Sie mussten dicht an diesem Lager des Feindes vorüber. So fest würden selbst die Serkesch nicht schlafen, dass sieben Schiffe unbemerkt vorbeischlüpfen konnten. Und die Hattu mussten die Seilsperren kappen, die der Feind über den Fluss gespannt hatte. Und *Sie* durfte sich nicht zeigen. Mehitus hoffnungsvolle Stimmung verflog. Sie waren seit Wochen unterwegs und weit gekommen. Zweimal hatten sie das offene Schlangenmeer überquert, ohne Sturm, ohne Mastbruch, ohne auch nur einen einzigen Mann zu verlieren. Die Bäuche seiner Schiffe waren schwer vom Weizen aus Cautwa, dem großen Hafen des Silberlandes. Die Krieger, die sie angeworben hatten, waren begierig auf den Kampf und, wie sie nun bewiesen, geschickt mit Messer und Schwert. Waren sie erst einmal im sicheren Hafen, würde man ihn wie einen Helden feiern. Aber noch war es ein weiter Weg. Ohne Verluste würde er nicht davonkommen, das wusste er. Die Serkesch hatten zwar keine hölzernen Schiffe, und ihre armseligen, schlecht gebauten Schilfboote waren ihnen unter dem Hintern verfault, aber sie hatten Bögen und Brandpfeile und konnten ihnen auch vom Ufer aus schwer zusetzen. Mehitu nagte an seiner Unterlippe. Saran, der Kahir der Hattu, hatte angeboten, nach dem Kappen der Seilsperren mit einem Teil seiner

Männer das Lager des Feindes anzugreifen und Verwirrung zu stiften, aber Mehitu hatte das Angebot abgelehnt. So ein Angriff auf die Übermacht mochte ihnen helfen, aber für die Hattu wäre es glatter Selbstmord. Sapi ließ wieder einen leisen Pfiff hören. Ein Baumstamm kam den Fluss hinunter. Zwei Männer saßen darauf. Mehitu kniff die Augen zusammen. Im Wasser spiegelte sich das Abendrot, und der Stamm mit den beiden Männern steckte wie ein schwarzer Dorn in diesem friedlichen Bild. Als sie näher kamen, erkannte er die beiden als Hattu. Sie lenkten den Stamm geschickt mit den bloßen Händen an die *Garbe* heran. Sapi warf ihnen ein Seil zu.

»Was gibt es, Krieger der Hattu?«, rief Mehitu sie leise an.

»Die Serkesch sind Narren«, erwiderte der Erste. »Sie schlafen und hatten nur wenige Wachen am Fluss. Und jetzt gar keine mehr. Wir haben drei Seilsperren gefunden und durchtrennt. Der Fluss ist also frei. Saran, unser Kahir, schlägt vor, dass ihr uns oberhalb des Lagers an Bord nehmt. Sollte der Feind doch noch erwachen, werden wir ihn aufhalten.«

»Die Hattu sind unvergleichlich tapfer und geschickt. Übermittelt dem Kahir meinen Dank und meine Bewunderung.«

»Wir sind Krieger«, rief der Hattu und stieß den Baumstamm vom Schiff ab.

»Was sollte denn das jetzt heißen?«, fragte Sapi, als sie außer Hörweite waren.

Mehitu zuckte mit den Achseln. »Wahrscheinlich, dass sie unseren Dank nicht brauchen.«

»Sie kriegen ja auch genug Silber«, brummte Sapi.

»Nur wenn Uo, der Gott des Todes, sie nicht vor Ende dieses Krieges abberuft. Und gerade wagen sie ihr Leben für das deine, Mann«, wies ihn Mehitu zurecht. »Achte lieber auf den Strom. Das geht mir alles zu glatt.«

»Ich gehorche«, antwortete Sapi verdrossen.

Mehitu schickte ein stummes Gebet zu den Hütern. Sie konnten es schaffen, *wenn* Fahs ihnen den Südwind ließ, *wenn* die Hattu wirklich alle Sperren gekappt hatten und *wenn* die Serkesch nicht doch erwachten. Es gab da noch etwas, das *nicht* geschehen durfte, aber den Gedanken daran verschloss er tief in seinem Inneren. Es verging das Sechstel einer Stunde. Dann noch ein Sechstel. Er konnte Brandgeruch von Lagerfeuern riechen. Sie waren jetzt ganz nah an dem besetzten Dorf. Quälend langsam schoben sich die Schiffe über den Strom. Unter Deck ächzten die Ruderer. Die Dämmerung war endgültig der Dunkelheit gewichen. Am Ufer loderten die verwaisten Wachfeuer der Serkesch. Blieben sie wirklich unbemerkt? Dann konnten sie das Wunder vollbringen. Mehitu spuckte wieder über die Schulter ins Wasser. Er wollte es nicht beschreien. Das Glück war launisch. Dreißig stolze Schiffe hatten noch vor einem Jahr im Hafen von Ulbai gelegen. Und wo waren sie jetzt? Sie waren auf dem Schlangenmeer Stürmen zum Opfer gefallen oder waren im Dhanis auf Grund gelaufen, weil die Schiffsführer aus Angst zu dicht unter dem Ufer gesegelt waren. Allein fünf weitere hatten die Serkesch mit Brandpfeilen angesteckt. Vor einem halben Jahr war Mehitu nur ein einfacher Elepu gewesen, der Schiffsführer der *Garbe*. Bel Elepai war er nur geworden, weil die älteren Schiffsführer alle tot – gefallen oder ertrunken – waren. Er hatte sie sterben sehen. Jedenfalls die meisten. Auf jeder Reise seit Beginn des Krieges war er dabei gewesen. Das Glück war ihm bislang treu geblieben, aber noch keine Flotte war mit allen Schiffen zurückgekehrt. Er versuchte, diesen düsteren Gedanken abzuschütteln, und starrte ans Ufer. Das Fenn war zu nächtlichem Leben erwacht. Frösche und Unken, Zikaden und Nachtvögel ließen ihre Rufe hören. Kein Zeichen deutete darauf hin, dass dort am Ufer ein lautloser, aber mörderischer Kampf ausgefochten wurde. Einmal glaubte er, im Licht eines Wachfeuers ein paar halbnackte Gestalten durch das Schilf huschen zu sehen, aber sicher war er sich nicht. Die Schiffe glitten langsam weiter stromaufwärts. Mehitu trat neben Sapi an den Bug und suchte das nachtschwarze Wasser ab. Es gurgelte leise und mit weißen Schaumkronen unter dem breiten Rumpf des Schiffes dahin. Wenn die Hattu eine Seilsperre übersehen hatten, war es aus. Dann würde es zum Kampf kommen. Die Ruder knarrten, und das Segel bauschte sich im Wind. Nichts geschah. Langsam schoben sich die Schiffe weiter den Strom hinauf. Das Lager der Serkesch musste nun schon hinter ihnen liegen. Mehitu hatte vor ihrem Aufbruch im Schirqu ein reichhaltiges Opfer gebracht. Für Alwa, die Hüterin der Ströme und Meere, und für Dhanis, den Gott dieses Stromes. Und in Cautwa hatte er den Hütern noch einmal geopfert. Sollte er die Götter wirklich zufrieden gestellt haben? Mehitu spuckte noch einmal aus. Sie waren noch nicht im Hafen. Sie konnten auf Grund laufen. Dhanis liebte es, die Schiffsführer mit seinen wandernden Sandbänken zu prüfen. Von einer Sekunde auf die nächste konnte ihre Reise zu Ende sein. Mehitu schüttelte den Kopf. Sie würden sicher nicht auf Grund laufen. Sandbänke lauerten in Ufernähe, aber er hielt die Flotte in der Mitte des Flusses. Der Strom glitt ruhig dahin. Mehitu fühlte eine starke innere Unruhe aufkommen. Irgendetwas würde geschehen. Irgendetwas *musste* einfach geschehen. Vielleicht doch eine Sandbank? Oder ein plötzlicher Mastbruch? Irgendwas! Die Serkesch würden erwachen, sie angreifen. Warum war es da am Ufer nur so still? So viel Glück konnte es gar nicht geben. Je länger es anhielt, desto unruhiger wurde er. Schließlich wünschte er sich beinahe einen Kampf, denn alles war besser, als *Ihr* zu begegnen. Mehitu atmete tief durch. Bis jetzt hatte *Sie* immer Blutzoll gefordert. Der Bel Elepai blickte zurück. Schemenhaft zeichneten sich die geblähten Segel in der Dunkelheit ab. Eines dieser Schiffe würde *Sie* sich holen, das war beinahe sicher. Und es gab nichts, was er tun konnte, um es zu verhindern. Im Schilf regte sich etwas. Mehitu starrte hinüber. Viele Schatten lösten sich vom schwarzen Ufer. Die Hattu kehrten zurück, an Baumstämme geklammert. Tief beeindruckt sah Mehitu sie näher kommen. Offenbar kannten sie keine Furcht. Kein Akkesch, Awier oder Kydhier wäre auch nur auf den Gedanken gekommen, den Fluss schwimmend zu durchqueren. Schon allein wegen der Flussechsen. Gab es etwa keine Raubtiere in der Heimat dieser Männer, dem Silberland? Mehitu blickte angestrengt ins Wasser. Da waren keine Echsen. Nur die Köpfe der Schwimmer, die in großer Stille den Schiffen zustrebten. Es war ruhig. Die Unken und die Vögel waren verstummt. Ihm lief ein kalter Schauer über den Rücken. Diese Ruhe war ein schlechtes Zeichen. Er spürte unter seinen Füßen ein leichtes Zittern, das durch den Rumpf der *Garbe* lief. Ihr Kiel scheuerte über ein Hindernis.

»Eine Sandbank?«, fragte Sapi tonlos.

Mehitu nickte schwach. Natürlich, nur eine Sandbank. Dhanis spielte mit ihnen. Dann lief ein Ruck durch das Schiff. Unter Deck fluchten die Ruderer. Waren sie auf Grund gelaufen, hier, mitten im Fluss? Mehitu starrte mit weit aufgerissenen Augen hinab ins Wasser. Tatsächlich. Da war etwas. Dunkler noch als der nächtliche Fluss. Es war groß. Ein Felsen. Mehitu klammerte sich an diesen Gedanken. Aber eine zweite Stimme in ihm lachte ihn verbittert aus. Ein Felsen? Hier? Wie hätten sie den übersehen können, in all den Jahren, die sie den Dhanis schon befuhren? Holz zersplitterte unter den Füßen des verzweifelten Bel Elepai. Der Felsen bewegte sich.

Erster Tag

Bet Schefir

Ich gründete viele Städte und errichtete viele Häuser. Das Haus der Schrift ist nicht das geringste unter ihnen.

Etellu-Kaidhan

Staub wogte auf und verteilte sich im Kerzenschimmer. Jemand nieste.

»Das war die Arbeit vieler Männer«, sagte eine Stimme. Es war schwer zu unterscheiden, ob sie eher entsetzt oder schicksalsergeben klang.

»Es tut mir leid«, antwortete Maru.

»Nicht, dass jemand auch nur ein Stück Kupfer dafür gäbe«, seufzte Temu. Er bückte sich und begann, die über den Boden verteilten Tonscherben einzusammeln.

Maru wollte ihm helfen, aber er hielt sie mit einer Armbewegung davon ab. »Lass nur, Mädchen, lass nur. Du machst es nur noch schlimmer. Und es ist schlimm genug.«

Maru stellte den Korb wieder ab, der ihr eben in der Hand zerrissen war. Es war doch nicht ihre Schuld, dass das Geflecht mürbe geworden war. Sie hatte ja keine Ahnung, wie lange er schon an seinem Platz gestanden hatte. Sie seufzte und betrachtete den schmalen Körper des Schreibers, der zwischen den zum Bersten gefüllten Regalen kniete und Tonstückchen aufsammelte. Er aß zu wenig, auch wenn sie sich alle Mühe gab, das zu ändern.

»Aber wenn ich dich richtig verstanden habe, Temu, sind dies die Tafeln, die du ohnehin fortschaffen wolltest.«

»Wolltest? Wolltest?« Temu kniete auf dem Boden und sah sie an. Selbst im unsteten Licht der Kerzen sah sie das wütende Funkeln seiner Augen. »Von Wollen kann hier doch keine Rede sein. Sieh dich um! Das Bet Schefir ist zu klein. Und so ist es schon lange. Wie oft habe ich den ehrenwerten Verwalter Gadhyran schon angefleht, diese Hallen endlich zu erweitern! Doch ist dafür auch nur ein Segel Silber da? Nein!«

Maru hätte die letzten Sätze mitsprechen können, so oft hatte sie sie in den vergangenen Wochen schon gehört. Sie kannte auch die nächsten Worte des Schreibers, und sie wusste, dass es nichts fruchtete, ihn zu unterbrechen.

»Für die Tempel haben sie Silber und für ihren albernen Krieg, für den erst recht! Nur für das Bet Schefir nicht. Es ist ja auch *nur* die Heimat allen Wissens der Akkesch! Seit vielen Monden liege ich dem Verwalter in den Ohren, sage, wir brauchen mehr Platz. Und was antwortet er mir? Was sagt er mir ins Gesicht, dieser kydhische Narr? Ich solle doch einfach die alten Listen fortwerfen. Fortwerfen! Wissen vernichten! Was weise Männer sorgfältig aufgeschrieben haben in alter Zeit, in Ton gedrückt, weil es wichtig war. Und was im Alten Akkesch wichtig war, kann doch im Neuen nicht plötzlich unwichtig sein!«

»Du meinst die Erntelisten, die du in diesem Korb gesammelt hast?«

»Hattest, muss es heißen, hattest! Denn durch deine Ungeschicklichkeit sind sie nun über den Boden verteilt und zerbrochen, und ich werde Tage brauchen, sie wieder zusammenzusetzen.«

»Bevor du sie dann doch fortwirfst?«, fragte Maru sanft. Sie verstand Temu inzwischen ganz gut, und ohne Zweifel hatte er recht, was das Bet Schefir anging. Es platzte aus allen Nähten. Die Körbe mit den Schrifttafeln füllten die Regale bis an die Decke und zwischen den hölzernen Gestellen waren die engen Gänge mit weiteren Weidenkörben zugestellt. Sie verstand aber auch, dass die Verwalter von Ulbai zurzeit andere Sorgen hatten.

Temu stand auf und hielt Maru ein Tontäfelchen vor die Nase. »Schau, Mädchen, siehst du das?«

Maru hatte in den vergangenen Wochen viel Zeit mit Temu verbracht. Mit einem Lächeln erinnerte sie sich daran, wie schroff und abweisend der Schreiber am Anfang gewesen war. Ein Mädchen aus der Fremde, das weder lesen noch schreiben konnte? Ein undenkbares Ding zwischen all den kostbaren Schrifttafeln, von denen jede einzelne Temu heilig zu sein schien. Aber Maru war beharrlich, neugierig und nahm Anteil an den Sorgen des Schreibers. Und aus abweisendem Misstrauen war allmählich eine zurückhaltende Freundschaft geworden. Inzwischen konnte Maru einige der Zeichen lesen, die die Akkesch verwendeten. Genauer gesagt etwa drei Dutzend. Die Schrift der Akkesch bestand aber aus deren sechshundert, wenn stimmte, was Temu sagte. Immerhin konnte Maru erkennen, dass es sich bei dem Täfelchen tatsächlich nur um eine Ernteliste handelte. Da waren Zahlzeichen und die Symbole für Gerste und Datteln, die sie wiedererkannte.

Temu räusperte sich: »Hier steht, dass die Stadt Aqit dreihundert Sack Gerste lieferte. So geschehen im Feigenmond des Jahres, in welchem Stadthalter Scherrumschar der Göttin Eperu eine Statue im Tempel errichtete. Und wenn du nur ein wenig über die Listen des Alten Akkesch wüsstest, würdest du jetzt hellhörig werden und fragen, wieso die Stadt Aqit so wenig Getreide lieferte, wo es doch sonst mehr als das Doppelte war. Und du würdest in einer weiteren Liste die Namen der Jahre abgleichen und feststellen, dass dies geschah, nur drei Jahre bevor die Akkesch zu ihrem großen Marsch aufbrachen. Du würdest also erkennen, dass in jenem Jahr der Niedergang schon eingesetzt hatte.«

»Die Akkesch haben ihre Stadt aufgegeben, weil eine andere

Stadt dreihundert Sack Gerste geliefert hat?«, fragte Maru mit mildem Spott.

Temu funkelte sie wütend an. Er war ein ernster junger Mann, der Spott nicht verdient hatte, dem aber andererseits ein wenig mehr Heiterkeit nicht geschadet hätte. Er war zu ernst und wirkte viel älter, als er war. Jetzt schüttelte er traurig den Kopf und ließ das Täfelchen fallen. Es zerschellte auf dem steinernen Boden. »Du hast recht, Mädchen. Niemand will noch wissen, was einst geschah«, seufzte er. »Oder wenn, dann reden sie über die Taten der Herren, nicht über Gerste und Korn.«

»Ich könnte dir helfen, hier aufzuräumen«, bot Maru an.

»Ach, lass nur. Es wird bald Tag, und ich glaube, ich sollte doch noch ein wenig schlafen. Aber hier liegt noch so viel Arbeit.« Der Schreiber seufzte und breitete in einer Geste der Verzweiflung die dünnen Arme aus.

Maru schrak auf. Tatsächlich, durch die schmalen Fensterschlitze drangen die ersten Vorboten der Dämmerung in das Bet Schefir.

»Schon so spät?«, rief sie. »Dann muss ich fort, auch wenn ich dich wirklich nicht gern in dem Scherbenhaufen zurücklasse, den ich angerichtet habe.«

»Ach, es war nicht deine Schuld, nicht nur, jedenfalls. Und du kannst nicht lesen. Also wärst du mir ohnehin keine große Hilfe.«

Er meinte das nicht böse, das wusste Maru, ihm fehlte nur manchmal einfach das Gespür dafür, was Menschen als kränkend empfinden konnten. Und er hatte recht, sie konnte nicht lesen, ein Umstand, den sie mehr und mehr verfluchte. Temu war hilfsbereit, das konnte sie nicht anders sagen, aber er war so langsam und so leicht abzulenken. Jede Tontafel, die er in die Hand nahm, erzählte ihm eine Geschichte, die er sofort begeistert weitergeben musste, auch wenn sie niemand hören wollte. Soweit sie das beurteilen konnte, war sie ohnehin die Einzige, die ihm zuhörte. Ja, sie war überhaupt der einzige Mensch, der noch ins Bet Schefir kam. Sie strich den Staub von ihrem Gewand. »Denkst du an das, worum ich dich gebeten habe?«, fragte sie.

Temu sah sie an. Er war mit seinen Gedanken gerade wieder weit fort, vermutlich in der Stadt Aqit und in dem Tempel, in dem ein vergessener Stadthalter der Erntegöttin eine Statue weihte. Er blickte sie zerstreut an, dann nickte er. »Ja, natürlich. Ich habe es nicht vergessen. Aber du weißt nicht zufällig noch eine Jahreszahl, oder einen weiteren Namen? Das würde es mir ein wenig leichter machen.«

»Ich habe dir alles gesagt, was ich weiß, Temu. Es ist auf dem Großen Marsch geschehen. Es wird doch immer wieder erzählt. Ich habe die Geschichte selbst hier in der Stadt schon mehr als einmal gehört. Und du weißt, dass ich dir keinen Namen sagen kann.« So war es wirklich. Sie konnte nicht über Utukku sprechen, nicht einmal seinen Namen nennen. Der Daimon musste sie mit einem Bann belegt haben. Nur unter großer Mühe war es ihr überhaupt gelungen, dem Schreiber begreiflich zu machen, was sie suchte: Wissen über den Daimon, den der legendäre Etellu-Kaidhan vor über hundert Jahren besiegt und seiner Macht beraubt hatte.

»Ja, der Marsch, natürlich, Etellu der Große, das sagtest du. Aber dort wurde kaum etwas aufgeschrieben. Ich habe das Jahr durch. Keine Listen.«

»Aber alle reden doch darüber.«

»Mündliche Überlieferung«, meinte Temu mit einem Kopfschütteln. »Sehr unzuverlässig. Ich muss jetzt vielleicht alle Berichte Etellus durchgehen. Ein bewundernswerter Mann. Wortreich und zeichenmächtig. Er hat viel hinterlassen.«

Maru seufzte. Genau das war die Schwierigkeit. Dieses Bet Schefir drohte an Ernte-, Geburts- und Sterbelisten zu ersticken. Nur die wirklich wichtigen Sachen, die waren nicht zu finden. »Er hat einen Daimon gebannt«, sagte sie, wie schon so oft. »Gibt es denn keine Liste über Etellus Heldentaten? Dort müsste doch so etwas verzeichnet sein.«

»Oh, seine Heldentaten sind zahlreich. Und natürlich gibt es Listen, lange Listen, denn er war ein großer Herrscher, der erste Kaidhan in Ulbai. Aber was diesen Daimon betrifft, da ist er seltsam ungenau. Mehr als diese zwei oder drei Sätze habe ich nicht gefunden.«

Maru starrte den Schreiber an. »Welche Sätze?«

»Habe ich das nicht erwähnt? Ich habe die Tafel doch eigens für dich zur Seite gelegt. Wo ist sie nur?«

Temu schlurfte durch den Gang zu einem Tisch, der sich unter der Last vieler Tontafeln bog. Das war sein bevorzugter Arbeitsplatz, und er stand im hintersten Winkel des großen Saals. Maru folgte ihm ungeduldig durch die mit Körben zugestellten Regalreihen. Draußen wurde es hell, sie musste sich beeilen. Aber es war sinnlos, Temu zu drängen. Er erreichte endlich den Tisch und begann murmelnd Tafeln hin und her zu schieben. Die eine oder andere nahm er in die Hand und prüfte sie.

»Ah, sieh nur, im ersten Jahr der Herrschaft von Namad-Etellu haben die Fischer im Schwarzen Dhanis mehr gefangen als je zuvor. Ein Glück verheißendes Zeichen.«

»Temu!«, mahnte sie.

Er warf ihr einen tadelnden Blick zu, offensichtlich enttäuscht über ihren Mangel an Begeisterung, und legte die Tafel zur Seite. Dann hob er eine andere auf. »Ah, hier ist es. Etellus Bericht vom Langen Marsch der Akkesch. Dritte Tafel. Soll ich es vorlesen? Gut. Hier steht: ›*Im Gebirge Imuledh sprach Etellu mit den Zauberern der Imricier. Er versprach ihnen edles Erz für ihre Hilfe, und gemeinsam webten sie einen Bannfluch, der das Böse fortan von ihnen fernhielt. Die Imricier verlangten nun Gold für ihre Hilfe, Etellu aber gab ihnen Silber, denn etwas anderes hatte er nicht versprochen.*‹« Temu senkte die Tafel und sah sie erwartungsvoll an.

»Das ist alles?«, fragte Maru enttäuscht.

»Ja, Etellu ist hier sehr bescheiden. Geradezu seltsam bescheiden, wenn man den Rest seiner Berichte kennt. Aber du kennst sie ja nicht. Hier zum Beispiel, da schildert er eine Schlacht im Silberland, wo er selbst …«

»Temu!«, unterbrach ihn Maru. »Wenn ich Zeit hätte, würde ich dir stundenlang zuhören, doch der Tag bricht an, und mein Onkel erwartet mich. Versuch doch bitte, mehr über diesen Bannfluch herauszufinden, wenn du die Zeit aufbringen kannst.«

»Wenn es dir so wichtig ist, natürlich, doch verstehe ich nicht …«

»Ich werde es dir gerne noch einmal erklären, doch nicht jetzt. Ich muss fort.«

Als Maru durch die Tür trat, holte sie erst einmal tief Luft. Sie mochte den Schreiber, aber er trieb sie manchmal auch zur Verzweiflung. Sie wollte gar nicht wissen, wie lange er die Tafel schon auf seinem Tisch liegen hatte. Die ganze Nacht hatte sie ihm geholfen, Listen zu ordnen, und sich geduldig alles Mögliche vorlesen lassen. Aber diese eine Tafel, auf die es ihr ankam, die hatte er einfach vergessen. Sie seufzte. Im Grunde genommen hatten diese kargen Sätze ihr nur bestätigt, was sie schon wusste. In jeder Kaschemme erzählte man sich diese Geschichte, mal in einer längeren, mal in einer kürzeren Fassung. Und immer war Etellu ein strahlender Held – mit Zaubermacht, von der die armseligen Berg-Maghai nur träumen konnten. Und wenn Maru nachfragte, warum er sie denn dann überhaupt um Hilfe gebeten habe, hatte sie bestenfalls finstere Blicke zur Antwort erhalten. Etellu war der Erste Kaidhan, der größte Herrscher, der je auf Erden gewandelt war. Das musste als Antwort genügen. Und kein dahergelaufenes Mädchen aus der Fremde hatte das Recht, seine Heldentaten zu hinterfragen. Maru hatte es inzwischen aufgegeben, denn ganz offensichtlich wussten diese Erzähler einfach nicht mehr über die Sache. Sie atmete noch einmal tief durch. Es war angenehm kühl. Ob es sinnvoll wäre, noch einmal zurückzugehen und Temu an ihre zweite Bitte zu erinnern? Sie bezweifelte es. Er schien schon mit einer Aufgabe überfordert. Und sie hatte auch keine Zeit mehr, der Morgen graute. Sie musste laufen. Das Bet Schefir lag im nördlichen Viertel der Oberstadt von Ulbai, inmitten vieler prachtvoller Wohnhäuser. Hier wohnten die Großen der Stadt, die nicht im Bet Kaidhan oder einem der Tempel zu Hause waren. Hohe Verwalter, reiche Großpächter, mächtige Kaufleute. Es war ein ruhiges Viertel, vor allem jetzt, in der Stunde der Morgenstille. Türen und Fenster waren verschlossen, manche für die Nacht, manche dauerhaft, weil ihre Besitzer tot oder geflohen waren. Maru entdeckte an einer der Türen ein Stück schwarzen Stoffs. Sie schauderte und rannte weiter. Es war nicht weit bis zum nächsten Turm der oberen Mauer. Er wurde *Der Großvater* genannt, weil er der älteste Turm der Stadt war, angeblich noch von den Dhaniern errichtet. In friedlicheren Tagen sollte er den Verliebten der Stadt als heimlicher Treffpunkt gedient haben. Maru erreichte ihn und hastete die steinerne Treppe empor. Sein Alter und seine Geschichte waren ihr gleich. Er war nicht besetzt, das war das Entscheidende. Die Kydhier und später die Akkesch hatten die Oberstadt ausgebaut und die Mauer nach außen verschoben, so dass der Großvater jetzt an einer weit zurückspringenden Ecke der Mauer stand und nicht mehr sehr gut geeignet war, die Stadt und das Land zu überwachen. Für ihre Zwecke jedoch gab es keinen besseren Ort. Völlig außer Atem erreichte sie die obere Plattform. Eine Krähe flog mit missmutigem Krächzen auf. Maru blickte ihr hinterher. Es war der erste Vogel, den sie seit Tagen in der Stadt sah. Krähen galten in Ulbai inzwischen als Leckerbissen. Auf anderen Türmen sah sie Wachfeuer brennen, und zu ihren Füßen erwartete die Unterstadt den neuen Tag. Jenseits der äußeren Stadtmauer lag das weite, flache Land im Morgendunst. Die Aussicht beeindruckte sie jedes Mal aufs Neue. Da war die Oberstadt mit ihren Steinhäusern, dem mächtigen Bet Kaidhan und dem Schirqu, dem hoch aufragenden Stufentempel der Hüter. Maru war, als würden sich ganz oben, auf dem Dach der obersten Plattform, einige schwarze Punkte bewegen. Sie hatte gehört, dass der Sterndeuter des Kaidhans von dort aus den Lauf der Gestirne beobachtete. Ein schwieriges und verantwortungsvolles Amt, denn seine Voraussagen hatten, wie man sagte, einiges an Gewicht bei Luban, dem Kaidhan des Reiches. Aber jetzt waren die letzten Sterne verblasst, und wenn Maru richtig sah, begannen die Punkte auch gerade den Abstieg über die lange Treppe. Sie blickte nach Westen. Unterhalb der Oberen Mauer begann das Gewirr der engen Gassen der Unterstadt, in denen sich weiße Lehmhütten aneinanderdrängten. Die Ulbaitai nannten diese Hälfte der Unterstadt die Weiße Seite, denn sie zog sich den Hügel hinab bis fast zum Weißen Dhanis. Es war die ruhigere Hälfte der Stadt. Dort wohnten niedere Verwalter, Schreiber und kleine Händler, die nicht bedeutend genug waren, um in der Oberstadt unterzukommen, aber zu wohlhabend, um noch auf der lebhafteren Schwarzen Seite mit ihrem Hafen und den geschäftigen Handwerkergassen leben zu müssen. Jenseits der äußeren Mauer folgte ein schmaler Gürtel von Feldern. Die niedergebrannten Hütten der Bauern und Fischer dort erinnerten Maru daran, dass Krieg herrschte und dass das Leben außerhalb der schützenden Mauern gefährlich war. Der Weiße Dhanis strömte ungerührt durch das stille Land. Jenseits davon begann das Wolfsfenn, jenes Sumpfgebiet, das sich ungezählte Tage weit nach Westen erstreckte, ein endloses Gewirr von Wasserwäldern, Schilfinseln, Moorlöchern und Teichen. Maru konnte den Rauch sehen, der, ein gutes Stück südlich, vom Lager der Serkesch aufstieg. Es lag beinahe außer Sichtweite, denn gegenüber der Stadt bot das Fenn kaum festes Land, jedenfalls nicht genug, um mehr als zwei

Zelte nebeneinander aufzustellen. Sie rieb sich die Augen. Die ganze Nacht war sie auf gewesen und hatte den Staub des Bet Schefir geschluckt. Und in den vier Nächten zuvor war es ebenso gegangen. Dicht unterhalb der Stadt zweigte ein kurzer und breiter Arm des Flusses nach Westen ab. Dort vermählte sich der Weiße mit dem Schwarzen Dhanis. Die Ulbaitai nannten dieses kurze Stück Strom mit ihrem nüchternen Sinn für das Naheliegende den Grauen Dhanis. Kein Fischerboot war zu sehen. Maru starrte nach Westen, hinaus ins Wolfsfenn, und suchte nach einer bestimmten kleinen Gruppe von Weiden. Da standen sie zwischen einigen schütteren Wasserwäldchen und ließen die Äste im Morgendunst hängen. Wenn geschah, worauf sie nun seit vier Nächten wartete, dann geschah es genau dort. Maru blickte nach Osten. Der Himmel verfärbte sich bereits und teilte sich in blassblaue und zartrosafarbene Streifen. Edhil war bereit, den Himmel zu betreten. Vom Norden tönte der leise Ruf eines Horns. Maru spähte hinüber. Ein brennender Pfeil stieg von der Mauer in die Luft. Vielleicht war dem Posten dort etwas aufgefallen, irgendein Ereignis im kleinen Lager, das die Serkesch auf den Hügeln jenseits des Kanals errichtet hatten. Etwas, das die Aufmerksamkeit der anderen Wachen verdiente. Sie beobachtete den Flug des rauchenden Pfeils, bis er aus ihrem Gesichtsfeld entschwunden war. Ulbai, die Hauptstadt des Akkesch-Reiches, lag auf dem südlichsten Ausläufer einer lang gezogenen Hügelkette, den Hlain Ulbas. Maru hatte sofort verstanden, warum die Dhanier einst diesen Ort für ihre Stadt gewählt hatten. Die Hügel boten fruchtbares und flutsicheres Land, und Dhanis beschützte sie auf beiden Seiten mit seinen starken Armen. Im Süden berührten sich die beiden Hauptarme des Flusses sogar, bevor sie, jeder für sich, dem Schlangenmeer zustrebten. Als die Akkesch vor nun schon über hundert Jahren die Stadt eingenommen hatten, hatten sie sich als Erstes darangemacht, sie weiter zu sichern. Sie hatten einen breiten Kanal durch die Hügel gegraben, dicht unter der nördlichen Mauer. Ein gewaltiges Unterfangen, aber es hatte sich ausgezahlt. Fortan war die Stadt auf allen vier Seiten von Wasser umgeben. Maru glaubte den Ulbaitai, die sagten, dass die Stadt uneinnehmbar sei. Numur und seine Serkesch waren angetreten, das Gegenteil zu beweisen, aber bislang ohne Erfolg, wie alle ihre Vorgänger. Das Horn erklang nicht wieder, und es stieg auch kein weiterer Pfeil auf, also hatte sich die Lage offenbar wieder beruhigt. Maru gähnte und wandte sich wieder ihrer eigentlichen Aufgabe zu. Da – ein Licht blinkte aus dem Wolfsfenn herüber. Zwischen den Weiden, genau dort, wo es sein sollte, flammte es auf, verlosch wieder und blinkte erneut herüber. Maru war sich ziemlich sicher, dass dieser kleine Lichtpunkt von keinem der anderen Türme zu sehen war. Tasil hatte den Punkt damals mit viel Bedacht ausgewählt. Sie eilte hinab auf die nächste Plattform im Inneren des Turmes. Hinter einem Haufen von Wurfsteinen, aufgeschichtet für den Fall, dass es dem Feind doch gelänge, die äußere Mauer zu überwinden, war eine Fackel verborgen. Als sie das Holz hervorzog, flogen Fliegen und Stechmücken auf, die einzigen Tiere, von denen es in der Stadt noch reichlich gab. Sie spähte nach links und nach rechts. Zum Glück war die innere Mauer nur schwach bewacht. Sie entzündete die Fackel und hielt sie dicht an die schmale Schießscharte, zog sie zurück, hielt sie wieder an die Öffnung und wiederholte diesen Vorgang noch zweimal. Dann löschte sie die Flamme wieder und spähte hinaus. Zweimal flackerte es kurz unter den fernen Weiden auf. Die Botschaft war angekommen.

Maru lief durch die kühlen Gassen. Ulbai erwachte nur widerstrebend zu neuem Leben. In der Unterstadt war sicher schon mehr Betrieb, aber hier oben blieb es noch still. Es war, als scheuten sich die Bewohner davor, aufzuwachen. Die Nacht mochte Träume unterschiedlichster Art bringen, angenehme und düstere, der helle

Tag aber hatte den Menschen wenig außer Hunger und Verzweiflung zu bieten. Maru hörte das schwere Rumpeln eines Karrens. Sie beeilte sich. Sie wollte unbedingt vor dem Gefährt am Bet Kaidhan sein. Auf der Hauptstraße holte sie es ein. Es war ein Ochsenkarren, doch wurde er von einem Mann gezogen – lebende Ochsen gab es in Ulbai schon seit vielen Wochen nicht mehr. Der Mann war groß und breitschultrig und seine Arme muskelbepackt. Er trug einen grauen Umhang, den er tief ins Gesicht gezogen hatte. Er sah nicht nach rechts und nach links und hielt auch nicht an, obwohl Maru an mindestens zwei Türen das schwarze Zeichen des Verhängnisses angeschlagen sah. Der Karrenschieber ächzte unter seiner Last, und die schweren Scheibenräder knarrten auf der Achse. Ein dickes Wolltuch war über die Ladefläche gezogen und verdeckte den Inhalt fast vollständig. Sie überholte den Wagen und sah Füße, die unter dem Tuch herausragten. Sie achtete auf Abstand und drehte sich nicht um. Es war zwar kein Mensch auf der Straße, aber Tasil hatte ihr eingeschärft, jederzeit auf der Hut zu sein. Niemand drehte sich nach einem Leichenkarren um, also sollte sie das auch nicht tun. Sie lief weiter, über den großen Edhil-Platz, durch das Tempeltor und dann die Stufen zum Haus des Herrschers, dem Bet Kaidhan, entlang. Es war nicht ein Haus, es waren viele, in der Mitte ein mächtiger, steinerner Block, umgeben von vielen Anbauten, Höfen, Säulengängen, Sälen und Kammern, eigenen Tempeln, Ställen, Werkhallen und Lagern. Maru folgte einem gepflasterten Weg, der durch die breiten Stufen schnitt und sie über einen kleinen Hof zu einem unscheinbaren Anbau führte. Dort an der Tür stand Tasil. Er schien auf sie zu warten.

»Na endlich, Kröte. Hast du Gybad gesehen?«, begrüßte er sie.

»Guten Morgen, Onkel«, antwortete sie verdrossen. »Du kannst ihn doch schon hören. Er wird gleich hier sein.« Tatsächlich war das Rumpeln des schweren Karrens unüberhörbar.

»So empfindlich?«, erwiderte Tasil mit einem Grinsen. »Mit dem falschen Fuß zuerst aufgestanden?«

Maru zögerte. Sie hielt es für besser, ihm nicht zu sagen, wo sie die Nacht verbracht hatte. Aus dem Bet Kaidhan drangen leise Geräusche. Die Herren mochten noch schlafen, aber die Diener und Sklaven hatten schon zu tun. Schließlich sagte sie: »Ich war auf dem Turm, wie du sicher weißt, Onkel. Und ich kann dir sagen, dass deine Freunde heute endlich das Zeichen geschickt haben.«

»Ah, sie sind zurück. Das wurde auch Zeit. Sie haben uns dieses Mal lange warten lassen.«

Das Rumpeln wurde lauter. Der Leichenkarren erschien und wurde über den Hof geschoben. Hinter einer Säule kam er zum Stehen. Der Mann, der ihn geschoben hatte, blickte sich kurz um. Außer Tasil und Maru war niemand in dem verschwiegenen kleinen Vorhof zu sehen. Er klopfte zweimal auf die Deichsel. Das Tuch wurde zurückgeschlagen, und zwei Männer sprangen von der Ladefläche. Der größere der beiden streckte sich und schlenderte dann hinüber zu Maru und Tasil, während der kleinere zusammen mit dem Karrenschieber begann, schwere Säcke abzuladen und hinter der Säule aufzustapeln.

»Ich grüße dich, Hardis«, sagte Tasil.

Hardis gähnte und verscheuchte eine Fliege. »Wenn die Fieberkranken wüssten, wie hart diese Wagen sind, würden sie sich das mit dem Sterben noch einmal überlegen. Ich grüße euch.«

»Sind das die letzten Säcke mit Gerste?«, wollte Tasil wissen.

»Gerste und drei Ballen bester iaunischer Wolle. Es ist beinahe der Rest. Morgen werden wir noch einen halben Karren voll bekommen. Wir haben noch etwas Gerste und zwei Fässer mit Brotbier, aber dann ist Schluss. Es wird Zeit, dass unsere Freunde wiederkommen.«

»Da habe ich gute Nachrichten für dich. Heute Morgen kam das Zeichen.«

Hardis reckte die langen Glieder und gähnte noch einmal. »Ausgezeichnet. Die Stadt hat großen Durst, und ich hatte schon Sorge, unsere Quelle würde versiegen.« Er senkte seine Stimme: »Außerdem sind mir im Hafen gewisse Gerüchte zu Ohren gekommen. Da sollen heimlich Boten gekommen sein. Es heißt, die Flotte würde bald aus dem Silberland zurückkehren.«

»Das möge Fahs verhindern«, erwiderte Tasil mit einem Stirnrunzeln.

»Ja, es wäre der Todesstoß für unsere Geschäfte. Fahs könnte übrigens bei Gelegenheit auch deinen Mann daran erinnern, dass es Gerste und Bier nicht umsonst gibt. Er ist mit seinen Zahlungen in Rückstand.«

»Wenn du erlaubst, werde ich Fahs diese Aufgabe abnehmen. Aber ich mache mir keine Sorgen. Der Verwalter hat uns viel zu verdanken. Und er hat Angst vor uns.«

»Zu Recht«, meinte Hardis mit einem Grinsen.

Seine beiden Gehilfen hatten inzwischen Gerste und Wolle abgeladen. Der kleinere von beiden stieß einen leisen Pfiff aus, während der Große mit hängenden Schultern zur Deichsel trottete und sie aufhob.

Hardis gab ihnen einen kurzen Wink. »Wir werden also das Boot für heute Nacht vorbereiten.«

»Wir werden da sein«, versicherte Tasil.

Hardis schlenderte zurück zum Wagen, sprang auf die Ladefläche und machte sich lang. Dann deckte er sich und den Schmächtigen mit dem Tuch zu. Der Große zog es zurecht, bis wieder nur die nackten Füße der beiden Männer hervorsahen. Dann packte er die Deichsel und schob den Karren davon.

Maru sah ihnen nach. »Dass nie jemand auf die Idee kommt, den Wagen zu überprüfen?«, wunderte sie sich.

»Es ist, wie ich dir gesagt habe, Kröte. Wenn du etwas verstecken willst, dann am besten vor aller Augen. Niemand will einem

Fiebertoten zu nahe kommen. Wenn es uns nicht schon den einen oder anderen Käufer gekostet hätte, würde ich sagen, dieses Sumpffieber ist beinahe ein Segen.«

Kaum war der Wagen verschwunden, als sich eine Seitentür der Lagerhalle öffnete und einige Sklaven heraushuschten. Sie luden sich die schweren Säcke und Ballen auf und schleppten sie hinein. Maru sah ihnen an, dass sie nicht genug zu essen bekamen. Sie wankten unter ihren Lasten und gingen langsam. Das Herrscherhaus war groß und ihr Weg bis zu den Küchen weit. Tasil reckte den Hals, doch denjenigen, auf den er wartete, sah er nicht. Die Tür schloss sich wieder. Tasil runzelte die Stirn. »Komm, Kröte, diese neue Sitte, Waren zu nehmen, aber nicht zu bezahlen, gefällt mir nicht.«

Maru folgte ihm. Die Tür war weder verriegelt noch bewacht, und sie konnten ohne weiteres eintreten. Das Lager war ein hoher, schmuckloser Raum, der Platz für viele Säcke, Ballen und Fässer bot. Durch einige wenige schmale Schlitze unter der Decke drangen die ersten Strahlen der Morgensonne ein und tauchten die Halle in Dämmerlicht. Sie war beinahe leer. Unbenutzte Holzgestelle lehnten an den Wänden, und Staub war das Einzige, das die großen Lagerflächen bedeckte. Am gegenüberliegenden Ende des Raumes stand ein Tisch, auf dem eine einzelne Öllampe gegen das morgendliche Zwielicht ankämpfte. Ein Mann saß dort hinter einer Anzahl von Bleigewichten, wie sie zum Abwiegen der Ware verwendet wurden, und war offenbar damit beschäftigt, einige Zeichen in weiche Tontafeln zu drücken. Er schien die beiden Eindringlinge nicht zu beachten. Tasil räusperte sich.

»Es ist Fremden nicht gestattet, die Warenlager des Kaidhans zu betreten«, sagte der Mann, ohne aufzublicken.

»Verzeih unser Eindringen, hoher Verwalter, aber ich suche einen Mann namens Pirischtu. Soweit ich weiß, untersteht dieses Lager sonst seiner Obhut.«

Der Mann am Tisch blickte endlich auf. »Das mag sein, doch erteile ich keine Auskunft an Fremde, deren Namen ich nicht weiß.« Seine Stimme war von schneidender Kälte.

Tasil zögerte, bevor er mit aalglatter Höflichkeit sagte: »Verzeih mir meine Unhöflichkeit, Herr. Ich bin Tasil aus Urath, und dies ist meine Nichte Maru. Ich habe ein Anliegen, das ich gerne mit Pirischtu erörtern möchte. Darf ich nach deinem Namen fragen, Herr?«

»Mein Name geht dich nichts an. Du darfst aber wissen, dass ich der Vierte Verwalter aller Lager des Kaidhans bin. Ich war einst Vorgesetzter, dann Gleichgestellter, dann Untergebener und nun Nachfolger dessen, den du suchst, aber nicht finden wirst. Pirischtu ist am Sumpffieber erkrankt, und ich bezweifle, dass er sich davon erholen wird.«

Tasil unterdrückte einen Fluch. Mit einem ebenso freundlichen wie falschen Lächeln erklärte er dann: »Ich bedaure sehr, das zu hören, Herr. Wenn du ihn vertrittst, dann ist es wohl geboten, mein Anliegen an dich zu richten, ehrenwerter Verwalter.«

Der Mann sah ihn kalt an. »Ich nehme an, es geht dir um die Bezahlung gewisser Waren, die unter deiner Führung ihren Weg in dieses Lager gefunden haben.«

»Ah, so weißt du von unseren Geschäften?«

»Ja, ich habe von dir gehört, Tasil aus Urath, und von deinen Geschäften mit Pirischtu. Dank dir ist er schnell in der Gunst des Immits aufgestiegen. Bedauerlich, dass ihn dieser Weg nach oben letzten Endes nicht vor dem Fieber retten konnte.«

»Nun, es liegt mir fern, mich zu beklagen, doch die Güter, die deine Sklaven eben so fleißig davongetragen haben, sind derzeit schwer zu beschaffen, wie du wohl wissen wirst. Und ich fürchte, der Strom wird ganz versiegen, wenn er nicht bald wieder aus silberner Quelle gespeist wird.«

»Ich verstehe nur zu gut, was du mir sagen willst, Urather.« Der

Verwalter nahm eines der Bleigewichte und schlug damit dreimal langsam auf den Tisch. Das Echo der Schläge hallte durch das leere Lagerhaus, und durch die zwei Türen des Lagers drangen etliche Speerträger ein. Maru sah sich erschrocken um. Jeder Fluchtweg war versperrt. Der Verwalter sah zufrieden aus. »Ich bin froh, dass du zu mir gekommen bist, Urather, denn sonst hätte ich diese Männer aussenden müssen, dich zu suchen.« Er stellte das Gewicht zurück in die Reihe und richtete es mit einer knappen Bewegung genau an seinen Nachbarn aus. Er schien die Ordnung zu lieben. Dann lehnte er sich ein wenig zurück. Um seinen verkniffenen Mund spielte ein Lächeln. Tasils Hand fuhr zum Dolch, und sein Blick flog hektisch von einer Tür zur nächsten, aber ihm war sicher ebenso klar wie Maru, dass sie nicht entkommen konnten. Die Krieger mochten bleich und unterernährt sein, aber es waren einfach zu viele.

»Nun, ehrenwerter Verwalter. Darf ich fragen, was das zu bedeuten hat?«, erkundigte sich Tasil vorsichtig.

»Wir wissen zu schätzen, dass du Waren an unseren Feinden vorbei in unsere Stadt schaffst, doch sind wir betrübt, dass du sie ebenso an unseren Verwaltern vorbeischmuggelst. Und das zu Preisen, die sehr von denen abweichen, die wir festgesetzt haben.«

»Zu den festgesetzten Preisen bekommst du nur, was du hier siehst, Herr«, erwiderte Tasil zornig und deutete auf die leeren Regale.

»Dennoch kann dies nicht länger hingenommen werden«, antwortete der Verwalter kühl.

»So möchte der hochgeborene Kaidhan in Zukunft auf sein Frühstück verzichten? Denn dies wird geschehen, wenn ich nicht weiterhin tun kann, was ich eben tue. Doch dann gib mir nicht die Schuld, Mann.« Tasil seufzte und zuckte schicksalsergeben mit den Schultern. Sein Zorn schien vollständig verflogen zu sein. Er trat in demütiger Haltung näher an den Tisch des Verwalters heran. Beinahe flehentlich fragte er: »Glaubst du, ehrenwerter Verwalter, dass es den Kaidhan sättigt, wenn du dich hier an meinem Unglück weidest?«

Maru kam nicht umhin, ihn zu bewundern. Seine Verzweiflung wirkte echt, aber sie kannte ihn gut genug, um zu wissen, dass er keineswegs so verzagt war, wie er tat. Ganz im Gegenteil: Sie konnte sehen, dass er sich sammelte, um seine geheime Waffe einzusetzen. Doch dazu musste er den Verwalter berühren.

»Du möchtest mir drohen, Fremder?«, fragte der Mann ungerührt. Die Krieger waren näher gerückt. Maru ließ Tasil nicht aus den Augen. Er stand mit hängenden Schultern am Tisch, blickte niedergeschlagen zu Boden und hob geistesabwesend eines der Gewichte auf. Der Verwalter streckte unwillig seine Hand aus, um es zurückzufordern. »Wirst du wohl das Eigentum des Kaidhans stehen lassen, Urather?«

Und schon kam es zu der kleinen Berührung, die Tasil brauchte. Er drückte dem Verwalter das Gewicht in die Hand. »Selbstverständlich, ehrenwerter Verwalter. Verzeih, ich will doch die Ordnung dieser Halle nicht erschüttern.«

Aber das war nur, was die Krieger hören konnten, denn das, worauf es ankam, geschah jenseits des Hörbaren: Tasil setzte die geheime Stimme ein. Wie ein Sperling umflatterte sie den Geist des Verwalters und sprach davon, dass es doch am einfachsten sei, diese Krieger fortzuschicken, die nichts als Unordnung bedeuteten mit ihren Waffen und dem Schmutz, der an ihren Stiefeln klebte. Maru musste ein Lächeln unterdrücken. Es war geschickt, auf die Ordnungsliebe des Mannes zu zielen. Es war immer leichter, einen Geist mit dem zu verführen, was er hören wollte. Bei den meisten war es Reichtum oder Macht, aber dieser Verwalter hatte offensichtlich andere Bedürfnisse. Er starrte Tasil nachdenklich an, machte aber keine Anstalten, der unhörbar eingeflüsterten Bitte Folge zu leisten.

Tasil war verunsichert. Maru konnte sehen, wie ihm Schweißtropfen über den Nacken rannen. Es kostete ihn jedes Mal viel Kraft, die Stimme einzusetzen. In dieser Kunst übertraf sie ihn längst.

»Wirklich«, sagte Tasil laut, »es besteht keine Notwendigkeit, dass vernünftige Männer sich über eine solche Kleinigkeit streiten oder gar Krieger zur Hilfe rufen.«

Seine zweite Stimme sagte dem Verwalter, dass er in seiner Weisheit doch keiner Bewaffneten bedürfe, er, der doch bald mit seiner – Tasils – Hilfe, zum Dritten oder gar Zweiten Verwalter aufsteigen könne.

Der namenlose Vierte Verwalter runzelte missmutig die Stirn, entzog Tasil seinen Arm und stand auf. »Ich denke, dass du ein gefährlicher Mann bist, Tasil aus Urath. Und ich gestehe, dass ich mich in Gesellschaft dieser tapferen Krieger sicherer fühle, denn ich habe dir zu sagen, dass du verhaftet bist. Nehmt sie fest, Männer, ihn und auch das Mädchen.«

Maru war fast ebenso verblüfft wie Tasil. Der Verwalter war völlig unbeeindruckt. Der Stimmenzauber hatte versagt.

Luban-Etellu

Jeder Herrscher kann einen Krieg beginnen. Doch die wenigsten verstehen es, einen Krieg auch zu beenden.

Etellu-Kaidhan

Sie folgten dem Verwalter unter Bewachung durch etliche Gänge und über viele Innenhöfe. Maru konnte Tasil ansehen, wie beunruhigt er war. Der Stimmenzauber hatte ihn Kraft gekostet und, weit schlimmer noch, war völlig fehlgeschlagen. Er hatte ihr noch im Lagerhaus einen vielsagenden Blick zugeworfen. Verwunderung lag darin und auch eine Bitte, die er nicht laut aussprechen konnte: Er wollte, dass sie ihr Glück versuchen sollte. Aber sie hatte stumm abgelehnt. Dafür gab es gute Gründe. Wika, die Kräuterfrau aus dem Isberfenn, hatte sie eindringlich gewarnt: Jeder Zauber konnte die Aufmerksamkeit der Bruderschaft der Maghai auf sie lenken. Und das musste sie um jeden Preis vermeiden. Zum anderen begriff sie nach der ersten Überraschung schnell, dass auch sie bei dem Verwalter nichts würde ausrichten können. Er war einfach nicht empfänglich für diese Kunst. Ihr war schon früher aufgefallen, dass einige Menschen leichter und andere schwerer zu beeinflussen waren. Tasil behauptete, das läge an der Willensstärke des Betroffenen. Dieser Verwalter war der lebende Gegenbeweis. Nicht an seinem eisernen Willen war Tasils Zauber zerschellt, sondern an seinem Mangel an Vorstellungskraft. Noch nie war Maru einem Geist begegnet, der so vertrocknet war wie der dieses Mannes. Mit Zauberei war da nichts auszurichten. Also folgten sie ihm jetzt, bewacht durch die hohlwangigen Gestalten der Speerträger, die Mühe hatten, Schritt zu halten. Maru versuchte, sich keine Gedanken zu machen. Sollten sie wirklich vor einem Richter landen, nun, dann war immer noch Zeit, die Gabe einzusetzen. Sie liefen lange durch das Bet Kaidhan, aber der Weg führte nicht treppab. Also war wohl nicht der Kerker das Ziel, denn der würde doch sicher in den unteren Stockwerken zu finden sein. Überhaupt war diese Verhaftung eigentümlich. Sie wurden nicht gefesselt, wie es sonst geschah, wenn man Verbrecher vor einen Richter schleifte, ja, Tasil wurde noch nicht einmal aufgefordert, seinen Dolch abzugeben. Das alles war seltsam und rätselhaft. Die Akkesch waren gefürchtet für ihre strengen Gesetze, und in Ulbai waren sie jetzt besonders hart, denn es war Krieg und die Stadt von Feinden belagert. Sie warf einen Seitenblick zu Tasil. Er schien sich von der

Anstrengung des Zaubers erholt zu haben. Und auch den Fehlschlag hatte er wohl verdaut. Vermutlich machte er sich seinen eigenen Reim auf die Ereignisse dieses Morgens. Je länger sie durch das Bet Kaidhan liefen, desto gelassener blickte er drein. Sie überquerten noch einen weiteren Hof, als ihnen ein seltsamer Zug begegnete. Es waren sieben Männer, die von einer Eschet Krieger abgeführt wurden. Vier sahen wie Fischer oder Seeleute aus, denn sie waren mit dem kurzen rockartigen Sker gekleidet, den diese Leute zu tragen pflegten, die anderen schienen aus weiter Ferne zu stammen. Sie waren nackt bis auf einen Lendenschurz und einen Schwertgurt, an dem jedoch die Waffe fehlte. Sie sahen erschöpft aus. Maru las noch etwas aus ihren Blicken. Diese Männer mussten Furchtbares erlebt haben. Das Entsetzen stand ihnen ins Gesicht geschrieben. Sie sah ihnen nach, bis sie verschwunden waren, und prallte auf Tasil, der unvermittelt stehen geblieben war, denn ihr eigener Marsch endete plötzlich vor einer hohen Pforte.

»Wartet hier«, befahl der Verwalter und verschwand im Inneren des Gebäudes.

»Was hat das zu bedeuten, Onkel?«, fragte Maru leise.

Tasil zuckte mit den Achseln und ließ seinen Blick nachdenklich über die Mauern schweifen. »Ich weiß es nicht, Kröte, aber ein Gericht ist das hier jedenfalls nicht.«

Maru folgte seinem Blick und entdeckte Schriftzeichen über dem Eingang. Eines erkannte sie wieder. Sie hatte es gerade vorhin erst gesehen, auf der Tafel über den Bannfluch, die Temu ihr vorgelesen hatte. Es waren zwei lange stehende Linien, gekrönt von drei kurzen. Das Zeichen für Etellu, den ersten Kaidhan des Reiches. Bevor sie Tasil diese Entdeckung zuflüstern konnte, öffnete sich die Pforte, und der Verwalter winkte sie heran. Auf der Schwelle hielt er sie noch einmal auf. »Zeigt Demut, Sterbliche, denn nun tretet ihr unter die Augen Kaidhan Luban-Etellus, Herr des Reiches und Nachkomme von Göttern.«

Maru schluckte. Seit vier Monden war sie nun in der Stadt, aber noch nie hatte sie den Kaidhan gesehen. Sie drängte sich unwillkürlich dichter an Tasil heran. Der lang gestreckte Saal, den sie nun betraten, war von der strengen Schlichtheit, die die Akkesch so liebten. Schmucklose Säulen trugen eine hohe Decke, die an ihrem hinteren Ende zum Himmel geöffnet war. Unwillkürlich dachte Maru an die Regenzeit. Es musste hineinregnen in diesen Saal. Aber das war nur ein kurzer Gedanke, denn Marus Aufmerksamkeit wurde von der steinernen Statue gefesselt, die unter dieser Öffnung thronte. Sie glich keinem Götterbildnis, das sie kannte. Das war weder Brond, der Hüter des Feuers, noch Fahs, der Hüter der Winde, und schon gar nicht der alte Vater Dhanis. Es war ein Mann, der eine große Schale in den Händen hielt, was Maru einleuchtete, denn so konnte er den Regen auffangen. Sein ernstes Haupt wurde gerade von den ersten Strahlen der Morgensonne berührt. Die allgegenwärtigen Fliegen, die sein Haupt umschwirrten, wirkten in diesem Licht wie tanzender Goldschmuck. Außer der offenen Decke gab es keine Fensteröffnungen. Dämmerlicht erfüllte den Saal. Zu Füßen des Gottes waren einige schemenhafte Gestalten zu Gange. Offenbar bereiteten sie gerade ein Opfer vor.

»Du also bist Tasil aus Urath?« Ein Mann trat mit diesen Worten aus dem Halbdunkel hervor. Er war in ein prachtvolles, blaues Gewand gekleidet und trug eine schwere, goldene Halskette. War das Luban-Etellu? Er sah aus, wie Maru sich einen hohen Fürsten immer vorgestellt hatte, würdevoll, mit einem langen, schwarzen Bart, der in kunstvolle Locken gedreht war. Stolz sprach aus seinen Augen.

»Der bin ich, Herr«, antwortete ihm Tasil schlicht.

»Und die junge Frau dort, wer ist das?«

»Meine Nichte Maru.«

»Sie sieht nicht aus, als sei sie mit dir verwandt.«

»Ihr Vater war ein Farwier, Herr«, wiederholte Tasil die Lüge, die er sich vor nun fast einem Jahr ausgedacht hatte.

»Natürlich«, sagte der Blaugekleidete, der ihm offensichtlich nicht glaubte. Er lächelte nachsichtig. »Ich habe gehört, sie ist immer an deiner Seite, bei allen deinen … Unternehmungen.«

»Wir hängen sehr aneinander, Herr«, behauptete Tasil.

»Sogar, wenn du den gefährlichen Fluss überquerst?«

»So ist es, Herr.«

Maru fragte sich, worauf das hinauslief. Natürlich war sie bei Tasil, wenn sie den Fluss überquerten. Wenn man so wollte, war sie das Geheimnis seines Erfolges. Es war ja nicht so, dass sie die Einzigen wären, die versuchten, Waren durch die feindlichen Linien zu schmuggeln. Sie waren nur die Einzigen, die bisher jede Fahrt überlebt hatten.

»Sie scheint kühn zu sein, Urather, und du bist es wohl auch?«

»Oh, nein Herr, es ist nicht Kühnheit, sondern Not, die mich antreibt. Die der Meinen und die dieser Stadt.«

Der Mann, der vielleicht der Kaidhan war, lachte. »Wenn dich die Not der Ulbaitai so bewegt, wie kommt es dann, dass du deine Waren zu Wucherpreisen verkaufst?«

»Es ist, wie ich sagte, Herr, ich muss auch an das Wohl der Meinen denken. Das Leben in dieser Stadt ist teuer und meine Arbeit sehr gefährlich. Jede Fahrt könnte die letzte sein. Was, wenn ich sterbe? Wer versorgt dann meine Nichte?«

»Und du nimmst sie mit, damit sie dich nicht überleben muss? Wie fürsorglich, Urather«, spottete der Blaugekleidete.

Maru fragte sich, ob der Mann etwas von ihrem Geheimnis ahnte. Tasil nahm sie nicht *trotz*, sondern *wegen* der Gefahr mit. Sie dachte an das weiße schuppige Band, das sich um ihre Hüfte schlang und das sie nicht ablegen konnte. Die Heilung durch diesen Fetzen Haut der Awathani war nicht ohne Folgen geblieben. Maru hatte bald die Gelegenheit erhalten festzustellen, dass sie es spürte, wenn die Erwachte in der Nähe war. Es war auf einer ihrer ersten Schmuggelfahrten geschehen. Damals waren sie noch mit drei Booten über den Fluss gerudert. Als Maru endlich die Bedeutung der seltsamen Spannung klar geworden war, die sie plötzlich befallen hatte, war es schon zu spät gewesen. *Sie* war erschienen. Maru schauderte immer noch, wenn sie daran dachte, wie das Ungetüm sich aus dem Fluss erhoben und erst das erste, dann das letzte Boot unter Wasser gedrückt hatte. Noch immer gellten die verzweifelten Schreie der Männer in ihren Ohren, und manchmal sah sie in ihren Träumen noch einmal die Gesichter der Ertrinkenden, wie sie im kalten Wasser versanken. Aber ihr eigenes Gefährt, das doch in der Mitte gefahren war, das hatte die Erwachte verschont. Und zwei Nächte später hatte Tasil sie aus dem Schlaf gerissen, durchdringend angesehen und schließlich verkündet: »Du bist Fleisch von ihrem Fleisch. Sie wird dich nicht angreifen, und auch mich nicht, wenn du bei mir bist!«

Sie hatte ihn verdattert angeschaut und gefragt: »Bist du sicher, Onkel?«

Und er hatte sie mit finsterem Blick angestarrt und nichts mehr gesagt. Bis jetzt hatte er recht behalten. Viele Schiffe und Boote hatte die Zermalmerin seither geholt, aber wer mit Maru den Fluss überquerte, der fuhr sicher.

»Lass ihn, guter Immit, lass ihn«, rief eine Stimme aus dem Hintergrund. Eine Gestalt löste sich aus den Schatten. Sie trug ein graues, grob gewirktes Gewand und schien von der Last vieler Jahre gebeugt. Maru sah noch einmal genauer hin. Nein, es war nicht das Alter, das diesen Mann drückte, er konnte nicht viel älter als Tasil sein, aber schwere Sorgen schienen auf ihm zu lasten, und großer Kummer stand ihm ins Gesicht geschrieben.

Der Blaugekleidete, der also nicht Luban, sondern der Immit war, die rechte Hand des Kaidhans, deutete eine Verbeugung an. »Wie du es wünschst, Herr.«

Also sollte *das* Luban-Etellu sein, diese gramgebeugte Gestalt in grobem Gewand? So hatte sich Maru den Herrn des Reiches und Nachfahren von Göttern nicht vorgestellt.

Der Kaidhan schlurfte etwas näher heran und betrachtete Tasil und Maru nachdenklich. »Sie sieht dir nicht sehr ähnlich, Urather. Und da hat sie Glück, deine Nichte.« Er kicherte über den kleinen Scherz. »Recht hübsch ist sie, aber sie hat die grünen Augen der Hirth. Bist du sicher, dass ihr verwandt seid? Sie hat so gar nichts mit den Frauen des Südens gemein.«

»Ihr Vater war ein Farwier, Herr«, wiederholte Tasil noch einmal.

»Einer dieser schrecklichen Wilden aus dem Waldland? Aber die blaue Haut ist ihr erspart geblieben, wie mir scheint. Sie bemalen sich, wusstest du das, Uschparu?«

»Ich habe davon gehört, Herr«, antwortete der Immit.

»Man weiß gar nicht, wie sie aussehen, diese Farwier, unter all der Farbe. Also kann diese junge Frau eine sein, oder nicht? Ein Mischling. Alles vermischt sich, ist dir das schon aufgefallen, Urather?«

»Nein, Herr«, antwortete Tasil. Maru sah ihm an, wie gespannt er jedem Wort des Kaidhans lauschte. Sie waren sicher nicht hier, weil Luban-Etellu über Abstammungsfragen reden wollte. Oder doch?

»Siehst du meinen Immit dort? Ein prachtvoller Mann, ja, es gibt keinen besseren, nicht, seit der unvergleichliche Immit Schaduk ermordet wurde. Aber wusstest du, dass Uschparu zu einem Achtel ein Kydhier ist? Kannst du dir das vorstellen, Urather? Die rechte Hand des Kaidhans ist kein reiner Akkesch! Früher war so etwas undenkbar, nicht wahr?«

Maru sah die Gesichtszüge des Immits gefrieren, als der Kaidhan leichthin über seine Herkunft plauderte. Offenbar war das sein wunder Punkt. Sie hatte von Tasil gelernt, auf solche Dinge zu achten.

»Ich habe gehört, hochgeborener Kaidhan, dass es am Hofe deines Vorfahren Etellu einige Kydhier und sogar Dhanier gab«, erwiderte Tasil vorsichtig.

»Du bist kühn, Urather«, sagte Luban, »dass du den Namen meines Ahnherrn in seinem Tempel aussprichst.«

Maru ging ein Licht auf. Sie befanden sich also im Ahntempel des Bet Kaidhan. Dann musste die steinerne Gestalt dort hinten den legendären ersten Kaidhan der Akkesch selbst darstellen. Tasil hatte das sicher gewusst. Maru ahnte, dass seine Anspielung auf die Sitten des Reichsgründers weniger auf Luban und mehr auf Uschparu zielte. Er suchte nach Verbündeten.

»Aber deswegen haben wir ihn rufen lassen, nicht wahr, edler Immit? Weil er kühn ist, dieser Mann. Und weil die Götter offenbar auf seiner Seite sind«, fuhr Luban fort.

»So ist es, Herr«, stimmte Uschparu zu.

»Ich würde mich glücklich schätzen, dem hochgeborenen Kaidhan des Reiches dienen zu dürfen«, sagte Tasil mit gut gespielter Demut.

Maru staunte. Eben waren sie noch verhaftet und in höchster Gefahr gewesen. Hatte der Kaidhan jetzt etwa einen Auftrag für sie?

Luban lächelte erfreut, als Tasil sich vor ihm verbeugte, aber das Lächeln erlosch wieder, als er fortfuhr: »Wie du weißt, belagert der Verräter Numur meine Stadt nun schon seit fast einem halben Jahr. Leid und Elend hat er über uns gebracht, aber meine Krieger sind tapfer, die Mauern stark. Bis jetzt haben wir noch jeden Angriff zurückgeschlagen.« Luban straffte sich. »Der Abtrünnige wird niemals einen Fuß in diese Stadt setzen, niemals!« Das letzte Wort schrie er förmlich hinaus, und das Echo hallte von den Wänden. Luban lauschte. Als es verklungen war, sank er wieder in sich zusammen. Es war, als hätte er seine Kraft in diesem kurzen Augenblick verbraucht. Maru dachte über das nach, was er gesagt hatte. Vor vier Monden hatten sie auf verschlungenen Pfaden die

Stadt erreicht. Seither hatte sie zwei große Angriffe der Serkesch, so nannten sie den Feind hier, erlebt. Beide waren grausam gescheitert, ja, hatten nicht einmal die Mauern Ulbais erreicht. Beim ersten Mal hatten Numurs Krieger zu hunderten in Flößen und Booten über den Fluss setzen wollen. Da war die Awathani wie aus dem Nichts erschienen und hatte schrecklich unter ihnen gewütet. Nutzlos war die Gegenwehr, die die Tapfersten der Krieger zeigten. Pfeile und Wurfspeere prallten von dem schuppigen Leib ab, Schwerter zerbrachen. Nicht viele waren aus dem Fluss zurückgekehrt. Einige Wochen später hatten es die Serkesch erneut versucht. Dieses Mal hatten sie die Stadt sowohl auf der Schwarzen wie auch auf der Weißen Seite angegriffen. Vermutlich waren sie davon ausgegangen, dass die Zermalmerin nur eine der beiden Gruppen behelligen würde. Doch die Awathani ließ sich nicht täuschen. Sie war zunächst im Weißen Dhanis erschienen und hatte Tod und Schrecken unter den Kriegern verbreitet. Aber als diese in nackter Angst geflohen waren, hatte sie von ihnen abgelassen, so als sei sie keine blutdurstige Bestie, sondern ein Wesen mit kaltem Verstand, und hatte sich dem Schwarzen Dhanis zugewandt. Sie war rechtzeitig erschienen, um viele im Fluss zu töten. Schlimm war es auch jenen ergangen, die den Fluss bereits überquert hatten, denn die Erwachte war im Strom geblieben und hatte sie nicht zurückgelassen. Die Ulbaitai hatten sie ohne Gnade bis zum letzten Mann niedergemacht. Maru erinnerte sich noch gut daran, wie die Zermalmerin mit einem feierlichen Umzug als Retterin der Stadt gefeiert worden war. Doch war der Jubel verfrüht gewesen, denn als Luban am nächsten Tag seine Krieger zum Gegenangriff auf das Hauptlager der geschwächten Serkesch ausgesandt hatte, da waren auch seine Schiffe und Männer der mächtigen Seeschlange zum Opfer gefallen. Danach hatte keine der beiden Parteien mehr versucht, über den Fluss zu setzen. Und so wurde die Stadt durch die Awathani gleichzeitig beschützt und belagert, und dass Ulbai noch nicht gefallen war, war allein ihr Verdienst, nicht das der Verteidiger, die der Kaidhan so lobte.

»Du weißt aber auch, dass meine Stadt Hunger leidet?«, fragte Luban weiter. Er hatte Tasil den Rücken zugekehrt und schien mehr mit dem Bildnis seines Vorfahren als mit ihm zu reden. Dann fuhr er herum und rief zornig: »Natürlich weißt du das. Du lebst davon. Du schaffst Lebensmittel in die Stadt. Doch bringst du sie nicht ins Markthaus, wie es Gesetz ist, sondern verkaufst sie an den, der dir das meiste Silber gibt! Schändlich ist, was du tust, du labst dich am Leiden meiner Stadt!«

Tasil ließ diesen Wutausbruch ungerührt über sich ergehen, dann sagte er bedächtig: »Es ist so, Herr, dass es einer deiner Verwalter war, der mir bislang das meiste Silber für meine Waren bot, und nicht für sich fragte er, sondern für die Küche deines …«

Luban unterbrach ihn schroff: »Glaubst du, ich wusste davon, glaubst du, ich schwelge in Genüssen, während Ulbai hungert?«

Maru lauschte gebannt. Es war ein alter Kniff von Tasil, seine Gegenüber bei Verhandlungen zu reizen, denn wütende Menschen, so sagte er, neigten dazu, Fehler zu machen. Sie hätte aber nicht gedacht, dass er sogar den Kaidhan auf diese Weise herausfordern würde.

Luban schüttelte den Kopf. »Keinen Bissen äße ich, wenn nicht Uschparu mich förmlich dazu zwänge. Und von allem, was mir gebracht wird, opfere ich den Göttern stets den besten Teil.« Wie zum Beweis deutete Luban auf die Opferschale, die zu Füßen der großen Steinfigur stand. Maru musste zweimal hinsehen. Dort lag ein Stierschenkel und wartete darauf, in die geweihte Flamme geworfen zu werden. Fleisch! Selbst sie, die keinen Hunger leiden musste, hatte seit Wochen kein Fleisch mehr gesehen. Und Luban wollte dieses kostbare Stück Lende im Feuer verbrennen?

»Ich würde nie wagen, an der Festigkeit deines Glaubens zu zweifeln, Herr«, versicherte Tasil ruhig.

»Das solltest du auch nicht, niemand sollte das. Wie ein Baum so fest, so stehe ich und wache über meine Kinder, die in dieser Stadt leben. Und sie dauern mich, denn sie leiden schrecklich unter der Belagerung des Verräters. Und auch ich leide, mehr als alle anderen, denn ihre Not raubt mir den Schlaf und peinigt meine Seele. Aber ich darf nicht schwach werden! Ich bin der Kaidhan, sie bauen alle auf meine Stärke. Und ich werde eher mit all meinen Kindern sterben, als dem Verräter meine Stadt zu überlassen.«

»Dazu wird es nicht kommen, Herr«, sagte eine ölige Stimme. Sie gehörte einem feingliedrigen Mann in einem vielfarbigen Gewand, der sich bisher im Hintergrund gehalten hatte. Aber jetzt entzündete er eine Lampe und lenkte die Aufmerksamkeit auf sich. Maru konnte sehen, dass er das genoss. Auch sein übertrieben buntes Gewand wies ihn als eitel aus. Als das Licht entzündet war, trat er einen Schritt zurück und gab den Blick frei auf einen flachen Tisch, der mit vielen geraden und gebogenen Linien bemalt war. Funkelnde Halbedelsteine und weiße Kiesel waren scheinbar willkürlich darüber verteilt.

»Ah, Baschmu, mein Freund. Mein einziger Freund in dieser schweren Stunde. Haben die Sterne Neues zu berichten?«

»Ich war in dieser Nacht wieder auf dem Schirqu, und ich habe die Verzeichnisse noch einmal verglichen, Herr. Ich sehe jetzt, dass Uo schnell an Kraft verliert.«

Ein weiterer Mann trat aus den Schatten hervor. »Das ist seltsam, Sterndeuter, denn die Nachrichten, die wir heute erhielten, sprechen eine andere Sprache.« Ohne Zweifel war er ein Krieger. Seine gedrungene Gestalt war in einen ledernen Waffenrock gehüllt, und auch das Sichelschwert fehlte nicht. Es war klar, dass er Baschmu nicht mochte. Aber auf welche Nachricht spielte er an?

»Du hast mir nicht zugehört, Upnu«, verteidigte sich der Sterndeuter. »Ich sagte, dass er an Kraft verliert, nicht, dass er bereits kraftlos ist! Noch herrscht der Gott des Todes über weite Teile der Neun Häuser, doch seine Macht schwindet.«

Dieser Krieger also war der legendäre Upnu, die Faust der Akkesch. Maru hatte viel von ihm gehört. Er war einst ein einfacher Leibwächter des Kaidhans gewesen. Bei den Wettkämpfen zu Ehren der Hüter hatte er über viele Jahre jeden Faustkampf gewonnen und war allmählich zum Schab Maschir, dem Anführer der Leibwache, aufgestiegen. Und jetzt, da alle anderen Heerführer tot waren, war er sogar Schab-ut-Schabai, Oberbefehlshaber von Lubans Heer, oder von dem, was davon noch übrig war. Es hieß, er sei ein Mann der Tat.

»Ja, lass ihn, tapferer Upnu, lass ihn«, nahm der Kaidhan seinen Sterndeuter in Schutz. »Der treue Baschmu ist ein Meister seiner Kunst. Sag mir, was bringen sie uns noch, die Sterne?«

»Wie ich dir bereits in der vorletzten Nacht darlegte, Herr, deutet der neue Wandelstern im Bild des Hirsches darauf hin, dass eine Veränderung eintritt. Dies ist ein seltenes Ereignis, und die Alten sind sich nicht sicher, was ein Wandelstern bedeutet. Doch kreuzt er die Bahn des Fahs, und der ist von jeher der Hüter unserer Hoffnungen.« Baschmu zeigte während seiner Erklärung auf die Steine, die über das Brett verteilt waren.

Maru verstand, dass es sich um eine Abbildung des Himmels handeln musste. Sie wusste, dass die Akkesch versuchten, ihre Zukunft aus den Gestirnen abzulesen. Jalis, der Maghai, hatte darüber gesprochen, damals in Serkesch. Und er hatte klar zum Ausdruck gebracht, dass er nichts davon hielt. Die Bruderschaft der Maghai glaubte, dass man nur in den Menschen selbst lesen könne, was die Zukunft für sie bereithielt. Maru erinnerte sich nur zu gut daran, wie erstaunt der Zauberer gewesen war, als er ihre Bestimmung nicht hatte erkennen können, an jenem Tag, als er versucht hatte, sie zu töten.

»Doch ich sehe hier den grauen Strydh, er stört doch die Bahn des Wanderers, ist es nicht so, Baschmu?«

»Deine Beobachtungsgabe ist unvergleichlich, Herr, doch auch der Gott des Krieges verliert an Einfluss. Er wandert in das siebente Haus, und es wird ihm nicht gelingen, sich vor den schnellen Fahs zu schieben. Der Stern aus dem Süden birgt große Hoffnung, Herr.«

»Das sagtest du, guter Baschmu, das sagtest du«, murmelte Luban, beinahe ehrfürchtig.

Schab Upnu war weit weniger beeindruckt. »Er hat damals auch gesagt, dass unser Angriff über den Fluss unter dem Zeichen des Sieges stünde. Das war das Verhängnis für viele tapfere Männer.«

»Immer verstehst du mich falsch, Upnu!«, rechtfertigte sich der Sterndeuter. »Die Sterne verkündeten großen Kampf und einen klaren Sieg. Und sie hatten sich abgewandt von Numur. All das traf zu, denn Numur hat diese Schlacht nicht gewonnen! Die Sterne waren nicht auf seiner Seite!«

»Unglücklicherweise auch nicht auf der unseren«, erwiderte Upnu trocken, »und um einen Sieg der Zermalmerin vorherzusagen, muss ich nicht nächtelang die Sterne anstarren.«

»Ihr Stern ist verborgen, edler Schab. Wie oft muss ich das noch wiederholen?« Die schmale Nase des Sterndeuters verfärbte sich weiß vor Zorn.

Upnu lachte verächtlich auf und setzte zu einer Antwort an, aber Luban schnitt ihm das Wort ab: »Bitte, meine Freunde, meine Vertrauten, streitet euch nicht«, rief er. »Ist es nicht schon so schwer genug für euren armen, geplagten Kaidhan, der die Sorgen der Stadt, ja, der ganzen Welt auf seinen Schultern trägt? Müssen nun meine Vertrauten auch noch ihren alten Zank pflegen?«

»Verzeih deinen unwürdigen Dienern, Herr. Upnu ist der tapferste der Tapferen, doch von den Sternen versteht er nichts.«

»Ich weiß, guter Baschmu, ich weiß, doch dafür habe ich ja dich.«

Luban klopfte ihm mit einem traurigen Lächeln auf die Schulter. Diese plumpe Vertrautheit erstaunte Maru, aber noch mehr verwunderte sie, dass Luban den fruchtlosen Streit seiner Untergebenen duldete. Auch der Immit schien nichts gegen dieses Zeichen von Uneinigkeit unternehmen zu wollen. Es musste schlimm stehen um den Hof des Kaidhans. Luban hob einen schwarzen Stein vom Brett. »Siehst du das, Urather? Nur ein Stein, und doch steht er für all das Unheil, das über uns hereingebrochen ist.«

»Die Sterne sind weit und schwer zu ergründen, Herr«, antwortete Tasil höflich. Maru wusste, dass auch er nicht an die Sterndeuterei glaubte.

»Diesen Stein könnte ich fortwerfen, einfach so, aber kann ich Uo vom Himmel vertreiben? Oder Strydh? Nein, denn die Macht von uns Sterblichen ist begrenzt, und der Ratschluss der Gestirne rätselhaft.«

»Manchmal geben sie uns jedoch Hinweise, Herr, die zu unserer Rettung führen können.« Das kam dieses Mal nicht von Baschmu, sondern von Immit Uschparu.

»Rettung? Soll ich wirklich daran glauben, bester Immit?« Der Kaidhan sah ihn leidend an.

»Du musst, Herr, denn wenn du den Glauben verlierst, ist alles verloren«, entgegnete Uschparu sanft, als spräche er zu einem verängstigten Kind. »Und wenn die Sterne diesen Mann zu dir geschickt haben, hochgeborener Kaidhan, dann solltest du ihm vertrauen.«

»Einem Urather? Du weißt, was geschah, als das letzte Mal ein Fürst der Akkesch einem Urather Vertrauen schenkte.«

»Dies ist lange her, Herr.«

»Du hast recht, guter Immit, du hast recht. Die Schlacht von Ukkaschat, nie werden wir das vergessen. Einer meiner Vorfahren ist dort gefallen, wusstest du das? Die Ahnen werden nicht erfreut sein, wenn ich einen Nachfahren der Verräter um Hilfe bitte.«

»Sie werden es verstehen, hochgeborener Kaidhan, und sie werden deine Weisheit und Einsicht bewundern. Wer weiß, vielleicht ist es diesem Mann bestimmt, den Fehler seiner Ahnen wiedergutzumachen und unsere Völker wieder miteinander zu versöhnen.«

Aber Luban zögerte.

»Verzeih, Herr, die Sterne sprechen für ihn«, flüsterte die ölige Stimme des Sterndeuters.

»Die Sterne? Ja, das sagtest du, guter Baschmu«, murmelte Luban nachdenklich. Dann lächelte er traurig. »Er hat ein ehrliches Gesicht, dieser Mann. Ich will ihm vertrauen.«

Maru hatte schon viel gehört, aber noch nie hatte jemand das hagere und undurchschaubare Gesicht Tasils mit dem Wort ›ehrlich‹ beschrieben.

»Dann solltest du ihm erzählen, warum du ihn hast rufen lassen, Herr«, drängte der Immit sanft.

»Das sollte ich wohl, doch ich kann es nicht. Sage du es ihm, Uschparu.«

»Wenn du es so befiehlst, Herr, werde ich gehorchen«, antwortete Uschparu mit einer Verbeugung. Maru begann zu verstehen. Seine demütige Freundlichkeit gegenüber dem Kaidhan war in Wirklichkeit nur notdürftig verhüllte Herablassung. Uschparu war es, der an diesem Hof die Fäden zog, also war er es vermutlich auch, der sie hatte verhaften lassen. Aber was hatte er mit ihnen vor?

Der Immit zog die Falten seines prachtvollen Gewandes glatt, verscheuchte eine Fliege und wandte sich Tasil zu: »Wisse denn, Fremder, dass die Menschen dieser Stadt standhaft sind, beinahe wie ihr Kaidhan, doch wenn sie Hunger leiden, können sie nicht so tapfer sein, wie sie gerne wollen. Der hochgeborene Kaidhan in seiner großen Weisheit hat deshalb schon vor einigen Wochen sieben Schiffe nach Süden gesandt, ins Silberland, wo sie Söldner anwerben und vor allem ihre Laderäume mit Weizen füllen sollten.«

»Die Hattu sind unsere Freunde, immer noch!«, unterbrach ihn der Kaidhan.

»Das sind sie, Herr, ohne Zweifel. Und der Bel Elepai, dem dieses Unternehmen anvertraut wurde, war der Beste, und die Götter waren auf seiner – auf unserer – Seite. Er verlor kein einziges Schiff, bis er wieder den Weißen Dhanis erreichte.«

Maru wusste, dass nur dieser Arm des Dhanis für große Schiffe befahrbar war. Im Schwarzen Dhanis lauerten unterhalb der Stadt gefährliche Stromschnellen.

»Doch im Strom kam endlich doch das Verhängnis auf unsere Schiffe, und die Götter wandten sich von ihnen ab, bis auf den einen, den alle fürchten. Wie es Baschmu schon sagte, Uo ist noch stark in diesen Tagen. Und ein letztes Mal zeigte der Totengott seine Macht.« Der Immit legte eine Pause ein und starrte auf das Holzbrett. Maru war nicht sicher, ob er wirklich an die Sterne glaubte, doch sie spürte, seine Betroffenheit war echt.

»Die Erwachte erschien, wie so oft. Doch dieses Mal begnügte sie sich nicht mit einem Schiff oder mit zweien, wie es bei den letzten Fahrten geschehen war, nein, alle sieben Schiffe hat sie angegriffen und versenkt, und Nahrung für Wochen ist verloren. Unser Bel Elepai ist tot, und nur sieben tapfere Männer haben sich durch das Fenn gekämpft und die Stadt erreicht.«

»Es wird das Volk hart treffen, wenn sich diese Nachricht erst einmal herumgesprochen hat«, warf Tasil nachdenklich ein.

Uschparu hob eine Augenbraue und unterzog Tasil einem prüfenden Blick. »Es wird sich vorerst nicht herumsprechen, dafür ist gesorgt.«

Maru wusste jetzt, wer die sieben Männer waren, die ihnen im Hof vor dem Tempel entgegengekommen waren. Sie fragte sich, ob die sieben die Fürsorge des Immits überleben würden. Tasil hatte recht. Ganz Ulbai klammerte sich an Hoffnungen. Eine davon galt den Schiffen, die schon so lange fort waren, aber sicher bald, zum Bersten voll mit Korn beladen, zurückkehren würden. Die Nachricht vom Untergang konnte der Todesstoß für die Stadt und ihre hungernden Verteidiger sein.

»Und die Serkesch haben keine Gefangenen gemacht?«, fragte Tasil.

»Wir hoffen es, doch kann ihnen der Angriff nicht entgangen sein, denn er geschah dicht bei ihrem Lager im Wolfsfenn.«

»Numur wird also bald davon erfahren«, murmelte Tasil nachdenklich.

»In zwei Tagen kann er es wissen. Die Serkesch werden Boten aussenden. Und da sie es nicht wagen, den Fluss zu befahren, werden sie das Leugfenn zu Fuß durchqueren müssen. Wir haben tapfere Männer ausgesandt, diese Boten abzufangen. Wir kennen den Pfad, den sie dort angelegt haben, doch ist nicht sicher, dass es gelingt. Deshalb müssen wir schnell handeln, Urather.«

»Und wie lange reichen die Kornspeicher der Stadt noch?«, fragte Tasil.

»Zwei Wochen, vielleicht drei, bei weiter gekürzter Nahrung. Und schon jetzt fehlt unseren Kriegern die Kraft, um zu kämpfen. Und das Sumpffieber tötet viele von denen, die geschwächt sind.«

Weder aus Tasils Frage noch aus Uschparus Antwort klang besondere Anteilnahme für die Bewohner der Stadt heraus. Sie waren wie zwei Kaufleute, die den Wert einer Sache prüften, bevor sie ernsthaft ans Verhandeln gingen.

»Auch in Numurs Lager sterben sie!«, rief Luban dazwischen. »Und Schaduks Fluch trifft sie immer wieder.«

»So ist es«, bestätigte der Immit. »Wir sind nicht die Einzigen, die leiden. Dem Verräter laufen die Krieger davon, und die, die bleiben, erkranken am Fieber. Und genau deshalb…«, Uschparu holte tief Luft, »…genau deshalb hoffen wir, dass er unser Angebot annehmen wird.«

»Ich würde lieber sterben, als mit diesem Abtrünnigen zu verhandeln«, rief Luban mit fester Stimme. Aber dann sackte er wieder in sich zusammen und er klang sehr verzagt, als er fortfuhr: »Aber mein Volk, meine Stadt, mein Reich – sie leiden, und ihr Elend dauert mich.«

»Dein Einlenken zeugt von großer Weisheit und grenzenloser Güte, hochgeborener Kaidhan.«

»Ich weiß, guter Immit, ich weiß. Und doch würde ich nicht nachgeben, wenn nicht die Sterne selbst es verlangten.«

Upnu, der Schab-ut-Schabai des Heeres, schaute mit versteinerter Miene zu, wie der Kaidhan begann, sich vor Gram das Haar zu raufen.

»Und deshalb«, fuhr Immit Uschparu fort, »werden wir gegen unseren Stolz, gegen unseren Mut und gegen das Recht dem Verräter Numur Frieden anbieten. Und du, Tasil aus Urath, bist der Mann, der dieses Angebot überbringen wird.«

Für einen langen Augenblick war es ganz still im Ahntempel. Irgendwo tropfte Wasser, und der Waffenrock des Schab-ut-Schabai knarrte leise, so, als wolle er Missbilligung ausdrücken. »*Frieden*?«, fragte Tasil.

Noch nie hatte Maru ihn so fassungslos gesehen. Auch sie selbst traute ihren Ohren nicht. Frieden? Den konnte sie sich kaum vorstellen. Sie war dabei gewesen, als dieser Krieg ausgebrochen war, in Serkesch. War das wirklich erst vor einem Jahr gewesen? Es war unendlich viel seither geschehen. Sie waren aus dem Reich der Akkesch geflohen, sie und Tasil, bis das Gerücht von einem Goldschatz Tasil in das Wasserland Awi gelockt hatte. Und dort hatten Numur und sein Krieg sie eingeholt. Mit Schrecken dachte sie an die Ereignisse im Isberfenn zurück. An den Verborgenen Tempel, der über ihr eingestürzt war, an Bolox, Vylkas und die anderen Söldner, die dort umgekommen waren. Und auch sie selbst wäre gestorben, wenn nicht der verrückte Dwailis gewesen wäre. Er hatte sie gerettet, aber nicht allein. Utukku, der Daimon, hatte das Stück Haut der Awathani gebracht, das ihre tödliche Wunde geheilt hatte und das sie nun für immer tragen musste. Sie waren dann den Fluss hinab geflohen bis zum Meer, und Tasil hatte den Weg nach Westen eingeschlagen, ohne bestimmtes Ziel. Das hatte er zumindest behauptet. In einer kleinen Hafenstadt hatten sie für zwei Wochen Ruhe gefunden. Maru hatte sich erstaunlich schnell von ihrer Verletzung erholt, und Tasil hatte neue Freundschaften geschlossen, gefährliche Freundschaften, die sie hierher geführt hatten, in die belagerte Hauptstadt. Wie sehr hatte Maru gehofft, den Fluss hinter sich lassen zu können. Doch es war, als müsse sie immer wieder zu ihm zurückkehren, auch wenn – oder gerade weil – hier ein Daimon auf sie wartete: Utukku, der Rätselhafte, der, der die Awathani aus ihrem Jahrhunderte dauernden Schlaf geweckt hatte. Utukku, der nach ihrem Blut – nach Maghai-Blut – verlangte, und der, so viel hatte sie begriffen, jedes Mal stärker wurde, wenn er es bekam. Zweimal hatte er sie nun schon gerettet – und zweimal hatte er bekommen, was er wollte. Und jetzt saß sie in dieser Stadt fest, und der Daimon war sicher nicht fern. Früher oder später würde er wieder zu ihr kommen, das wusste sie. Deshalb versuchte sie, so viel wie nur möglich über ihn in Erfahrung zu bringen. Aber das war schwer. In Ulbai gab es keinen Maghai, und es hatte Wochen gedauert, bis sie auf den Gedanken gekommen war, ihr Glück im Bet Schefir, dem Haus der Schrift, zu versuchen. Viel Erfolg hatte sie dort bislang nicht gehabt. Aber jetzt wurde alles anders. Wenn erst Frieden war, dann konnte sie von hier fort, den Fluss und seinen Daimon weit hinter sich lassen, für immer! Tasil würde die Stadt sicher verlassen, wenn es hier nichts mehr zu verdienen gab. Aber wollte sie das wirklich? Durfte sie dem Strom den Rücken kehren, wenn ein Daimon Tod und Zerstörung über seine Ufer brachte, ein Daimon, der mit ihrem Blut an Macht gewonnen hatte? In ihrem Herzen wusste Maru, dass sie es nicht konnte. Sie musste diese Angelegenheit zu einem Ende bringen. Ob nun Krieg war oder Frieden.

Maru hörte kaum zu, wie die Männer über Tasils Aufgabe verhandelten. Man hatte ihn – und damit auch sie – auserkoren, Numur das Friedensangebot zu überbringen. Die Sterne verlangten es, betonte Baschmu. Auch Uschparu schien unbedingt Tasil mit dieser Aufgabe betrauen zu wollen. Maru fragte sich, ob es keine geeigneten Verwalter oder Schabai in dieser Stadt gab. Es war doch seltsam, einen Fremden, noch dazu einen Schmuggler, mit diesem Amt zu betrauen. Eine Ahnung sagte ihr, dass es dafür einen besonderen Grund geben musste, einen Grund, den vorläufig wohl nur der Immit kannte. Die Verhandlungen zogen sich hin. Der Kaidhan jammerte viel, Baschmu versuchte, ihn mit seinen Sternen zu trösten, und Upnu hörte mit versteinerter Miene zu. Nach und nach verstand Maru, dass es darum ging, welchen Preis man bereit war, für den Frieden zu bezahlen. Luban behauptete, dass jedes Dorf des Reiches wie ein Stück seines Leibes sei, und weigerte sich zunächst, auch nur eines davon herzugeben. Aber Immit Uschparu und auch der Sterndeuter redeten ihm gut zu. Letzten Endes fand der Immit die Worte, die Luban überzeugten: »Lass uns dem Feind die Hand zum Frieden reichen, Herr. Hat er sich erst einmal zurückgezogen, können wir mit deiner Klugheit und Tatkraft unsere alte Stärke zurückgewinnen. Und in wenigen Jahren werden wir dann mit dem Schwert zurückfordern, was wir jetzt mit dem Siegel hergeben müssen.«

Maru fand das nicht besonders ehrlich, aber offenbar störte das sonst niemanden. Und widerstrebend und mit viel Gezeter erklärte sich Luban endlich bereit, einen Teil des Akkesch-Reiches an Numur abzutreten: »Ich gebe ihm das Obere Kydhien, mit der verfluchten Stadt Serkesch. Auch wenn es schmerzt, als würde ich mir mein Herz herausreißen. Doch mehr wird der Abtrünnige nicht bekommen, nicht solange ich noch lebe!«

Danach redete man noch über viele Einzelheiten des Friedensangebotes. So bestand der Kaidhan darauf, dass Numur sich nur Raik, keinesfalls aber Alldhan oder gar Kaidhan nennen dürfe. Maru erinnerte sich daran, dass sie in Zeitnot waren. Erfuhr Numur erst einmal, dass die Flotte mit dem Nachschub verloren war, würde er jedes Angebot ausschlagen. Schon jetzt hielt sie es für fraglich, ob er darauf eingehen würde. Sie hatte von Temu einiges über das Alte und das Neue Akkesch gehört, ja, sie musste sich jetzt eingestehen, dass seine endlosen Vorträge doch nicht völlig nutzlos gewesen waren. Sie wusste von ihm, dass Ober-Kydhien zwar ein reicher und wichtiger Teil, aber eben nur ein Teil des Reiches war. Numur hatte bis auf Ulbai ganz Akkesch erobert, abgesehen vielleicht von einigen Schafsweiden in Aurica und ein paar Sümpfen in Awi. Warum also sollte er sich mit dem halben Kydhien zufrieden geben? Diese Frage wurde jedoch nicht erörtert. Stattdessen kam Tasil auf einen anderen Punkt zu sprechen: »Ich werde gerne die ehrenvolle Aufgabe übernehmen, hochgeborener Kaidhan, doch erlaube mir die Frage, ob es für den Boten auch eine bescheidene Belohnung geben wird?«

»Belohnung? Das Schicksal des Reiches steht auf dem Spiel, und du fragst mich nach Silber?«, rief Luban entrüstet.

»Verzeih, Herr, doch ich bin ein Händler. Ich bin erleichtert, wenn ich mit so einer ruhmvollen Tat Frieden bringe, aber verstehe bitte, dass mein Geschäft in dieser Zeit brachliegt. Und ist erst einmal Frieden, werden meine Dienste hier nicht mehr gebraucht. Ich werde bald schon ein armer Mann sein.«

Schab Upnu lachte laut auf. »Mann, du bist ein ehrloser Schmuggler. Sei froh, dass wir dich nicht in den Kerker werfen. Ich frage dich, ist dir dein Leben nicht Belohnung genug?«

Tasil antwortete ihm mit einem feinen und vieldeutigen Lächeln.

Immit Uschparu seufzte. »Verzeih, tapferer Upnu. Der Urather wird den Wert seines Lebens sicher hoch genug schätzen, um diesen Auftrag anzunehmen, aber wir müssen auch sicherstellen, dass er in die Stadt zurückkehrt, oder nicht?«

»Wir nehmen seine Nichte als Geisel«, schnaubte Upnu. Er hatte die Sache offensichtlich nicht durchdacht und war wütend, weil Uschparu ihn bloßgestellt hatte.

»Und denkst du, dass dieser Mann um dieser jungen Frau willen zurückkehrt? Wer sagt uns, dass er seine Familie ebenso schätzt, wie du es tust, Upnu? Verlassen möchte ich mich darauf nicht. Nein, ich denke, drei Barren Silber wären ein weit besserer Grund für ihn zurückzukehren, nicht wahr, Urather?«

»Ich gebe zu, ehrenwerter Immit, dass drei Barren unter gewöhnlichen Umständen eine großzügige Bezahlung wären«, erwiderte Tasil mit einer Verbeugung, fügte dann aber hinzu: »Allerdings ist es so, dass ich Numur bereits begegnet bin. Und unser letztes Treffen verlief nicht sehr günstig.«

»Du bist dem Abtrünnigen schon begegnet?«, fragte Uschparu überrascht.

»So ist es, Herr.«

»Stand davon nichts in deinen Sternen, Baschmu?«, spottete Upnu.

Der Sterndeuter schwieg betreten, und in Lubans Augen sah Maru nackte Angst aufflackern. »Heißt das, wir sind verloren?«, rief er verzweifelt aus.

»Nein, Herr, das heißt es nicht«, sagte Tasil. »Ganz im Gegenteil, ich kenne Numur und weiß, wie er zu nehmen ist. Deshalb könntet ihr keinen besseren Boten als mich finden. Es bedeutet aber auch, dass für mich doppelte Gefahr besteht. Ich muss den Fluss der Awathani überqueren, und ich muss mit einem alten Feind verhandeln. Und deshalb verlange ich doppelten Lohn.«

»Doppelt, wenn du zurückkehrst, dreifach, wenn du Numur dazu bewegst, unser Angebot anzunehmen«, entgegnete Immit Uschparu.

Und unter der Missbilligung Upnus wurde die Übereinkunft getroffen. Es verging noch einmal das Viertel einer Stunde, in der über weitere Einzelheiten des Angebots gesprochen oder vielmehr gestritten wurde. Dann beendete Luban plötzlich die Verhandlungen: »Seht ihr meinen Ahnen dort sitzen? Die Sonne vergoldet bereits seine Brust. Es ist Zeit für das Opfer. Geht nun und tut, was ihr tun müsst. Ich werde Etellus Segen erflehen, auch wenn ich nicht glaube, dass mein Ahn erfreut sein wird über das, was ihr tut.«

Einigermaßen verblüfft über das plötzliche Ende dieses Treffens folgte Maru dem Immit, der sie in einen anderen Teil des Bet Kaidhan führte, um ihnen die Siegel auszuhändigen, die sie für ihr Vorhaben benötigten. Sie wurden von vier Speerträgern begleitet, aber als sie ihr Ziel erreichten, befahl der Immit ihnen, vor der Pforte zu warten. Sie betraten einen Saal, in dem mehrere Schreiber emsig beschäftigt waren, Berichte zu verfassen. Der Raum wurde am Kopfende von einem großen Tisch beherrscht, an dem derzeit niemand saß. Der Immit schickte alle fort. Widerspruchslos huschten die Männer hinaus. Maru fragte sich, was nun folgen mochte, aber sie sah, dass ein Wolfslächeln um Tasils Lippen spielte. Er ahnte also – im Gegensatz zu ihr –, was der Immit vorhatte. Uschparu nahm zwei Tafeln Ton vom Platz eines Schreibers und legte sie auf den großen Tisch. Dann schloss er eine wuchtige Holzkiste auf und entnahm zwei silberne Siegel.

»Dies ist das Siegel des Kaidhans. Es wird dem Abtrünnigen beweisen, dass du in seinem Namen handelst.« Bei diesen Worten drückte er es in den weichen Ton. »Und dies«, fuhr Uschparu fort, »ist mein Siegel, Urather. Denn auch ich habe einen Auftrag für dich.« Er hielt inne, und sein Blick ruhte kurz auf Maru. Dann sagte er: »Doch ist er nur für deine Ohren bestimmt. Das Mädchen mag draußen auf dich warten.«

Und zu Marus Enttäuschung musste sie den Saal wirklich verlassen.

Die andere Seite des Flusses

In jenem Jahr kamen die Iaunier über das Schlangenmeer. Sie belagerten meine Stadt und berannten die Mauern. Fahs bestrafte sie dafür. Mit vielen Schiffen waren sie gekommen. Mit wenigen kehrten sie heim.

Etellu-Kaidhan

Maru hätte zu gerne gewusst, was der Immit so Geheimes mit Tasil zu besprechen hatte, doch war es ihr nicht möglich, an der Pforte zu lauschen, denn mit ihr warteten auch die Schreiber auf das Ende der Unterredung. Als nichts geschah, versuchte sie, ein Gespräch mit den Männern anzufangen, doch sie sahen sie von oben herab an und antworteten ihr nicht. Nach einer ganzen Weile erschien Tasil in der Tür und winkte Maru heran. Dann sagte er leise: »Lauf hinunter in den Hafen, Kröte, und sag Hardis, dass wir das Boot früher brauchen.«

»Wann denn, Onkel?«

»So schnell wie möglich. Ich werde bald nachkommen.«

»Aber was soll ich Hardis sagen?«, fragte Maru.

»Sag ihm ruhig, dass ich als Unterhändler in Numurs Lager gehen soll. Und sag ihm, dass ein halber Barren Silber für ihn dabei herausspringt.«

Maru zögerte, dann fragte sie leise: »Und soll ich ihm sagen, dass sie Frieden machen wollen?«

»Nein, Kröte, auf keinen Fall! Du sagst ihm einfach, dass ich mit seiner Verschwiegenheit rechne, so wie meine Auftraggeber mit der meinen. Am Besten wäre es, er sagt seinen Leuten nichts. Wir brauchen sie nicht, wenn wir nur auf die andere Seite des Flusses wollen. Und jetzt lauf, Kröte, die Zeit drängt.«

Und Maru lief. Sie lief über die weitläufigen Gänge und Höfe des Bet Kaidhan, durch das Tempeltor, über den Edhil-Platz mit der mächtigen Säule. Immer noch lag die Oberstadt wie ausgestorben. Einmal sah Maru in einer Nebenstraße einen Leichenkarren, doch dieses Mal war es ein echter. Sie lief schneller, durchquerte das prachtvolle Etellu-Tor und tauchte ein in die Gassen der Schwarzen Seite. Laufen half ihr beim Denken, und sie versuchte, sich einen Reim auf das Geschehene zu machen. Wenn der Immit mit Tasil etwas zu besprechen hatte und es so geheim war, dass selbst sie fortgeschickt wurde, dann musste es wichtig sein. Es ging sicher nicht um weitere Einzelheiten der Verhandlungen. Sie wurde langsamer. Der einzige Grund für diese Heimlichtuerei konnte doch nur sein, dass Uschparu etwas vorhatte, was Luban nicht wissen durfte. Er hinterging den Kaidhan! Sie blieb stehen. Alles Land und alle Menschen des Reiches gehörten dem Kaidhan, auf die eine oder andere Weise. Friede konnte nur werden, wenn Luban-Etellu, Kaidhan der Akkesch, es wünschte. Langsam lief sie weiter. Wollte Uschparu etwa keinen Frieden? Auch auf den Straßen der Unterstadt waren nur wenige Menschen unterwegs. In Ulbai lebten deutlich mehr Akkesch als in anderen Teilen des Reiches, aber dennoch stellten die einstigen Eroberer sicher nicht mehr als den fünften Teil der Bevölkerung. Die meisten von ihnen lebten in der Oberstadt oder auf der Weißen Seite, denn sie bekleideten in der Regel hohe Ämter im Bet Kaidhan, in den Tempeln, Gerichten und Verwaltungshallen. Auf der Schwarzen Seite der Unterstadt traf Maru daher fast nur Kydhier, kleine Handwerker oder Tagelöhner. Der Kaidhan hatte zu Beginn der Belagerung viele von ihnen zum Heeresdienst einberufen, doch inzwischen wieder entlassen. Er brauchte nicht mehr so viele Männer auf den Mauern, denn die Zermalmerin schützte die Stadt wirkungsvoller, als Krieger es konnten. Und wenn sie in seinem Dienst standen, musste er sie auch verpflegen. Maru durchquerte die Straße der Schmiede, doch es war sehr still dort. Es mangelte der Stadt nicht nur an Nahrung, auch alles andere war knapp. Die Handwerker verfügten nach einem halben Jahr Belagerung über keine Rohstoffe mehr, die sie noch hätten verarbeiten können. So saßen auch die Schmiede nur an ihren erkalteten Essen und warteten. Maru wurde allmählich klar, was Frieden bedeutete. Die Not würde ein Ende haben. Die halbtote, hungernde Stadt würde zu neuem Leben erwachen, ihre Tore würden sich öffnen, und sie würde Waren aufsaugen wie ein ausgetrockneter Fluss den Regen. Das bedeutete aber noch etwas, nämlich das Ende für das einträgliche Geschäft, dem Tasil nachging. Maru wurde wieder langsamer. Es war nicht nur die Frage, was Luban und Uschparu anstrebten, nein, entscheidend könnte am Ende sein, was ihr Unterhändler, was Tasil wollte. Sie trabte weiter. Vor ihr tauchten schon die alten Lagerhäuser des Hafens auf. Aber konnte Tasil sich dem Frieden in den Weg stellen? Luban bezahlte gut, und wenn sie die Sache richtig einschätzte, würde ihr »Onkel« den Sonderauftrag des Immits nicht umsonst erledigen. Da war eine Menge Silber im Spiel. Sie hoffte, dass es genug war, um Tasil zufrieden zu stellen. Und dann tauchte eine weitere Frage auf. Drüben, im Wolfsfenn, lag seit dem Morgen ein ganzes Schiff voller Ware. Die Männer dort waren tagelang durch schmale und gefährliche Kanäle und Seitenarme gerudert. Diese Männer, ausnahmslos Iaunier, erwarteten sich etwas von ihren Anstrengungen. Wenn Frieden wäre, dann ließe sich mit ihren Waren wohl immer noch Silber verdienen, aber doch bei Weitem nicht so viel wie bisher. Maru dachte an den Anführer der Iaunier. Sie wurde wieder langsamer. Tagor Xonaibor war ein Mann, der wusste, was er wollte, und keine Rücksicht kannte. Er würde nicht sehr erfreut sein, wenn er erfuhr, was hier geschah. Maru runzelte die Stirn. Es war wohl besser, er erfuhr es nicht. Sie blieb stehen. Vor ihr ragte die rissige Lehmmauer von Hardis' Lagerhaus auf. Sie war am Ziel.

Der Kydhier lag auf einem Stapel alter Decken und hielt ein Schläfchen. Maru weckte ihn. Er war sehr erstaunt, sie zu sehen. »Täuschen mich meine Augen, und es ist schon Nacht?«, fragte er gähnend.

»Mein Onkel schickt mich, Hardis«, begann Maru, die ganz außer Atem war. »Er bittet dich, das Boot vorzubereiten, denn er hat einen dringenden Auftrag zu besorgen.«

Hardis reckte sich. »Wann braucht er es denn?«

»So schnell wie möglich.«

Hardis stutzte. »Jetzt? Am hellen Tag? Das ist nicht meine Zeit.«

»Er erwartet nicht, dass du es umsonst tust.«

Der Kydhier kratzte sich verschlafen am Bauch. »Dann werde ich Gybad und Agir wecken, dass sie mir zur Hand gehen.«

»Mein Onkel hält es für besser, wenn du dieses Mal auf ihre Hilfe verzichtest.«

Hardis kniff seine Augen zusammen und sah Maru nachdenklich an. »Wohin soll die Reise denn gehen?«

»Nur ans andere Ufer des Schwarzen Dhanis.«

Der Kydhier dachte nach. »Tasil will zu den Serkesch? Am hellichten Tag? Und er will nicht, dass meine Männer davon erfahren?«

»So ist es.«

»Aber sie werden es auf jeden Fall erfahren, denn wenn wir ausfahren, werden uns viele Augen sehen. So etwas kann nicht verborgen bleiben, nicht, wenn die Sonne am Himmel steht. Ich glaube doch, dass ich sie wecken werde.« Hardis gähnte, kratzte sich am Rücken und schickte sich an, zum hinteren Raum des Lagers zu gehen, wo seine beiden Gehilfen für gewöhnlich schliefen.

»Es ist natürlich deine Sache, ob du den halben Barren Silber mit ihnen teilen willst oder nicht«, meinte Maru.

Hardis, der die Tür fast erreicht hatte, blieb stehen. »Sagtest du ›Barren‹?«

»Das sagte ich.«

»Kann es sein, dass du dich versprochen hast, und bloß Segel meintest?«

»Nein, ich sagte und meinte Barren.«

»Und du sagtest Silber, nicht Bronze oder Kupfer?«

»So ist es.«

»Dann hilf mir, die Ruder zu tragen. Ich hole nur schnell noch meine Waffen.«

Der Hafen war in Friedenszeiten sicher ein Ort reger Geschäftigkeit, jetzt waren dort kaum Menschen anzutreffen. Und die, die ihnen begegneten, schlichen über die Gassen wie kraftlose Schatten. Hardis hatte sein großes Boot, einen plumpen hölzernen Kahn, der früher zwischen Ulbai und Esqu Waren befördert hatte, etwas schlicht auf den Namen *Fisch* getauft. Sein Vorbesitzer, ein Händler, der im Krieg alles verloren habe, habe sich zum Schluss mit Fischfang versucht, hatte Hardis ihr einmal erklärt: »Doch er hatte keine Ahnung von diesem Handwerk und gab es bald wieder auf, aber der Geruch blieb noch lange im Holz. Deshalb heißt der Kahn bei mir, wie er eben heißt.«

Der *Fisch* lag jetzt vertäut an der Kaimauer des Hafens. Dieser Platz war eigentlich den großen Handelsschiffen vorbehalten, doch von der einst stolzen Flotte der Ulbaitai waren nur noch fünf Schiffe geblieben, und so hatte niemand etwas dagegen, wenn Fischer und Männer wie Hardis, zu dessen Geschäften man besser keine Fragen stellte, ihre Boote dort festmachten. Der Kydhier ging, um ihre Fahrt anzumelden, denn die Hafeneinfahrt war mit einer Kette versperrt. Der Hafenmeister war empfänglich für gewisse Vergünstigungen und hatte schnell festgestellt, dass es sich lohnte, Hardis und die Seinen im *Fisch* ausfahren zu lassen, wann immer sie es wollten. Gerade als Hardis von seinem Gang zurückkehrte, tauchte auch Tasil auf. Er trug ein gewickeltes Tuch in der Hand, aus dem die Spitze eines Palmzweiges, des Zeichens der

Unterhändler, hervorlugte. In seinem Gesicht las Maru grimmige Entschlossenheit.

»Bist du bereit, mein Freund?«, fragte er und sprang ins Boot.

»Du weißt doch, Tasil, wenn die Bezahlung stimmt, bin ich zu allem bereit.«

»Einen halben Barren Silber für heute, doch wenn es geht, wie ich denke, wirst du in den nächsten Tagen noch weit mehr verdienen können.«

»Das ist eine großzügige Bezahlung für ein bisschen Ruderarbeit«, erwiderte Hardis und sah Tasil nachdenklich an.

»Du bekommst das Silber nicht nur für das Rudern, sondern auch für das Schweigen, mein Freund. Also lass uns aufbrechen, die Zeit drängt.«

Der Kydhier grinste verschwörerisch und stieß das Boot vom Kai ab. Die Kette in der Einfahrt senkte sich rasselnd.

»Ich hoffe, es mindert meinen Lohn nicht, wenn du mir beim Rudern zur Hand gehst?«, fragte Hardis.

»Ich werde darüber nachdenken«, antwortete Tasil mit einem Grinsen, aber dann schnappte er sich eines der langen Ruder.

»Mädchen, sag an«, rief Hardis, als sie gemächlich auf die Einfahrt zu ruderten. Es war die Frage, die er zu Beginn jeder Fahrt stellte.

Maru schloss die Augen, sammelte sich und »lauschte nach innen«, wie sie es nannte, weil sie es besser nicht beschreiben konnte. Doch es blieb still, nicht die leiseste Unruhe war in ihr. »Die Erwachte ist nicht im Fluss, jedenfalls nicht in der Nähe«, verkündete sie.

»Dann schnell, bevor sich das ändert«, sagte Hardis.

Die beiden Männer legten sich in die Riemen und brachten den Kahn schnell aus dem Hafen, dann kämpften sie sich gegen die Strömung des Schwarzen Dhanis flussaufwärts. Maru nahm das Steuerblatt in die Hand und hielt sie auf Kurs. Diese Arbeitsteilung hatte sich in den vergangenen Monden bewährt. Die Männer ruderten, Maru lauschte auf die Awathani und lenkte den Kahn. Der schmächtige Agir nahm ihr das immer noch übel, denn zu Anfang war er Steuermann gewesen. Als ihm Hardis verkündete, dass auch er künftig rudern müsse, hatte er sich wütend, aber wortlos gefügt. Offener Widerspruch war seine Sache nicht. Tasil ging zwar davon aus, dass die Zermalmerin kein Boot, in dem Maru saß, angreifen würde, aber ganz sicher war er sich dann doch nicht. Spürte Maru die Erwachte im Fluss, zogen sie sich ins flache Wasser zurück und warteten ab. Viermal hatten sie so Gelegenheit gehabt, den mächtigen Körper der Seeschlange aus der Nähe zu bewundern. Agir wurde jedes Mal fast ohnmächtig vor Angst, was ihm eine Menge Spott eintrug, Spott, der doch nur dazu diente, die Männer von ihrer eigenen Furcht abzulenken. Auch Maru spürte die Angst. Aber da war noch etwas: Sie hielt stets Ausschau nach dem Schatten, von dem sie annahm, dass er die Große Schlange begleitete. Maru war beinahe sicher, dass der Daimon nicht weit sein konnte – doch er zeigte sich nicht. Und je länger er sich nicht zeigte, desto beunruhigender fand sie es. Doch jetzt war es ruhig in ihr. Die Awathani war weit weg – und Utukku hoffentlich auch. Als sie den Hafen ein Stück hinter sich gelassen hatten, steckte Tasil den großen Palmzweig an den Bug.

»Wir fahren also wirklich zu Verhandlungen«, meinte Hardis.

»Denk daran, nicht für das Reden, sondern für das Rudern bekommst du das Silber«, brummte Tasil.

Hardis nickte, ruderte eine Weile schweigend und hielt dann plötzlich inne. Da Tasil es zu spät merkte und selbst gerade kräftig durchzog, kam der Kahn vom Kurs ab.

»Höre, Freund«, begann Hardis, »haben wir nicht gute Geschäfte miteinander gemacht?«

»Sehr gute. Und jetzt rudere weiter.«

Aber Hardis rührte sich nicht, und der *Fisch* drehte sich, langsam stromabwärts treibend, um die eigene Achse.

Tasil seufzte. »Also gut, was willst du?«

»Oh, ich denke nur nach. Das viele Silber, die eilige Fahrt, das seltsame Ziel. Mir scheint, da sind große Dinge im Gange.«

»Du bist klug, Hardis. Diese Dinge sind wahrhaft groß. Ein kleiner Mann kann leicht von ihnen zermalmt werden.«

»Ich bin weder klein, noch lasse ich mich von dunklen Drohungen schrecken, Urather.«

»Das war nur eine Warnung, keine Drohung, mein Freund. Aber gut, wenn du es unbedingt wissen willst – Luban will mit Numur über Frieden verhandeln.«

Hardis blieb der Mund offen stehen. »Frieden?«, fragte er schließlich, ähnlich entgeistert wie Tasil im Bet Kaidhan.

»So ist es. Frieden. Aber ich kann dich beruhigen. Ich glaube nicht, dass Numur auf das Angebot eingehen wird. Es ist zu schlecht. Und jetzt rudere.«

Nachdenklich griff der Kydhier nach dem langen Holz. »Das ist wirklich eine große Sache, Tasil.«

Schweigend stemmten sie sich wieder gemeinsam gegen die Strömung. Maru stellte fest, dass sie etliche Bootslängen nun noch einmal zurücklegen mussten.

»Und wenn doch?«, fragte Hardis nach einer Weile.

»Dann werde ich mich dem nicht in den Weg stellen, Hardis. So wie ich die Sache sehe, können wir hier beide, wenn wir es richtig anfangen, noch einmal viel Silber verdienen. Und der Schmuggel – nun, bis jetzt hatten wir Glück, doch eines Tages würden uns die Serkesch trotzdem erwischen. Und außerdem, niemand weiß, wie lange die Stadt dieser Belagerung noch standhält. Von einem Tag auf den anderen kann es vorbei sein. Denk nur an den Damm, den der Feind gebaut hat«, erklärte Tasil, während er sich in die Riemen legte. Von der untergegangenen Flotte sagte er nichts.

Hardis nickte nachdenklich. »Frieden«, wiederholte er. Und dann sagte er: »Das wird Tagor Xonaibor nicht gefallen.«

Das Hauptlager Numurs lag nur ein kurzes Stück flussaufwärts der Stadt, etwas vom Ufer entfernt. Doch dort im Schilf standen zahlreiche Wachtposten der Serkesch. Für gewöhnlich musste man damit rechnen, mit Pfeilen begrüßt zu werden, wenn man sich bei Tag auf dem Fluss sehen ließ, doch der Palmzweig schützte den *Fisch* vor solchen Feindseligkeiten. Oder waren gar keine Posten aufgestellt? Auf Maru machte das Ufer einen verlassenen Eindruck, doch sie wusste, das konnte täuschen, denn die Krieger verbargen sich. Tasil gab ihr schließlich ein Zeichen, und sie lenkte den Kahn in eine kleine, weidenbestandene Bucht am feindlichen Ufer.

»Wer seid ihr, was wollt ihr?«, rief sie eine Stimme aus dem Schilf an.

»Siehst du den Palmzweig nicht, Krieger? Wir sind Unterhändler aus Ulbai und kommen mit Botschaft für Numur.«

»So landet, doch seid gewarnt. Viele Waffen sind auf euch gerichtet.«

Hardis sprang an Land und zurrte das Boot mit einem Seil an einer Weide fest. Dann stiegen Tasil und Maru aus. Das Schilf teilte sich, und ein Speerträger trat hervor. Es war ein einfacher Kämpfer, wie Maru überrascht feststellte. Wenn es hier viele Krieger gab, wo war dann ihr Schab?

»Zum Alldhan wollt ihr?«

»So ist es, edler Krieger«, sagte Tasil und betrachtete den Mann. Auch Maru sah genauer hin und erkannte, dass der Mann krank war. Er schwitzte, zitterte, und seine Augen blickten glasig.

»Ich werde euch zu meinem Schab bringen«, sagte der Krieger langsam und trat näher. Er wirkte beinahe, als würde er im Schlaf wandeln.

Tasil hob die Hand in einer Geste der Abwehr. »Führen magst du uns, Krieger, doch komm mir nicht zu nahe. Ich sehe doch, dass Uo dich mit dem Fieberpfeil getroffen hat. Und ich möchte nicht der Nächste sein, den sein Bogen grüßt.«

Der Serkesch sah Tasil seltsam an, nickte dann aber und verschwand wortlos im Schilf. Tasil zuckte mit den Achseln. »Na, komm, Kröte, lass uns sehen, wohin das führt. Ich kann es kaum erwarten, meinen guten Freund Numur wieder zu treffen.«

Hardis blieb beim *Fisch* zurück. Sie folgten dem Krieger in den Auwald. Sie trafen bald auf einen Trampelpfad, der vom Fluss fortführte. Der Wald wurde lichter, viele Bäume waren hier gefällt worden. Nach einer Weile bemerkte Maru leichten Brandgeruch. Sie erreichten eine kleine Lichtung, auf der ein Feuer brannte. Fliegen zuckten um die Flammen. Acht Krieger saßen dort. Maru erkannte sofort, dass zwei weitere von ihnen erste Zeichen des Sumpffiebers aufwiesen. Eine eigenartige Spannung lag über der Gruppe. Die Krieger sprangen auf und griffen eilig zu den Waffen, als ihr Waffenbruder mit Tasil und Maru aus dem Schilf trat, so als befürchteten sie einen Angriff. Und misstrauisch lauschten sie dem, was der Speerträger zu melden hatte.

»Zu Numur?«, fragte der Schab, ein Kydhier namens Fandhys. »Aus der Stadt? In wessen Auftrag? Wie sind ihre Namen?«

Der Speerträger zuckte langsam mit den Achseln, als ob ihn das nichts anginge.

»Mann, hast du gar nicht gefragt?«, schalt ihn sein Vorgesetzter.

»Tasil werde ich genannt, und ich komme in hohem Auftrag, edler Schab«, beantwortete Tasil die Frage. »Sind deine Augen bereit, das Siegel des Kaidhans zu erblicken?«

Der Schab verzog angewidert das Gesicht. »Der Kaidhan? Das wird er nicht mehr lange sein. Bald schon gehört seine Stadt uns. Gott Utu führt uns zum Sieg!«

»Ich weiß nicht, wohin euer Gott euch bringt, edler Schab, doch ich halte es für angebracht, dass du – oder einer deiner Männer – uns endlich zu Numur führst. Wir haben Wichtiges zu besprechen.«

Der Schab zögerte kurz, dann nickte er. »So folgt mir. Es ist nicht weit. Bald werdet ihr die Herrlichkeit unseres Gottes sehen. Ob aber der Alldhan euch sehen will, darauf bin ich gespannt.«

Temu hatte Maru erzählt, dass der Gott Dhanis, als er für sein Volk eine sichere Zuflucht schaffen wollte, alles trockene Land, das er finden konnte, aufsammelte und zu den Hügeln der Hlain Ulbas aufschüttete. Leider hatte das zur Folge, dass es danach im weiten Umkreis der Stadt nur noch Sümpfe und Moore gab und Awi fortan das Wasserland genannt wurde. Hier, am Ostufer des Schwarzen Dhanis, hatte der Gott offensichtlich etwas von dem Erdreich für die Hügel verloren. Es war zu einem Streifen trockenen Landes geworden, der den Strom von den weiten Mooren des Hinterlandes trennte. Das Vorland, so nannten es die Ulbaitai schlicht. Der Auwald spendete Schatten, und in Friedenszeiten weideten Hirten hier Schafe und Rinder. Numur hatte sein Hauptlager am Rande des Vorlandes aufgeschlagen. In der Regenzeit, in der es errichtet worden war, lag es inmitten einer Vielzahl von Teichen und kleinen Bächen, die frisches Wasser führten. Doch die Regenzeit war lange vorbei, und zurückgeblieben waren morastige Rinnsale und Schlammlöcher, die eine Brutstätte für unzählige Fliegen darstellten. Sie erreichten das Lager am südlichen Tor. Das Erste, was Maru zu Gesicht bekam, waren stinkende Abfallhaufen. Dann bemerkte sie die schlanken Türme, die die hölzerne Mauer überragten. Das Lager war größer als manches Dorf, das sie gesehen hatte. Die Türme waren mit Speerträgern und Bogenschützen besetzt, und vor dem geschlossenen Tor wartete eine ganze Eschet von Axtkämpfern auf sie. Das erschien Maru seltsam übertrieben. Nur ein einziges Mal hatten die Ulbaitai doch versucht, die Serkesch anzugreifen – und waren von der Awathani aufgehalten worden. Seither waren bestenfalls noch Späher über den Fluss gekommen. Und doch sah sie, dass die Krieger unruhig und besorgt waren, als der Schab sie ans Tor brachte. Sie konnte ihre Angst beinahe riechen. Und sie roch noch etwas: den Gestank von Verwesung und Tod, der über dem Lager hing. Er wurde stärker, als sie das Tor durchschritten. Dann sah sie den Grund. Dicht an der Mauer waren Krieger damit beschäftigt, einen gewaltigen Scheiterhaufen aufzurichten. Maru packte das Grauen. Auf einer starken Schicht Holz lagen viele Leichen, die mit Reisig bedeckt waren, und gerade waren die Männer dabei, darüber eine weitere Schicht aus Holz vorzubereiten, denn dort, jenseits des Holzstoßes, lagen noch viele mit Tüchern verhüllte Körper, die ganz offenbar verbrannt werden sollten. Das Fieber schien hier noch schlimmer zu wüten als in der Stadt. Dahinter sah Maru Eigentümliches, denn schwitzende Männer waren dabei, einen Graben quer durch das Lager zu ziehen, eine Maßnahme, deren Sinn Maru beim besten Willen nicht verstehen konnte. Hinter diesem Graben begannen die zahllosen Schilfhütten, in denen die Krieger hausten. Schab Fandhys führte sie weiter. In der Mitte des Lagers ragten mehrere große Holzhäuser über die Hütten. Maru dachte zunächst, dass sie dort, den Alldhan antreffen würden, doch erschienen ihr diese Häuser eigentlich zu armselig. Dann erklangen Hammerschläge von dort, und Maru begriff, dass es eine große Schmiede war. Offenbar hatten die Serkesch die Schmiede und alles, was die Holzhäuser sonst noch beherbergen mochten, genau in die Mitte des Lagers gesetzt. Die staubige Straße, die bisher schnurgerade verlief, teilte sich. Sie umrundeten das Holzgebäude zu einem Viertel und bogen dann in eine weitere Straße ab, die gerade auf die Ostseite des Lagers zulief. Und am Ende dieser Straße erwartete sie ein Gott, vielmehr die große bronzene Statue des Gottes Utu. Er stand im Schatten eines Holzdachs auf einem weiten, freien Platz und schien mit weißen Augen das Lager zu überblicken. Maru sah gleich, dass ihm das Wetter in Awi nicht bekam. Seine einst glänzende Haut war stumpf und zeigte an vielen Stellen Grünspan. Maru entdeckte einige blau und schwarz gewandete Priester, die dabei waren, die Füße des Gottes zu reinigen. Er stand immer noch auf einem starken Ochsenkarren mit schweren Rädern, wie schon im Isberfenn. Es war klar, die Serkesch gingen davon aus, dass sie ihn noch einmal bewegen mussten. Wahrscheinlich sollte der Gott erst in Ulbai seinen endgültigen Platz finden. Bis es so weit war, musste er an diesem staubigen Ort ausharren. Maru nahm an, dass die Serkesch ihn für Gottesdienste und Versammlungen nutzten. Es gab eine kleine hölzerne Plattform, von der aus der Alldhan, oder vielleicht auch Abeq Mahas, zu den Kriegern sprechen konnte. Die hintere Seite des Platzes wurde durch ein einzelnes großes Gebäude beherrscht. Es war aus Holz, Lehm und Stoffbahnen errichtet. Das also war das Bet Alldhan, der Sitz Numurs. Vier schwer bewaffnete Leibwächter standen vor dem Eingang, und Maru bemerkte weitere an den Seiten des Gebäudes. Auch das war seltsam, denn sie befanden sich ja mitten im Lager der Serkesch. Weshalb wurde das Bet Alldhan so schwer bewacht?

»Wartet hier, ich melde euch dem Abeq«, sagte der Schab, als sie den Eingang erreicht hatten. Er war mit einem prachtvoll gewebten Tuch verhängt. Der Schab schlüpfte hinein.

»Du wirst da drinnen vielleicht überraschende Dinge hören, Kröte«, raunte Tasil Maru leise zu, »Dinge, die so nicht mit Luban besprochen waren. Ich gehe davon aus, dass du dir nichts anmerken lässt.«

Maru nickte stumm.

»Ist dir an Utu etwas aufgefallen?«, fragte Tasil.

»Nur, dass er schon Grünspan ansetzt, Onkel.«

»Ja, und er hat keine Augen mehr.«

Die Augen – Tasil hatte recht! Aus Silber und Bernstein waren sie gewesen und unermesslich wertvoll. Sie waren durch schlichte weiße Farbe ersetzt worden. Sie hatte es gesehen, aber nicht darauf geachtet. Tasil entging so etwas natürlich nicht.

»Aber was mag damit geschehen sein, Onkel?«

»Hast du dir die Krieger nicht angesehen? Es sind nicht nur

Kydhier oder Akkesch darunter. Ich habe Imricier gesehen und Dakyl, sogar einige Iaunier. Die werden nicht nur aus Liebe zu Numur zu den Waffen greifen. Er braucht Silber. Das ist gut, denn es wird ihn hoffentlich empfänglicher machen für die Angebote, die ich ihm zu unterbreiten habe.«

Bevor Maru fragen konnte, wieso es denn jetzt mehrere Angebote waren, wurden sie gerufen.

Es war Mittag, als sie das Bet Alldhan betraten. Die Sonne brannte auf das schilfgedeckte Dach, und es war stickig und zu warm. Mehrere Leibwächter erwarteten sie drinnen, und Tasil musste seinen Dolch ablegen. Dann führte man sie durch einen weiteren schweren Vorhang in einen mit vielen Tüchern verhängten Saal. Maru kam sich eher wie in einem Zelt als in einem Haus vor. Am Kopfende stand ein prachtvoller, aber unbesetzter Stuhl. Daneben, auf einem harten, hölzernen Schemel, saß Abeq Mahas und funkelte sie mit seinem einen Auge an. Er trug die schwarze und blaue Robe der Priester Utus. Sein kahlrasierter Schädel glänzte von Schweiß. »Sieh an, Tasil der Urather. Es scheint, dass die Götter wollen, dass wir uns stets und immer wieder begegnen«, begrüßte er sie kühl.

»So mag es sein, ehrwürdiger Abeq«, antwortete Tasil mit einem feinen Lächeln.

Neben dem Abeq stand ein Krieger, ein Hüne von einem Mann. Er starrte Maru verblüfft an und rief dann: »Und das Mädchen ist bei ihm! Wie kann das sein? Ich sah doch mit eigenen Augen, wie ein Speer sie im Verborgenen Tempel durchbohrte!«

Auch Maru war überrascht, den Hünen wiederzusehen. Falls das auch auf Tasil zutraf, ließ er sich nichts anmerken. »Sieh an, der tapfere Fakyn«, sagte er leichthin. »Wie bist du dem Untergang des Tempels entkommen?«

»Gott Utu hat mich beschützt«, antwortete der Krieger düster.

»Jener Gott, dem jetzt die Augen fehlen?«, fragte Tasil lächelnd.

»Bist du hierher gekommen, um unseren Gott zu schmähen, Urather«, fragte Abeq Mahas kalt, »oder ist es wahr, dass du mit einem Angebot von Luban kommst?«

»Es ist wahr, ich habe ein Angebot, doch ist dies an Alldhan Numur selbst gerichtet.«

»Luban muss wahrhaft verzweifelt sein, wenn er einen Mann wie dich zum Boten macht, Tasil aus Urath. Du kannst nicht zu unserem Fürsten. Der hochgeborene Alldhan spricht mit seinem Vater. Ich werde ihn nicht stören, aber ich werde prüfen, was du zu sagen hast. Wenn es wichtig ist, und nur dann, werde ich es dem Alldhan melden.«

Maru fragte sich, ob der Abeq glaubte, was er da sagte. Numur sprach mit seinem Vater Utu? Der war tot, ermordet von seinem eigenen Sohn. Vielleicht war er wirklich, wie alle Fürsten, ein Ahngott geworden, aber er war sicher nicht zu jenem wundertätigen Gott aufgestiegen, als den seine Gläubigen ihn nun verehrten. Niemand wusste das besser als Maru selbst.

Tasil verneigte sich leicht, dann trat er einen Schritt vor und überreichte einem der Krieger zwei Tontafeln. »Wie du sehen kannst, ehrwürdiger Mahas, komme ich im Namen Kaidhan Luban-Etellus und Immit Uschparus. Und in ihrem Namen reiche ich dir, oder vielmehr dem Alldhan, die Hand zum Frieden.«

Fakyn starrte Tasil ungläubig an, aber Abeq Mahas hatte seine Gefühle besser im Griff. Er betrachtete die beiden Siegel in aller Ruhe und legte sie dann zur Seite. »Frieden?«, fragte er mit einem kleinen höhnischen Lachen. »Ein seltsames Wort, das du da aussprichst, Urather. Wie soll Frieden sein, solange Luban sich an einen Thron klammert, der ihm nicht gehört?«

»Niemand kann bestreiten, dass Luban der Erbe des großen Etellu ist«, wandte Tasil ein.

»Das mag sein, Bote, aber sein Erbe umfasst gerade noch genug Land, um seinen Stuhl darauf zu stellen. Das Reich gehört uns. Er soll sich ergeben und den Thron freimachen für einen Mann, der würdiger ist. Dann kann Frieden sein.«

»Ich verstehe dich, Abeq Mahas, denn es ist auch in der uneinnehmbaren Stadt Ulbai bekannt, dass Numur die meisten Orte des Reiches noch besetzt hat. Doch hörten wir auch Meldungen, dass es in einigen Städten gärt.«

Maru erinnerte sich daran, dass Tasil sie gemahnt hatte, Fassung zu bewahren. Sie tat ihr Bestes, auch wenn sie wirklich überraschende Dinge hörte. Am meisten erstaunte sie, dass sich ihr »Onkel« zum Anwalt der Sache Lubans machte. Seine kleinen Anspielungen auf die unüberwindlichen Mauern und die Unruhe im eroberten Land sollten Mahas klarmachen, dass auch die Lage der Serkesch nicht die Beste war – und dass der Hof des Kaidhans dies wusste.

»Gerüchte«, erwiderte Mahas verächtlich.

»So sind es auch nur Gerüchte, dass die Hakul im Norden zum Krieg rüsten? Dem Kaidhan kam zu Ohren, dass sie verärgert sind, weil gewisse versprochene Mengen an Silber und Eisen ihre Zelte nie erreichten.«

Abeq Mahas straffte sich. Sein Auge schien Tasil durchbohren zu wollen. Maru hielt den Atem an. Wenn die Hakul in den Kampf zogen, würden die Serkesch an zwei Fronten kämpfen müssen. Aber dann lachte der Hohepriester plötzlich laut auf. »Lubans Späher sind noch schlechter, als ich dachte! Die Hakul sind immer noch mit uns verbündet. Du kannst dem Kaidhan aber ausrichten, dass es wahr ist, dass sie in den Kampf ziehen. Schon bald werden hunderte von ihnen ihre Zelte gegenüber Ulbai aufschlagen.«

Fakyn grinste breit. Es schien also zu stimmen, was Mahas behauptete, dachte eine enttäuschte Maru.

Tasil blieb ungerührt. »Vielleicht werden wir gar nicht mehr herausfinden, wer von uns die besseren Späher hat, ehrwürdiger Mahas, denn das Angebot, das ich in Lubans Namen unterbreiten darf, ist ernst gemeint. Schon morgen könnten die Waffen schweigen.«

Maru fing Seitenblicke der Leibwächter auf, die hinter Mahas standen. Ihre Mienen waren wie versteinert, aber es lag Müdigkeit in ihren Augen, vielleicht auch Sehnsucht nach Frieden. Die endlosen Wochen der Belagerung hatten ihre Spuren hinterlassen.

»Ein ernst gemeintes Angebot? Luban wird viel bieten müssen, um Frieden zu erlangen, denn der Krieg, den Immit Schaduk vom Zaun gebrochen hat, hat den Alldhan und seine Männer viel Schweiß und Blut gekostet.«

Das war nun eine kühne Verdrehung der Tatsachen, denn nicht der Immit hatte im fernen Serkesch zu den Waffen gegriffen, nein, Numur hatte ihn und seine Männer in einen Hinterhalt gelockt und ermorden lassen.

»So lausche, ehrwürdiger Mahas, und entscheide, ob meine Worte nicht doch von Numur selbst gehört werden sollten. Luban-Etellu, sechster Kaidhan der Akkesch, bietet dem Anführer der Serkesch um des Friedens Willen eine Teilung des Reiches an.«

Mahas schloss sein eines Auge halb. Nach einer Weile fragte er: »Und welchen Teil gedenkt er uns zu geben?« Es gelang ihm nicht völlig, seine Spannung zu verbergen.

»Das Obere Kydhien, mit den Städten Serkesch, Scha-Adu und Aqqar Bairuti.«

»Das halbe Kydhien? Und ohne die Stadt Igaru, die doch auch zu diesem Teil des Reiches gezählt wird? Luban erlaubt sich einen Scherz!«

»Über einzelne Dörfer und Grenzsteine mögen sich nachher die Verwalter streiten«, meinte Tasil gelassen.

Maru lauschte. Mahas hatte das Angebot immerhin nicht rundheraus abgelehnt. Plötzlich flog hinter ihm ein Vorhang zur Seite, und Numur stürmte in den Raum. Maru prallte unwillkürlich einen Schritt zurück, und sie sah, dass auch Tasil erschrocken zurückzuckte. Der mächtige Alldhan der Serkesch sah schrecklich aus: Die Augen lagen tief in den Höhlen, das Haar war wirr und ungepflegt, sein Gewand voller Flecken. Sein Gesicht war grau und schien um Jahre gealtert. Sein Blick irrte durch den Raum, bis er auf Tasil traf. »Du? Du? Du Fluch meines Geschlechts? Du wagst dich in mein Haus? Mit wertlosen Angeboten? Sag mir, warum ich dich nicht den Flussechsen zum Fraß vorwerfen soll, verfluchter Urather!« Seine Stimme überschlug sich, und sein Gesicht bekam rote Flecken. Maru dachte für einen Augenblick, das Sumpffieber hätte auch ihn befallen, doch Numur sprach nicht im Fieber.

Tasil antwortete gelassen: »Ich reise unter dem Schutz des Palmzweiges, Herr, und bin nur der Bote des Kaidhans, der dir Frieden anbietet.«

»Luban muss wissen, dass wir dieses Angebot nicht annehmen werden, Herr«, sagte Mahas vorsichtig.

»Weiß er das?«, rief Numur aufgebracht. »Wieso beleidigt er dann mich und meinen Vater, unseren Gott, und schickt diesen Verräter mit leeren Worten in mein Haus?«

»Es ist ein Zeichen guten Willens, Herr. Ich bin sicher, der Kaidhan wird begierig sein zu erfahren, was dein Wille in dieser Frage ist, hochgeborener Alldhan«, entgegnete Tasil bescheiden.

»Mein Wille? Weiß er es wirklich nicht? Gar nichts begehre ich für mich, doch mein Vater, Utu, unser Gott, ist beleidigt worden durch den Thronräuber Luban. Utu verlangt die Unterwerfung der Stadt, und er will, dass sein Sohn Platz nimmt auf dem Thron der Akkesch. Die Füße soll ihm der Kaidhan küssen und einen Tempel errichten. Die Götzenbilder Etellus aber soll er niederreißen!«, stieß der Alldhan hervor. »Erst wenn Luban vor Utu und mir im Staub liegt, erst dann wird Frieden sein! Ober-Kydhien? Ganz Akkesch gehört Utu. Das ganze, nicht nur ein Teil!«

»Ich verstehe, dass euer Gott zornig ist«, erwiderte Tasil bedächtig, »aber vielleicht kann mir sein Hohepriester sagen, ob Utu nicht auch durch ein großes Sühnegeld besänftigt werden könnte.«

»Sühnegeld?«, zischte Numur. »Der Schatz des Kaidhans gehört bereits uns. Luban sitzt nur darauf. Nimmt er davon, so ist es Diebstahl, und man wird ihm die Hand dafür abhacken!«

Natürlich war die Bemerkung Tasils mehr an Abeq Mahas gerichtet als an den Alldhan, der offensichtlich nicht ganz bei Sinnen war. Und der Abeq hatte verstanden. Er legte Numur begütigend eine Hand auf den Arm und sagte: »Herr, der Wille Utus ist schwer zu ergründen. Wir sollten zu ihm beten und mit ihm das Angebot Lubans erörtern, auch wenn es unwürdig ist. Der Palmzweig verdient eine Antwort. Dein Vater war immer ein Mann, der Rat suchte, bevor er entschied.«

Der Alldhan warf ihm einen unsicheren Blick zu, dann nickte er. »Du hast recht, ehrwürdiger Abeq. Wir müssen meinen Vater befragen. Ich darf nicht vorschnell handeln, denn er ist kein Freund übereilter Entschlüsse. Und ich will nicht seinen Zorn wecken. Er sieht, was ich tue, er sieht es!«

»Erwarte unsere Antwort, Bote, wir werden uns beraten«, sagte Mahas zu Tasil, und er führte Numur am Arm vorsichtig aus dem Saal. Es sah beinahe aus, als müsse der alte Priester den jungen Fürsten stützen. Der Schab geleitete Tasil und Maru nach draußen.

Als sie aus dem stickigen Holzhaus traten, wurden sie von hinten angesprochen: »Tasil aus Urath, ich habe sehr gehofft, dich noch einmal zu sehen.«

Es war Fakyn.

»Es freut mich, dass ich in deiner Gunst zu stehen scheine, Kydhier«, entgegnete Tasil lächelnd.

»Gunst? Wenn du dich nicht hinter diesem Palmzweig verstecktest, würde ich dich mit meiner Axt bekannt machen«, lautete die wütende Antwort.

»Ich verstehe deinen Zorn nicht, Fakyn, denn wie ich sehe, bist du inzwischen weit gekommen. Glaubst du denn, das wäre auch geschehen, wenn sich unsere Wege nicht gekreuzt hätten, seinerzeit in Serkesch?«

Maru schluckte. Tasil wollte den Hünen wohl reizen, aber sie hielt das für keinen guten Einfall. Der Kydhier sah für einen Augenblick aus, als würde er sich mit bloßen Fäusten auf Tasil stürzen, doch plötzlich wurde er ganz ruhig. »Ich habe nicht vergessen, was seinerzeit geschehen ist, Urather. Und ich sage dir, dass du für deine Taten in dieser Stadt bezahlen wirst, und zwar noch bevor dieser Krieg zu Ende ist. Dies ist ein Versprechen!« Und damit drehte sich Fakyn um und verschwand wieder im Bet Alldhan.

»Er hasst dich wirklich, Onkel«, sagte Maru. Sie dachte an das, was in Serkesch geschehen war. Fakyn war durch Tasils Taten dazu gezwungen worden, seinen damaligen Herrn, den Händler Atib, zu verraten.

»Er schreckt mich nicht«, antwortete Tasil gelassen, »denn er ist viel zu sehr Schab, um gegen den Willen seiner Herren zu handeln.« Sein Gesicht war eine undurchdringliche Maske, und er ließ sich nicht anmerken, wie er über das Gespräch im Haus des Herrschers dachte. Sie entfernten sich einige Schritte vom Eingang. Als sie außer Hörweite der Wächter waren, stellte Maru die Frage, dir ihr am meisten auf den Nägeln brannte: »Glaubst du, sie werden das Angebot annehmen, Onkel?«

»Nein, sicher nicht so, wie es ist. Aber ich rechne mit einem Gegenvorschlag. Wenn auch nicht von Numur, denn der scheint dem Wahnsinn verfallen zu sein.« Damit teilte er Marus Meinung.

»Aber wenn nicht er, wer …«

»Du musst besser aufpassen, Kröte. Hast du nicht gemerkt, dass es hier genau wie drüben in der Stadt steht? Nicht Luban oder Numur sind es, die die Entscheidungen treffen. Mahas und Uschparu, auf die wird es ankommen.«

»Und jetzt?«

»Warte ich auf Mahas und hoffe, dass er weiß, was gut für ihn ist, besser zumindest als dieser Wahnsinnige, den sie Alldhan nennen. Für dich aber habe ich eine andere Aufgabe, Kröte. Geh und sieh dich im Lager um. Ich will wissen, was hier vorgeht und wie groß der Kampfesmut von Numurs Männern noch ist. Davon kann alles Weitere abhängen.«

Maru hatte plötzlich das seltsame Gefühl, dass Tasil sie loswerden wollte. Er hatte ihr gegenüber kein Wort darüber verloren, was er mit Immit Uschparu besprochen hatte. Und er hatte ihr nicht verraten, was seine eigenen Pläne in dieser Angelegenheit waren. Waren sie so geheim, dass er selbst sie nicht einweihte? Mit gemischten Gefühlen machte sie sich auf den Weg. Sie umrundete das Bet Alldhan, um die Rückseite zu erkunden. Doch die hatte keine Tür und war trotzdem streng bewacht. Das Haus des Herrschers stand unweit der Mitte der östlichen Mauer. Dort gab es kein Tor, dafür aber zwei starke Türme, die mit Bogenschützen besetzt waren. Auch auf der doppelreihigen hölzernen Mauer gingen Wachen auf und ab. Schon im Isberfenn war Numur geradezu ängstlich auf seine Sicherheit bedacht erschienen. Das hatte sich also nicht geändert. Maru wandte sich ohne bestimmten Grund nach Süden. Sie strich durch die kleinen Gassen zwischen den Schilfhütten. Es war still dort. Die Krieger, die sie sah, schenkten ihr kaum Beachtung. Einige schienen damit beschäftigt, ihre Rüstungen auszubessern, andere starrten bloß die Wand der nächsten Hütte an und vertrieben von Zeit zu Zeit die lästigen Mücken, die sie umschwirrten. Sie sah auch Frauen, die abgezehrt und blass wirkten und die ihrem Blick auswichen. Sie waren Kriegsbeute, von den Serkesch aus den umliegenden Dörfern geraubt, um im Lager als Mägde zu dienen. Eines hatten die Mägde und die Krieger gemeinsam: Es lag bleierne Schwere über allen Tätigkeiten, die Maru beobachtete. Sie begriff, dass es den Belagerern nicht viel besser ging als den Belagerten. Die Luft war voller Gerüche, doch nach Essen roch es nicht. Auch schien den Kriegern das Sumpffieber schwer zuzusetzen. Maru sah mehrere Männer, die der schwarze Pfeil Uos schon getroffen hatte, die aber dennoch in Waffen waren. Temu hatte ihr erzählt, dass die Akkesch glaubten, dass Uo gern immer wieder in dieselbe Richtung schoss und dass sie sich deshalb von Kranken fernhielten. Aber das war in der drangvollen Enge des Lagers schwer möglich. Sie folgte einem schmalen Pfad, der sich zwischen den Schilfhütten hindurchwand, und fand sich plötzlich unweit des Scheiterhaufens wieder. Er war um eine weitere Schicht aus Holz und Leichen gewachsen, aber immer noch unvollendet. Linker Hand sah sie ein langgestrecktes Schilfdach. Davor waren einige Krieger mit mäßigem Einsatz dabei, den trockenen Graben auszuheben, der ihr schon vorhin aufgefallen war.

»Es muss fließen, ihr Männer, es muss fließen, also grabt tiefer!«, schimpfte eine brüchige Stimme.

Maru traute ihren Ohren und Augen nicht. Dort stand *Wika* und trieb die Männer zur Eile an!

»Wika!«, rief sie hinüber.

Die Alte beschattete ihre Augen und schaute, wer sie da gerufen haben mochte. Maru lief näher hinzu und sprang über den Graben, in dem noch gar kein Wasser floss.

»Ist das Nehis? Das dumme Mädchen, das sich den langen Dorn gefangen hatte?«

»Dumm?«, fragte Maru. Sie hatte die Kräuterfrau fast erreicht. Eigentlich hatte sie ihr um den Hals fallen wollen, doch jetzt blieb sie beleidigt stehen.

Wika kicherte, trat näher und schlug ihr mit der knochigen Hand gegen das Brustbein, wie sie es früher schon gerne getan hatte. »Da schau, eingeschnappt ist sie, dabei freut sie sich doch, mich zu sehen.«

»So, tue ich das?«, fragte Maru spitz.

»Bestimmt«, erwiderte Wika grinsend. Dann packte sie Marus Hand und zog sie unter das lange Dach. »Es ist noch jemand hier. Wirst dich freuen, ihn zu sehen, er sich aber nicht.« Dann drehte sie sich um und rief den Kriegern zu: »Was gibt es zu gaffen, graben sollt ihr! Ist zu eurem eigenen Besten. Fließen muss das Wasser, fließen!«

Während Maru sich noch fragte, wer sich denn da angeblich nicht über ihren Anblick freuen würde, sah sie ihn schon: Biredh! Der blinde Erzähler saß im Schatten des Daches auf einem Schemel und sprach zu einigen Männern, die dort auf niedrigen Pritschen lagen. Maru blickte sich um. Erst jetzt begriff sie, wo sie war. Das war ein Haus für die Fieberkranken. Es war überfüllt.

»Was ist das hier?«, fragte sie, obwohl sie es doch wusste.

»Siehst du es nicht, Nehis? Mein Haus der Heilung. Auch wenn es lange Zeit eher ein Haus des Sterbens war. Das Fieber bringt sie hierher, zu mir. Und ich soll heilen, heilen, was Uo anrichtet. Unerschöpflich ist sein Köcher, scheint mir.« Plötzlich lachte sie leise. »Numur hat mich rufen lassen. Kannst du dir das vorstellen? Der stolze Alldhan ein armes Kräuterweib?« Sie wurde wieder ernst. »Aber gebraucht werde ich. Krank sind so viele.«

»In der Stadt auch«, sagte Maru.

»Natürlich, dort auch. Jedes Jahr kommt das Fieber ins Wasserland. Jedes Jahr sterben Menschen. Alte, Schwache zumal. Doch noch nie war es wie heute. Hast du den Scheiterhaufen gesehen? Sie fällen Bäume, viele Bäume, und kommen doch kaum hinterher. Furchtbar ist diese Zeit. Und noch nicht zu Ende.«

»Und was hat es mit dem Graben auf sich?«

Wika zwinkerte ihr zu. »Die Weisheit der Kräuterweiber, Nehis. Schade, das ist nicht deine Sache. Kräuter sind besser als die Dinge, mit denen deinesgleichen sich beschäftigt.«

Maru warf ihr einen bösen Blick zu. »Ich habe mir das nicht ausgesucht, Wika«, sagte sie.

Die Alte sah sie lauernd an. »Und benutzt du deine Gabe? Ich hoffe doch nicht.«

»Nein, Wika, seit jenem Tag im Dorf nicht mehr.«

»Kluges Kind, Nehis. Zu dumm, einem Speer auszuweichen, aber klug genug, die Finger von der Zauberei zu lassen.«

»Sag, Wika, wie geht es Rema?«, fragte Maru. Rema. Sie hatte oft an ihn gedacht.

Wika kicherte. »Er macht sich prachtvoll. Ist Edaling jetzt, der Rema. Und weit besser als der Wurm Hana, was nicht viel heißt. Wenn er sich weiter bemüht, wird er eines Tages vielleicht ganz brauchbar sein, als Edaling und als Mann auch.«

»Und ist er, ich meine, hat er schon ein Mädchen gewählt?«

Wika kicherte. »Das willst du wissen, Nehis, wirklich? Dann musst du ihn selbst fragen, wenn du wieder ins Fenn kommst, ich verstehe von solchen Dingen nichts.«

»Ist nicht so wichtig«, behauptete Maru.

»Wichtig …«, murmelte Wika nachdenklich. Dann kniff sie ein Auge zu und sah Maru durchdringend an. »Ich kann riechen, dass du immer noch mit diesem Südländer zusammen bist. Ist das so, Nehis?«

»Mit Tasil? Ja, du weißt doch, warum ich bei ihm bleiben muss.«

Der Blick von Wika wurde, wenn möglich, noch durchbohrender. »Ich weiß es, Nehis – die Frage ist immer noch, ob du es auch weißt.«

»Aber ich bin doch … seine Sklavin!«, rief sie leise. Warum bohrte die Alte nur immer in dieser Wunde?

»Das bist du, Nehis, das bist du wirklich. Doch sag, was führt dich hierher, ins Lager Numurs, vor dem du doch so eilig geflohen bist, damals im Fenn?«

»Ein Auftrag, Wika. Ich bin mit meinem Onkel hier, den du so schätzt«, fügte sie bissig hinzu.

»Der Urather ist also auch hier. Hätte mir denken können, dass das Elend ihn anzieht. Eine Krähe ist er, nährt sich von Aas«, murmelte die Kräuterfrau.

Maru seufzte. Sie hielt es für besser, dieses Gespräch vorerst nicht weiterzuführen. »Ich würde gerne Biredh Guten Tag sagen, Wika«, meinte sie. Und obwohl er weit entfernt saß, hatte Biredh sie gehört, denn er hob seine Hand zum Gruß, ohne allerdings seine Geschichte zu unterbrechen. Maru war zu weit entfernt, um etwas zu verstehen. Umso erstaunlicher, dass der Blinde sie gehört und gegrüßt hatte.

Wika lachte heiser. »Der Alte behauptet, es sei gesund, wenn er den Kriegern seine Märchen erzählt. Nun, umgebracht hat er noch keinen damit. Bis jetzt. Und wenn sie lauschen, rufen sie nicht fortwährend nach dem armen Kräuterweib. Also lasse ich ihn gewähren. Doch lauf nur zu ihm, Nehis. Ich habe zu tun, viel zu tun. Werde nach denen sehen, die es am schlimmsten erwischt hat. Du triffst mich dort, nachher, an jenem Brunnen«, sagte die Kräuterfrau und wies ungefähr in eine Richtung.

Maru nickte. Sie hörte Biredh nur zu gerne zu. Sie konnte nicht sagen, ob er wirklich Heilkräfte in seiner Stimme hatte, aber es war nicht schwer, das zu glauben, denn seine Erzählungen machten das Herz leicht. Sie lief leise näher heran, um ihn nicht zu stören. Der Blinde saß auf einem Schemel, und seine Stimme klang durch das Haus der Heilung wie eine bronzene Glocke. Die Kranken lauschten gebannt. Zu Marus Überraschung war Biredhs Erzählung ausgesprochen düster. Er schilderte einen Gewittersturm so lebhaft, dass seine Zuhörer zusammenzuckten, wenn er die Worte *Blitz* und *Donner* herausschleuderte. Maru versuchte, den Faden aufzunehmen. Offenbar war ein Dorf von einer mächtigen Flut verheert worden, aber heldenhaft schienen sich einige Krieger gegen das Verhängnis zu stemmen. Sie warfen sich in das tosende Wasser und zogen Frauen, Kinder und Alte an Land. Maru klang das seltsam vertraut. Biredh fuhr fort: »Allen voran aber ist der Held Fakyn zu nennen. Ein Kydhier, groß wie ein Baum. Doch was rede ich? Ihr kennt ihn! Und mit lauter Stimme, so, wie er in der Schlacht die Reihen seiner Männer ordnet, so übertönte er den Donner und ordnete die Menschen, wo Unordnung Verhängnis bedeutete. Und da war Bolox, der Farwier, der Fakyn an Kraft kaum nachstand. Er teilte die Wellen und zog viele heraus, die sich schon dem Tod geweiht glaubten.«

Maru blieb vor Staunen der Mund offen stehen: Wieder einmal berichtete Biredh von Ereignissen, die sie selbst erlebt hatte. Die Zuhörer hingen an seinen Lippen. Sie fragte sich, ob nicht der eine oder andere von ihnen seinerzeit ebenfalls dabei gewesen war.

»Helden werden geboren in so einer Nacht«, fuhr Biredh fort, »doch hart waren die Prüfungen, die die Götter ihnen auferlegten, und diese Nacht war noch nicht zu Ende. Denn während die tapferen Männer mit den aufgewühlten Wassern kämpften, geschah etwas Unheilvolles hinter ihrem Rücken.« Biredh legte eine Pause ein. Seine leeren Augenhöhlen schienen die Gesichter der gespannt Lauschenden zu mustern. Dann setzte er die Erzählung fort: »Der Alldhan hatte in Serkesch das Verhängnis gebannt, und er hatte es in einen Käfig gesperrt.«

»Schaduks Fluch!«, entfuhr es einem Kydhier.

»Ja, so ist es, Schaduks Fluch, den der sterbende Immit in den Körper seiner Frau Umati gebannt hatte. Oh, wenn ihr sie gesehen hättet! Ein Weib von großer Schönheit und mit tödlichen Kräften. Es heißt, ihr brennender Blick könne einen Mann ebenso leicht ums Leben bringen wie ihre nackten Hände. Streng verhüllt war ihr Gefängnis Tag und Nacht – wisst ihr, weshalb?«

»Nein, nein«, riefen mehrere der Kranken.

»Die Sonne durfte sie nicht berühren, denn sie war keine gewöhnliche Sterbliche. Zwar heißt es, dass sie in Ulbai geboren sei, als Tochter eines mächtigen Schab der Akkesch, doch ihre Mutter war eine Fürstin der Viramatai. Und dies zeichnete sie aus, vor allen anderen Weibern der Stadt. Es wird erzählt, dass eine ihrer Ahnen von Edhil, dem Sonnengott selbst, ein Kind empfing. Und in dieses von göttlichem Blut gesegnete Gefäß hatte der Immit nun einen Rachedaimon gebannt.«

Ein Raunen lief durch die Reihen der Zuhörer. Es war allgemein bekannt, dass Edhil im fernen Land der Viramatai, am Rand der Welt, den Himmel betrat und dass die Männertöterinnen, wie dieses Frauenvolk auch genannt wurde, sich dem Sonnengott in geheimen Riten hingaben. Maru hielt den Atem an. Umati war also zur Hälfte eine Viramatai? Sie hatte noch nie eine gesehen und wusste von diesem Volk nur, dass dort Frauen herrschten und dass in ihrem Land das kostbare Eisen gefunden wurde. Doch was sollte der Unsinn mit dem Rachedaimon und Schaduks Fluch?

»Seht ihr es, Männer, seht ihr, wie die Krieger mit dem Fluss um Frauen und Kinder kämpften und nicht achtgaben auf die Gefahr in ihrem Rücken?«, nahm Biredh den Faden der Handlung wieder auf. »Und da öffneten sich die blitzeschleudernden Wolken für einen Wimpernschlag, und auf einem goldenen Strahl kam Edhil selbst auf die Erde.« Atemlose Spannung. »Er hüllte sich in die Gestalt eines jungen Mädchens, denn die Götter erscheinen nicht in ihrer Pracht unter uns, denn wie sollten wir armen Sterblichen das ertragen? Ein schlichtes junges Mädchen in ärmlichem Gewand also erschien dort aus dem Nichts. Sie berührte das Gefängnis nur ganz leicht mit ihrer Hand – und die Gefangene war frei.« Entsetztes Stöhnen. »Aber nicht verborgen geschah dies, denn Edhil war in Eile und achtete nicht auf die Gefahr, und so kam es, dass ein Mann, ein Pferdefürst der Hakul, sah, was der Sonnengott tat. Doch er erkannte ihn nicht, sondern hielt ihn für eine junge Frau, die er zuvor schon im Lager gesehen hatte.«

Maru rauschte das Blut in den Ohren. Nicht der Sonnengott hatte Umati befreit, das wusste sie genau.

Biredh erzählte weiter: »Und das gefährliche Weib war frei. Es floh hinaus in die unergründlichen Sümpfe und tötete jeden Mann, der sich ihm in den Weg stellte. Schaduks Fluch war also befreit, und bitter bereuen es die Krieger der Serkesch seither Tag für Tag! Ist es nicht so, ihr Tapferen?«

»So ist es«, antwortete ein vielstimmiges Raunen.

Biredh nickte und fuhr fort: »Da ging der Hakul hin zum Herrn der Krieger, Numur, und sagte: ›Herr, ich sah, wie ein Mädchen das Verhängnis befreite, und sieh, dort sitzt sie mitten unter uns und tut ganz unschuldig.‹ Und er wies auf jenes Mädchen, dessen Gestalt der Sonnengott in seiner Eile angenommen hatte. Dies Mädchen aber wies alle Schuld von sich, wusste sie doch, dass sie nichts Böses getan hatte. Da stand Bolox, der farwische Held, für sie auf und sagte: ›Herr, wie kann es sein, dass sie es gewesen sein soll, die den Fluch befreite, wo sie doch stets in meiner Nähe war?‹ Da aber der Hakul wie auch der Farwier auf der Wahrheit ihrer Worte beharrten, beschlossen der Hohepriester Mahas und Alldhan Numur in ihrer Weisheit, die Götter um ein Urteil anzurufen. Und so geschah es, dass der Pferdefürst mit dem Helden Bolox die Klingen kreuzte. Edhil aber sah vom Himmel aus, wie sie zum Kampf rüsteten. Doch dies war nicht in seinem Sinne. Er verhüllte die Sonne und schickte einen neuen Sturm mit Donner und Blitz, und gerade, als die beiden Recken ihre Schwerter zum tödlichen Schlag erhoben, fuhr der Blitz in die Waffen, und Donner schlug sie ihnen aus der Faust. Da erkannte Mahas, dass ein Gott hier seine Hand im Spiel hatte und beide Männer, die sich doch gegenseitig der Lüge bezichtigten, die Wahrheit gesprochen hatten. Und so beendete er den Kampf, ohne dass ein tödliches Urteil vollstreckt werden musste.«

Biredh lehnte sich zurück. Er hatte das Ende seiner Geschichte erreicht. »Und nun ruht, ihr Krieger, und trinkt den heilenden Sud. Werdet gesund, damit auch ihr bald wieder zeigen könnt, dass ihr Helden seid.«

Die Anspannung der Zuhörer löste sich. Viele schienen über die Geschichte vergessen zu haben, dass das Fieber sie befallen hatte. Aber jetzt sanken sie ermattet zurück auf ihre Krankenlager.

»Ich grüße dich, Maru Nehis«, sagte Biredh und erhob sich von seinem Platz. »Komm, lass uns ein wenig in die Sonne gehen, ich möchte Edhils Licht spüren, wenn ich es schon nicht sehen kann.«

Maru führte den Blinden hinaus. »Ich freue mich, dich zu sehen, Biredh, und noch mehr, deine Geschichte zu hören.«

Der Erzähler lachte. Er hielt sein Gesicht der Sonne entgegen und ließ sie sich in die leeren Augenhöhlen scheinen. »Hat sie dir gefallen?«, fragte er.

»Mir kam es beinahe vor, als sei ich selbst dabei gewesen«, erwiderte Maru. »Hast du keine Angst, dass auch unter deinen Zuhörern einer ist, der es anders erlebt hat?«

Biredh zuckte mit den Achseln. »Es ist nur eine Geschichte. Und als solche ist sie ohne Zweifel wahr. Oder weißt du etwas anderes, Maru Nehis?«

»Nein, wie könnte ich dir widersprechen? Es war mir jedoch neu, dass Edhil selbst es war, der Umati befreit hatte.«

»Wer sonst?«, fragte Biredh mit einem Lächeln. »Dass er die Gestalt einer jungen Frau angenommen hat, sollte dich nicht täuschen. Die Götter können erscheinen, wie sie es für richtig erachten.«

»Aber hast du mir nicht gesagt, dass die Götter sich von den Menschen abgewandt haben? Dass die Hüter insgeheim froh waren, als der Kriegsgott Strydh sie überlistete und ihnen die schwere Bürde der Herrschaft über unsere Welt entriss?«

»Habe ich das, tatsächlich? Nun, manchmal kommt es mir so vor, doch bin ich ein müder, alter Mann, der schon viel zu lange über die staubigen Straßen dieser Welt schreitet. Aber entschuldige mich. Ich werde hinübergehen zu den Schmieden und Schreibern, und hoffen, dass wenigstens jene eine Mahlzeit für einen hungernden Erzähler übrig haben.«

»Steht es hier so schlimm? Mir ist schon aufgefallen, dass ich keine Kochfeuer rieche. Leiden die Serkesch etwa ebenso Hunger wie die Ulbaitai?«

Biredh nahm seinen Stab und strich sein Gewand glatt. Dann senkte er seine Stimme: »So ist es, Maru Nehis. Doch sprich es nicht laut aus. Die Serkesch sind Narren und nun erst bemerken sie es. Sie haben das weite Land geplündert und verwüstet, um der Stadt zu schaden. Doch eine Kuh, die einmal geschlachtet ist, kann keine Milch mehr geben, dem Belagerer ebenso wenig wie dem Belagerten. Der gefällte Baum trägt keine Früchte, und das verbrannte Feld nährt kein Korn. Numur muss nun Nahrung für seine Krieger aus der Ferne holen, und die unterworfenen Städte liefern nur schleppend und wenig. Nur Ausflüchte der unterworfenen Raiks erreichen uns hier in großer Zahl. Doch was verstehe ich schon davon? Ich bin nur ein armer Erzähler, der spürt, dass die milden Gaben weniger werden. Aber wartet im Haus der Heilung nicht Wika auf dich, Maru Nehis?«

»Wie? Ja, Wika, du hast recht.«

»Dann lauf, ich denke, wir treffen uns bald wieder.«

Und der Alte drehte sich um und schritt davon. Maru wollte ihn warnen, denn er lief genau auf den Graben zu. Doch Biredh überquerte ihn mit einem langen und sicheren Schritt. Sie sah ihm nach, bis er zwischen den Hütten verschwunden war. Sie war immer froh, ihn zu treffen, auch wenn er die Angewohnheit hatte, stets wieder ohne Erklärung zu verschwinden.

Wika erwartete sie, im Schatten des Schilfdaches neben besagtem Brunnen sitzend. Sie reichte ihr einen Krug mit kühlem Wasser. »Komm, Nehis, setz dich zu mir und erfrische dich. Seine Geschichten machen Durst, nicht wahr? Setz dich in den Schatten und erzähle einer neugierigen alten Frau, was dich hierher verschlagen hat.«

Maru trank, und dann erzählte sie von ihrer Flucht den Fluss hinunter und wie schnell sie wieder gesund geworden war.

»Die Haut, Mädchen, die Haut der Erwachten, sie heilt dich und hält Krankheiten fern, du kannst froh sein, dass du sie hast.«

Maru widersprach, denn sie fühlte sich entstellt und schämte sich, doch Wika wischte den Einwand beiseite: »Sei nicht zu eitel. Es gibt viele Weiber, die auch ohne so einen Gürtel viel hässlicher sind als du, nimm mich zum Beispiel.« Und sie lachte laut über ihren Scherz.

Dann berichtete Maru von den Iauniern, die Tasil getroffen hatte, erzählte von den endlosen Tagen, die sie mit dem Schiff auf verschlungenen Wasserwegen durch das Wolfsfenn gefahren waren – bis in der Ferne die Stadt Ulbai über dem Sumpf auftauchte. Und sie erzählte von den Schmuggelfahrten und dass sie es spürte, wenn die Zermalmerin in der Nähe war.

Die letzte Bemerkung nahm Wika mit einem Kopfnicken hin, so, als habe sie es gar nicht anders erwartet. Doch zu dem, was Tasil tat, hatte sie etwas zu sagen: »Ich wiederhole es: Er ist eine Aaskrähe, der Mann, den du Onkel nennst. Weidet sich am Elend anderer.«

Maru konnte ihr nicht widersprechen. Tasil sagte immer, dass die Menschen ohne ihn noch schlimmer dran wären, aber im Grunde ihres Herzens sah sie es wie Wika. Er schmuggelte nicht aus Liebe zu den Ulbaitai, sondern um Silber zu verdienen. Und er verdiente nicht wenig. Sie war froh, sich das endlich einmal von der Seele reden zu können. Und doch fühlte sie das Bedürfnis, Tasil in Schutz zu nehmen. »Aber jetzt wird alles anders, Wika. Er ist hier mit einem Friedensangebot des Kaidhans.«

»Und macht er das umsonst?«, fragte Wika trocken.

»Nein, das nicht«, seufzte Maru.

»Ein Aasgeier, wie ich es sagte. Und der soll Frieden bringen?«

»Er muss. Denn in der Stadt steht es noch schlimmer als hier.«

»Böse Zeiten«, murmelte Wika, »wenn die Hoffnung auf einem Mann wie Tasil ruht.«

»Du sagst ihm doch nicht, dass ich dir das alles erzählt habe, oder?«, fragte Maru.

Wika warf ihr einen beleidigten Blick zu. »Bin ich ein Waschweib? Nein, bin ich nicht. Ich kann schweigen, frag nur den Alldhan. Was hat er nicht alles wissen wollen, damals. Und was hat er von mir erfahren? Nichts! Verflucht hat er mich. Und jetzt braucht er mich doch.« Und Wika erzählte, dass sie vor zwölf Tagen gerufen worden war, weil auch der letzte Heiler der Serkesch dem Sumpffieber erlegen war. »Ein Segen für die armen Kerle, wenn du mich fragst. Doch kam der Ruf spät. Viele konnte ich nicht mehr retten. Erinnerst du dich an die fremden Reiter? Aus dem Norden?«

»Die Hakul?«, fragte Maru. Sie hatte beinahe vergessen, dass es diese Feinde auch noch gab.

»Mag sein, dass man sie so nennt – Hakul. Dort drüben liegt der letzte von ihnen. Besuchen kannst du ihn, Nehis, doch wird er dich kaum erkennen. Uo sitzt schon an seinem Lager und wird ihn bald mitnehmen.«

Unwillkürlich starrte Maru in die angegebene Richtung. Halb erwartete sie, wirklich die Gestalt des schwarzen Gottes dort zu sehen, doch da waren nur die Kranken im Schatten des Schilfdaches.

Wika fuhr fort: »Behaupten kann ich wenigstens, dass es jetzt weniger werden, jeden Tag, die von diesen Lagerstätten hinüber zum Scheiterhaufen getragen werden. Und wenn erst der Graben frisches Wasser und frische Luft durch den Gestank des Lagers führt, wird es noch besser werden. Aber sag, Nehis, du redest viel davon, was der Südländer tut, doch was hast du getan, in all den Wochen, in der großen Stadt? Gibt es da nicht Fragen, denen du nachgehen wolltest?«

Maru sah Wika lange an. Diese Frau war scharfsinnig. »Es gibt in Ulbai weder einen Maghai noch weise Kräuterfrauen, die ich hätte fragen können«, begann sie, »jedoch fand ich einen Mann, der mir auf andere Weise helfen kann, einen Schreiber im Haus der Schrifttafeln, das sie Bet Schefir nennen.«

Wika schüttelte den Kopf. »Ein Schreiber? Einer, der Worte anderer Männer in Ton drückt? Worte, die er selbst nicht versteht? Wie soll der dir helfen können, Nehis?«

Maru seufzte. »Es ist schwierig, du hast recht. Die Akkesch schreiben alles auf – nur das Wichtige, das nicht. Aber was soll ich sonst tun?«

»Armes Kind«, sagte Wika, und es klang halb spöttisch, halb ernst. »Bet Schefir«, murmelte sie. »Ein ganzes Haus voller Antworten. Wenn es so viele davon gibt, Nehis, dann musst du erst die richtige Frage finden, bevor du die Antwort suchst.«

»Es sind doch nur zwei.« Sie senkte ihre Stimme. »Die nach dem … Schatten und die nach dem Mann, der mein Vater ist.«

Die Kräuterfrau sah sie nachdenklich an, schloss die Augen und schwieg eine Weile. Dann sagte sie plötzlich: »Dein Vater. Ein mächtiger Zauberer. Er hat seine ganze Kunst darauf verwandt, sich vor uns allen zu verbergen, Nehis. Was lässt dich glauben, dass du ihn auf einer Tafel Ton findest? In einem Haus, in dem die Akkesch aus- und eingehen? Wo jeder jederzeit diese Tafel in die Hand bekommen könnte? Nein, ich glaube nicht, dass er dort steckt.«

Marus Mut sank. »Etwas Besseres habe ich nicht, Wika«, sagte sie leise.

»Hm«, brummte die Alte, »schon wahr. Zauberer kannst du nicht fragen, musst sie sogar meiden.« Sie blickte Maru plötzlich besorgt an: »Bist du ihnen etwa begegnet?«

»Wem?«

»Den Maghai. Von den Imuledh, den Himmelsbergen, kamen

sie herunter. Seit vorgestern sind sie hier. Drei an der Zahl. Hast du sie nicht gesehen?«

Maru schüttelte den Kopf.

»Gut! Geh ihnen aus dem Weg, Nehis!«

»Aber was wollen sie hier?«

Wika schnaubte verächtlich. »Maghai! Immer tauchen sie auf, wo sie nicht gebraucht werden. Niemand weiß, was sie hier suchen. Vielleicht hat der einäugige Priester sie gerufen, denn es geht nicht voran mit seinem Krieg. Vielleicht sollen sie die Mauern der Stadt für ihn überwinden, vielleicht die Erwachte bändigen, wer weiß? Er ist schwer zu durchschauen, der Einäugige.«

»Und … der Alldhan?«, fragte Maru.

»Was fragst du nach ihm, dummes Kind? Mach dir lieber Sorgen um dich! Fern halten solltest du dich von den Mächtigen. Numur ist krank. Doch nicht am Fieber, nein, Wika hat keine Heilung für ihn. Aber vielleicht … sag, Nehis, weißt du, was ich nicht weiß? Sollen die Maghai nicht die Erwachte, sondern den Alldhan bändigen?« Die Alte sah Maru tief in die Augen, dann murmelte sie: »Nein, du weißt gar nichts, das sehe ich. Aber ist das besser? Ist es besser, du suchst deinen Pfad im Dunkeln? Oder soll das alte Kräuterweib dir leuchten? Nein, hier mischen sich schon zu viele ein. Musst es selbst finden, Nehis. Aber hüte dich vor den Maghai! Wenn sie sehen, dass du zweifach beschenkt bist mit der seltenen Gabe, das könnte dein Ende sein. Eifersüchtig sind sie und mächtig. Vom Leib sollen sie mir bleiben, die Zauberer. Und auch dir, Nehis. Meide sie!«

Maru nickte eingeschüchtert. »Und die Zauberer, sag Wika, wo sind sie? Hier im Lager?«

»Sind wie der Wind. Unzuverlässig. Mal hier, mal dort. Ihr Lager haben sie irgendwo im Sumpf. So närrisch sind sie nicht, hier unter all dem Gestank und der Krankheit ihre Decken auszubreiten. Aber sie waren hier, gestern, bei Mahas. Und sicher kommen sie wieder. Halte die Augen auf, Nehis!«

»Aber vielleicht erkennen sie mich gar nicht, solange ich nicht zaubere«, sagte Maru zaghaft.

Wika warf ihr einen mitleidigen Blick zu. »Mein Kind, ich fürchte, für den Kundigen brennt deine Gabe wie eine Fackel in dir.«

Maru seufzte. Als es am frühen Morgen geheißen hatte, der Kaidhan wolle Numur Frieden anbieten, da hatte sie geglaubt, dass sich nun alles zum Guten wenden würde. Doch Numur hatte das Angebot abgelehnt. Der Krieg würde also weitergehen. Und nun waren auch noch Zauberer hier. Waren sie etwa der Grund, warum der Alldhan so unerfüllbare Forderungen stellte? Die Maghai waren mächtige Verbündete. Mit Zauberei konnten sie vielleicht vollbringen, was die Krieger mit Waffengewalt nicht schafften. Nun, auch ein Sieg Numurs würde den Krieg zum Ende bringen, und im Grunde genommen konnte ihr doch gleich sein, wer das Reich der Akkesch beherrschte. Aber es war ihr nicht gleich. Sie hatte den Hass und den Wahnsinn in Numurs Augen gesehen. Und wenn die Krieger nach so langen Wochen endlich die Stadt einnähmen – keine Macht der Welt könnte verhindern, dass sie plündernd und brandschatzend durch die Straßen zögen. Sie hatte die Rauchsäulen über den Dörfern gesehen, die die Serkesch entlang der Hlain Ulbas niedergebrannt hatten. Das durfte sich in der großen Stadt nicht wiederholen. Maru sprang auf. »Verzeih, Wika, aber ich muss zurück. Tasil erwartet mich sicher schon.«

»Glaubst du? Meinetwegen. Geh nur zurück zu diesem Südländer. Wenn du glaubst, dass du das musst.«

»Ach, Wika, es ist nun mal so, wie es ist.«

Die Alte grinste plötzlich. »Ach, ist das so? Wie klug du geworden bist, Nehis. Dann lauf. Die Kranken rufen nach mir.« Und sie erhob sich ächzend, drehte Maru ohne ein weiteres Wort den Rücken zu und schlurfte davon.

Maru seufzte. Die Kräuterfrau meinte es gut mit ihr, aber sie erging sich auch zu gerne in geheimnisvollen Andeutungen. Es half nichts, sie musste zurück zu Tasil. Sie sprang über den Graben und lief zu dem breiten Weg, der vom Tor zur Mitte des Lagers führte. Das war sicher nicht der kürzeste Weg, aber sie spürte wenig Lust, durch das Gewirr der Hütten zu irren. Es musste Frieden werden, und das ging nur, wenn Tasil mit seinem Auftrag Erfolg hatte. Also musste sie ihm helfen. Als sie über den staubigen Weg eilte, dachte sie daran, dass ihr »Onkel« nicht nur einem, sondern wenigstens zwei Aufträgen nachging: dem von Kaidhan Luban und dem von Immit Uschparu, über den sie immer noch nichts wusste. Sie musste ihm erzählen, was sie erfahren hatte, über die knappe Verpflegung, aber auch über die Maghai. Vielleicht würde sie dann auch endlich zu hören bekommen, was er selbst plante. Denn so viel war ihr klar: Tasil war nicht ohne einen eigenen Plan in dieses Lager gekommen. Sie musste sich eingestehen, dass er sich wenig darum scherte, ob Krieg war oder nicht, solange nur genug Silber in seine Taschen floss. Vor der Schmiede bog sie ab und prallte mit einem Mann zusammen, der dort auf dem Weg stand. Sie stürzte. Eine Hand half ihr auf.

»Ich hoffe, du hast dich nicht verletzt, Mädchen in Eile?«, fragte eine warme Stimme. Sie blickte in ein freundliches, rundes Gesicht, dem eine Rasur gutgetan hätte. Eine formlose Kappe aus Lederflicken war auf einen von wirren grauen Strähnen bedeckten Kopf gestülpt. Der Fremde war von untersetzter Gestalt, in speckiges Leder gekleidet und hielt sich an einem langen, knorrigen Stab fest, von dem allerlei Federn und Bänder baumelten. Seine blauen Augen waren tief wie Brunnen. Er war ohne die Spur eines Zweifels ein Maghai.

Schaduks Fluch

Die Augen der Angst zählen Feinde doppelt.

Kydhisches Sprichwort

Maru starrte den Fremden bestürzt an. Für einen winzigen Augenblick hoffte sie, er würde sie nicht weiter beachten und ziehen lassen, doch die Hand, die ihr eben noch aufgeholfen hatte, hielt sie nun am Arm fest umklammert.

»Das ist aber eine Überraschung«, murmelte der Fremde, dann drehte er den Kopf und rief: »Klias, mein Freund, komm her und sieh dir das an!«

Aus dem Eingang der Schmiede trat ein Mann. Er war so groß, dass er den Kopf einziehen musste, um sich nicht zu stoßen, und schien in vielem das genaue Gegenteil jenes Mannes zu sein, der Maru festhielt. Er überragte ihn um mehr als Haupteslänge, und sein dichtes schwarzes Haar war sorgsam in dicke Zöpfe geflochten. Ein langer, ebenfalls sorgfältig geflochtener Bart fiel ihm auf die Brust. Hellgrau war sein Gewand und sah so sauber und neu aus, als habe er es eben erst erworben. Auch er führte einen langen Stab, der jedoch schlicht und ohne jeden Schmuck war. »Was gibt es, Velne?«, fragte er. »Noch mehr Schmutz und Unordnung?«

Hinter ihm zwängte sich ein weiterer Mann aus der Tür. Er war viel jünger als die beiden und schleppte zwei schwere Taschen. Maru hielt ihn auf den ersten Blick für einen Diener, aber an der Art, wie er an den Lippen der beiden Maghai hing, sah sie, dass er vermutlich eher ein Sipai, ein Schüler war. Dabei war er sicher schon einige Jahre älter als sie selbst.

»Nein, Klias, keinen Schmutz«, meinte der Zauberer, der Velne genannt worden war, »aber vielleicht etwas Unordnung.«

»Du kannst mich jetzt loslassen, Herr«, bat Maru vorsichtig.

»Oh, verzeih, Mädchen, ich war so überrascht«, sagte der Maghai und ließ sie los.

»In der Tat, ungewöhnlich«, murmelte Klias, der näher herangetreten war und mit kühlem, grauen Blick Maru musterte.

»Kann ich gehen? Ich werde erwartet!«, bat Maru.

»Eigentlich«, erwiderte Velne lächelnd, »bist du eher das Unerwartete.«

Maru zog sich vorsichtig zwei Schritte zurück.

»Bist du denn so in Eile, Mädchen?«, fragte Velne im Ton echten Bedauerns. »Ich würde gern ein wenig mit dir plaudern.«

Aber das war nur, was ein zufällig vorbeischlendernder Krieger hören würde. Da war noch eine andere Stimme, honigsüß, die Maru zuflüsterte, dass sie sich doch ausruhen und von dem Schrecken erholen solle. Die zweite Stimme! Maru fühlte unendliche Müdigkeit in ihre Glieder dringen. Sie blieb stehen. Ihre Beine waren schwer wie Blei.

»Hast du keine Zeit, drei Fremden, die weit entfernt sind von ihrer Heimat, etwas Gesellschaft zu leisten?«, fragte der Maghai freundlich. Und seine andere Stimme versprach ihr, sie von all der Last befreien zu können, die auf ihrer armen Seele lag. Maru schüttelte den Kopf. Was wusste er von ihren Lasten? Es war ein Zauber, verführerisch, aber wenn sie sich zusammenriss, konnte sie widerstehen. Dann spürte sie noch etwas, noch heimlicher und versteckter als die Zweite Stimme. Maru fror, und das Atmen fiel ihr schwer. Der Stimmzauber war nur ein Schleier, eine Ablenkung von dem Zauber, den der Maghai jetzt anwendete! Sie spürte ihn, spürte seine Gedanken. Wie kalte Klingen drangen sie in die ihren ein. Gleichzeitig lächelte er sie so freundlich an, als könne er keiner Fliege etwas zuleide tun. Er vermittelte einem Außenstehenden sicher den Eindruck größter Harmlosigkeit, während sie das Gefühl hatte, dass er mit Leichtigkeit ihren Geist zerteilte, so wie ein Schlachter Fleisch vom Knochen schneidet, um nach den besten Stücken zu suchen. Erinnerungen stiegen auf, ungeordnet und wirr; aus der Stadt, Temu, das Bet Schefir, Tasil, die Gassen der Unterstadt, Hardis, die Fahrt über den Fluss. Sie wusste nicht, wie sie ihn aufhalten sollte. Dann wirbelten andere Bilder aus der Tiefe nach oben – aus dem Wasserland, von ihrem Ritt mit Tasil, aus Serkesch. Ein unscharfer Strudel flüchtiger Eindrücke. Scheinbar mühelos drang der Maghai immer weiter vor. Da fiel Marus Blick plötzlich auf seine Hand, die den Stab umklammert hielt. Die Finger zitterten, und die Knöchel waren weiß verfärbt. Also strengte es ihn doch an! Daran richtete sie sich auf. Sie versuchte, ihn abzuwehren. Die Bilder verblassten. Jetzt hörte sie ein wortloses Flüstern, das an dem Zugang zu ihren innersten Gedanken kratzte wie ein Bittsteller an einer Tür. Sie sammelte sich. Diese Pforte wollte sie nicht öffnen. Sie erinnerte sich mit Schrecken daran, wie einst Tasil dort eingedrungen war. Doch der hatte über eine geheimnisvolle Speise diese Verbindung herstellen müssen, und sein Zugriff war roh und brutal gewesen, weil Tasil es nicht besser wusste. Das hier war wie ein feines Schneiden – der Zauberer wusste genau, was er tat, und er ging behutsam vor. Sie verweigerte sich. Aus der Bitte wurde jetzt eine bohrende Forderung. Es begann weh zu tun, der Schmerz steigerte sich, bis Marus Kopf dröhnte – und ganz plötzlich war es vorbei. Sie öffnete die Augen. Jemand hatte den Maghai angerempelt.

»Verzeih mir mein Ungeschick, Herr«, sagte eine vertraute Stimme – Biredh!

»Hast du keine Augen im Kopf, Alter?«, schalt ihn Klias.

Biredh wandte ihm seine leeren Augenhöhlen zu, und der Maghai erbleichte.

»Verzeih meinem Freund, alter Mann, er konnte dich wohl

nicht richtig sehen«, erklärte Velne. Er atmete tief durch und schien sich schwer auf seinen Stab stützen zu müssen.

»So ist es eben. Die Sehenden sind oft von gleicher Blindheit wie die Blinden«, entgegnete Biredh lächelnd.

»Du bist der Erzähler, nicht wahr?«, fragte Velne.

»Der bin ich wohl, Herr, und ich erzähle dir gern jede Geschichte, die du hören willst, wenn du glaubst, eine Mahlzeit für mich erübrigen zu können.«

»Ein Bettler«, stellte Klias naserümpfend fest.

Maru zitterte, und ihre Beine waren schwach. Der Maghai war in ihren Geist eingedrungen, und sie hatte ihn nur mit knapper Not von ihren Geheimnissen fernhalten können.

»Ich bin blind und arm, Herr, doch will ich nichts geschenkt. Eine Geschichte ist Nahrung für Ohr und Geist, wie man sagt. Ist es da nicht recht und billig, wenn ich für diese Nahrung meinerseits etwas Speise für den Magen erwarte? Aber ich will nicht streiten mit Männern, deren Namen ich nicht weiß«, erklärte Biredh lächelnd.

»Verzeih meine Unhöflichkeit, Erzähler, ich bin Velne, dieser dort ist mein alter Freund Klias und jener, der so verdrossen schweigt, ist Belk, sein Schüler. Wir sind Tochar und kommen von den Imuledh, den Himmelsbergen, wie man sie auch nennt.«

»Man nennt mich Biredh, Herr. Ich hörte, diese Berge berühren wirklich den Himmel. Wer sie besteigt, soll Fahs' Wolken von oben bestaunen können. Ist das wahr?«

»So ist es. Es ist ein überwältigender Anblick, doch mangelt es mir leider an deiner Zungenfertigkeit, um ihn angemessen zu beschreiben, ehrwürdiger Biredh«, antwortete Velne. Er sah den Blinden nachdenklich an, aber obwohl seine Augen nur auf ihn gerichtet schienen, beschlich Maru das ungute Gefühl, dass er in Wahrheit immer noch sie musterte. Die lähmende Empfindung in ihren Beinen klang allmählich ab.

»Und was hat euch dazu getrieben, eure erhabenen Berge zu verlassen und in die Niederungen dieser Moore und Sümpfe herabzusteigen, wenn ich das fragen darf, edler Tochar?«

»Eine Geschichte, die du sicher kennst, Erzähler. Sie handelt von einer Schlange, die wieder erwacht ist, nach vielen Jahren und doch vor ihrer Zeit.«

»Ich habe davon gehört«, meinte Biredh lächelnd, »doch ist diese Geschichte noch nicht abgeschlossen, und so kann ich sie dir nicht erzählen.«

»Denkst du denn, dass du ihr Ende bald erfahren wirst?«, fragte Velne nachdenklich.

Biredh lachte. »Woher soll ich das wissen, edler Velne? Wenn die Mär schon von Lagerfeuer zu Lagerfeuer gekrochen ist, dann fragen sie mich, ob ich nichts darüber zu erzählen weiß. Und ich höre erst zu und muss dann aus dem, was ich von vielen Stimmen und immer anders und nie ganz höre, eine Erzählung machen, die der großen Wahrheit gerecht wird. Und hier haben wir es mit einer sehr großen Wahrheit zu tun, einer Awathani, nicht wahr?«

»Nanu, was ist denn das hier für eine Versammlung?«, mischte sich eine weitere Stimme ein und bekräftigte diese Frage mit einem lauten Niesen. Wika!

»Ich wünsche Gesundheit«, sagte Klias und sah angewidert zu, wie sich Wika geräuschvoll die Nase putzte.

»Ich danke dem fremden Herrn«, sagte die alte Kräuterfrau. »Ist nur der elende Staub. Liegt hier in allem und über allem, kitzelt in meiner Nase. Aber vielleicht auch etwas anderes, vielleicht ist es einer von euch, der meiner Nase nicht gefällt.«

»Wie sehr ich das bedauern würde«, sagte Velne freundlich. »Bist du nicht die Heilerin dieser Unglücklichen hier?«

»Wenn sie unglücklich sind, dann nicht meinetwegen«, entgegnete Wika scharf, »auch wenn meine Laune gerade nicht die beste ist. Denn sieh, ich habe dieses Mädchen, Nehis gerufen, fortgeschickt mit wichtigem Auftrag, und wie es aussieht, wird sie aufgehalten von Fremden, die sich nicht vorstellen.«

Velne blieb höflich, bat um Vergebung und stellte sich und die anderen Tochar noch einmal vor.

»Weit weg von zu Hause, Velne von den Tochar, nicht wahr?«, stellte Wika misstrauisch fest.

»Stell dir vor, alte Freundin, sie sind hier, weil sie die Erwachte suchen«, erklärte Biredh.

»Wirklich? Da kann ich helfen. Im Fluss ist sie zu finden. Dort entlang und dann immer geradeaus. Nimm ein Bad im Dhanis, Tochar, dann hast du gute Aussichten, dass sie kommt, dir den Kopf zu waschen.«

Velne lachte und antwortete: »Ich werde deinen Rat vielleicht später befolgen, weise Frau. Doch jetzt habe ich unglücklicherweise noch andere Dinge an diesem ungesunden Ort zu erledigen.«

»Es ist zum Ersticken«, pflichtete Klias ihm bei.

»Sag«, meinte Velne, »man erzählte mir, eine kluge Seele sei auf den Gedanken gekommen, einen Graben mit fließendem Wasser durch dieses Lager zu leiten. Kann es sein, dass du diese weise Seele bist?«

Wika konnte nicht verhehlen, dass ihr diese Worte schmeichelten. »Schon möglich«, erwiderte sie und versuchte vergeblich, den Anflug eines Lächelns zu unterdrücken.

»Ein hervorragender Einfall, frisches Wasser, frische Luft, das wird Uos Pfeile ablenken«, meinte Velne.

»Was wissen denn die Maghai vom Sumpffieber?«, fragte Wika misstrauisch.

»Nur, dass Uos Pfeile klein sind, nicht größer als der Stachel einer Mücke. Sicher wissen wir aber nicht so viel wie die berühmte Heilerin, die weiter südlich im Schwarzen Fenn leben soll.«

»Berühmt, sagst du?«

Maru verfolgte mit Sorge, wie Wika sich von dem Fremden einwickeln ließ, ohne dass er sich die Mühe machen musste, dabei auf Zauberei zurückzugreifen. »Sag, Wika, kann ich nun gehen? Mein … Onkel wartet sicher auf mich.«

»Wie? Wer? Ach ja, geh nur, Nehis, geh. Wir brauchen dich hier nicht mehr.«

»Ein Onkel?«, fragte Velne. »Er sollte sich glücklich schätzen, so eine Nichte zu haben.«

»Tut er«, murmelte Maru. Dann zwängte sie sich an dem immer noch verdrossen blickenden jungen Sipai namens Belk vorbei und eilte davon.

»Ich hoffe, wir sehen uns wieder, Nehis«, rief Velne ihr hinterher.

Genau das hoffte Maru nun nicht, und sie lief weiter, ohne sich umzudrehen. An der nächsten Ecke bog sie ab, kauerte sich an die Außenwand einer Hütte und atmete tief durch. Das Zittern kam zurück, und sie musste sich übergeben. Danach ging es ihr etwas besser. Velne war in ihren Geist eingedrungen, beinahe mühelos, ohne dass er ihren Körper hatte berühren müssen, ohne dass er ihr einen Trank oder eine Speise gegeben hatte, so wie Tasil das einst geschafft hatte. Er war gefährlich. Für sie – und für die Stadt. Wenn er sich auf die Seite der Serkesch schlug, dann würde die Stadt fallen.

»Ist dir unwohl, Mädchen?« Eine hohlwangige Frau war im Eingang der Hütte erschienen und beäugte sie misstrauisch. Sie war sicher eine Sklavin, die sich einer der Krieger als Beute aus den zerstörten Dörfern geholt hatte.

»Es geht schon, danke«, sagte Maru und riss sich zusammen.

»Was hast du gegessen?«

»Nichts«, erwiderte Maru.

»Wenn du nichts gegessen hast, wie kommt es dann, dass du …« Die Frau beendete die Frage nicht. Es gab keine Freundlichkeit in ihrem Gesicht, nur Hunger.

»Ich muss weiter«, stammelte Maru und machte sich davon. Das fehlte ihr noch, dass sie jetzt von den Serkesch angegriffen wurde, nur weil sie etwas im Magen hatte, oder vielmehr gehabt hatte. Es war wirklich Zeit, zu Tasil zurückzukehren. Sie vermied die Hauptwege und blickte sich an jeder Ecke um, bevor sie weiterlief, aber die Maghai waren nirgends zu sehen.

Sie traf Tasil vor dem Eingang zum Bet Alldhan, wo er sich angeregt mit dem Schab der Leibwächter unterhielt. Offenbar waren die Beratungen im Inneren des Gebäudes noch nicht abgeschlossen. Tasil sah sie, kam ihr ein Stück entgegen, packte sie an der Schulter und zog sie außer Hörweite: »Nun, was hast du erfahren?«, fragte er.

Maru erstattete Bericht. Sie erzählte, sehr kurz, von ihrem Treffen mit Wika und von dem, was Biredh über den Hunger im Lager gesagt hatte.

»Das sind gute Nachrichten«, meinte Tasil mit grimmigem Lächeln, »wenn die Serkesch Schwierigkeiten haben, ihre Krieger zu füttern, müssen sie doch bereit sein, Frieden zu machen.«

»Ich habe aber auch schlechte Nachrichten, Onkel. Es sind Maghai im Lager.«

»Zauberer?«, fragte Tasil.

Sie konnte ihm ansehen, wie unangenehm überrascht er war. »Tochar aus den Bergen. Und ich glaube, sie sind sehr stark.«

»Woher willst du das wissen, Kröte?«

»Wika hat das gesagt«, log Maru. »Sie glaubt auch, dass Mahas die Männer gerufen hat.«

»Der Abeq?«

»Vielleicht auch der Alldhan. Aber Wika sagt, dass die Maghai gestern bei Abeq Mahas waren.«

Tasil starrte nachdenklich ins Nichts. »Der Alldhan oder der Abeq?«, murmelte er. Dann schüttelte er den Kopf. »Nicht Numur. Er sieht nicht so aus, als könne er noch einen so klugen Gedanken fassen. Also Mahas. Das ist gut, oder sagen wir, es ist nicht ganz so schlecht wie das andere. Wir werden sehen.«

»Warum ist das nicht so schlecht, Onkel?«

Tasil lächelte. »Mit Mahas kann man reden. Doch still jetzt, ich glaube, man ruft uns.«

Wirklich erschien ein Krieger im Eingang und winkte sie heran. Sie wurden erneut in den Saal mit den vielen Tüchern geführt. Numur war nicht dort, nur der Abeq.

»Nun, Tasil aus Urath, wir haben uns beraten, und Gott Utu stand uns bei«, begann er. Dann erhob er sich von seinem Stuhl. »Der Ratschluss unseres Gottes bestärkte den hochgeborenen Alldhan in seinen Forderungen, die rein sind und klar und ohne den Beigeschmack fauler Halbheiten.«

Das hörte sich für Maru nicht gut an.

Der Abeq sprach mit versteinerter Miene weiter: »Deshalb berichte dem Thronräuber Luban, dass wir sein armseliges Angebot nicht annehmen werden, ja, nicht annehmen können. Denn wir müssten gegen den Willen Utus handeln, und nichts liegt uns ferner.«

Maru fragte sich, ob Numur wieder hinter dem Vorhang stand und lauschte.

Der Hohepriester fuhr fort: »Im Namen Utus verlangen wir die Übergabe der Stadt, noch heute. Wir verlangen, dass Luban sich uns ergibt, mit all seinen Kriegern. Wir erwarten, dass die Menschen der Stadt Utu als ihren Gott und den von den Göttern stammenden Numur als ihren unumschränkten Herrn anerkennen. Einen Tempel sollen sie Utu errichten an der Stelle, an der jetzt noch das Haus des falschen Gottes Etellu steht. Seine Statue aber sollen sie stürzen und ihm abschwören. Dies ist der Wille des hochgeborenen Alldhans Numur-Hegasch, so wie es der unseres Gottes Utu ist. Der Thronräuber mag uns bis morgen früh seine Antwort mitteilen. Ergibt er sich, werden wir den Ulbaitai erlauben, weiter zu leben. Nach Sonnenaufgang haben weder er noch seine Stadt Schonung zu erwarten.«

Das also war das Ende der Hoffnung. Maru sank der Mut.

»Ich bin sicher, Luban wird die Botschaft anhören und eine angemessene Antwort finden, Herr«, erwiderte Tasil, »oder vielleicht auch Immit Uschparu, der in vielen Dingen mit seinem Herrn, dem Kaidhan, übereinstimmt.«

Mahas stutzte. Die Anspielung auf die Uneinigkeit bei Hofe war ihm nicht entgangen.

»Möchtest du dem Angebot Lubans noch etwas hinzufügen, Bote?«, fragte Mahas misstrauisch.

»Nein, Herr, hier ist dazu nichts mehr zu sagen.«

Wieder zögerte der Priester einen Augenblick, bevor er antwortete. »Dann solltest du bald zurückkehren, damit Luban erfährt, was er wissen muss. Ich werde mich in den Tempel begeben und dafür beten, dass die Einsicht ihn ereilen und dieser Krieg bald ein Ende finden möge.«

Und damit wurden sie entlassen. Maru hatte das Gefühl, etwas Entscheidendes überhört zu haben. Tasil schwieg, aber sie sah ihm an, dass er noch etwas vorhatte. Draußen wandte er sich an einen der Wachtposten: »Sag, tapferer Krieger, gibt es in diesem Lager einen Tempel?«

»Einen Tempel?«, fragte der Mann verwundert.

»Ja, einen Ort, mit den Göttern zu sprechen, oder betet ihr alle nur noch zu Utus Bildnis? Ich muss bald zurück über den Fluss, und ich würde den Hütern gerne ein Opfer bringen, damit sie mich sicher über den Dhanis geleiten.«

Das leuchtete dem Krieger ein, und er beschrieb ihnen den Weg zum Tempel des Lagers.

»Was wollen wir dort, Onkel?«, fragte Maru, als sie hinter dem rasch ausschreitenden Tasil hereilte.

»Mahas will uns dort treffen. Hast du die Einladung nicht gehört?«

Maru ging das Gespräch noch einmal im Geiste durch. Natürlich, Tasil hatte angedeutet, dass Immit Uschparu verhandlungsbereiter war als der Kaidhan, aber dass er darüber im Bet Alldhan nicht reden wolle. Und Mahas hatte erklärt, in den Tempel zu wollen. Eigentlich war das ziemlich durchsichtig, wenn man auf die Zwischentöne achtete. Maru hoffte, dass Numur das ebenso wenig begriffen hatte wie sie selbst. Das Götterhaus der Serkesch tauchte vor ihnen auf. Es glich keinem Tempel, den Maru bisher gesehen hatte. Es war ein hoher, schlichter Bau mit fünfeckigem Grundriss, der von vielen offenen Nebengebäuden eingezwängt war. Maru sah in einem dieser Anbauten drei Krieger sitzen. Der Tracht nach waren es Iaunier. Sie schienen zu einer Holzfigur zu beten, die dort an der Wand stand. Sie zeigte einen stierköpfigen Gott, den Maru nicht kannte. Im nächsten Verschlag sah sie ein Bildnis des vielarmigen Dhanis. Sie begriff, dass in all diesen Nebengebäuden Götter verehrt wurden, auch Götter, die Numurs Söldner aus ihren Heimatländern mitgebracht hatten. Sie betraten den fünfeckigen Haupttempel. Von außen merkte man dem Bau an, wie eilig er errichtet worden war – die Serkesch hatten wohl einfach nicht damit gerechnet, dass die Belagerung so viele Monde dauern würde. Im Inneren hatten die Baumeister mehr Sorgfalt walten lassen: Die Holzwände waren ordentlich verputzt und mit strengen Ornamenten verziert. Jede Seite, außer der Türseite, war einem der vier Hüter, der ersten Götter, gewidmet. Zur Linken fand sich der Wolkenherrscher Fahs, daneben die blumenhaarige Hirth. Ihr folgte der Herdhüter Brond, und rechts von der Pforte bildete die wasserspendende Alwa den Abschluss dieses Kreises. In der Mitte aber thronte auf einer stämmigen Säule der mächtige Strydh, der Gott des Krieges.

»Ich frage mich, ob es hier auch einen Tempel für Uo gibt«, raunte Tasil Maru leise zu. Sie waren nicht alleine in der Gebetshalle. Einige Krieger legten den Göttern Kräuter und Blätter in die Opferschalen. Weißgekleidete Priester achteten auf die Einhaltung der vorgeschriebenen Rituale und hielten die heiligen Flammen in Gang. Es war sehr ruhig. Die Krieger wirkten abgezehrt und die Priester unzufrieden. Vielleicht fürchteten sie, dass die kümmerlichen Opfer kaum ausreichen würden, die Hüter gnädig zu stimmen.

»Der Tempel Uos befindet sich zur Rechten dieses Hauses«, sagte eine bekannte Stimme hinter ihnen. Abeq Mahas war eingetroffen, begleitet von einigen bewaffneten Abeqai. Maru hatte noch nie Priester in Waffen gesehen, aber sie erkannte, dass diese Männer das Handwerk des Krieges sicher gut verstanden. Ihre Schädel waren, wie bei allen Abeqai, kahl rasiert. Sie waren kräftig, und einer von ihnen war von mehreren Narben auf dem Oberarm gezeichnet, die auf Kampfverletzungen hindeuteten. Ob sie auch als Priester taugten, war eine andere Frage.

»Lasst uns allein, ihr Männer, ich habe wichtige Dinge mit Strydh zu besprechen«, rief Mahas laut.

Die Krieger erhoben sich und verließen widerspruchslos den Tempel.

»Ihr auch, meine Brüder«, schickte der Abeq die Tempelpriester hinaus. Sie waren überrascht, aber sie gehorchten. Nur die bewaffneten Abeqai blieben.

»Ich bin erstaunt, dass Utu andere Götter neben sich duldet«, eröffnete Tasil das Gespräch.

»Solange ihm die notwendige Ehrerbietung zuteil wird, ist er ein großzügiger Gott«, antwortete Abeq Mahas, »doch glaube ich nicht, dass du mich hier treffen wolltest, um über die Götter zu sprechen, Urather.«

»Da hast du recht und unrecht, ehrwürdiger Abeq, denn natürlich habe ich ein anderes Anliegen, doch frage ich mich, ob das, was wir hier bereden, vor jenem Gott, dessen Augen ihr verkauft habt, Bestand haben wird.«

Abeq Mahas lachte. »Wie ich sehe, bist du stets noch damit beschäftigt, Öl ins Feuer zu gießen, auch wenn du etwas erreichen willst, das vom guten Willen anderer abhängt. Doch will ich mich nicht mit Kindereien aufhalten, Tasil aus Urath. Wenn du ein weiteres Angebot hast, so solltest du es sagen.«

Tasil lächelte. »Wie du es wünschst, Ehrwürdiger. Was ich dir zu sagen habe, stammt nicht aus dem Munde des Kaidhans, wie ich bereits andeutete. Immit Uschparu ist ein kluger Mann. Er wusste, dass Numur das Angebot Lubans niemals annehmen würde. Welcher Fürst von Verstand würde das? Doch hofft er, einen anderen Weg zum Frieden zu finden. Und er bat mich zu prüfen, ob du ihn vielleicht auf diesem Weg treffen willst.«

Mahas blickte Tasil mit seinem verbliebenen Auge finster an. Die Anspielung auf den Geisteszustand des Alldhans war ihm nicht entgangen. »Weiter«, sagte er knapp.

»Bevor ich jedoch die Gedanken Uschparus preisgebe, muss ich wissen, ob Numur auf eurer Seite das letzte Wort von Gewicht in dieser Frage gesprochen hat – oder ob sich die Waagschale vielleicht noch ein wenig bewegen lässt.«

»Wir wären nicht hier, wenn es nicht so wäre«, beschied ihm Mahas knapp.

Tasil nickte und fuhr fort: »In diesem Fall lautet Uschparus Angebot wie folgt: Das Reich soll an Numur fallen, der Kaidhan behält lediglich die Stadt Ulbai und das Umland sowie den Zugang zum Meer. Er ist bereit, die Oberhoheit des Alldhans anzuerkennen. Jedoch wird er euren Kriegern den Zugang zu seiner Stadt weiterhin verwehren.«

Die Kriegerpriester warfen sich schnelle Blicke zu. Sie waren offenbar ebenso überrascht wie Maru. Nur Abeq Mahas zeigte keine Regung. Er überdachte das Gehörte schweigend, dann fragte er: »Und Luban wird dem zustimmen?«

»Nein«, antwortete Tasil schlicht.

Wieder schwieg Mahas eine Weile, bevor er sagte: »Ich verstehe.«

Auch Maru verstand: Es kam auf Lubans Zustimmung gar nicht mehr an. Immit Uschparu würde ihn an seine Feinde verraten.

»Findet dieses Angebot dein offenes Ohr, ehrwürdiger Abeq?«

»Ich nehme an, Uschparu hat vor, sich des Throns zu bemächtigen?«

»Das weiß ich nicht, Herr«, antwortete Tasil lächelnd. »Soweit ich aber weiß, hat Luban einen Erben, einen Neffen, noch im Kindesalter. Vielleicht wird jener den Stab des Herrschers übernehmen.«

»Und der Immit wird ihm ein treuer und fürsorglicher Ratgeber sein? Ich verstehe. Dennoch, der Kaidhan, wer immer es ist, wird sich unterwerfen müssen, vor aller Augen, meinetwegen außerhalb der Stadt.«

»Das werde ich Uschparu bestellen, doch kann ich nicht sagen, ob er dazu bereit ist.«

»Und er wird den Schatz des Reiches übergeben müssen.«

»Ich fürchte, darauf wird er sich nicht einlassen, Herr.«

»Dann solltest du ihn dazu überreden, Bote.«

»Dafür bräuchte ich gute Gründe«, erwiderte Tasil lächelnd. Falls er darauf hoffte, dass Mahas ihm eine Bezahlung für seine Überredungskünste anböte, wurde er enttäuscht.

»Gründe?«, fragte der Hohepriester und sah Tasil durchdringend an. »Dann folge mir, Urather, ich möchte dir etwas zeigen.«

Der Abeq flüsterte einem seiner bewaffneten Priester einen Auftrag zu. Der Mann nickte und lief eilig davon. Dann verließen sie den Tempel. Sie folgten Mahas durch das Lager zum nördlichen Tor. Viele Blicke waren auf sie gerichtet. Offensichtlich war der

Hohepriester nicht auf Geheimhaltung bedacht. Maru fragte sich, ob das eher ein gutes oder ein schlechtes Zeichen war. Am Tor wurden sie von dem ausgesandten Priester sowie einer Eschet Speerträger und einer weiteren Eschet von Axtkämpfern erwartet. Mit dieser Begleitung verließen sie das Lager und marschierten Richtung Fluss. Auf dieser Seite hatten die Äxte der Serkesch stärker gewütet als im Süden. Ganze Wälder von Weiden und Wasserbäumen waren verschwunden. Geblieben war dichtes, dorniges Buschwerk, in dem der Pfad nun verschwand. Sie folgten ihm durch eine lang gezogene, schlammige Senke in einen stark gelichteten Auwald. Die Dornbüsche wurden von mannshohen Brennnesseln und Schilf abgelöst, sie waren also am Fluss. Zwischen den Weiden tauchte scheinbar zum Greifen nah die Stadt Ulbai jenseits des Schwarzen Dhanis auf. Sie stießen auf einen breiten Weg, der von Norden herunterkam. Allmählich ahnte Maru, wo Mahas hin wollte: Er führte sie zu den Ruinen der Alten Brücke. Luban hatte sie abbrechen lassen, als der Feind näher gerückt war. Einst war sie ein beeindruckendes Bauwerk aus Stein gewesen, jetzt war es nur noch eine Ansammlung von Trümmern. Sechs mächtige Pfeiler ragten aus dem Wasser. Daneben lag ein Beleg für einen weiteren gescheiterten Versuch der Belagerer, den Dhanis zu überqueren. Sie hatten nämlich im Strömungsschatten der Brückenreste einen Damm über den Fluss bauen wollen. Sie waren beinahe bis zur Mitte des Stromes gekommen, doch ab da gerieten sie in die Reichweite der Bogenschützen der Stadt, die hohen Blutzoll von den Sklaven und zwangsverpflichteten Bauern gefordert hatten. Auch wurde der Fluss dort ungeheuer tief und die Strömung sehr stark. Jeder Stein und jeder Holzpflock, den die Serkesch dort versenkten, wurde einfach fortgerissen. Es war die Stelle, die die alte Brücke einst frei überspannt hatte. Nach schweren Verlusten hatten sie aufgegeben. Abeq Mahas führte sie ein Stück weiter stromaufwärts. Dort sahen sie Seltsames. Einige Männer waren dabei, große Flächen Holz zusammenzufügen. Im ersten Augenblick glaubte Maru, es handle sich dabei um Flöße, doch fehlten Masten, Ruder und Steuer. Es waren einfach lange und breite Holzplattformen, die aus jeweils einem guten Dutzend Stämme bestanden. Maru entdeckte Streitwagen, die zerlegt worden waren. Die Räder lagen in der Nähe der rätselhaften Holzflächen.

»Was ist das, Herr?«, fragte Tasil schließlich, als Mahas einfach ohne ein Wort der Erklärung stehen blieb.

»Dies, Urather, ist ein Wunderwerk. Anders kann ich es nicht nennen, denn unser Brückenmeister hat hier wahrhaft ein Wunder vollbracht. Dies ist die neue Brücke über den Schwarzen Dhanis.«

»Eine Brücke? Hier?«, fragte Tasil. Der Fluss war ein gutes Stück entfernt. Er wusste offenbar ebenso wenig wie Maru, was er davon halten sollte.

Mahas lachte und winkte einen Mann herbei. Maru erkannte ihn wieder, es war jener, der in nur wenigen Stunden die Brücke zum Dorf im Isberfenn gebaut hatte. »Dies ist Fyriska, unser Brückenbaumeister. Erzähle dem Fremden, was wir vorhaben, Meister.«

Der Mann verbeugte sich und drehte seine kleine Wollmütze, die er abgenommen hatte, verlegen in der Hand. »Dies sind die Teile, Herr. Mit diesen Rädern dort schaffen wir sie zum Fluss. Dort drüben liegen vorbereitete Pfeiler.«

Maru sah mächtige Holzpfeiler, die aus mehreren langen Weidenstämmen zusammengebunden waren.

»Ihr wollt eine neue Brücke anstelle der alten errichten?«, fragte Tasil ungläubig.

»Nicht ganz«, erklärte Mahas, »sie wird nur das Stück zwischen unserem Damm und dem anderen Ufer überspannen müssen.«

»Ich glaube nicht, dass die Ulbaitai das zulassen. Ihr geratet in Reichweite ihrer Bögen. Über viele Tage! Und wenn ihr doch fertig werdet, werden sie in aller Ruhe dort aufmarschieren und euch niedermachen, wenn ihr endlich das Ufer erreicht.«

»Wie lange wird es dauern, die Brücke zu errichten, Fyriska?«

»Alle Teile sind fertig, ehrwürdiger Abeq. Also brauchen wir einen halben Tag, sie zusammenzusetzen.«

»Oder eine halbe Nacht?«

»Oder eine halbe Nacht, Herr«, bestätigte der Baumeister.

Jetzt war Tasil doch beeindruckt, aber er versuchte, es sich nicht anmerken zu lassen. »Und die Erwachte? Glaubt ihr, sie wird euch in Ruhe dort arbeiten lassen? Es wird sie nicht viel Mühe kosten, dieses Wunder zu zerstören.«

»Sie hat uns nicht angegriffen, als wir den Damm bauten, und sie hat die alte Brücke niemals angegriffen, auch als sie schon längst Menschen und Schiffe holte. Nein, die Erwachte wütet im Strom, nicht am Ufer und nicht gegen Damm oder Brücke. Wir sind dort sicher«, erklärte Mahas höchst zufrieden.

»Und warum zeigst du mir dies, Herr?«, fragte Tasil, nachdem er eine Weile über das Gehörte nachgedacht hatte.

Der Abeq schickte den Brückenmeister fort und wartete, bis er außer Hörweite war. Die beiden Eschet sicherten den Weg. Sie wirkten angespannt.

»Ich wollte dir klarmachen«, sagte Mahas, »dass wir bereits morgen vor den Mauern der Stadt stehen können, wenn wir wollen.«

»Es würde viele Leben kosten«, stellte Tasil nüchtern fest.

»Aber es wäre eine letzte Anstrengung – dann wäre die Stadt unser.«

»Ich habe deine Krieger gesehen, Herr, und ihre leeren Kochtöpfe. Ich bezweifle, dass sie für so einen Gewaltakt die nötige Kraft aufbringen.«

»Alles im Krieg ist zweifelhaft, Urather. Es ist auch fraglich, ob die Verteidiger noch den Willen haben, sich zu verteidigen. Vielleicht werfen sie ihre Waffen fort, wenn sie uns kommen sehen? Wer kann wissen, was geschieht, wenn die Schlacht erst begonnen hat? Ich habe dir dies gezeigt, damit du Gründe kennst, Immit Uschparu von meinem Angebot zu überzeugen, Tasil aus Urath. Er sollte es annehmen, sonst werden bald viele Männer sterben – und gewiss auch er.«

»Ich werde ihm dies darlegen, ehrwürdiger Abeq, jedoch habe ich noch eine Frage.«

»Ich hoffe, du erwartest keine Belohnung für deine Dienste?«

Tasil antwortete mit einem Lächeln. »Nein, Herr, doch frage ich mich, ob dein Angebot auch die Gnade des Alldhans findet. Du hast dich weit entfernt von dem, was er vorhin erst mit dem Ratschluss seines göttlichen Vaters gefordert hat.«

»Deine Sorge ist unbegründet, Bote. Numur wird zustimmen.«

»Er wird sich gegen Utus Willen stellen?«, fragte Tasil noch einmal nach.

»Glaube mir, Urather, ich habe Mittel und Wege, ihn zu überzeugen. Doch die Zeit drängt. Noch kann ich den Willen des Alldhans lenken, doch wird dies nicht lange so bleiben.«

»Wollen die Maghai so bald wieder aufbrechen?«, fragte Tasil lächelnd.

Mahas blitzte ihn mit seinem einen Auge böse an. »Du bist gut unterrichtet, Urather. Doch es sind schon Männer daran erstickt, dass sie mehr wussten, als gut für sie war.«

»Ich werde daran denken, Ehrwürdiger.«

»Das bezweifle ich«, antwortete Mahas trocken.

Man trennte sich, und der Abeq gab ihnen die Eschet Speerträger als Begleitschutz mit. Maru fragte sich, ob das ihrem Schutz diente oder ob der Abeq nur sichergehen wollte, dass sie wirklich abfuhren und nicht etwa die Gegend um das Lager auskundschafteten. Mahas selbst verschwand mit der zweiten Eschet Richtung Norden.

»Ich frage mich, wo er hin will«, murmelte Tasil.

»Die Serkesch haben weiter oben einen Übergang, Onkel«, erklärte Maru.

»Einen Übergang?«

»Ja, dort ist der Fluss zu flach für die Awathani. Sie nutzen ihn, um ihr Lager auf dem Hügel, über dem Kanal, zu versorgen.«

»Und woher weißt du das, Kröte?«

»Von einem Schreiber aus dem Bet Schefir. Der hat mir die Gegend beschrieben.«

»Ein Schreiber? Fahs steh uns bei! Was kann der schon wissen?«, meinte Tasil abfällig.

Maru war eigentlich ganz froh, dass ihr »Onkel«, nichts vom Bet Schefir hielt, so konnte sie dort ungestört ihren eigenen Angelegenheiten nachgehen. Temu wusste nämlich, das musste sie sich inzwischen eingestehen, erstaunlich viel. Er hatte all die Berichte gelesen, die die Schabai für den Kaidhan verfassten, vermutlich mit mehr Sorgfalt als der Kaidhan und der Immit zusammen. Eigentümlicherweise stellte Temu jedoch keinen Zusammenhang zwischen den Berichten vom Krieg und seiner eigenen Lage her. Er las sie mit der gleichen Anteilnahme, wie er Erntelisten aus längst vergangenen Zeiten zur Kenntnis nahm. Und genau das war die Schwierigkeit mit ihm. Er schien einfach nicht unterscheiden zu können, was wichtig war, und was nicht.

»Eine recht kleine Eschet«, stichelte Tasil, als er neben dem Schab her marschierte. Sie waren dem breiten Weg Richtung Süden gefolgt, bis er kurz hinter der Brücke das Ufer verließ und landeinwärts schwenkte. Maru nahm an, dass er etwa zum Westtor des Lagers führte. Dann fiel ihr ein, dass sie am Vormittag auf ihrem Weg zum Südtor die Straße überquert hatten. Sie verlief also nicht durch das Lager, sondern daran vorbei. Jetzt folgten sie einem breiten Trampelpfad durch den Auwald. Der Schab bedachte Tasil nicht mit einer Antwort. Er stapfte grimmig voraus, sein Sichelschwert in der Hand. Tasil hatte natürlich recht. Die Eschet bestand nur aus neun, nicht aus den üblichen zwölf Männern. Und zwei von ihnen zeigten auch noch erste Anzeichen des Fiebers. Sie waren blass und schwitzten stark, noch stärker, als man es in der Mittagshitze ohnehin tat.

»Schon in vielen Schlachten gekämpft, edler Schab?«, versuchte Tasil, das bis jetzt sehr einseitige Gespräch fortzusetzen.

Der Schab, ein Akkesch namens Hulqu, blieb stehen: »Höre, Urather. Ich bezweifle, dass du wirklich wissen willst, wie viele Kämpfe ich ausgefochten habe. Du willst mich ausfragen – aber ich werde nicht antworten. Nur eines sage ich dir: Es ist besser, diesen Weg still und schweigend zurückzulegen, denn er ist gefährlich. Weiter jetzt.«

»Was meinst du mit ›gefährlich‹?«, fragte Tasil halb belustigt.

Aber der Schab schwieg. Auch Maru fragte sich, welche Gefahren ihnen hier, unweit des Lagers, drohen könnten. Der Pfad schlängelte sich an alten Weiden vorbei durch dichtes Buschwerk, wuchernde Brennnesseln und leise raschelndes Schilf. Sie konnte sie nicht sehen, aber Maru nahm an, dass dort am Ufer Posten standen, und so, wie sie die Lage in der Stadt einschätzte, war von dort sicher kein Überraschungsangriff zu erwarten. Fürchteten die Männer sich vor den Flussechsen? Von denen gab es nahe der Stadt nicht mehr viele. Die Awathani hatte einen Teil geholt, die anderen waren in den Kochtöpfen der Belagerer und der Belagerten gelandet. Die einzige Gefahr am Fluss war nach allem, was Maru wusste, die Zermalmerin selbst, aber, wie der Abeq schon gesagt hatte – sie kam nicht an Land. Also was beunruhigte die Männer so? Der Schab zuckte bei jedem Geräusch zusammen und ließ den Trupp mehrfach anhalten. Doch immer war es nur das Schilf, das im leichten Wind raschelte, oder der Fluss, der hinter den Weiden leise murmelte. Dann spürte Maru etwas. Es war eine leichte Unruhe, ein Unbehagen, aber nicht von der Art, wie sie es verspürte, wenn die Erwachte in der Nähe war. War es vielleicht nur die Angst der Krieger, die sie ansteckte? Sie überlegte, ob sie es Tasil sagen sollte, aber das Gefühl war so unbestimmt, dass sie es ließ. Sie gingen weiter durch den Auwald. Die hohen Weiden rauschten, und das Buschwerk und das Schilf waren in ständiger Bewegung. Das leise Rascheln wurde Maru allmählich unheimlich, vor allem, wenn der Schab wieder befahl, stehen zu bleiben. Dann war nichts anderes zu hören, nicht der gleichmäßige Tritt der Männer, nicht das leise metallene Klingen der Rüstungen. Das ungute Gefühl aber blieb und wurde schließlich so stark, dass Maru Tasil am Gewand zupfte.

»Was ist, Kröte?«, fragte er leise.

»Ich spüre etwas.«

»Die Erwachte?«, fragte Tasil besorgt.

»Nein, ich glaube nicht. Es ist ähnlich, aber anders.«

Hulqu war nicht entgangen, dass sie miteinander flüsterten. »Was gibt es?«, fragte er.

»Nichts weiter, edler Schab. Meine Nichte fragt nur, wie weit es noch ist.«

»Nicht mehr weit, Bote, den Hütern sei Dank.«

Plötzlich knackte irgendwo ein Ast. Der Schab hob die Hand als Zeichen zum Halt, und die Männer gingen in Kampfstellung. Sie drängten sich hinter ihren Schilden zusammen und sicherten den Pfad nach beiden Seiten. Maru und Tasil fanden sich plötzlich von schwitzenden Männern eingekeilt. Sie nahmen ihren Auftrag, sie zu beschützen, offensichtlich ernst. Tasil quittierte es mit einem belustigten Grinsen. Nichts geschah, aber der Schab hielt immer noch die Hand zum Zeichen der Kampfbereitschaft erhoben.

»Ich glaube nicht«, sagte Tasil nach einer Weile, »dass dieser morsche Ast vorhatte, uns anzugreifen. Auf jeden Fall wäre er auch kaum ein Gegner, denn ich vermute, das Alter hat ihn für uns besiegt und gerade vom Stamm gebrochen. Vielleicht ist aber auch nur ein Wildtier darauf getreten.«

»In der Nähe des Lagers gibt es schon lange kein Wild mehr«, erwiderte der Schab tonlos.

»Nun, da ich dennoch nicht davon ausgehe, dass die Bäume uns feindlich gesonnen sind, schlage ich vor, dass du uns endlich zu unserem Boot bringst. Wir haben einen eiligen Auftrag, tapferer Krieger.«

»Und es ist mein Auftrag, euch sicher dorthin zu bringen, Fremder«, antwortete der Krieger und machte keine Anstalten, seine Leute wieder in Bewegung zu setzen.

Marus innere Unruhe wuchs. Doch nichts rührte sich, und schließlich gab der Schab das Zeichen zur Entwarnung. Die Krieger nahmen Marschformation ein und setzten sich wieder in Bewegung. Plötzlich, bevor sie selbst wusste, warum, rief Maru laut »Vorsicht!« und riss Tasil zur Seite.

Ein lautes Krachen ertönte über ihnen. Der Schab und seine Leute starrten entsetzt nach oben. Ein mächtiger Ast brach von einer Weide und stürzte auf den Pfad hinab. Die Krieger stoben schreiend auseinander. Hätte Maru sie nicht gewarnt, hätte er viele von ihnen töten können. Maru fand sich mit Tasil in einer Dornenhecke wieder und wusste selbst kaum, wie sie dahin geraten war. Sie wollte aufstehen, doch Tasil hielt sie zurück. Er hatte seinen Dolch in der Hand und beobachtete den Pfad. Die Krieger tauchten fluchend im Buschwerk und in den Brennnesseln auf, einige hatten Schilde und Speere fortgeworfen und suchten nun panisch danach. Der Ast war stark und jung und sicher nicht von selbst gefallen. Maru hob ihren Blick zur Weide. Ein Schemen löste sich dort oben aus den Schlagschatten, landete weich im Schilf, verschwand und tauchte zwischen zwei Kriegern wieder auf. Der erste war tot, bevor er seinen Schild heben konnte. Maru wollte eine Warnung rufen, doch brachte sie kein Wort heraus. War das ein Mensch, der dort tötete? Der zweite Krieger hob seinen Speer wie zur Abwehr, doch erstarrte er mitten in der Bewegung und glotzte das Geschöpf nur noch entsetzt an. Im ungewissen Spiel von Licht und Schatten konnte Maru das Wesen nicht deutlich sehen. Es war menschenähnlich, doch grau wie der Schlamm des Flusses, die Haut mit schrecklichen Zeichen bemalt. Und es war bewaffnet, mit einem langen Dolch, den es dem zweiten Speerträger mit einer schnellen Bewegung in die Brust rammte und wieder herausriss, noch bevor der Mann zu Boden sank. Dann stieß es einen hellen Schrei aus und verschwand im Schilf. Maru sah noch kurz das lange, schlammverkrustete Haar des Wesens, dann war es verschwunden. Die ganze Sache schien nur einen Augenblick gedauert zu haben.

»Sammeln!«, brüllte der Schab. Seine Krieger lösten sich aus ihrer Erstarrung und drängten sich wie eine Herde Schafe auf dem Pfad zusammen.

Tasil half Maru aus den Dornenranken heraus und steckte seinen Dolch wieder weg. »Wollt ihr den Feind nicht verfolgen?«, fragte er den Schab.

Der sah ihn an, so als habe er verlangt, die Awathani anzugreifen. »Verfolgen? Dies ist kein menschliches Wesen! Unsere Waffen richten nichts gegen diesen Daimon aus.«

Maru zog sich Dornen aus dem Gewand und runzelte die Stirn. Ein Daimon? Das konnte sie nicht glauben. Auch Tasil wirkte nicht überzeugt. »Was für ein Daimon oder Alfskrol soll das gewesen sein, Mann? Es benutzt Waffen, und das ist nicht die Art dieser Wesen, soweit ich weiß.«

»Und doch ist es ein Daimon, wenigstens zur Hälfte. Schaduks Fluch nennen wir ihn, denn es war der Immit, der ihn heraufbeschworen und in den Leib seines Weibes gebannt hat.«

»Das war Schaduks Weib? *Umati*?«, fragte Tasil ungläubig.

»Schaduks Fluch!«, zischte Hulqu. »Nenne den Namen nicht!

Oder weißt du nicht, dass diese Wesen es hören, wenn man sie ruft, und dass sie es nicht erlauben, dass wir ihre Namen benutzen?«

Maru starrte ins Schilf, in dem das graue Wesen verschwunden war. Sollte das wirklich Immit Schaduks Frau gewesen sein? Die stolze Umati, ganz und gar schlammbedeckt? Es war schwer zu glauben, doch es passte zu der Geschichte, die Biredh erzählt hatte.

»Ich muss dir danken, Mädchen«, wandte sich der Schab jetzt an Maru, »hättest du ihn nicht gesehen, hätte der Fluch noch mehr von uns treffen können.«

Maru schluckte. Gesehen hatte sie gar nichts, aber gespürt. Sie hatte gehandelt, ohne zu wissen, warum.

»Verdammtes Weib«, brummte Tasil missgelaunt, »das hätte leicht auch uns treffen können.« Er senkte die Stimme zu einem Flüstern. »Hast du sie wirklich gesehen?«

»Nein, Onkel, erst, als sie vom Baum sprang.«

Tasil blickte sie daraufhin nachdenklich an, sagte aber vorerst nichts mehr dazu. Der Schab brachte unterdessen seine Männer mit Flüchen und Drohungen dazu, ihre gefallenen Waffenbrüder mitzunehmen, auch wenn das bedeutete, dass die vier Träger sich nicht mehr würden verteidigen können. Sie banden ihre Speere und die Schilde der Gefallenen zu einfachen Tragen zusammen. Als sie ihre Toten aufgehoben hatten, ging es weiter. Der Weg führte aus dem Auwald hinaus, in leichter zu überblickendes Buschland. Der Schab hielt den kleinen Zug an. »Bringt diese beiden zurück ins Lager und zeigt sie dem Beschauer. Doch sollen sie nicht vor dem nächsten Morgen verbrannt werden, und niemand soll ihre Habe oder ihre Sklaven anrühren, bis nicht alle Ansprüche geklärt sind.«

»So sei es«, antwortete der älteste der Träger.

Der Schab sah ihnen noch einen kurzen Augenblick nach, dann schüttelte er den Kopf, und sie machten sich wieder auf den Weg.

Es war nicht mehr weit, nach nur einigen Dutzend Schritten erreichten sie wieder jenes kleine Lager, zu dem sie vor wenigen Stunden der Posten vom Fluss hingeführt hatte. Auch Schab Fandhys, der sie dort am Mittag in Empfang genommen hatte, war wieder dort.

»Nanu, Hulqu, wo ist der Rest deiner Männer?«, fragte er verwundert.

Hulqu gab eine kurze Schilderung des Vorfalls. Die Krieger hörten ihm entsetzt zu, und Maru konnte ihnen ansehen, dass sie alle dachten, dass es leicht auch sie selbst hätte treffen können. Hulqu schloss seinen Bericht mit den Worten: »Hätte jenes Mädchen dort den Daimon nicht erspäht, so würde ich jetzt nicht vor dir stehen.« Und an Maru gewandt sagte er: »Das werde ich dir nicht vergessen, Fremde, was auch kommen möge.«

Die Krieger betrachteten Maru jetzt mit viel freundlicheren Augen als noch am Morgen, als sie nur die Begleiterin eines feindlichen Boten gewesen war.

»Ihr könnt gerne später im Lager für sie beten, ihr Männer, doch jetzt müssen wir zurück in die Stadt«, drängte Tasil zur Eile. »Wir finden den Weg zu unserem Boot sicher auch alleine, doch würde ich ungern einer Eschet über den Weg laufen, die mich für einen Daimon oder Feind hält.«

»Kehr du nur zurück ins Lager, Hulqu, wir bringen die beiden zu ihrem Boot«, sagte Fandhys.

Als sie mit Fandhys' Eschet zum Fluss marschierten, stellte Tasil eine Frage, die Maru auch in den Sinn gekommen war: »Sag, tapferer Schab, wenn dieser Fluch so viele eurer Männer ereilt, wie kommt es dann, dass ihr einzelne Krieger als Wachen ans Ufer stellt? Sind die nicht leichte Beute für das, was ihr so fürchtet?«

Der Schab warf Tasil einen schwer zu deutenden Seitenblick zu und erwiderte: »Es ist eigentümlich, doch scheint es, als würde der

Fluch diese tapferen Männer verschonen. Schon oft hat er eine Eschet angegriffen, und ich denke, eines Tages wird er auch vor einer Ansai nicht mehr zurückschrecken, aber noch nie tötete er einen einzelnen Mann. Doch glaube ich nicht, dass dies aus Milde geschieht. Wenn das Verhängnis auf eine Eschet oder eine Schar Krieger trifft, so tötet der Fluch niemals alle Krieger, immer lässt er ein oder zwei Männer übrig, die ihren Waffenbrüdern von dem furchtbaren Schrecken berichten können. Ich glaube, er will auf diese Weise Angst und Schrecken unter den Unseren verbreiten, und ich muss gestehen, dass ihm dies gelingt. Doch sieh, wir sind am Ufer. Ich wünsche dir Glück, Bote. Mögest du den Fluss überqueren, ohne auf die Erwachte zu treffen, und wenn du willst, darfst du auch uns Glück wünschen, auf dass Schaduks Fluch uns nicht ereile.«

Das Haus des Richters

Viele Tage und Nächte wachte ich auf den Mauern und zählte die Krieger vor meinen Toren. Als ich aber die Augen schloss, kam der wahre Feind.

Luban-Etellu

Hardis erwartete sie. Er hatte den *Fisch* am Ufer vertäut, jedoch aus naheliegenden Gründen lieber an Land gewartet.

»Wie ist es gegangen?«, fragte er, als sie abgelegt hatten.

»Es kann sein, dass die Streithähne bald schon ihr Gefieder glätten und sich einigen«, antwortete Tasil.

»Wirklich? Das überrascht mich.«

»Ich glaube, es überrascht alle, die daran beteiligt sind«, meinte Tasil, »aber denke daran, Hardis, zu keinem ein Wort.«

Der Kydhier nickte brummend.

»Und wann kann ich mit meinem Silber rechnen?«, fragte er, als sie schon kurz vor der Hafeneinfahrt waren.

Tasil zuckte mit den Schultern. »Ich weiß nicht, wie gerne und schnell der Kaidhan seine Schulden bezahlt, aber ich glaube nicht, dass wir vor Abschluss der Verhandlungen unseren Lohn in den Händen halten.«

»Ich nehme an, dein Teil ist größer als der, der mir zugedacht ist«, stellte Hardis nüchtern fest.

»Nur ein wenig«, log Tasil.

Der Hafenmeister senkte die Kette, als er sie kommen sah, und sie konnten ungehindert zu ihrem Liegeplatz rudern. Dort allerdings erlebten sie eine unangenehme Überraschung. Agir, Hardis' Gehilfe, erwartete sie mit missmutigem Gesicht. »Wo wart ihr?«, rief er ihnen entgegen, noch bevor sie festgemacht hatten.

»Auf dem Fluss«, antwortete Hardis wortkarg.

»Ich würde eher sagen, ihr wart drüben, bei den Serkesch«, erwiderte Agir.

»Nicht so laut, Mann!«, mahnte Hardis.

Aber es war zu spät. Einige der Männer, die sich im Hafen herumtrieben, hatten gehört, was der schmächtige Kydhier gesagt hatte. Sie kamen näher.

»Unter dem Palmzweig des Unterhändlers seid ihr gefahren«, stellte Agir nur unwesentlich leiser als zuvor fest. Maru konnte ihn nicht leiden. Wer ihm ins Gesicht blickte, las leicht Missgunst und Gehässigkeit aus seinen Zügen.

Tasil kletterte aus dem Boot, den Palmzweig, den er schon auf dem Fluss wieder in das Tuch eingewickelt hatte, unter dem Arm. »Es stimmt«, sagte er laut genug, damit es die Umstehenden hören konnten, »wir waren drüben bei den Serkesch. Dem Kaidhan kam nämlich zu Ohren, dass sie einige unserer Späher gefangen haben. So hat er uns ausgesandt, über einen Austausch der Gefangenen zu verhandeln.«

»Aber wir haben doch gar keine Gefangenen, die wir tauschen könnten«, rief einer aus der kleinen Menge.

Tasil lächelte. »Das ist wohl wahr, doch weiß Numur das nicht. Und damit das so bleibt, war unsere Fahrt geheim. Geht also und behaltet für euch, was ihr gerade gehört habt.«

Maru wusste nicht, ob Tasil sich diese Lüge gerade eben erst ausgedacht oder schon am Morgen überlegt hatte. Auf jeden Fall erreichte er sein Ziel. Die Männer lachten über die Dummheit des Feindes und zerstreuten sich. Nur Agir blieb misstrauisch.

»Gefangenenaustausch? Das soll ich glauben?«, fragte er.

Tasils Lächeln verschwand. Er senkte die Stimme und sagte: »Glaube, was du willst, Agir, doch bedenke, dass die Ungläubigen oft ein schreckliches Schicksal erwartet.«

Die Drohung verfehlte ihren Zweck nicht. Agir wurde blass und murmelte: »Ich habe doch nur gefragt.«

»Dann ist es besser, du fragst nicht mehr«, beschied ihm Hardis. »Und nun hilf mir, diese Ruder und Seile zurück ins Lager zu tragen.« Dann hielt er inne und wandte sich an Tasil: »Oder glaubst du, mein Freund, dass wir heute noch einmal ausfahren?«

Tasil kratzte sich am Kinn. »Ich weiß es nicht, Hardis, doch nehme ich an, dass das, was ich auszurichten habe, ausführlich besprochen werden muss. Wir werden den Kahn sicher nicht vor dem Abend brauchen.«

»Und was ist mit der Nacht?«, wollte Agir wissen.

»Was soll damit sein?«, fragte Hardis schroff.

Agir duckte sich unwillkürlich. »Ich meine nur, unsere Freunde sind an vereinbarter Stelle. Sie werden uns erwarten.«

»Wir werden sehen«, erwiderte Tasil, »doch ist es möglich, dass uns dringendere Aufträge erwarten.«

Agir sah ihn mit zusammengekniffenen Augen nachdenklich an und sagte schließlich: »Was wird Tagor Xonaibor dazu sagen?«

»Es ist ja noch nicht entschieden«, brummte Hardis, »und jetzt komm, diese Ruder gelangen nicht von alleine zurück ins Lager.«

Murrend fügte sich Agir. Sie schulterten die langen Ruder zu zweit und machten sich auf den Weg zu Hardis' Lager.

Tasil nahm unterdessen Maru zur Seite. »Höre, Kröte, ich muss zu Uschparu, doch muss er nicht wissen, dass du inzwischen seine Pläne kennst. Du kannst dich also für eine Weile ausruhen.«

»Ausruhen?«, fragte Maru ungläubig.

Tasil grinste breit. »Ich schlage vor, du gehst nach Hause und schläfst eine oder zwei Stunden. Ich werde nach dir schicken, wenn ich dich brauche. Iss etwas und ruhe dich aus. Mein Gefühl sagt mir, dass wir heute Nacht unterwegs sein werden.«

»Danke, Onkel« sagte Maru verblüfft.

»Allerdings«, meinte Tasil, »könntest du mir vorher noch einen kleinen Gefallen tun.«

So etwas in der Art hatte Maru sich schon gedacht.

»Hier, dieses Seil hat Hardis vergessen. Lauf ihm nach und bring es ihm.«

Maru starrte das Hanfseil an. »Kann es sein, Onkel, dass er es vergaß, weil du es versteckt hast?«

Tasil grinste breit. »Schon möglich, Kröte. Ich möchte, dass du dich beeilst, die beiden aber nicht vor dem Lager einholst.«

Maru verstand, was er wollte. »Du meinst, ich soll darauf achten, was sie auf dem Weg reden?«

»Du bist manchmal gar nicht so dumm, Kröte, doch wirst du sie auf der Straße schlecht belauschen können. Achte aber darauf, ob sie unterwegs mit jemandem sprechen – was sie nicht tun sollten. Sieh dich vor allem um, ob nicht vielleicht einer von Xonaibors Männern in Hardis' Lager oder in der Nähe auf sie wartet. Und vielleicht ruhst du dich ein bisschen unter einem der Fenster des Lagers aus, bevor du das Seil ablieferst.«

»Wie lange?«, fragte Maru, der es gar nicht recht war, dass sie Hardis belauschen sollte.

»Nicht lange. Das Achtel einer Stunde sollte genügen. Wenn Hardis so lange den Mund hält, wird er auch später nichts sagen. Außerdem könnte er sich fragen, was wir beide noch so lange hier im Hafen getan haben.«

»Und soll ich dich suchen, wenn ich diesen Auftrag erledigt habe, Onkel?«

»Nein, ich denke, das hat Zeit. Sollte aber einer der Iaunier des Tagors bei ihm sein, so kommst du gleich in das Bet Kaidhan. Und jetzt lauf.«

Maru seufzte und machte sich auf den Weg. Sie holte die beiden Männer schnell ein und folgte ihnen in sicherem Abstand. Sie marschierten schweigend und schienen es nicht besonders eilig zu haben. Einige neugierige Blicke folgten ihnen. Es gab nur wenige, die sich in diesen Tagen noch auf den Fluss hinaustrauten. Doch da sie kein Netz voller Fische mit sich führten, ließ die Aufmerksamkeit der Beobachter rasch wieder nach. Sie erreichten das Lager, ohne dass irgendetwas Auffälliges geschehen wäre. Maru spähte in die Seitengassen. Sie sah einige Männer, die dort in den Schatten dösten und nur darauf zu warten schienen, dass auch dieser Tag der langen Belagerung vorüberging, aber einen Iaunier entdeckte sie nicht, und ein gut genährter Fremder wäre ihr unter all den Hungergestalten sicher aufgefallen. Sie duckte sich schließlich unter einen der schmalen Fensterschlitze des Lagers und lauschte. Ihr war nicht wohl dabei. Sie hatte mit Hardis und seinen Leuten gemeinsam der Gefahr getrotzt. Unzählige Male hatte sie mit ihnen Schmuggelwaren in die Stadt geschafft. Es ging ihr gegen den Strich, was Tasil verlangte, aber sie gehorchte. Die gehässige Stimme Agirs erhob Vorwürfe gegen Hardis, weil er ihn nicht in die Unternehmung eingeweiht hatte. Hardis blieb ruhig. Dann kam das kräftige Organ von Gybad dazu, der wissen wollte, was denn geschehen sei. Hardis wiederholte die Geschichte vom Gefangenenaustausch. Gybad war ebenso stark wie einfältig; er tat, was Hardis ihm sagte, und war nicht der Mann, seinen Hauptmann in Frage zu stellen. Auch Agirs Sticheleien verebbten schnell. Hardis hatte seine Leute offensichtlich im Griff. Maru hatte genug gehört. Sie schlich zur Pforte, klopfte und trat ein.

Hardis empfing sie mit Zurückhaltung. Sie drückte ihm das Seil in die Hand und murmelte, dass er das wohl vergessen habe. Der Kydhier bedankte sich knapp und fuhr dann Agir an, dessen Aufgabe es gewesen war, die Seile einzusammeln.

»Ich habe alle Seile genommen, die dort waren«, verteidigte sich der Schmächtige. »Ich glaube fast, dieses Mädchen hat es versteckt.«

»Warum sollte sie so etwas tun, Agir, erklär mir das?«, fragte Hardis kühl.

»Sie mag mich nicht und schadet mir, wo sie kann!«, behauptete Agir.

»Sei versichert, Hardis, dass ich dieses Seil nicht versteckt habe. Und ich habe auch keine Lust, wegen so einer Kleinigkeit mit euch zu streiten, ihr Männer«, erklärte Maru. Natürlich geschah Agir gerade Unrecht, doch eigentlich fand sie, dass er es verdient hatte.

Hardis beendete den aufziehenden Streit mit einem Machtwort: »Schluss jetzt. Ihr geht und ruht euch besser aus, ihr Helden, es ist gut möglich, dass ihr eure Kraft heute Nacht noch braucht. Legt euch hin, schlaft, esst, aber hört auf, mich mit Widerworten zu reizen.«

Gybad, der gar nichts gesagt hatte, schaute betreten drein. Agir warf Maru noch einen letzten bösen Blick zu, dann trollten sich die beiden in den Nebenraum, in dem sie zu schlafen pflegten. Als sie gegangen waren, seufzte Hardis. »Ich kann ihnen ihren Ärger nicht verübeln, denn ich habe sie heute übergangen.«

»Wir waren in Eile«, sagte Maru, auch wenn das nicht ganz der Wahrheit entsprach.

Hardis drehte nachdenklich das Seil in den Händen. »Dein Onkel hat Großes vor, wie mir scheint«, stellte er fest.

»Du kennst ihn doch, Hardis, immer schmiedet er Plan auf Plan und bis jetzt immer zu euer beider Gewinn.«

»Bisher war das wohl so«, meinte der Kydhier, »doch fürchte ich, dass er sich jetzt übernimmt. Er macht Geschäfte mit den Großen des Reiches. Das ist gefährlich.«

»Du weißt doch, er sagt immer, dass Zeiten großer Gefahr auch immer Zeiten guter Gelegenheiten sind«, entgegnete Maru.

Hardis lachte. »Das sagt er, da hast du recht, Mädchen. Und es ist ja nicht so, dass unser Geschäft bisher ungefährlich gewesen wäre, jedoch ...«, er blickte Maru ernst an. »Es scheint mir, dass er uns nicht mehr vertraut.«

»Wie kommst du darauf?«, fragte Maru überrascht.

»Ich weiß, wie viele Seile in meinem Boot liegen. Sie sind ein viel zu kostbarer Besitz, um eines zu vergessen, Mädchen. Und ich weiß auch, wie lange du brauchst, um vom Hafen hierher zu kommen. Wie lange hast du gelauscht, Maru?«

Maru schluckte und schwieg betroffen.

»Nun, es ist nicht wichtig. Richte deinem Onkel aus, dass er mich gekränkt hat, und sag ihm, dass ich angemessene Wiedergutmachung erwarte, und zwar in Silber. Andernfalls muss er sich vielleicht andere Hilfe suchen.«

»Ich werde es ihm ausrichten, Hardis«, erwiderte Maru betreten.

Kurz darauf lief sie wieder durch die Stadt. Sie war auf dem Heimweg, endlich. Jetzt, in der Sicherheit der Stadtmauern, ließ die Anspannung nach, und sie fühlte die Müdigkeit, die ihr in den Knochen steckte. In den letzten Wochen hatte sie sich mit Tasil und den Schmugglern meist die Nächte um die Ohren geschlagen, war im Schutz der Dunkelheit über den Dhanis gefahren, hatte Waren aus dem Sumpf in die Stadt geschafft. Zum Ausgleich hatte sie dafür dann immer den halben Tag verschlafen. Dieser Schlaf fehlte ihr nun, da es schon Nachmittag war, und sie sehnte sich nach ihrem Nachtlager. Tasil würde ihr zwar kaum viel Zeit lassen, aber ein oder zwei Stunden Schlaf konnten Wunder wirken. Und vielleicht hatte Yalu auch noch etwas zu essen für sie. Sie zog kurz in Betrachtung, bei Temu im Bet Schefir vorbeizuschauen, aber dafür war sie einfach zu müde. Sie erreichte die Oberstadt, durchquerte ein paar stille Seitenstraßen und bog zu guter Letzt in die Straße der Richter ein. Dann sah sie ›ihr‹ Haus. Sie musste lächeln, als sie auf das große Tor zulief, denn sie dachte an die Unverschämtheit, mit der sich Tasil dieses prachtvolle Haus angeeignet hatte. Es gehörte eigentlich dem Richter Utaschimtu, den sie vor einem halben Jahr am Rande des Isberfenns getroffen hatten. Er war vor dem Krieg und vor allem vor Luban geflohen und schließlich, nicht ganz freiwillig, zu Numur übergelaufen. Damit war klar, dass er nicht so bald zurückkehren würde. Tasil war der Richter eingefallen, nachdem sie die ersten Tage nach ihrer Ankunft in einer heruntergekommenen Herberge hatten übernachten müssen. Maru runzelte nachdenklich die Stirn. Da gab es etwas, das sie nicht verstand. Tasil war keineswegs mittellos, ganz im Gegenteil, er besaß einen ganzen Schatz. Vor einem Jahr hatten sie das Grab des Raiks von Serkesch geplündert. Es schauderte sie, als sie daran zurückdachte, dass sie dort beinahe umgekommen wäre, und noch mehr, als sie sich erinnerte, wer sie gerettet hatte – Utukku. Sie verdrängte den Gedanken an den Daimon sofort wieder. Tasil war also als reicher Mann mit ihr aus Serkesch geflohen, aber er hatte seinen Schatz in den Bergen versteckt, bevor sie nach Awi gegangen waren, und es war ihr nicht gelungen herauszubekommen, was er mit all dem Silber vorhatte. Aus dunklen Andeutungen schloss Maru, dass Tasil in seiner Heimat Urath einst ein Unrecht widerfahren sein musste. Es schien, als bräuchte er viel Silber, um die Sache zu bereinigen. Wenn der Grabschatz aus Serkesch dazu nicht ausreichte, dann musste es ein wirklich großes Unrecht sein. Und offensichtlich reichte er nicht, denn sie waren ja inmitten von Krieg und Gefahr ständig damit beschäftigt, noch mehr Silber zu sammeln. Tasil schien einfach nicht genug bekommen zu können. Er gab es auch nur wieder aus, wenn er es für nötig hielt. Eine sichere – und bequeme – Unterkunft für sich, seine ›Nichte‹ und vor allem sein stetig wachsendes Vermögen hielt er glücklicherweise für angebracht. Mit dem, was er bei den ersten Schmuggelfahrten verdient hatte, hatte er den Mann bestochen, der das Haus des Richters Utaschimtu in dessen Abwesenheit für den Kaidhan verwaltete. Viele Menschen waren aus der Stadt geflüchtet. Da fiel nicht auf, ob nun ein Haus mehr oder weniger leer stand, und niemand, der nicht bestochen werden konnte, fragte danach. Die Dienstboten und Sklaven waren zwar davongelaufen, aber ein Mann hatte dem Richter doch die Treue gehalten – ein Sklave namens Yalu, und aus bestimmten Gründen hielt Tasil Yalu für geeignet, auch ihm gute Dienste zu leisten. Als sich Maru nun dem Vorhof des großen steinernen Hauses näherte, sah sie, dass die Hoftür offen stand. Das war ungewöhnlich. Sie verlangsamte ihre Schritte. Plötzlich huschten drei verhüllte Frauengestalten heraus. Maru starrte sie verblüfft an. »Was macht ihr hier?«, fragte sie.

»Nichts«, sagte eine der Frauen und eilte mit den anderen davon. Sie hielten kleine Bastpakete unter dem Arm, und Maru bildete sich ein, eine Spur von gekochter Hirse zu riechen. Es waren keine Frauen aus der Oberstadt, dafür waren die Umhänge, unter denen sie sich versteckten, viel zu armselig. Wie Diebinnen sahen die drei aber nun auch nicht aus. Maru lief über den kleinen Hof zum Haus. Yalu wollte gerade die Tür schließen. Sie rief ihn an: »Yalu, was waren das eben für Frauen?«

Der weißhaarige Sklave schüttelte den Kopf. Der Mann war stumm, genau das war der Grund, warum Tasil ihn behielt. Man hatte ihm die Zunge herausgeschnitten, und zwar, so viel hatte Maru herausgefunden, auf Grund eines Urteils. Sehr schwer konnte sein Vergehen nicht gewesen sein, denn sonst hätte man ihn, einen Sklaven, nicht am Leben gelassen. Sie waren streng, die Gesetze der Akkesch.

»Habe ich da eben etwas zu essen gerochen?«

Yalu schüttelte erneut den Kopf, aber sie sah ihm an, dass er sich schuldig fühlte. Maru konnte nicht fassen, was der Sklave sich da herausgenommen hatte. Der Schmuggel brachte es mit sich, dass sie für sich selbst genug zu essen hatten, aber Tasil hütete die Vorratskammer eifersüchtig. Er hatte Maru verboten, sie auch nur zu betreten, und bestand darauf, alle Speisen selbst zuzubereiten. War er nicht im Haus, war die Tür zur Kammer verschlossen. Und Yalu wagte es, ihn zu hintergehen? Ausgerechnet Yalu?

»Wenn Tasil das herausfindet, dann …« Maru brachte den Satz nicht zu Ende. Sie las im Gesicht des Sklaven. Er war verlegen, aber das schien eher daher zu rühren, dass Maru ihn ertappt hatte – Angst war da keine in seinen Augen. Das konnte nur bedeuten… »Er *weiß* es?«, fragte sie ungläubig.

Yalu zögerte, dann nickte er, erleichtert lächelnd.

»Was verlangt er dafür?«, fragte sie, obwohl sie das deutliche Gefühl hatte, dass es hier nicht um Geld oder irgendeine andere Gegenleistung ging.

Yalu schüttelte den Kopf. Maru starrte ihn fassungslos an. Tasil *verschenkte* Nahrung an Bedürftige? Tasil? Der Mann, der nur an seinen eigenen Vorteil dachte? Das stellte alles auf den Kopf, was sie bisher über ihn zu wissen glaubte. Plötzlich lachte sie laut auf. Bei ihm war man eben nie vor Überraschungen sicher. Sie schüttelte noch einmal ungläubig den Kopf. Wie lange mochte das schon gehen? In einem war Tasil sich auch in diesem Fall treu geblieben – er achtete auf größtmögliche Heimlichkeit.

Yalu sah sie fragend an. Offenbar wollte er wissen, worüber sie lachte.

»Schon gut, Yalu. Es ist nichts. Ich hoffe aber, du hast nicht alles weggeben, ich komme nämlich um vor Hunger.«

Sie folgte dem Stummen in die Küche. Dieser Raum war größer als manche Hütte, die sie auf ihren Reisen gesehen hatte, und die Feuerstelle war gut gemauert und groß genug, um Essen für zwei Dutzend Menschen zuzubereiten. Drei Tische standen in der Küche: Ein kleiner, vermutlich für den Richter und seine Familie, zwei lange und breite für die Sklaven und Bediensteten. Yalu tischte ihr Brot und Hirsebrei auf. Nicht sehr abwechslungsreich, denn etwas anderes gab es schon seit Tagen nicht, aber es war eine warme Mahlzeit, etwas, wovon die meisten Ulbaitai nur träumen konnten. Maru ließ sich jeden Bissen als Köstlichkeit auf der Zunge zergehen und wurde in ihrem Genuss nur durch die vielen Fliegen gestört, die das einzig Essbare weit und breit umschwirrten. Wie immer packte Maru, als sie den gröbsten Hunger gestillt hatte, einen guten Teil weg, für Temu. Der Schreiber war sicher der einzige Mensch der Stadt, der nicht an Hunger litt. Nicht, dass er keinen Hunger hatte, den musste er haben, wenn er sich nicht von Tontafeln und Staub ernährte, nein, er vergaß ihn einfach immer wieder und brachte es fertig, selbst seinen knurrenden Magen zu überhören. Maru musste ihn fast dazu zwingen, etwas zu sich zu nehmen. Sie seufzte. Da kam ihr ein Gedanke. Wenn Yalu einen Schlüssel für die Speisekammer hatte, dann konnte sie doch endlich selbst einmal einen Blick hineinwerfen! Sie war neugierig, welche Geheimnisse Tasil dort verbergen mochte. Yalu weigerte sich zunächst, aber Maru konnte überzeugend sein, wenn sie wollte, auch ohne Zauberei: »Ich sehe das so, Yalu, du lässt mich einen Blick in die Kammer werfen, und ich behalte für mich, dass du so ungeschickt warst, dich von mir erwischen zu lassen. Damit ist uns beiden gedient.«

Das war nicht ganz ehrlich, denn Maru wäre nie auf den Gedanken gekommen, Yalu zu verraten. Der Stumme sah sie prüfend an. Vielleicht durchschaute er diese kleine Täuschung, aber er gab trotzdem nach und öffnete die große Falltür in der Küche. Die Vorratskammer war in den weißen Kalkstein des Hügels gegraben. Maru stieg hinab, und Yalu leuchtete ihr mit einer Lampe. Zunächst war sie enttäuscht. In der Ecke standen zwei halbleere, kleine Säcke, einer mit Mehl, einer mit Hirse. Sie kannte sich in den Fragen des Kochens nicht aus, also fragte sie den Sklaven, wie lange diese Vorräte noch reichen würden. Mit den Fingern zeigte er für die Hirse eine und für das Mehl zwei Wochen an. Viel war das nicht. Auf einer steinernen Platte standen einige Töpfe mit dunklen Pulvern.

»Gewürze?«, fragte Maru.

Der Stumme nickte.

Maru schalt sich selbst wegen ihrer Ahnungslosigkeit, was das Kochen betraf. Aber eigentlich war das Tasils Schuld. Er ließ sie nicht. Sie war gerade gut genug, einen Braten über dem Feuer zu wenden, mehr nicht. »Kochen ist eine Kunst, weit schwieriger als das Zaubern, und du kannst das Letztere kaum«, pflegte er zu sagen. Sie musste aber auch zugeben, dass ihr »Onkel« ein guter Koch war. »Wofür sind die hier?«, fragte sie. Ihr waren einige stachlige Beeren aufgefallen, die auf einer Schale lagen.

Yalu zuckte mit den Achseln.

Die Beeren rochen nach – gar nichts.

»Gewürze?«, fragte Maru.

Aber der Stumme wusste es nicht. Maru sah sich noch in den Ecken der Kammer um, aber zu ihrer Enttäuschung gab es hier unten keine Geheimnisse mehr zu entdecken. Sie hatte halb erwartet, in dieser verschlossenen Kammer auch Tasils Silber zu finden. Aber er schien das kleine Vermögen, dass er inzwischen verdient haben musste, irgendwo anders zu verstecken.

Maru bot Yalu an, ihm beim Aufräumen der Küche zu helfen, doch zu ihrer Erleichterung winkte der Stumme lächelnd ab. Also konnte sie endlich schlafen gehen. Das Haus war weitläufig, Richter waren offensichtlich hoch angesehen in der Stadt. Utaschimtu, der Besitzer, hatte nicht nur mit seiner Familie hier gelebt, sondern auch mit zahlreichen Dienern und Sklaven. Für Maru, die sich vor ihrer Zeit mit Tasil stets mit zu vielen Menschen viel zu kleine Lehmhütten hatte teilen müssen, war dieses Haus ein Wunder an Platz und Bequemlichkeit. Es gab sogar einen Innenhof mit schattenspendenden Feigenbäumen und einem plätschernden Brunnen, und dahinter viele geräumige Kammern aus Stein, die auch in der Hitze des Tages angenehm kühl waren. Sie waren mit richtigen Schlafstätten ausgestattet, Holzgestellen, die mit Leintuch bespannt waren, und nicht, wie in den meisten Herbergen, nur eine Lage Stroh für die Nacht. Sie lief über den Innenhof und strich mit der Hand durch das frische Wasser. Das Gefühl zauberte ein Lächeln auf ihr Gesicht. Dann suchte sie ihre Kammer auf, verhängte das schmale Fenster mit einem schweren Tuch, warf sich auf ihre Schlafstatt und schlief fast sofort ein.

Da war ein See, unter fremden Sternen. Und die Sonne zog darüber hinweg, wieder und wieder. Riesige Palmen wuchsen dort, und seltsame Tiere kamen zur Tränke. Und sie lag im seichten Wasser und beobachtete. Sie war es selbst, und sie war es doch nicht. Die Sonne, der Mond, die Sterne wirbelten über den Himmel. Die fremdartigen Geschöpfe verschwanden, und Flussechsen bevölkerten den See in großer Zahl. Sie mieden Maru. Und dann kamen zweibeinige Geschöpfe, Menschen. Wenige zunächst. Sie bauten Schilfhütten am Ufer, aber sie fürchteten die Echsen und kamen selten an den See. Es wurden mehr und mehr, und aus einzelnen Hütten wuchs ein Dorf. Die Dorfbewohner entdeckten die silbernen Fische und fingen und aßen sie. Manchmal wagte sich einer von ihnen dabei zu weit hinaus, und die Echsen töteten ihn. Das aber nahmen die Menschen nicht hin. Sie verübten Rache und erlegten dann nicht bloß einen, sondern viele der graugrünen Seebewohner. Marus Neugier erwachte. Sie schlich sich nachts in die Hütten und belauschte die Bewohner im Schlaf. Sie träumten, wie die Flussechsen auch. Aber ihre Träume waren viel farbiger, größer und wilder als die der trägen Seebewohner, und Maru trank sie gierig und konnte nicht genug davon bekommen. Sie bemerkte, dass die Träume die Farbe wechselten, wenn sie näher kam. Dunkel wurden sie und schwer, und die Menschen stöhnten im Schlaf. Aber sie konnte der Versuchung nicht widerstehen. Bald ahnten die Landbewohner ihre Anwesenheit, ja es wuchsen Menschen dort auf, die ihre Gegenwart fühlten und den anderen von ihr berichteten. Einen Altar errichteten sie, später ein gemauertes Haus, ganz für Maru allein. Doch war es seltsam leer, kein Wasser war darin, und die Opferfeuer, die darin brannten, wärmten Maru nicht. Lieber kostete sie weiter von den dunklen Träumen der Schläfer, aber es gefiel ihr, dass die Menschen sie verehrten. Sie riefen sie an, zum Schutz gegen die Flussechsen, und manchmal, wenn ihr danach war, verjagte sie die Echsen, wenn sie einem Menschenkind zu nahe kamen. Doch ergriff sie nicht Partei, wenn das Landvolk gegen die Seebewohner in den Kampf zog, denn sie betrachtete beide als ihre Schützlinge. So ging es viele Jahre, unter einer offenbar immer langsamer werdenden Sonne und Sternen, die Maru nicht kannte. Dann blieb die Sonne stehen. Ein langer Tag brach an, und ein seltsames, unangenehmes Summen erfüllte die Luft. Fremde kamen in großer Zahl, mit langen, ledernen Panzern, großen Schilden und scharfen Waffen. Staubbedeckt waren sie wie von einem langen Marsch, und hinter den Gepanzerten kamen Frauen, Alte und Kinder. Sie warfen Feuer auf die Hütten, trieben die Dorfbewohner hinaus und an den See. Und die Überfallenen warfen sich zu Boden, jammerten und weinten und flehten Maru um Hilfe an. Sie lauschte angestrengt, doch sie konnte die Dorfbewohner nicht hören, da war nur dieses vielstimmige, böse Summen. Dichter Rauch zog über den See, die Flussechsen flohen ins tiefe Wasser, und die Schwerter der Fremden töteten die Männer am Ufer. Maru lag im flachen Wasser und beobachtete; sie wollte etwas tun, aber sie tat nichts, konnte nicht. Die Krieger schleppten Hab und Gut davon, und die Frauen zogen das Vieh aus den Ställen. Maru erhob sich aus dem Wasser, das rot vom Blut war, und betrat das Ufer. Doch die Fremden bemerkten ihre Gegenwart nicht und spürten nicht einmal Furcht. Als sie alle Männer des Dorfes getötet hatten, fuhren sie mit den Frauen und Kindern fort. Maru erblickte die Blutgier in ihren Augen, und sie sah zu, wie sie die Wehrlosen niedermetzelten. Dann verluden sie das wenige, das sie den brennenden Hütten entrissen hatten, auf Karren, banden das Vieh an die Wagen und zogen davon. Es wurde Nacht, und noch immer brannte das Dorf. Maru saß am Ufer und beobachtete, wie das Feuer über die Wände ihres Tempels kroch. Das berührte sie nicht. Sie wartete. Die Flussechsen kamen zurück und holten sich vom Ufer, was die Fremden geschlachtet hatten. Maru unterband es nicht, denn das waren ja nur leblose Körper, ohne Träume. Der Morgen kam, und sie saß immer noch dort, allein. Die Hütten waren niedergebrannt, der Tempel nur noch Asche. Sie wartete. Doch es kam niemand zurück. Es wurde wieder Nacht, die Gestirne zeigten sich, und die Sichel des Mondes erhob sich über dem verlassenen See. Dann brach sie auf. Die Fremden waren den Fluss entlanggezogen. Sie folgte ihnen und dem Summen, das sie hörte. Maru fühlte eine wachsende Beklemmung. Das Wasser war immer noch rot, doch floss es jetzt schneller. Das Summen, was bedeutete es? Sie wurde unruhig, kämpfte gegen die Strömung, die sie ihrer Rache entgegentrug. Sie ging plötzlich unter, die Luft wurde knapp, sie strampelte, kämpfte sich nach oben, durchstieß die Oberfläche und – erwachte. Keuchend rang sie nach Atem. Das böse Summen erfüllte die halbdunkle Stube. Der dichte Stoff vor dem Fenster ließ nur wenig Licht in die Kammer. Maru war schweißgebadet. Sie atmete schwer. Wo war sie? Sie sah einen schwarzen Schatten in der Mitte des Raumes. Das vielstimmige böse Geräusch schien von ihm auszugehen.

»Ich grüße dich, Maru Nehis«, flüsterte eine silbrige Stimme.

Utukku!

Sie setzte sich auf, zog sich an die Wand zurück. Die Bilder wirbelten immer noch durch ihren Kopf.

»Dein Blut, Maru Nehis«, hauchte der Schatten.

Maru versuchte, einen klaren Kopf zu bekommen. Die Kammer, das Haus des Richters, die Stadt. Sie wusste wieder, wo sie war. Und sie wusste, dass sie nur geträumt hatte.

»Ich habe es gesehen«, sagte sie leise.

»Mein See, mein Dorf. Die Akkesch«, erwiderte der Daimon. Seine Stimme klang immer noch silbern und leise wie ein schnell fließender Bach, und das Summen übertönte sie fast.

Natürlich, die Schilde und die Rüstungen, das waren Akkesch. Sie hatten ein Dorf niedergebrannt. Und sie, nein, der Daimon hatte zugesehen. Das muss auf dem großen Marsch geschehen sein. Sie hatte diese Bilder schon einmal gesehen, undeutlicher, damals im Grab des Raiks, als sie Utukku ihr Blut gegeben hatte. »Das war dein Dorf, Utukku?«

»Alle getötet«, flüsterte der Schatten.

Das Summen, das von ihm ausging – waren das Fliegen? Maru blinzelte. Das Licht in der Kammer war zu schwach. Sie rutschte langsam an den Rand ihrer Schlafstatt.

»Dein Blut, Maru Nehis, einmal noch.«

Das Summen wurde lauter. Der Schatten schien näher zu rücken.

»Du bekommst es nicht«, sagte Maru leise.

»Einmal noch«, wiederholte der Daimon.

»Und dann?«

»Frei. Der Bann gebrochen. Rache.«

Maru schielte zum Fenster. Ein Sprung, und sie konnte den Stoff herunterreißen. Wenn sie ihn sah, würde sie sich besser fühlen. Ihr fiel auf, dass er nicht mehr nach Verwesung roch.

»Rache?«, fragte sie. Nur ein schneller Sprung. »An wem willst du dich denn rächen, Utukku? Die, die dabei waren, sind doch längst tot.«

»Kinder. Kindeskinder.«

Maru wurde kalt, als diese Worte in ihr Bewusstsein drangen. Sie schluckte. Wenn sie ihn nur sehen könnte! Sie schätzte die Entfernung zum Fenster ab. Zwei Schritte, ein Sprung. Sie setzte die Füße vorsichtig auf den Boden. Um ihn abzulenken, sagte sie: »Aber das ist über hundert Jahre her. Selbst die Kindeskinder sind schon längst gestorben, weißt du das nicht?«

»Akkesch leben.«

Maru hatte schon zum Sprung angesetzt, jetzt erstarrte sie. »Akkesch? Du … du willst … *alle* Akkesch töten?«

»Alle getötet«, wiederholte er, was er schon einmal gesagt hatte.

Meinte er das ernst? Maru wurde ganz flau im Magen. Sie musste ihn sehen, sein Gesicht. Sie sprang auf, zwei schnelle Schritte, ein Griff – und der Vorhang war zu Boden gerissen. Sie fuhr herum und – der Daimon war verschwunden. Dafür sah sie aberhunderte von Fliegen, die in einem schwarzen Wirbel um eine leere Mitte kreisten. Einen Augenblick später stoben sie in alle Richtungen davon, die meisten zum Licht, zum Fenster, vor dem Maru stand. Eine dunkle Wolke aus tausend kleinen Leibern schoss auf sie zu. Maru schrie auf und duckte sich. Dann war es vorbei. Versprengte Nachzügler schwärmten durch das Zimmer. Maru hielt es nicht mehr aus. Sie lief zur Tür, hielt inne, kehrte zurück und nahm ihr Messer mit. Sie wusste, dass sie mit Waffen nichts gegen einen Daimon ausrichten konnte, aber sie fühlte sich einfach besser mit einer Klinge in der Hand. Sie lief in den Innenhof. Der Brunnen. Utukku war ein Wasserwesen. Nie entfernte er sich weit von seinem Element. Doch der Innenhof lag still in der Nachmittagssonne. Utukku war offenbar fort. Maru biss sich auf die Lippen, setzte sich und barg das Gesicht in den Händen. Eigentlich hatte sie den Besuch des Daimons doch längst erwartet. Jedes Mal, wenn sie auf ihren nächtlichen Fahrten vor der Erwachten ans Ufer geflohen waren, hatte sie insgeheim nach ihm Ausschau gehalten. Warum war er erst jetzt gekommen? Sie atmete tief durch, um sich zu beruhigen, und rechnete nach. Vor einem Jahr, in Serkesch, war sie ihm zum ersten Mal begegnet, vor einem halben Jahr dann wieder, im Isberfenn. Nein, genauer, es waren zwölf Neue Monde seit dem ersten, und sechs seit dem zweiten Aufeinandertreffen aufgegangen. War es das? Brauchte er ihr Blut alle sechs Monde? Und stimmte es, was er sagte, dass es das letzte Mal sein sollte? Sie schüttelte den Kopf. Darauf kam es nicht an. Sie würde es ihm nicht geben, auf keinen Fall. Er hatte ihr zwar zweimal das Leben gerettet, doch wie viele Menschen waren seither gestorben? Und wenn er ihr Blut wirklich nur noch einmal brauchte – wer wusste, ob er sie danach am Leben ließ? Ihre Gedanken drehten sich im Kreis. Was hatte er vor? Er konnte das doch nicht ernst gemeint haben, dass er alle Akkesch töten würde. Es lebten tausende entlang des Dhanis. Und sie hatten sich mit anderen Völkern vermischt, wenn auch nur in geringem Maße, weil sie lieber unter sich heirateten und viel von der Reinheit ihres Blutes faselten. Wenn sie wüssten, dass dieses Blut ihr Verhängnis in sich trug, würden sie vielleicht anders darüber denken. Maru strich mit ihrer zitternden Hand durch den Brunnen. Das kühle Wasser erschien ihr mit einem Mal feindselig. Was sollte sie tun? Sie konnte nicht herumsitzen und warten. Sie musste etwas unternehmen, ihn aufhalten, irgendwie. Sie schloss die Augen. Erst denken, dann handeln, mahnte sie sich. Plötzlich wusste sie, was sie zu tun hatte. Sie sprang auf und suchte Yalu. Sie fand ihn in seiner Kammer. Er kniete auf dem Boden und schien zu beten.

»Verzeih, wenn ich dich störe, Yalu«, begann sie.

Der Stumme blickte sie gedankenverloren an. Er musste sehr im Gebet versunken gewesen sein. Es tat ihr auch leid, dass sie ihn unterbrechen musste, doch es war nicht zu vermeiden. »Wenn Tasil oder ein Bote von ihm kommt, um mich abzuholen, schick ihn ins Bet Schefir. Dort wird er mich finden.«

Yalu überlegte einen Augenblick, dann nickte er. Er verstand es überraschend gut, sich auch ohne Zunge verständlich zu machen, und das Haus der Schrift war nicht weit. Zur Not konnte er den Boten selbst hinführen. Sie steckte eilig das Essen für Temu ein und lief aus dem Haus. Es galt, keine Zeit mehr zu verlieren. Utukku hatte vor, alle Akkesch zu töten, Männer, Frauen und Kinder, von Kaidhan Luban bis zum einfachen Fischer. Das war Wahnsinn. Aber er meinte es ernst. Und wie immer er das auch anstellen wollte, sie musste es verhindern. Schon jetzt brachte er durch die Zermalmerin Tod und Zerstörung über die Ufer des Flusses. Sie wollte sich nicht ausmalen, wie es erst sein würde, wenn der Bann, der ihn noch schwächte, endgültig gebrochen war. Aber so weit würde es nicht kommen. Sie würde ihn aufhalten – um jeden Preis. Sie lief langsamer. Der Schreiber konnte ihr vielleicht weiterhelfen, das war möglich. Aber würde das reichen? Konnte sie mit Hilfe einer Tafel aus Ton einen Daimon besiegen? Ihr sank der Mut. Unter Umständen musste sie noch andere Hilfe in Anspruch nehmen, gefährliche Hilfe. Sie schüttelte den Gedanken trotzig ab. Eines nach dem anderen.

Sie fand Temu mit dem Kopf auf dem Tisch und fest schlafend vor. Die Öllampe war ausgegangen, und nur wenig Licht zwängte sich durch enge Fensterspalten in den großen Saal. Der Schreiber hatte sich gemeinsam mit ihr die ganze Nacht um die Ohren geschlagen und vermutlich einfach vergessen, dass er auch einmal schlafen musste. Sie fand etwas Öl, füllte die Lampe auf und weckte Temu vorsichtig. Er blinzelte sie an. »Bringst du die Berichte aus Igaru?«, fragte er.

»Nein, ich bin es, Maru, das Mädchen, dem du suchen hilfst. Und das dir Essen bringt«, fügte sie mit einem Grinsen hinzu und hielt ihm das Bastpäckchen unter die Nase.

Temu reckte sich und gähnte verstohlen. »Für das Wort ›Mädchen‹ bist du eigentlich schon zu alt, Maru. Wie spät ist es?«

»Es ist Nachmittag, die elfte Stunde vielleicht. Bist du wach?«

»Ich könnte nicht mit dir reden, wenn ich nicht wach wäre«, brummte Temu. Er reckte seinen Hals, das die Knochen knackten. Dann blickte er sie erschrocken an. »Sagtest du elfte Stunde? Bei Fahs, schon so spät? Ich habe so viel zu tun!«

»Du solltest vielleicht zuerst etwas essen, Temu«, schlug Maru vor und legte das Paket auf den Tisch.

»Ah, essen«, murmelte der Schreiber geistesabwesend und nahm schon die ersten Tontafeln von seinem Tisch zur Hand.

Maru seufzte. »Du musst essen, Temu. Ich brauche dich noch.«

»Brauchen? Wozu? Soll ich etwas für dich abfassen?«

»Nein, Temu, erinnerst du dich nicht an meine Fragen?«

»Fragen? Ach, ja! Natürlich, der gebannte Daimon. Und dieser Maghai, den du suchst, nicht wahr?«

»So ist es. Hast du etwas in Erfahrung gebracht seit heute Morgen?«

»Ich musste noch so viel ordnen, und wie es scheint, bin ich eingeschlafen, irgendwann. Nein, Maru, ich fürchte, ich habe keine Neuigkeiten für dich.«

»Aber die Tafel von heute Morgen über Etellu und den Daimon, hast du sie noch zur Hand?«

»Tafel? Ach ja, irgendwo hier muss sie liegen ...«, erwiderte der Schreiber und tastete unsicher ein paar Tafeln ab. Maru sah ihm ungeduldig zu.

»Hier ist sie«, rief Temu und strahlte sie an.

»Wie war das mit dem Bann? Wer hat ihn gewoben?«

»Warte, dort steht es ... die Maghai der Imricier, natürlich gemeinsam mit dem großen Etellu-Kaidhan.«

»Natürlich«, murmelte Maru. Sie wusste selbst nicht, warum sie noch einmal nachgefragt hatte. Wie hätte sie das vergessen können? In den Geschichten, die man sich in der Stadt erzählte, war es doch nicht anders, vielleicht nur mit einer anderen Gewichtung: Der Kaidhan hatte ein paar halbwilden Bergzauberern großzügig erlaubt, ihm zu helfen. Aber dieser Bericht bestätigte es eindeutig, es waren Maghai aus den Bergen gewesen. Sie seufzte. Ihr war längst klar, wen sie fragen musste, um mehr über diesen Bannfluch zu erfahren. Sie saßen auf der anderen Seite des Dhanis. Wie hatten sie sich genannt? Tochar?

»Sag, Temu, kennst du ein Volk namens Tochar?«

»Ein Volk? Nein. Es gibt aber einen Stamm der Imricier, der so genannt wird. Warum fragst du?«

»Es sind Männer von diesem Stamm auf der anderen Seite des Flusses.«

»Ach, Wanderer aus den Himmelsbergen? Was treibt die hierher?«

»Der Krieg, vermute ich«, antwortete Maru.

»Ach ja, es ist ja Krieg«, murmelte Temu stirnrunzelnd.

Maru fühlte sich, als sei sie zwischen zwei Mühlsteine geraten. Auf der einen Seite drohte Utukku mit der Vernichtung der Akkesch, auf der anderen Seite die Maghai, die sie umbringen wollten, wenn stimmte, was Wika sagte. Aber vielleicht irrte sich die alte Kräuterfrau auch? Sie mochte die Maghai nicht und war schnell bereit, nur das Schlechteste von ihnen zu denken. Nun, so wie die Dinge standen, würde sie bald herausfinden, ob Wika recht hatte. Sie musste zu den Zauberern der Tochar, wenn sie mehr über Utukku erfahren wollte. Die Maghai gaben altes Wissen weiter. Vielleicht wussten sie auch von dem Bann – und wie man ihn wieder herstellen konnte. Wika – sie dachte an das andere, was die weise Frau gesagt hatte, dass sie sich nicht vorstellen konnte, verborgenes Wissen über Marus Vater auf Tontafeln zu finden, die jedermann in die Hand bekommen konnte. Das war nicht von der Hand zu weisen. Maru durchfuhr ein Geistesblitz. »Sag, Temu, im Bet Schefir werden doch alle Tafeln gelagert, die im Bet Kaidhan verfasst werden, oder?«

»So ist es«, antwortete Temu stolz. »Es ist das Gedächtnis der Stadt, und eigentlich auch des Reiches, auch wenn seltsamerweise lange keine Berichte mehr aus den anderen Städten hier eingetroffen sind. Ich muss bei Gelegenheit erfragen, was …«

»Verzeih, Temu, wenn ich dich unterbreche, aber es ist wichtig. Es gibt doch sicher auch Berichte, die nicht jedermann lesen darf, oder?«

»Jedermann? Nun, die wenigsten Menschen sind des Lesens und Schreibens kundig, muss ich leider sagen. Ich habe hier irgendwo eine Liste …«

»Temu!«

»Ja?«

»Gibt es diese Berichte?«

»Natürlich, manches ist geheim. Damit es nicht in falsche Hände gerät, obwohl die meisten Schriftkundigen aufrichtige und ehrliche Menschen …«

»Und wo werden diese geheimen Schrifttafeln aufbewahrt?«, unterbrach ihn Maru erneut.

»Oh, da gibt es einen Raum, ebenso geheim wie das Wissen, das darin lagert.«

»Aber du weißt, wo er ist?«

»Natürlich! Das heißt …«

»Das heißt was, Temu?«

»Ich weiß zwar, wo dieser Raum ist, doch darf ich ihn nicht betreten. Dies ist allein dem Ersten Schreiber erlaubt! Daran kannst du sehen, wie geheim …«

Maru atmete tief durch. »Und bist du etwa nicht der Erste Schreiber der Stadt und des ganzen Reiches der Akkesch?«

»Streng genommen … bin ich das nicht«, antwortete Temu und errötete.

Maru starrte ihn verblüfft an. »Aber ich dachte …«

»Nun, Mädchen, es ist so. Ich bin vor einem Jahr zum Vierten Schreiber der Stadt ernannt worden. Das ist, auch wenn du es vielleicht nicht glaubst, eine große Ehre, die bisher nur wenigen Männern in meinen jungen Jahren zuteil wurde.«

»Und wo finde ich die Schreiber eins bis drei?«, fragte Maru matt.

»Ich fürchte, sie sind nicht mehr in der Stadt. Anders kann ich es jedenfalls nicht erklären, dass sie schon so lange nicht mehr in das Bet Schefir kommen. Zunächst war es Salaschu, der Ers…«

»Also bist du doch der Erste Schreiber!«, rief Maru dazwischen.

»In gewisser Weise – ja. Und auch wieder nein.«

»Hast du Zugang zu der geheimen Kammer oder nicht?«

»Nun, ich weiß, wo sie ist, und ich weiß, wo mein Vorgänger Salaschu die Schlüssel aufbewahrt, jedoch ist es mir nicht erlaubt …«

»Und wenn das Reich in Gefahr wäre? Oder die Stadt? Und nur geheimes Wissen könnte sie retten?«

»Dann würde ich vermutlich eine Tafel mit dem Ersuchen um Hilfe an den Immit schicken, denn er und der Kaidhan haben selbstverständlich …«

»Temu!«

Der Schreiber blinzelte sie verwundert an. »Was sollen denn all diese Fragen eigentlich, Mädchen?«

Maru riss sich zusammen. Niemandem war geholfen, wenn sie jetzt die Beherrschung verlor. Nein, sie musste schrittweise vorgehen und versuchen, den seltsamen Gedankengängen der Akkesch zu folgen, die für alles Vorschriften und Siegel brauchten. »Höre, Temu«, begann sie, »ich nehme an, die Antworten auf meine Fragen – sehr wichtige Fragen – liegen in dieser Kammer. Was meinst du, könnte es so sein?«

Der Schreiber dachte nach und kratzte sich am Ohr. »Ja, da könntest du recht haben. Wenn das, was du wissen willst, wichtig ist, wurde es aufgeschrieben. Und wenn es aufgeschrieben wurde, muss es hier im Bet Schefir sein. Wenn ich es hier draußen aber nicht finde, dann wiederum muss es in der Geheimen Kammer sein.«

»Und du bist der Oberste Schreiber der Stadt, ist es nicht so, Temu?«

»Nun, in gewisser Weise, ja, auch wenn ich nicht der Erste …«

»Für mich heißt das, du hast Zugang zu dieser Kammer.«

»Aber dazu habe ich weder Tafel noch Siegel bekommen, Mädchen.«

»Es ist Krieg, Temu, die Stadt wird belagert. Kann es nicht sein, dass einfach nur vergessen wurde, dich mit dem erforderlichen Siegel auszustatten?«

»Vergessen?«

»Nimm einfach an, es wäre so!«, beharrte Maru.

»Nun gut, in Zeiten der Not soll so etwas schon einmal vorgekommen sein. Ich erinnere mich an einen Bericht aus der Zeit von Damaq-Etellu, der bedauerlicherweise ja nur zwei Jahre herrschte, da …«

»Also, steht dir nun der Zugang zu der Kammer offen, oder nicht?«

»Wenn du es so darlegst, steht er mir wohl zu, aber …«

»Kein Aber mehr, Temu. Höre, das Leben vieler Menschen kann davon abhängen, dass du die Antworten findest, die ich suche. Verstehst du das?«

Temu nickte halbherzig. Ganz wohl war ihm dabei offensichtlich nicht.

»Vor allem die Frage nach dem, was Etellu in den Himmelsbergen getan hat.« Es fiel ihr immer noch schwer, darüber zu sprechen. Die Worte wollten nicht über ihre Lippen.

»Du meinst den Bann und diesen Daimon?«

»Genau das meine ich, Temu. Meinst du, du kannst es finden? Oder verlange ich zu viel vom Obersten Schreiber der Stadt?«

Plötzlich funkelten die Augen des Schreibers. »Wenn es dort ist, finde ich es! Ich muss nur vorher diese Listen hier …«

»Nein, Temu, musst du nicht! Lass alles stehen und liegen und suche diese Antwort, bitte!«

Er sah sie nachdenklich an. Maru überlegte, ob sie die Zauberstimme einsetzen sollte. Geheimhalten musste sie die Gabe seit heute wohl nicht mehr. Aber sie scheute davor zurück. Sie wollte keinen Freund mit Zauberei beeinflussen. Schließlich nickte Temu. »Dann gehe ich mal den Schlüssel holen«, sagte er und stand auf. Er stockte und schwankte.

Maru sah ihm an, wie geschwächt er war. Er hatte ihr einmal erzählt, dass er sein Haus mit seiner Schwester und ihrer Familie teilte. Sie kümmerte sich um ihn, wenn er dort war. Aber er schien nicht besonders gerne nach Hause zu gehen. Aus ein paar gemurmelten Andeutungen hatte Maru geschlossen, dass er seinen Schwager, einen Grobschmied, nicht mochte. Also blieb er, so oft es ging, im Bet Schefir und vergaß einfach, dass er hungrig war und Schlaf brauchte.

»Du solltest noch etwas essen, bevor du anfängst«, sagte Maru sanft. Sie hatte nichts davon, wenn er entkräftet umfiel.

»Essen?«, fragte Temu verwundert.

»Hirse und Brot. Dort auf dem Tisch.«

»Nanu, wo kommt das denn her?«

Maru beantwortete die Frage nicht. Sie beschloss, zu bleiben und zu überwachen, dass Temu über das Essen und seine Listen nicht wieder ihren Auftrag vergaß. Sie holte ihm sogar von draußen, vom Brunnen, einen Krug frischen Wassers, denn auch das Trinken vergaß der Schreiber gern.

»Ich habe gar nicht gemerkt, wie hungrig ich war«, sagte er, als er die letzten Krümel aus der Verpackung pickte.

»Und weißt du noch, worum ich dich gebeten habe?«

Temu warf ihr einen beleidigten Blick zu. »Ich werde gleich anfangen. Ehrlich gesagt bin ich jetzt doch selbst sehr neugierig auf all die Geheimnisse, die in dieser Kammer gesammelt wurden.«

Das klang nicht gut. Er war so leicht abzulenken. Doch gerade, als Maru sicher war, dass es besser wäre, ihn zu begleiten, hinkte ein Mann durch die Eingangstür.

»Bist du die junge Frau, die man Maru nennt, die Uratherin?«

Und als Maru die Frage bejahte, forderte er sie auf, ihn ins Bet Kaidhan zu begleiten. Sie werde dort erwartet.

»Das Bet Kaidhan?«, staunte Temu, »Ich wusste ja gar nicht, dass du dort aus- und eingehst.«

Maru lächelte über die Achtung, die sie plötzlich in Temus Augen lesen konnte, dann beschloss sie, das auszunutzen: »Du siehst, ich habe nicht gelogen, als ich sagte, dass meine Fragen wichtig sind. Also vergiss sie nicht!«

»Wie könnte ich, wie könnte ich«, erwiderte der Schreiber sichtlich beeindruckt.

Es blieb für Maru nur zu hoffen, dass der Eindruck sich nicht zu schnell verflüchtigte. Als sie mit dem hinkenden Boten das Bet Schefir verließ, sagte dieser: »Ich sollte öfter hierher kommen.«

»Du kannst lesen?«, fragte Maru.
»Nein, aber hier riecht es nach Essen.«

Opfer

Die Mauern meiner Stadt sind stark, ihre Zinnen hoch. Ein Meer von Feinden kann sie nicht überschwemmen.

Luban-Etellu

Schon von weitem sah Maru eine dünne weiße Rauchsäule über dem Bet Kaidhan stehen. Offenbar brannte dort ein Opferfeuer. Einzelne abgemagerte Sklaven huschten über die Straßen, ansonsten lagen die Gassen der Oberstadt immer noch wie ausgestorben. Niemand verschwendete Kraft und ging vor die Tür, wenn es nicht sein musste und er stattdessen einen Sklaven schicken konnte. Der Hinkende führte sie auf kürzestem Weg durch das Gewirr der Gänge und Höfe des Bet Kaidhan zum Tempel Etellus, an dessen Pforte er grußlos verschwand. Maru trat ein. Die heilige Flamme brannte zu Füßen der mächtigen Statue Etellus, und Kaidhan Luban war dabei, reichhaltige Gaben ins Feuer zu werfen. Sein Gewand war strahlend weiß, und er hatte sich den Schädel rasiert wie ein Priester. Es roch nach kostbarem Weihrauch. Es waren viel mehr Menschen im Tempel als am Morgen. Sie umstanden das Feuer in weitem Halbkreis – niemand durfte das Opfer verunreinigen – und murmelten etwas, das Maru für ein Gebet hielt, während Luban das Ritual vollzog. Der reichen Kleidung nach zu urteilen mussten es hochgestellte Verwalter und andere Würdenträger sein. Einige Priester der Hüter waren darunter, und Maru entdeckte den einen oder anderen Schab. Und da waren auch Baschmu, der Sterndeuter, und Upnu, der Schab-ut-Schabai. Sie fand Tasil schließlich nahe des Eingangs, an eine der mächtigen Säulen gelehnt. Dort im Halbschatten warteten noch mehr Menschen. Ihre Kleidung war nicht ganz so vornehm wie die des inneren Kreises, aber vermutlich waren auch das Verwalter oder Schreiber. Der ganze Hof schien sich versammelt zu haben.

»Ah, Kröte, endlich. Warum hat das so lange gedauert?« Tasil kam auf sie zu, packte sie am Arm und zog sie in eine stille Ecke.

Sie zuckte mit den Achseln. Als Tasils bohrender Blick aber nicht von ihr abließ, sagte sie: »Der Bote hat mich nicht gleich gefunden. Denk dir, Onkel, er hinkte.«

»Das sieht den Akkesch ähnlich, dass sie den für eine Aufgabe wählen, der am wenigsten dafür geeignet ist«, antwortete Tasil grinsend. Maru fragte sich, ob es Zufall war, dass sein Blick bei diesen Worten auf Luban fiel.

»Was ist das hier, Onkel?«, fragte sie leise.

»Sie bringen das Großopfer. Riechst du das? Weihrauch, Zedernholz, Fleisch und Weizen. Ein gut Teil von allem, woran es der Stadt mangelt.«

»Und was erflehen sie?«

»Das Übliche – den Segen der Hüter, die Hilfe Etellus, den Beistand Edhils, die Gnade Strydhs.« Er schüttelte den Kopf. »Dieses Ritual dauert nun schon beinahe drei Stunden. Es wäre ihrer Stadt besser gedient, wenn sie sich um die Verhandlungen kümmern würden.«

»Du hast noch gar nicht mit ihnen sprechen können?«, fragte Maru.

»Nun, Immit Uschparu ist ein Mann von einiger Einsicht und viel Vernunft. Mit ihm konnte ich reden, obwohl dieses endlose Fest bereits angefangen hatte.«

»Und was sagt er?«

»Er stimmt in den meisten Punkten zu, doch will er nichts unternehmen, bevor Luban sich nicht dazu geäußert hat. Und darauf warten wir nun.«

»Aber er hat doch vor, ihn zu hintergehen.«

Tasil antwortete mit einem schwer zu deutenden Lächeln: »Das sollte Luban aber nicht merken, oder?«

Das Ritual nahm seinen Fortgang. Der Kaidhan griff nach Opfergabe um Opfergabe, verneigte sich, flüsterte ein paar Worte und warf die Gabe dann in die Flamme. Der Innere Kreis murmelte seine Gebete, und von Zeit zu Zeit kam von den weiter entfernt Stehenden ein inbrünstiges »Wir erflehen es!«.

»Wie ist es mit Hardis gegangen?«, fragte Tasil.

Die Schmuggler. An die hatte Maru schon gar nicht mehr gedacht. »Es war keiner von den Männern des Tagors dort, Onkel, und Hardis hat gegenüber Gybad und Agir nichts gesagt. Und das, obwohl wir ihn gekränkt haben.« Und auf Tasils fragenden Blick hin erklärte sie: »Er weiß, wie viele Seile er in seinem Boot mitführt, Onkel, und er wusste, dass du mich geschickt hast, ihn zu belauschen.«

»Gekränkt also?«

»Er sagt, du kannst es mit Silber wiedergutmachen.«

Tasil schüttelte unwillig den Kopf. »Dieser Kydhier wird mir allmählich zu gierig. Wir sollten sehen, dass wir auch ohne ihn und seine Halsabschneider ans Ziel kommen.«

»Was ist denn unser Ziel, Onkel?«, fragte Maru ganz unverblümt.

Tasil starrte sie finster an und erwiderte: »Das wirst du noch früh genug erfahren, Kröte.«

Sie hätte sich sehr gewundert, wenn die Antwort anders ausgefallen wäre.

»Wir erflehen es!«, rief die Menge wieder einmal. Das Großopfer schritt voran, und der kleine Berg der Gaben nahm langsam, aber stetig ab. Manchmal roch es nach verbranntem Fleisch, meist einfach nach brennendem Holz und Weihrauch. Einmal wurden sogar kostbare Gewänder verbrannt, was Maru in der Seele schmerzte, denn so fein gewirkte Kleider hatte sie nur selten gesehen und noch nie getragen. Sie blickte dem Rauch nach, der durch die offene Decke abzog und dort oben von den Strahlen der tief stehenden Abendsonne vergoldet wurde. Hatten die Ulbaitai vergessen, dass die Zeit knapp war? Wenn Numur und Mahas erst einmal vom Untergang der Weizen-Flotte erfuhren, würden sie doch jede Verhandlung beenden. Aber das schien Luban nicht zu bekümmern. Unter peinlicher Beachtung jeder der vorgeschriebenen Handlungen brachte er umständlich Opfer auf Opfer. Endlich war die letzte Gabe von der heiligen Flamme verzehrt, und nach einem letzten »Wir erflehen es« war das Opferfest beendet. Luban reinigte sich in einem silbernen Becken die Hände, erflehte selbst noch einmal den Segen des großen Etellu-Kaidhan für die Versammelten und entließ die Menge. Priester löschten die heilige Flamme, sammelten die Asche und trugen das Opfergefäß hinaus. Die Verwalter und Schabai verließen den Tempel. Der eine oder andere wirkte, als habe ihn diese feierliche Opferung gestärkt, und er schien zuversichtlich dem nächsten Tag entgegenzusehen, doch vor allem bei den Höhergestellten sah Maru viele düstere Mienen. Sie wussten vermutlich besser über die verzweifelte Lage der Stadt Bescheid. Tasil und Maru blieben im Tempel, so wie auch der Sterndeuter Baschmu, sein Widersacher Upnu und der Immit, den Maru erst jetzt entdeckte. Er hatte sich wohl irgendwo im Hintergrund aufgehalten. Luban hatte seine Waschungen beendet. Er wirkte regelrecht aufgekratzt: »Hast du gesehen, Uschparu, mein Freund? Weiß und senkrecht stieg der Rauch auf.«

»Ein sehr gutes Zeichen, hochgeborener Kaidhan«, erwiderte Uschparu.

»Das meine ich auch. Die Wende zum Besseren, ich kann es spüren. Der Kriegsgott wird sich jetzt unserer Seite zuwenden. Ich sah eine Rauchwolke, die glich seinem Antlitz.«

»In dieser Angelegenheit gibt es Neuigkeiten, die wir besprechen müssen, Hochgeborener.«

»In welcher Angelegenheit?«

»Die Verhandlungen mit den Serkesch.«

»Sie haben eingewilligt? Ist es das? Oh, warum hast du das nicht gleich gesagt, guter Immit!«

»Ganz so ist es leider nicht, Hochgeborener.«

Lubans Lippen zitterten plötzlich. Von einem Augenblick auf den anderen schlug seine Stimmung um. »Der Verräter hat abgelehnt?« Er schrie beinahe und seine dünne Stimme hallte laut von den Tempelwänden wider. »Er wagt es, meine ausgestreckte Hand zurückzuweisen? Ich habe ihm den Palmzweig des Friedens geschickt – und er spuckt darauf?«

»Er hat uns ein Gegenangebot unterbreitet, Herr«, erwiderte Uschparu bedächtig. Er war an die Stimmungsschwankungen des Kaidhans offensichtlich gewöhnt.

Luban verharrte in der Mitte des Tempels. Er war der einzige der Anwesenden, der Weiß trug, und so sah er beinahe aus, als würde er leuchten. Er schloss die Augen und schien ein Gebet zu murmeln. Dann öffnete er ein Auge und sagte: »Was bietet er?«

»Wenig, Herr, es sind eher Forderungen, die Numur erhebt, fürchte ich.«

»Forderungen?«

»Er wird wissen, dass wir sie nicht annehmen können und auf ein Gegenangebot hoffen, Hochgeborener.«

»Er ist eine Schlange, dieser Abtrünnige. Was will er also?«

Bevor Uschparu diese Frage beantworten konnte, flog eine der Seitentüren des Tempels auf, und ein seltsamer Zug rauschte in die hohe Halle. Vorneweg ging mit harten Schritten eine Greisin, die nicht von ihrem hohen Alter gebeugt, sondern kerzengerade und stolz war. Sie trug ein graues, strenges Gewand und keinerlei Schmuck. Ihr folgten vier Träger, die auf einer Sänfte einen schwarz gekleideten Knaben von vielleicht zehn oder elf Jahren hereinbrachten. Zwei Krieger mit eisernen Waffen beschlossen den Zug.

»Was hat das zu bedeuten?«, fragte die Frau, und ihre scharfe Stimme schnitt wie ein Messer in die Stille, die ihrem Eintreffen gefolgt war.

»Edle Danami, Malk Gerru, welch Überraschung«, stammelte Luban.

Die Frau blieb dicht vor ihm stehen, und obwohl sie Grau trug und er leuchtendes Weiß, schien er vor ihrer Ausstrahlung förmlich zu verblassen. Luban wich einen Schritt zurück. Sie blitzte ihn an und warf dann einen Blick in die Runde, der so vernichtend war, dass Maru glaubte, die Wand müsse davon zerspringen.

»Noch einmal frage ich, was dies zu bedeuten hat, Neffe!«

»Dies ist der Rat des Kaidhans, hochgeborene Danami«, antwortete Immit Uschparu an Stelle Lubans. »So tagte er viele Male, seit die Stadt belagert wird, und noch nie hast du uns mit deinem Besuch beehrt.«

»Was will mir der Kydhier damit sagen?«, fragte Danami ihren Neffen Luban.

Uschparu verfärbte sich, und Luban wurde noch ein Stück kleiner. »Es gibt immer so viel zu besprechen, edle Danami. Er wollte wohl sagen, dass er dich nicht mit allem Ungemach des Reiches behelligen will.«

»Als Immit Schaduk noch lebte, war ich oft zugegen. Schaduk hat auf mich gehört, ist es nicht so, Neffe?«

»Ja, so war es wohl«, erwiderte Luban kleinlaut.

Maru war tief beeindruckt. Die Frau hatte etwas von einem schneidend kalten Wind. Sie musste schon mindestens siebzig oder gar achtzig Jahre alt sein, ein Alter, das nur die wenigsten erreichten.

Uschparu war wütend: »Die Gesetze der Akkesch sagen klar, dass der Rat des Kaidhans den Männern vorbehalten ist!«

»Was versteht denn ein Kydhier von unseren Gesetzen?«, entgegnete die Frau trocken. »Ich bin die Großmutter Gerrus, des Erben, der letzten Hoffnung der Etellu. Ich habe mehr Recht hier zu sein als du, Uschparu.«

»Lass ihn doch bitte, liebe Danami. Wir wollen nicht streiten, der Krieg ist schlimm genug«, versuchte Luban mit weinerlicher Stimme zu beschwichtigen.

»Das ist es, was ich hörte. Der Krieg. Ihr verliert ihn, du und dein neuer Immit.«

»Wir sind dabei, ihn zu einem guten Ende zu führen«, verteidigte sich Immit Uschparu.

»Auch davon habe ich gehört. Verhandlungen mit einem Verräter? Wie tief seid ihr gesunken!«, zischte Danami.

»Aber Danami, unsere Krieger hungern, das Volk stirbt am Fieber. Wir müssen verhandeln!«, jammerte Luban.

»Verhandeln? Taten wären hier erforderlich. Dort steht Upnu, den sie einst die Faust der Akkesch nannten. Hat sie auch nur einmal zugeschlagen in diesem Krieg? Ihr wartet auf euer Ende und redet, statt zu handeln. Die Ahnen schämen sich deiner, Luban!«

»Du bist ungerecht«, erwiderte Luban mit zitternder Stimme.

»Bin ich das? Dann lasst mich hören, was dieser Rat beschlossen hat. Und vergiss nicht, dort sitzt dein Erbe. Auch an ihn musst du denken, wenn du mit einem Abtrünnigen um das Reich schacherst.«

Der Knabe war dem Streit ohne eine erkennbare Regung gefolgt. Er hatte wohl früh gelernt, seine Gefühle zu verbergen.

»Wir haben keine Geheimnisse vor dir, nicht wahr, guter Uschparu?«, rief der Kaidhan. »Sag uns, mein Freund, welches Angebot hat der Verräter für uns?«

Der Immit verneigte sich mit leicht säuerlicher Miene. »Wie ich bereits sagte, bevor wir … unterbrochen wurden, hochgeborener Kaidhan, kann Numur nicht glauben, dass wir dies annehmen. Er wird ein Gegenangebot erwarten.«

»Ja, genau, er will feilschen wie ein Straßenhändler. Welch niedrige Gesinnung, nicht wahr?«, rief Luban um Beifall heischend. »Aber sag, was schlägt er vor?«

»Der Verräter verlangt das gesamte Reich mit Ausnahme der Stadt Ulbai und des umliegenden Landes, den Schatz der Akkesch, und – und er muss wissen, dass dies undenkbar ist – er will, dass du, hochgeborener Kaidhan, dich ihm unterwirfst.«

Luban glotzte den Immit entgeistert an. Dann ließ er ein einzelnes schrilles Lachen hören. »Verrückt! Er ist verrückt!«

Maru entging nicht, dass er dabei immer wieder Blicke zu Danami warf. Die nahm die Forderungen mit unbewegter Miene zur Kenntnis. Dann fragte sie kalt: »Ist das so, Kydhier? Ist Numur verrückt? Oder hat er Grund zu glauben, dass wir auch nur einen Teil dieser Forderungen erfüllen?«

Der Immit überhörte die erneute Anspielung auf seine Abstammung und erwiderte vorsichtig: »Unsere Lage ist verzweifelt, hochgeborene Danami. Aber noch nicht so hoffnungslos, dass wir auf diese Unverschämtheit eingehen müssen.«

»So ist es also wahr, was man in den Straßen raunt, dass Kaidhan Luban-Etellu das stolze Reich der Akkesch an den Abgrund geführt hat?«, fragte Danami ganz ruhig.

»Ich? Ich?«, rief Luban aufgebracht. »Nein! Ich habe getan, was ich konnte. Die Götter haben sich von mir abgewandt. Frag Uschparu. Frag den guten Baschmu. Die Sterne waren gegen mich, edle Danami. Nichts von all dem war meine Schuld!«

Danami betrachtete den vor Erregung bebenden Kaidhan mit

Verachtung. Dann sagte sie kühl: »Wie ich sehe, müssen wir nun auch darauf vertrauen, dass uns die Sterne und die Götter aus dieser Not retten, denn von diesem Rat ist dies wohl nicht zu erwarten. Ich habe genug gehört. Doch will ich, Uschparu, dass du mich unterrichtest, was ihr in dieser Frage unternehmt. Und bedenke, bei allem, was du tust, dass mein Enkel Gerru der nächste Kaidhan des Reiches ist.«

»Noch bin ich Kaidhan!«, schrie Luban.

Aber Danami würdigte ihn keiner Antwort mehr. Sie drehte sich um und verließ, gefolgt von dem schweigenden Knaben in der Sänfte, mit stolzem Schritt den Tempel.

»Diese Frau hat mehr Mumm in den Knochen als jeder Mann, den ich hier sehe«, flüsterte Tasil. Maru konnte ihm da nur recht geben. Dennoch fand sie es seltsam, dass Danami der Beratung, der sie sich doch gerade aufgedrängt hatte, nicht mehr beiwohnen wollte. Sie fragte Tasil danach.

Er grinste und sagte: »Da siehst du, wie gerissen sie ist. Sie weiß genau, dass Luban nachgeben muss, vielleicht nicht in allen Punkten, aber in den meisten. Das bedeutet, er verliert den Krieg. Und sie will nicht, dass man sie oder den kleinen Gerru mit dieser Niederlage in Verbindung bringt.«

Als Danami gegangen war, glotzte Luban ihr lange wie erstarrt hinterher. Dann rannte er plötzlich zu dem silbernen Becken und wusch sich erneut. »All das Wasser des Dhanis reicht nicht, diese Plage von mir abzuwaschen«, rief er dann in das betretene Schweigen hinein. »Diese Schlange! Schlimmer als die Awathani erschüttert sie die Grundfesten meines Hauses! Immer erscheint sie zur Unzeit. Immer hat sie nichts als Vorwürfe und Beleidigungen.« Er erging sich dann einige Zeit in Flüchen und Verwünschungen, die teils Danami, teils den Sternen, teils dem Verräter Numur galten. Uschparu wartete, bis der Kaidhan sich verausgabt hatte. Als

Luban erschöpft auf den steinernen Sockel seines Vorfahren sank, trat er einen Schritt näher und sagte: »Es ist bewundernswert, wie du all diese Mühen und die Last der Verantwortung erträgst, Hochgeborener. Doch müssen wir zu einer Antwort auf Numurs Forderung kommen.«

»Eine Antwort?«, fragte Luban mit leerem Blick.

»Ein Gegenangebot, Herr.«

»Wo ist der Bote?«, fragte der Kaidhan.

»Er wartet dort drüben auf neue Anweisungen, Herr.«

»Komm näher, Bote«, forderte Luban.

Tasil trat näher heran, und Maru folgte ihm.

Luban blickte ihn nachdenklich an. Aus der Nähe konnte Maru deutlich sehen, wie erschöpft und verbraucht der Kaidhan war.

»Du warst in Numurs Lager, Urather?«

»So ist es, Herr«, antwortete Tasil.

»Du hast den Verräter gesprochen?«

»Ja, Hochgeborener.«

»Er ist von altem Blut, ein Hegasch, eine der ältesten Linien des Reiches. Wir sind weitläufig, sehr weitläufig miteinander verwandt, wusstest du das?«

»Nein, Herr.«

»Sag, wie geht es ihm?«

Das war nun eine seltsame Frage. Maru konnte nicht glauben, dass Luban wirklich wissen wollte, ob sich sein Feind guter Gesundheit erfreute. Tasil zögerte mit der Antwort. Dann sagte er: »Ich glaube, seine Gesundheit ist angegriffen, Hochgeborener.«

»So?«, fragte Luban, mit halb geschlossenen Augen. »Was fehlt ihm denn?«

»Es ist nicht das Sumpffieber, Herr. Er spricht viel mit seinem Vater Utu, dem neuen Gott, heißt es. Und ich glaube, sein Geist wurde … vom Göttlichen gestreift.«

Der Kaidhan nickte matt. »Davon haben mir meine Späher berichtet. Mein Vetter ist verrückt geworden. Und das gilt wohl auch für die Forderungen, die er erhebt.«

»Das mag sein, Herr, jedoch hat er einen engen Vertrauten in Abeq Mahas. Und es war dieser Priester, der mir die Forderungen mitteilte.«

»Mahas? Ein Diener Strydhs, nicht wahr?«

»Er ist jetzt Abeq Abeqai Utus.«

»Der falsche Gott, der sie dennoch zum Sieg führt, wie es scheint.« Luban lehnte sich an den Fuß der Statue seines Vorfahren und blickte zum Himmel. Es war inzwischen Abend geworden, und die ersten Sterne zeigten sich.

»Kann es nicht sein, dass der Wandelstern, den wir entdeckt haben, für diesen neuen Gott steht, Baschmu, mein Freund?«

Der Sterndeuter war auf diese Frage offenbar nicht vorbereitet. Er zögerte und stotterte dann schließlich: »Für Utu? Das glaube ich nicht, hochgeborener Kaidhan.« Aber dann fing er sich und erklärte mit öliger Stimme: »Dieser Stern steht nämlich keinesfalls für einen Gott. Denn sieh, Herr, die Sterne der Götter folgen vorbestimmten Pfaden durch die großen Sternbilder. Dieser Stern aber kreuzt ihre Bahnen. Es kann kein Gott sein.«

»Nun, vielleicht ist er auch ein Gott, der die alten Götter stürzt, so wie Strydh einst seine Geschwister stürzte. Machtvoll erscheint er mir. Doch sag, Bote, was sahst du noch in diesem Lager? Wie stark ist das Heer meiner Feinde?«

War das eine Falle? Luban hatte seine Späher erwähnt. Er wusste also vermutlich längst, wie es im Lager Numurs stand. Maru fragte sich, ob er nur herausfinden wollte, wie zuverlässig Tasil war, oder ob er etwa versuchte, das Unvermeidliche, das Eingeständnis seiner Niederlage, hinauszuzögern. Der Kaidhan wirkte jetzt sehr ruhig, ja, beinahe leblos. Ein weniger kluger Mann hätte vielleicht versucht, Luban mit einer falschen Darstellung von Numurs Lage in Uschparus Sinn zu beeinflussen. Nicht so Tasil. Er erzählte von den verkauften Augen des Gottes, von dem Scheiterhaufen, von dem Fieber, das so viele Männer befallen hatte. Aber gerade, als Maru glaubte, in den Augen des Kaidhans einen Funken Hoffnung aufglühen zu sehen, kam Tasil auf die fast fertige Holzbrücke zu sprechen, und er verschwieg auch nicht die Anwesenheit der Maghai, die gerade aus den Bergen eingetroffen waren.

»So hat sich auch die Bruderschaft der Zauberer für Numur entschieden?«, fragte Luban.

»Es sind nur drei, einer davon noch ein Schüler, Herr. Und niemand weiß, was diese Zauberer tun oder für wen sie Partei ergreifen. Am Ende werden sie tun, was für sie selbst das Beste ist.«

»Doch jetzt sind sie in Numurs Lager«, stellte Luban nüchtern fest. Er wirkte unendlich einsam.

Dann erwähnte Tasil Schaduks Fluch, der sie am Flussufer überfallen hatte.

»So ist es also mehr als ein Gerücht?«, fragte Luban mit neuer Aufmerksamkeit.

»Das ist es, Hochgeborener, doch ist es kein Daimon, wie die Serkesch glauben. Es ist ein Wesen aus Fleisch und Blut. Es kann deine Feinde nicht für dich vernichten.«

Luban sah ihn zweifelnd an. »Fleisch und Blut? Und doch erscheint es aus dem Nichts, tötet und löst sich in Luft auf?«

»Es ist nur ihre Angst, die die Serkesch dies glauben lässt, Herr. Die Furcht macht jeden Gegner zu einem Riesen und jeden Verbündeten zu einem Winzling, wie man sagt. Ich weiß sogar noch mehr, denn ich selbst war zugegen, als dieses Wesen eine Eschet der Serkesch angriff. Ja, wenn meine Nichte nicht gewesen wäre, wäre ich vielleicht nicht zurückgekehrt, denn sie hat den Angriff vorhergesehen.«

Maru war erstaunt, dass Tasil sie vor dem Kaidhan lobte. Aber vermutlich wollte er nur einen weiteren Zeugen für seine Geschichte benennen, um seine eigene Glaubwürdigkeit zu erhöhen.

Tasil fuhr unterdessen fort: »Und daher kann ich dir sogar sagen, dass dieser Fluch in Wahrheit nur ein Weib ist. Umati mit Namen. Numur führte sie in einem Käfig …«

Luban sprang urplötzlich auf. »Umati? Schaduks Weib? Wirklich? Wie könnte das sein?«, rief er laut.

Tasil war von dem plötzlichen Gefühlsausbruch überrumpelt. »Nun, Herr, Numur nahm sie gefangen, doch wurde sie aus ihrem Gefängnis befreit und seither …«

»Hast du gehört, Uschparu? Umati, die Frau Schaduks, sie lebt!«, rief der Kaidhan freudestrahlend.

»Dies ist nur ein Gerücht, Hochgeborener«, antwortete der Immit vorsichtig, »soweit wir es wissen, hat Numur in Serkesch doch nicht nur Schaduk, sondern auch seine Frau und seine Kinder töten lassen.« Er schien nicht zu wissen, was er von dem plötzlichen Stimmungsumschwung des Kaidhans zu halten hatte.

»Nein, kein Gerücht. Ich fühle es in meinem Herzen. Sie lebt! Weißt du, was das bedeutet, guter Freund?«

Der Immit setzte zu einer Antwort an, aber dann schwieg er. Er hatte ganz offensichtlich nicht die leiseste Ahnung, worauf Luban hinauswollte.

»Weißt du nicht, dass sie zur Hälfte eine Viramatai ist? Eine Viramatai, Uschparu! Wenn ihr Volk erfährt, dass sie lebt, dass sie für mich kämpft, dann werden sie zu ihrer Hilfe herbeieilen! Siehst du das nicht, Uschparu?«

Der Immit konnte es offensichtlich ebenso wenig sehen wie Maru oder irgendein anderer in der Tempelhalle. Nur der Kaidhan erblickte diesen plötzlichen Hoffnungsschimmer.

»Herr, das Eisenland ist weit«, wandte Uschparu vorsichtig ein.

»Weit? Was sind Entfernungen für dieses Volk von Zauberinnen? Weißt du nicht, dass sie mit den Göttern verkehren? Sie töten ihre Männer, aber sie gebären Kinder. Was kann das anderes heißen, Immit? Und stammt Umati nicht aus einer Linie, die ihren Ursprung auf den Sonnengott Edhil selbst zurückführt?«

»Wenn ich mich recht erinnere, hochgeborener Kaidhan, ist sie nur zur Hälfte eine Tochter der Männertöterinnen, und ihre Mutter wurde von ihrem Volk verstoßen.«

»Ihre Mutter, ihre Mutter – nein, Uschparu, ich sehe es, ich höre es – hörst du es nicht?«

Der Immit hörte offensichtlich nichts, er sah aber wohl seine Felle davonschwimmen. Eben noch war der Kaidhan ein gebrochener Mann gewesen, bereit, einen unwürdigen Frieden zu schließen, und jetzt schöpfte er Hoffnung aus unerwarteter Quelle.

»Nein, du kannst es nicht hören. Aber ich höre es. Es ist Etellu, mein Ahn. Still! Er raunt mir zu, dass Umati unsere große Hoffnung ist.«

War jetzt auch Luban verrückt geworden? Oder war es wirklich so, dass die Fürsten der Völker mit ihren Ahnen sprechen konnten? Maru wusste es nicht. Sie verfolgte den ganzen Vorgang mit ungläubigem Staunen. Der Immit warf einen hilfesuchenden Blick zu Baschmu. Steckten die beiden etwa unter einer Decke? Der Sterndeuter zögerte, dann räusperte er sich unsicher und begann: »Herr, es ist nicht gesagt, dass die Sterne …«

»Die Sterne, Baschmu, die Sterne! Wir haben uns geirrt. Der neue Stern ist kein Gott, nein, aber er ist auch sicher kein Urather! Er steht für die Hoffnung, die durch Umati erscheint! Kann es nicht das sein? Sagtest du nicht, die alten Listen seien unsicher, was der Wandelstern bedeute? Muss nicht der Stern einer Halbgöttin heller strahlen als der eines urathischen Boten?«

»Das … das weiß ich nicht, Herr, ich muss die Schriften der Alten vielleicht noch einmal prüfen«, erwiderte Baschmu zaghaft.

Der Immit warf ihm einen zornigen Blick zu und sagte dann: »Halbgöttin? Es ist Jahrhunderte her, dass Edhil ihre Ahnherrin zeugte, wenn es überhaupt je geschah. Und Hoffnung? Herr, sie ist auf der falschen Seite des Flusses. Sie kann die Stadt nicht retten.«

Lubans Zuversicht schien einen Augenblick ins Wanken zu geraten, dann aber fing er sich und sagte: »Dann müssen wir sie eben holen!« Er fuhr herum und strahlte Tasil an. »Du, Urather, du wirst sie holen!«

Der Kaidhan konnte nicht sehen, dass Uschparu hinter ihm unmerklich den Kopf schüttelte. Die Geste galt Tasil, und dem war sie nicht entgangen. »Ich weiß nicht, ob ich das kann, Herr«, erwiderte er vorsichtig. »Die Serkesch jagen sie seit vielen Monden, und doch sind sie ihrer nie habhaft geworden.«

Den Einwand fand Maru berechtigt. Das Sumpfland war groß, Umati konnte sich überall und nirgends verstecken. Kein Mensch würde sie finden, wenn sie das nicht wollte. Plötzlich kam ihr ein Gedanke. Maru zögerte. Aber der Gedanke war groß und mächtig. Und zu ihrer eigenen Überraschung hörte sie sich sagen: »Ich kann sie finden, Herr.«

Das Schweigen, das diesem kurzen Satz folgte, war bemerkenswert.

Dann kicherte Luban leise und fragte schließlich: »Du, Mädchen?«

Maru fühlte den Blick Tasils, der ihr in diesem Augenblick vermutlich gerne den Hals umgedreht hätte. Aber darauf konnte sie keine Rücksicht nehmen. Es war einfach zu wichtig, dass sie auf die andere Seite des Flusses gelangte. Und hier bot sich ihr eine überraschende Gelegenheit. »Ich kann es, Hochgeborener. Du kannst meinen Onkel fragen, Herr, ich habe ihre Nähe gespürt, bevor irgendjemand sie sehen konnte. Es heißt, eine meiner farwischen Ahnfrauen sei eine Waldhexe gewesen«, fügte sie erklärend hinzu und baute damit dreist auf die Lüge auf, die Tasil einst erfunden hatte. Ihr Herz klopfte wild.

»Ist das so, Urather?«, fragte der Kaidhan.

Maru hielt den Atem an. Drei Herzschläge später sagte Tasil sehr langsam: »Meine Nichte überschätzt sich möglicherweise, Herr.«

»Überschätzt? Aber sie ist doch eine Farwierin, Nachfahrin einer Waldhexe, oder?«

»Das ist wahr, Hochgeborener«, erklärte Tasil zögernd. Er konnte Marus Aussage nicht in Frage stellen, denn damit hätte er seine eigene Lüge zugeben müssen.

»Und hat sie Umati gespürt, bevor ihr angegriffen wurdet, oder nicht?«

»Das hat sie, Herr«, sagte Tasil schlicht. Er hatte wohl eingesehen, dass er in seiner eigenen Geschichte gefangen war.

»Dann kann sie sie jetzt auch finden, Urather, nicht wahr? Ich verstehe wirklich nicht, warum du an ihr zweifelst!«

»Deine Weisheit ist größer als die meine, Herr«, antwortete Tasil mit einer Verbeugung.

Er sprach sehr bedächtig. Maru konnte aber spüren, wie wütend er auf sie war. Noch nie hatte sie sich so weit vorgewagt und so deutlich gegen seinen Willen gehandelt.

Dann sagte Luban: »Wenn dir das gelingt, Mädchen, werde ich dich reich mit Silber belohnen!«

»Du bist sehr großzügig, Herr«, antwortete Tasil anstelle von Maru. Sein Zorn schien etwas besänftigt.

Dafür sah sie in Uschparus Augen, wie sehr er ihr jetzt grollte, auch wenn er versuchte, sich nichts anmerken zu lassen. »Dennoch, Herr, müssen wir Numur etwas anbieten, schon allein, um ihn hinzuhalten«, warf er ein.

»Ein Friedensangebot, zum Schein?«, fragte Luban aufgekratzt.

»Ja, Hochgeborener.«

»Nun, lass dir etwas einfallen, guter Immit. Ich sehe, dass die Sterne bereits aufgegangen sind. Ich werde mit Baschmu auf den Schirqu steigen, um sie zu befragen. Ich hoffe, nein, ich weiß, dass sie gute Neuigkeiten für mich haben!« Er strahlte vor Zuversicht.

»Die Sterne. Gewiss, Herr«, beeilte sich der überraschte Sterndeuter Baschmu zu versichern.

Luban winkte drei Sklaven herbei, die Baschmu halfen, seine verschiedenen Gerätschaften einzupacken. Dann verließen sie den Tempel durch einen Nebenausgang. Luban eilte leichtfüßig voraus.

»Deine Nichte kann Umati also aufspüren, Urather«, sagte Uschparu, als der Kaidhan verschwunden war. Upnu, der Schab-ut-Schabai, stand mit verschränkten Armen hinter ihm und grinste breit.

»So ist es, Herr«, antwortete Tasil schlicht und mit einer leichten Verbeugung.

»Schaduks Fluch ist also seine Frau, hättest du das gedacht, Upnu?«

»Ich wusste es längst«, entgegnete der Krieger breit grinsend.

»So wie ich, Upnu, so wie ich.«

Maru war verblüfft. Was hatte das zu bedeuten? Upnu und Uschparu teilten Geheimnisse? Bisher hatte sie angenommen, der Schab sei Luban treu ergeben. Falls Tasil ebenfalls überrascht war, ließ er sich nichts anmerken: »Ich hätte mich auch sehr gewundert, wenn ihr es nicht längst gewusst hättet, Herr«, versicherte er.

»Dann weißt du also auch, warum wir es Luban bisher nicht gesagt haben, Urather?«

»Ich nehme an, aus der Sorge, er könne, wie nun geschehen, falsche Hoffnungen daran knüpfen?«

»Du bist ein kluger Mann, Urather. Es ist schade, dass deine Nichte diese Klugheit nicht geerbt zu haben scheint.«

Maru schluckte und versuchte, sich möglichst klein zu machen.

»Sie ist jung und unerfahren, Herr, und ich versichere dir, es wird nicht wieder vorkommen.«

»Das wäre gut, denn es wäre schade um so ein junges Leben«, antwortete Uschparu kalt. Dann schüttelte er den Kopf, seufzte und sagte: »Aber gut, der Schaden ist angerichtet. Wir werden sehen, was wir daraus machen können.«

»Willst du diese verfluchte Männertöterin wirklich in die Stadt lassen, Uschparu?«, fragte der Schab-ut-Schabai.

»Es bleibt uns wohl nichts anderes übrig – wenn dieses Mädchen sie überhaupt findet.«

»Möchtest du, dass sie sie nicht findet, Herr?«, fragte Tasil.

Uschparu dachte einen Augenblick nach, dann sagte er, als folge er einer plötzlichen Eingebung: »Aber nein, das wäre nicht gut. Es würde das Vertrauen des Kaidhans in dich, und damit in die Weisheit der Sterne, die dich ihm ja empfohlen haben, erschüttern. Nein, findet sie und bringt sie dann in mein Haus, Umati wird es kennen. Es ist das Bet Immit, das sie einst mit ihrem Mann bewohnte. Aber achtet darauf, dass ihr nicht gesehen werdet – und sie auch nicht.«

»Wie du befiehlst, Herr, doch brauchen wir ein Boot und einen heimlichen Weg in die Stadt – und am besten auch hinaus. Heute Nachmittag, am Hafen, da haben zu viele Leute zu viel gesehen.«

Uschparu nickte und wandte sich fragend an den Obersten Krieger der Stadt: »Upnu?«

Der sagte: »Wir haben ein Boot versteckt, außerhalb der Stadt. Kennt ihr die Fischerhütten, zwischen der Hauptstraße und dem Schwarzen Dhanis?«

»Sie sind niedergebrannt, nicht wahr, Herr?«

»Ganz recht, Urather, unglücklicherweise lagen sie in Schussweite feindlicher Brandpfeile. Unter den Trümmern einer Hütte, dicht am Ufer, da liegt ein leichtes Boot. Unsere Späher nutzen es. Damit kommt ihr ungesehen über den Fluss.«

»Über den Fluss zu kommen ist das eine, aber wie gelangen wir aus der Stadt, ohne dass die großen Tore geöffnet werden müssen?«

»Wieder wie unsere Späher. Wir lassen euch an einem Seil hinab – und auf gleichem Weg kommt ihr zurück. Ich werde zuverlässige Krieger dort aufstellen – Männer, die schweigen können.«

»Wichtig ist, dass sie uns von feindlichen Kundschaftern unterscheiden können«, warf Tasil grimmig ein.

Uschparu lachte. »Keine Sorge, Urather, ihr werdet noch gebraucht. Es sieht so aus, als würde sich das eine gut zum anderen fügen. Deine Nichte soll dieses verfluchte Weib suchen, du begibst dich zu Abeq Mahas, mit unserem neuen Angebot.«

»Du hast es schon überlegt, Herr?«

Der Immit sah Tasil geringschätzig an. »Mein Schreiber sitzt schon längst an einer Tafel, die wir besiegeln können. Allerdings sind noch einige Punkte offen, und es ist deine Aufgabe, diese zu klären. Ich werde Numur gewiss nicht den Schatz der Akkesch überlassen.«

»Aber er wird Silber fordern, ist doch der Schatz der Serkesch vom Krieg längst aufgezehrt worden.«

»Er soll Silber haben, doch nicht zu viel. Es soll genügen, um seine Söldner auszuzahlen, aber ihm nicht die Möglichkeit geben, neue anzuwerben. Deshalb biete ich ihm dreihundert Barren Silber, sechzig Barren Eisen, dreißig Barren Gold und zwanzig Limi Bernstein.«

Das waren Werte, die sich Maru nicht einmal vorstellen konnte. Aber Tasil zuckte nicht mit der Wimper und sagte: »Ich weiß nicht, ob Abeq Mahas das reichen wird, Herr.«

»Nun, wenn der ehrwürdige Priester feilschen will, so lass mit dir handeln. Aber nicht mehr als das Anderthalbfache des Angebotenen, hörst du?«

»Ja, Herr.«

Uschparu wandte sich an Maru: »Und nun, Mädchen, solltest du dich auf den Auftrag vorbereiten, den du so dringend haben wolltest. Ich sehe, du hast dort ein Messerchen im Gürtel, doch brauchst du richtige Waffen. Außerdem solltest du Schwarz tragen in dieser Nacht, dein Garwan ist viel zu hell. Geh mit Upnu, er wird dir geben, was du brauchst. Ich werde mit deinem Onkel noch einige Einzelheiten besprechen. Langweiliges Zeug für ein junges Weib, wie ich mir vorstellen kann.«

Er war so katzenfreundlich, dass Maru sofort wusste, dass hier wichtige Dinge beredet werden würden, sobald sie erst einmal außer Hörweite war. Aber das konnte sie natürlich nicht sagen. Also verbeugte sie sich stumm und folgte dem stämmigen Schab aus dem Tempel.

Upnu ging schnell, und Maru hatte Schwierigkeiten, ihm zu folgen. Es war inzwischen ganz dunkel, und die Laternen waren entzündet worden, jedoch längst nicht alle. Nach den langen Monden der Belagerung wurde auch das Lampenöl allmählich knapp. Es ging wieder durch Gänge und Höfe und, zu Marus Überraschung, auch aus dem Bet Kaidhan hinaus. Upnu marschierte über eine breite Straße Richtung Süden.

»Wohin gehen wir, edler Schab Upnu?«, fragte sie.

»Zur Waffenkammer, oder glaubst du, ich trage immer schwarzes Tuch mit mir herum, falls einmal ein vorlautes Mädchen etwas braucht?«

»Nein, Herr«, antwortete Maru.

Die südliche Hälfte der Oberstadt war langgestreckt und schmal. Maru war noch nie dort gewesen. Ihr Ziel lag noch hinter dem Schirqu und den Häusern der Priester. Dort gab es, neben einigen kleineren Gebäuden, zwei beherrschende Bauten: Zur Linken stand ein schmuckloses Haus, das mit einer Roten Doppelaxt über dem Eingang geschmückt war. Das Haus der Axt, Strydhs Tempel, weit entfernt vom Bet Kaidhan. Es stimmte also wohl, was Maru gehört hatte, dass der Kriegsgott in Ulbai nicht sehr hoch angesehen war. Das zweite Gebäude wirkte noch abweisender als der Tempel. Es war die Festung der Stadt. Würden die Untere und die Obere Mauer tatsächlich einmal genommen, wäre dies die letzte Zuflucht der Verteidiger. Die Wachen nahmen Haltung an, als sie ihren Schab-ut-Schabai erspähten. Maru folgte Upnu durch einen finsteren Gang, eine Treppe hinauf, um einige Ecken und dann wieder hinaus auf die Festungsmauer. Die Aussicht war überwältigend. Die schmale Sichel des Mondes hatte sich über dem Sumpfland erhoben und glitzerte silbern in den zahllosen Seen und Teichen, die sich beiderseits des Schwarzen Dhanis erstreckten. Und dort sah Maru Numurs Lager, gekennzeichnet durch zahlreiche Fackeln, die die hölzerne Mauer krönten. Maru blieb stehen.

»Was ist, Mädchen? Wir haben nicht ewig Zeit.«

»Verzeih, edler Schab, aber was sind das für Lichter dort drüben, ein Stück vom Lager entfernt?«

»Die Feuer ihrer Wachtposten, die das Lager nach allen Seiten sichern, was sonst?«

»Und die dünne Reihe dort?«

»Die Straße nach Süden. Auch die müssen sie überwachen.«

»Aber jener einzelne Lichtpunkt, dort drüben, weit hinter der Straße?«

Der Schab runzelte die Stirn. »Weit entfernt für einen Posten, in der Tat. Wenn mich nicht alles täuscht, ist das ganz in der Nähe der alten Hügelgräber. Ich wundere mich, dass sie sich dort hin wagen. Es gehen dort Geister um, heißt es.«

Maru starrte den Punkt an. Hügelgräber schreckten sie nicht mehr, nicht, seit sie mit Tasil schon so viele geöffnet und ausgeraubt hatte. Doch andere Menschen mieden solche Orte, das war nur zu wahr.

»Könnte das nicht …?«

»Das verfluchte Weib?« Der Schab lachte. »Nein, sicher nicht. Sie wird nicht so dumm sein, in der Nacht ein Feuer zu entzünden. Die Serkesch könnten es doch ebenso gut sehen wie wir. Aber vielleicht sind es Männer, die sie jagen. Und jetzt komm, es ist schon spät.«

Maru blieb aber stehen. »Sag, edler Upnu, woher wusstet ihr eigentlich, dass es Umati ist, die dort drüben …«, ihr fehlte das richtige Wort, aber der Schab ergänzte den Satz für sie: »Tötet? Nun wir haben unsere Späher, und sie hören die Geschichten, die man sich drüben im Lager erzählt. Schaduks Fluch? Ein Daimon? Es ist wohl leicht zu glauben für diese abergläubischen Narren, die dieses Weib nicht kennen. Ihre Mutter war eine Viramatai, und sie hat Umati alles gelehrt, was dieses Volk über das Töten weiß. Und glaub mir, Mädchen, sie wissen viel darüber. Aber woher wusstet ihr eigentlich, dein Onkel und du, dass es dieses Weib ist?«

Eine heikle Frage. Durfte sie Upnu erzählen, dass sie Schaduk schon in Serkesch getroffen hatten? Besser nicht. »Ich sah sie im Käfig, in den sie Numur gesteckt hatte, im Isberfenn. Und dann hörte ich auch eine Geschichte, drüben, im Lager der Serkesch. Ein Erzähler namens Biredh berichtete von dem Daimon, der in ihren Körper gefahren sein soll.«

»Der alte Biredh? Er lebt noch? Ein guter Erzähler, fürwahr.«

»Du kennst ihn?«

»Wer kennt ihn nicht? Als er jung war, hat er den rechten Weg verfehlt und ist hart dafür bestraft worden. Andere Männer wären sicher daran zugrunde gegangen. Doch Biredh hat ohne seine Augen einen besseren Weg gefunden. Aber jetzt komm, Mädchen, wir haben zu tun.«

Maru hätte gerne mehr erfahren, denn das eben klang nicht wie die Geschichten, die sie im Fenn über Biredh gehört hatte. Sie nahm sich vor, bei nächster Gelegenheit nachzufragen. Sie erreichten bald darauf eine kahle Kammer, in der ein mürrischer Verwalter gelangweilt Fliegen von seinem riesigen und leeren Tisch verscheuchte. Er war der Uschabb, der Verwalter der Waffen. Schlurfend führte er sie in eine steinerne Kammer, an die sich eine Flucht weiterer Kammern anschloss. Sie alle waren voller Waffen. Es gab Speere und Bögen, leichte Beile und schwere Äxte, Sichelschwerter und viele Schilde.

»Such dir etwas Passendes aus, Mädchen«, sagte Upnu, »ich schicke derweil den Uschabb, nach einem dunklen Gewand und anderen nützlichen Dingen für dich zu suchen.«

Maru strich durch die Kammern. So viele Waffen, aber wo waren die Männer, die sie führen konnten? Upnu kam zurück. »Nun, was soll es sein? Ein Schwert? Eine Axt?«

»Ich fürchte, mit diesen Waffen kann ich nicht umgehen, Herr. Doch wenn du einen guten Dolch für mich hast, sollte mir das genügen.«

»Einen Dolch?«

»Aus Eisen, wenn das nicht zu viel verlangt ist.«

Upnu hob überrascht eine Augenbraue an. Dann lachte er: »Du weißt, was du willst, Mädchen. Doch die Waffen aus Eisen sind in einer anderen Kammer.«

Upnu führte sie in eine kleine Kammer am Ende des Ganges. Ein Dutzend Speere mit eisernen Spitzen lagerte dort, einige Sichelschwerter und drei mächtige Doppeläxte mit eisernen Schneiden. Eine große Rüstung aus diesem kostbaren Erz war in der Ecke aufgestellt, und dahinter lehnte ein riesiger Speer mit einer überlangen, eisernen Spitze an der kahlen Wand.

»Was ist das dort für eine Waffe, edler Schab?«, fragte Maru, die sich doch eigentlich nach Dolchen umsehen sollte.

Upnu bekam einen seltsamen Glanz in den Augen. »Dies ist der Schlangenspeer, Mädchen. Mein Speer für den Tag, an dem ich der Zermalmerin gegenübertrete.«

»Du willst gegen sie kämpfen?«, fragte Maru erstaunt.

»Es wird der Tag kommen, Uratherin. Vielleicht schon bald. Dann werde ich prüfen, ob ihre Haut auch diesem langen Eisen widerstehen kann. Doch jetzt such dir endlich deinen Dolch aus.«

Es gab eine ganze Reihe guter Klingen dort. Maru nahm sie in die Hand und prüfte ihr Gewicht und ihren Schwerpunkt, was Upnu mit anerkennender Miene zur Kenntnis nahm. Schließlich fiel ihr Blick auf eine lange, schlichte Lederscheide mit Mustern, die ihr vertraut waren. Es waren angedeutete Darstellungen von galoppierenden Pferden. Sie zog die Klinge heraus und bewunderte die Arbeit. Natürlich, das war das Werk jener Schmiede, die auch ihren Dolch gefertigt hatten, jene Waffe, die sie im Verborgenen Tempel des Isberfenns verloren hatte. »Diesen«, sagte sie kurz entschlossen.

Upnu nahm ihr die Waffe ab und sah sie misstrauisch an. »Das ist eine Hakul-Klinge, Mädchen.«

»Würdest du eine andere wählen, edler Schab?«

Upnu lachte wieder und drückte ihr die Waffe in die Hand. »Nein, bei den Hütern, gewiss nicht. Nimm sie. In dir steckt mehr, als ich vermutete. Woher weiß ein Weib nur so viel über Messer?«

»Mein Onkel, er versteht sich auf gute Waffen. Ich habe viel von ihm gelernt.«

»Eine erstaunliche Familie«, meinte der Schab kopfschüttelnd.

Sie kehrten zurück in die Waffenkammer. Der Uschabb erwartete sie mit einem ganzen Haufen aus verschiedenen dunklen Gewändern und dem, was Upnu ›andere Dinge‹ genannt hatte.

»Sie ist recht groß für ein Weib, aber schlank. Doch wird sie auch nicht schlechter in die Rüstungen passen als unsere halbverhungerten Krieger«, murmelte der Uschabb verdrossen.

»Ich gehe auf eine Suche, nicht in eine Schlacht«, erklärte Maru, die keine Rüstung tragen wollte.

»Das wäre ja auch noch schöner«, brummte Upnu.

Sie fanden nach einigen Fehlversuchen schließlich ein dunkelgrünes, fast schwarzes Garwan, das Maru sogar annähernd passte. »Es ist immer noch zu groß«, beschwerte sie sich.

»Vielleicht haben die Serkesch einen Schneider, der es für dich ändert, Mädchen, ich aber sage, es passt«, entschied Upnu.

Brustpanzer und Helm lehnte Maru entschieden ab. Sie ließ sich aber überreden, ein Paar lederne Arm- und Beinschienen zu tragen. Sie hatte am Mittag leidvoll erfahren, dass das Land auf der anderen Seite des Flusses voller Dornenranken und Brennnesseln war. Da war ein bisschen Schutz nicht verkehrt.

Als sie sich umgezogen hatte, musterte sie Upnu. »Wenn du den Serkesch in die Hände fällst, werden sie dich für eine Späherin halten und töten«, stellte er fest.

Maru zuckte mit den Achseln. »Dann darf ich ihnen eben nicht in die Hände fallen.«

»Du bist entweder sehr mutig – oder ziemlich dumm«, meinte der Schab grinsend.

Darauf sagte Maru nichts. Der Schab hatte vielleicht sogar recht. Natürlich verfügte sie im Notfall noch über die Waffe der Zauberstimme, doch würde sie auch die Zeit haben, sie einzusetzen? Mit einem Mal fühlte sie sich beklommen. Was hatte sie sich nur dabei gedacht? Sie hatte nicht die leiseste Ahnung, wo sie Umati suchen sollte. Und die Maghai, die sie doch viel dringender finden musste als diese Frau, würde sie am ehesten in Numurs Lager treffen. Da würde ihr diese lächerliche Verkleidung nicht viel helfen. Ganz im Gegenteil. Aber jetzt gab es kein Zurück mehr. Irgendwie musste es eben gehen.

»Dein Onkel wird Augen machen, wenn er dich so sieht, Mädchen«, sagte Upnu, als sie auf dem Rückweg ins Bet Kaidhan waren. Ihre Schritte hallten laut durch die leeren Gassen.

Maru antwortete nicht, sie war in Gedanken. Viel hing von der kommenden Nacht ab. Sie mussten über den Fluss. Was, wenn Utukku ihr dort auflauerte, mit der Erwachten? Sie blieb stehen. Ihr war siedend heiß etwas eingefallen.

»Was ist denn nun schon wieder? Passt es nicht?«, fragte der Schab stirnrunzelnd.

»Nein, edler Schab Upnu, das ist es nicht. Ich habe jedoch etwas vergessen, im Bet Schefir.«

»Du kannst lesen? Langsam wirst du mir unheimlich, Uratherin.«

»Nein, ich kann nicht lesen, Herr. Dennoch muss ich dringend dorthin.«

»Ich weiß nicht, was einen Menschen dorthin zieht. Dort gibt es doch nichts außer Staub und unzähligen Erntelisten.«

Maru erinnerte sich daran, dass sie diese Meinung bis vor kurzem geteilt hatte.

Der Schab fuhr fort. »Ich weiß aber, dass wir im Bet Kaidhan erwartet werden. Und dorthin wirst du mich nun begleiten, Mädchen. Wir können aber einen Sklaven schicken, der dort holt, was du vergessen hast«, fügte er hinzu, als er die Enttäuschung in Marus Gesicht sah. Sie gingen weiter.

»Sag, edler Schab Upnu, wieso hast du mich in die Festung begleitet?«, fragte Maru.

»Wieso? Alleine hättest du den Weg doch nie gefunden.«

»Das ist wohl wahr, aber wäre das nicht eine Aufgabe für einen einfachen Schab Eschet gewesen? Musste es der Schab-ut-Schabai sein?«

Upnu sah sie mit einem misstrauischen Seitenblick an, ohne stehen zu bleiben. »Der Auftrag war eben wichtig«, knurrte er.

»Das war er wohl, edler Upnu. Sicher wichtiger als das, was Uschparu und Tasil zu besprechen haben.«

Der Schab blieb stehen und packte Maru hart an der Schulter. Sie hätte vor Schmerz beinahe laut aufgeschrien und ahnte jetzt, warum Upnu so viele Faustkämpfe gewonnen hatte. Seine Kraft war unglaublich.

»Was versuchst du hier, Weib?«, zischte der Schab sie wütend an.

»Nichts, Herr, ich bin nur ein einfaches Mädchen, das sich Gedanken macht.«

»Einfach? Du? Bestimmt nicht.« Upnu atmete tief durch. »Aber du hast recht. Ich war zu vertrauensselig. Also lauf, ich werde deinem Onkel ausrichten, wo er dich finden kann.« Und damit ließ er sie los und stürmte davon.

Maru rieb sich ihre schmerzende Schulter und fragte sich, ob sie nicht zu weit gegangen war. Dann tat sie die Frage mit einem Achselzucken ab und eilte Richtung Bet Schefir. Sie hatte Wichtigeres zu tun.

Im Bet Schefir konnte sie Temu nicht gleich finden, denn er steckte in keinem der vier großen Säle, in denen sie schon so viele Stunden verbracht hatten. Schließlich entdeckte sie eine kleine Seitentür, die in einen Bereich des Gebäudes führte, den sie bisher nie betreten hatte. Dort fand sie einige kleinere Räume, vollgestopft mit weiteren Tontafeln, und schließlich, im letzten, eine Falltür. Sie stand offen. Eine Leiter verschwand im Dunkeln. Sie rief laut nach dem Schreiber. Eine Stimme antwortete von unten: »Wer ist dort?«

»Ich bin es, Maru.«

»Warte, ich komme herauf.«

Kurz darauf erschien Temu am unteren Ende der Leiter, eine Öllampe und einige Schrifttafeln in der Hand. Er legte die Tafeln in einen kleinen Korb. »Zieh sie hinauf, Maru. Ich folge.«

Maru entdeckte eine Schnur, die über eine Rolle lief. Eine sehr sinnreiche Einrichtung, wie sie fand. Sie zog den Korb empor.

»Die Luft dort unten ist furchtbar«, stöhnte Temu, als er sich neben der Falltür auf den Boden setzte. Er hustete Staub. Es musste wirklich schlimm sein, wenn es sogar ihm auffiel. Er blickte sie blinzelnd an: »Hast du dich umgezogen?«, fragte er.

Maru nickte nur. Die Zeit war knapp. »Was sind das für Tafeln?«, fragte sie.

»Oh, ganz wundervolle Schrifttafeln, wundervoll. Ich habe kein anderes Wort dafür. Nie hätte ich zu träumen gewagt, solche Schätze in der Hand zu halten. Stell dir vor, es sind Listen aus dem Alten Akkesch! Aus der Zeit, als das Reich nur aus dieser einzigen großen Stadt bestand! Kannst du dir das vorstellen?«

Das konnte Maru nicht, aber sie entnahm der Begeisterung des Schreibers, dass dies etwas Besonderes sein musste. Also tat sie beeindruckt und fragte: »Und steht dort etwas über Daimonen?«

»Wie? Nein, das nicht. Es sind Listen der Großen der Stadt. Sehr alt, wirklich sehr alt.«

»Aber Temu, hast du vergessen, worum ich dich bat?«

»Vergessen? Nein, wo denkst du hin!«, rief Temu entrüstet. »Ich bin nur noch nicht dazu gekommen, mich viel damit zu beschäftigen. Es gibt dort einfach unglaubliche …«

»Temu!«

Der Schreiber blinzelte. »Ja?«

»Und die Maghai?«

»Maghai? Ach ja, die Zauberer. Da habe ich tatsächlich etwas entdeckt, etwas Rätselhaftes. Was war es noch gleich? Warte.« Der Schreiber begann, die Tafeln durchzusehen, die in dem Körbchen lagen. Ein seliges Lächeln huschte dabei über sein Gesicht.

Marus Herz klopfte laut. Sollte Temu endlich etwas entdeckt haben?

»Nein, hier ist es nicht. Habe ich es denn unten liegen lassen?«

Maru stöhnte. Der Schreiber stellte ihre Geduld auf eine harte Probe. »Was war es denn?«, fragte sie.

»Oh, eine Liste, viele Namen. Und als ich es sah, dachte ich sofort, dass ich dir dies unbedingt zeigen müsste. Aber ich weiß eigentlich gar nicht mehr, warum. Wenn ich es wieder sehe, fällt es mir bestimmt ein. Soll ich es holen gehen?«

»Wenn du mir sagst, wo es liegt, hole ich es selbst«, erwiderte Maru. Nichts war gefährlicher, als diesen Mann zu all den verlockenden Schätzen hinab zu lassen.

»Oh, das geht nicht, diese Kammer darf kein Fremder betreten, selbst ich darf doch, streng genommen, dort gar nicht hinein – außerdem«, fuhr der Schreiber kleinlaut fort, »weiß ich nicht mehr genau, wo ich es gefunden habe.«

»Temu!«

»Ich hatte es in der Hand, und dann stieß ich auf eine Abschrift der ersten Gesetze. Also legte ich es … nun, wenn ich ein wenig suche, dann …«

Maru seufzte. Das konnte Stunden dauern, und wenn sie eines nicht hatte, dann war es Zeit. Tasil konnte jeden Augenblick hier auftauchen. Und er würde wahrscheinlich ziemlich wütend sein. Es wäre auch nicht gut, wenn er sie hier drinnen antraf. Er konnte zwar nicht lesen und daher mit den Geheimnissen dieses Ortes nichts anfangen, aber es wäre einfach zu gefährlich, wenn Tasil und Temu sich begegneten. Temu wusste Dinge, die ihr »Onkel« nicht wissen durfte. Und der Schreiber war ein Meister darin, das Richtige zur falschen Zeit zu sagen. Sie seufzte noch einmal, dann sagte sie: »Höre, Temu, ich kann nicht bleiben, aber ich bitte dich, such diese Tafel für mich. Wirst du das tun?«

»Selbstverständlich, wenn dir das so wichtig ist.«

»Und lege sie nicht mehr aus der Hand, gleich, was du noch findest, kannst du das?«

»Natürlich, wofür hältst du mich?«, erwiderte der Schreiber gekränkt.

»Gut, eines noch. Man hat mir gesagt, es gäbe südlich der Stadt einige Hügelgräber. Kennst du die?«

»Außerhalb der Stadt?« Temu schaute sie einen Augenblick verwirrt an, dann fiel es ihm wieder ein. »Natürlich, das sind die Gräber der alten Dhanischen Fürsten. Sie liegen schon halb im Sumpf. Ein unheimlicher Ort, wenn du mich fragst.«

»Unheimlich, weshalb?«

»Oh, die Geister der Verstorbenen gehen dort um. Und sie entzünden Lichter, um Reisende in die Irre zu führen. Es gibt Geschichten von jungen Helden, die auszogen, um den Toten das Gold zu rauben, das sie mit ins Grab genommen haben. Keiner ist je wiedergekommen. Sie sind böse, diese Geister. Wir gehen dort nicht hin.«

Maru nickte. Es war wie in Aurica, wo sie mit Tasil Hügelgräber geplündert hatte. Diese Gräber waren stets einsame Orte. Wer konnte, mied sie. Sie waren bestens geeignet, um sich zu verstecken. Vielleicht auch für Umati. Aber sie dachte auch an das, was Upnu zu Recht eingewendet hatte. Ein offenes Feuer zu entzünden war viel zu gefährlich für eine Jägerin, die doch auch eine Gejagte war. Dennoch, es war der einzige Hinweis, den sie hatte.

»Wir haben vorne auch irgendwo eine Liste der Fürsten, die diese Stadt vor unserer Ankunft beherrschten. Kydhier und vor allem Dhanier. Einige von denen liegen dort begraben. Wenn du willst, kann ich die Tafel suchen«, bot Temu an.

»Nein, bitte, Temu, denk an meine Aufträge. Sie sind wichtiger als alles andere.«

»Du musst mir irgendwann erklären, was genau es damit auf sich hat. Dann finde ich vielleicht auch schneller, was du so dringend suchst.«

»Ich habe dir gesagt, was ich jetzt sagen kann, Temu. Ich muss leider fort, aber ich komme so schnell wie möglich wieder. Und vielleicht kann ich dir dann mehr erzählen.«

»Wenn du meinst«, sagte der Schreiber. Er wirkte eher verwirrt als beleidigt, dass sie ihn nicht weiter einweihte. Er streckte sich.

»Dann gehe ich mal wieder hinunter. Ich finde die Tafel, und sobald ich sie sehe, weiß ich sicher auch wieder, warum ich sie so wichtig fand.«

»Ich verlasse mich auf dich, Temu. Und nicht nur ich«, fügte sie hinzu, »es kann sein, dass die Zukunft der Akkesch von dir abhängt.«

Sie fand, ein bisschen Bestätigung seiner Wichtigkeit könne dem Mann nicht schaden.

»Die Zukunft der Akkesch?«, fragte er blinzelnd. Aber ein leichtes Lächeln zeigte sich auf seinem Gesicht.

»So ist es. Bis bald, Temu«, sagte Maru und sprang auf. Sie spürte ein ungewisses Kribbeln auf der Haut. Jemand kam. Und ohne, dass sie hätte sagen können, woher sie das wusste, war sie sich sicher, dass es Tasil war.

Er war bereits in der Ersten Halle, als sie ihn traf. Maru lief ihm mit ihrer Öllampe entgegen.

»Hier ist es staubiger und dunkler, als ich dachte«, meinte Tasil und starrte sie dabei an.

»Was ist, Onkel?«, fragte Maru.

»Ich möchte wissen, was du dir dabei gedacht hast, uns Upnu auf den Hals zu hetzen. Die Sache war vorher schon schwierig genug. Wenn der Schab zu viele Fragen stellt, wird es unmöglich.«

»Was wird unmöglich, Onkel?«

»Das geht dich nichts an, Kröte! Überhaupt, was willst du hier?«

Maru versuchte es mit dem Ersten, was ihr einfiel. »Ich habe den Schreiber gesucht. Er kennt das Umland gut, und ich hatte gehofft, er könne mir sagen, wo sich Umati verstecken könnte.«

»Ein staubfressender Schreiberling?«

»Er hat mir von Hügelgräbern erzählt, jenseits der Straße, die von allen gemieden werden.«

Das flackernde Licht der Öllampe warf dunkle Schatten in

Tasils Gesicht. Es war unmöglich zu erkennen, was er gerade dachte. »Kann es sein, dass du das schon wusstest, bevor du hierher kamst?«, fragte er kalt.

Upnu hatte also berichtet, was sie von der Festungsmauer aus gesehen hatten. Maru erwiderte schnell: »Hat der Schab das erzählt? Er hat nicht glauben wollen, dass Umati dort ist. Aber Temu, der Schreiber, sagt, dass es dort Geister gibt, die Fremde mit falschen Lichtern ins Moor locken. Deshalb geht dort niemand ohne Not hin. Also vielleicht ist sie doch dort.«

Tasil lachte verächtlich. »Geister? Wie viele Gräber haben wir schon geöffnet – und wie viele Geister sind uns dabei begegnet? Keiner! Ich sage dir, Kröte, dieses Feuer, das du da gesehen hast, stammt nicht von einem Toten, und sicher auch nicht von Umati. Du wirst sie an anderer Stelle suchen müssen.« Dann beugte er sich vor und erstickte die Flamme ihrer kleinen Öllampe mit der Hand. Es wurde stockdunkel. Nur der Umriss der offenen Tür war noch zu erahnen. Dann senkte er seine Stimme und sagte so leise, dass es Maru wie ein kalter Hauch über den Rücken kroch: »Hast du Luban nicht erzählt, du würdest spüren, wo sie ist? Ich hoffe doch sehr für dich, dass das stimmt. Und jetzt komm, es ist schon spät.«

In der Oberstadt brannte noch die eine oder andere Laterne, aber in der Unterstadt herrschte fast völlige Finsternis. Das wenige an Helligkeit, das aus den verhängten Fenstern drang, versickerte schnell in den verwinkelten Gassen. Die Schwarze Seite trug ihren Namen jetzt wirklich zu Recht, dachte Maru. Nur die schmale Sichel des Mondes mühte sich, ihren Weg zu beleuchten. Sie hasteten voran, froh, dass die Straßen menschenleer waren. Maru fragte sich, wie es hier in friedlicheren Zeiten zugegangen sein mochte. Man erzählte sich, dass die Gassen früher voller Leben gewesen waren und dass gerade in gewissen Vierteln der Unterstadt die Menschen die Nacht oft zum Tage gemacht hatten. Das war jetzt kaum vorstellbar. Maru spürte immer noch ein leichtes Unbehagen, wie schon im Bet Schefir. Vielleicht hatte sie sich getäuscht, und es war doch nicht Tasil, dessen Nahen sie gefühlt hatte. Aber wer oder was war es dann? Sie erreichten die Äußere Mauer, wo sie von einem Schab Eschet erwartet wurden. Er trug eine verhängte Laterne, die gerade genug Licht abgab, dass sie ihn finden konnten. Er führte sie durch einen Turm auf die Stadtmauer hinauf.

»Hier sind Palmzweig und Laterne, dort das Seil«, erklärte er, während er Tasil die beschriebenen Gegenstände in die Hand drückte. »Ich werde hier auf euch warten. Ruft leise ›Waidar‹, denn das ist mein Name. Ich werde euch dann heraufziehen. Schafft ihr es nicht bis zum Morgengrauen, so versteckt euch unten, zwischen den Fischerhütten, bis es wieder dunkel wird. Schab Upnu sagt, ihr dürft nicht gesehen werden. Weder soll der Feind wissen, wie ihr über die Mauer gelangt, noch sollen die Menschen der Stadt sehen, wen ihr mitbringt.«

»Onkel«, sagte Maru, als Tasil gerade hinunterklettern wollte.

»Was ist?«

»Da ist etwas.«

Tasil erstarrte. »Wo? Und was, Kröte? Was ist da?«

»Ich glaube, jemand ist uns gefolgt.«

Der Schab löschte sofort das Licht. Sie spähten zu dritt in die Dunkelheit. Sehen konnten sie nichts.

»Ich glaube, du bildest dir das ein, Kröte. Komm jetzt.«

Maru seufzte. Dieses Gefühl war da. Aber sie konnte nicht sagen, was es bedeutete. Zu ihrer Überraschung glaubte ihr der Schab. Er sagte: »Ich werde zwei meiner Leute hinunterschicken. Wenn dort jemand ist, werden sie ihn aufspüren. Doch jetzt eilt.«

Als sie besagte Hütte endlich gefunden hatten, war es einfach, auch das Boot zu finden. Es war leicht, ein mit Leder überzogenes Weidengestell. Von der Bauart erinnerte es Maru an das Seelengefährt, in dem die Awier im Isberfenn ihr Opfer, die kleine Lathe, der Erwachten hatten darbringen wollen. Es war allerdings nicht kreisrund, sondern länglich. Dennoch fand sie, dass dieses Boot kein gutes Vorzeichen für ihre Unternehmung war. Aber es half nichts. Sie trugen das Gefährt zum Ufer.

»Nun, Kröte, ist *Sie* in der Nähe?«

Maru lauschte in sich hinein. Aber das warnende Gefühl, das sie auf der Stadtmauer verspürt hatte, war verschwunden, und kein anderes war an seine Stelle getreten.

»Sie ist weit weg.«

»Dann ins Wasser damit.«

Sie paddelten hinaus in die Mitte des Stromes.

»Ich habe nachgedacht, Kröte«, begann Tasil unvermittelt.

»Worüber, Onkel?«

»Über dieses Gespür, über das du verfügst. Offensichtlich bemerkst du nicht nur die Erwachte, wenn sie in der Nähe ist, sondern auch jede andere Gefahr.«

Maru lauschte. Auf der Mauer hatte er das noch als Unsinn abgetan.

»Ich denke, auch das hast du diesem Stück Haut von *Ihr* zu verdanken.«

»Wie … wie meinst du das?«, fragte Maru verunsichert.

»Du bist wie ein Tier, das die Gefahr wittert, wo Menschen noch ahnungslos sind.«

»Ein Tier?«, fragte Maru betroffen.

»Das würde es erklären, oder nicht? Vielleicht sollte ich dich in Zukunft Schlange nennen und nicht mehr Kröte«, sagte Tasil mit einem leisen Lachen.

»Ich bin aber kein Tier, Onkel«, widersprach Maru leise.

»Umso besser, dann kannst du mir nämlich beim Rudern helfen. Von alleine gelangen wir nicht ans andere Ufer.«

Und dann sprachen sie nicht mehr über diese Angelegenheit.

Dieses Mal wollte Tasil nicht weiter stromaufwärts rudern. »Ich hoffe für dich, dass ihre Posten hier nicht sehr dicht stehen«, meinte er, als sie die Mitte des Flusses erreicht hatten.

»Aber wie komme ich ungesehen an Land, Onkel?«

»Du schwimmst«, erwiderte Tasil, und sie konnte hören, dass er dabei grinste. »Ich entzünde gleich ein Licht, damit man mich und meinen Palmzweig gut sehen kann, und du gehst vorher über Bord und versteckst dich im Schatten des Bootes. Treffen wir auf einen einzelnen Posten, wird er mich zum nächsten Schab führen. Sind es mehrere, musst du dich eben am Ufer entlangtasten, bis du eine unbewachte Stelle findest.«

»Schwimmen?«, fragte Maru, wenig begeistert.

Wieder lachte Tasil leise. »Es war dein Einfall, dem Kaidhan zu versprechen, dass du dieses Weib finden kannst. Jetzt siehst du, was du davon hast.«

»Ja, aber die Flussechsen?«

»Hast du hier noch welche gesehen? Jene, die nicht der Erwachten zum Opfer gefallen sind, haben die Serkesch doch längst erlegt.« Und damit war die Sache entschieden.

Als sie das andere Ufer vor sich erahnen konnten, glitt Maru ins Wasser, was bei dem zerbrechlichen Nachen leichter gesagt als getan war. Schwimmen gehörte nicht zu ihren starken Seiten. In ihrer Heimat, in Akyr, waren sie manchmal, wenn die Zeit es erlaubte, im Fluss baden gewesen, aber die Zeit erlaubte es Sklavenkindern zu selten, um richtig Schwimmen zu lernen. Maru schluckte Wasser und musste husten.

»Still jetzt, Kröte«, mahnte Tasil. Sie waren dem dunklen Ostufer des Dhanis inzwischen nahe. Tasil entzündete die Laterne und hielt den Palmzweig als Zeichen des Unterhändlers hoch.

»Wer kommt da?«, rief eine Stimme aus der Finsternis.

»Ein Bote des Kaidhans. Alldhan Numur und Abeq Mahas erwarten mich, Krieger.«

»Dann komm näher, damit ich sehe, ob du wirklich nur ein Bote bist.«

Gehorsam paddelte Tasil näher ans Ufer heran.

»Du scheinst die Wahrheit zu sagen, Mann, doch bin ich nur ein einfacher Krieger und weiß nichts davon, dass unsere Führer dich erwarten. Aber ich werde dich zu meinem Schab geleiten, vielleicht weiß der mehr.«

»Tu das, tapferer Krieger, doch vielleicht können du und deine Waffenbrüder mir mit meinem Gefährt an Land helfen. Ich kenne diese Art Boot nicht sehr gut.«

»Ich fürchte, es muss genügen, wenn ich dir zur Hand gehe, Fremder, denn meine Waffenbrüder stehen weit entfernt.«

Als das Boot schon fast am Ufer war, spürte Maru endlich Grund unter den Füßen. Sie ließ den Nachen los, holte tief Luft und tauchte unter. Sie ließ sich von der Strömung ein kleines Stück stromabwärts treiben, dann schwamm sie ans Ufer und lauschte auf die leisen Stimmen Tasils und des Kriegers, die das Boot an Land hoben. Sie drehte sich um. Auf der anderen Seite des Flusses lag die Stadt. Fackeln brannten auf den meisten ihrer Türme und über den Toren. Die Lichter des oberen und des unteren Tores lagen fast auf einer Linie. Sie prägte sich dieses Bild ein, denn es war der einzige Anhaltspunkt, den sie bis jetzt hatte, um diese Stelle in dunkler Nacht wiederzufinden. Sie kletterte vorsichtig die Böschung hinauf, sah sich noch einmal um und tastete sich dann leise durch den Schilfgürtel voran.

Hügelgräber

Reich waren die Herrscher der Dhanier, und mit ins Grab nahmen sie ihre Schätze, doch die Wächter der Totenstadt ließen sie nicht damit über ihre Schwelle.

Kydhische Legende

Maru ließ den Schilfgürtel hinter sich und sah die lange Reihe der Wachfeuer entlang der Straße. Die Postenkette war so weit auseinandergezogen, dass sie leicht hindurchschlüpfen konnte. Danach fingen die Schwierigkeiten an. Das Feuer zwischen den Hügelgräbern war entweder verloschen, oder sie konnte es von ihrem jetzigen Standpunkt aus nicht sehen. Jenseits der Straße lagen Vorland und Sumpf in Dunkelheit. Wie sollte sie die Stelle finden? Sie zählte die Wachfeuer ab, ein guter Gedanke, der ihr auf der Festungsmauer leider nicht gekommen war. Sie konnte nur schätzen, wo die Gräber liegen mochten. Sie wandte sich nach Süden. Der Weg war mühsam und fester Grund selten. Selbst jetzt, in der Trockenzeit, trug das Wasserland seinen Namen zu Recht: Morastige Tümpel und fast versiegte Bachläufe versperrten ihr den Weg, und manchmal sank sie bis zu den Knien im weichen Boden ein. Und je weiter sie sich von der Straße entfernte, desto schlimmer wurde es. Das konnte gefährlich werden. Was, wenn sie in ein richtiges Moorloch geriet? Sie entschied sich schließlich, nicht weiter ins Hinterland vorzudringen, sondern sich entlang der Straße, aber in sicherem Abstand, nach Süden zu bewegen. Sie sah dort Posten auf und ab gehen. Krieger saßen im Lichtschein und starrten in die Flammen. Sie würden sicher kein Auge schließen, nicht, solange sie Schaduks Fluch fürchteten. Immer wieder blickte Maru zur Stadt, um anhand der Fackeln, die auf den Türmen brannten, Anhaltspunkte zu finden, wie weit sie ungefähr schon gekommen war, doch half das nicht viel. Die Sterne und die schmale Sichel des Mondes gaben kaum Licht, und schüttere Wäldchen aus mannshohem Buschwerk erschwerten die Suche zusätzlich. Wann musste sie die Straße hinter sich lassen und nach Osten gehen? War sie vielleicht schon zu weit? Gerade, als sie den Mut verlieren wollte, stieß Marus Fuß auf etwas Erstaunliches – einen geglätteten Stein! Sie bückte sich und betastete ihn. Daneben lag ein zweiter, beide waren nur grob behauen und mit Flechten überzogen, doch als Maru auch noch einen dritten Stein fühlte, war sie sicher: Es war eine Straße. Hier hatten Menschen einen Weg angelegt und gepflastert. Die Steine waren überwuchert von rauem Gras, moosbewachsen und teilweise im weichen Boden versunken, aber es war eine Straße. Alt, sehr alt und sicher nur selten genutzt, aber sie führte nach Osten, und Maru hatte nicht die leisesten Zweifel, wo sie enden würde. Als sie erst einmal wusste, dass es diesen Weg gab, war es leicht, ihm zu folgen. Er zeichnete sich als kaum wahrnehmbarer fahler Streifen im Moorland ab. Jetzt kam sie schnell voran. Maru stellte sich vor, wie die alten Dhanier über diesen Weg ihre Herrscher zu Grabe getragen hatten, in langen würdevollen Trauerzügen. Und jetzt ruhten diese Fürsten mit ihren Schätzen in kalten Gräbern. Sie musste lächeln. Tasil hätte die Gelegenheit sicher nicht ausgelassen, wenn sie Ulbai von dieser Seite aus erreicht hätten. Dann tauchten in der Ferne schwarze Umrisse auf, über denen ein heller Schimmer lag. Dort brannte ein Lagerfeuer, ein Feuer hinter den Grabhügeln der alten Fürsten. Sie hatte ihr Ziel gefunden. Maru versuchte, in sich hineinzuhorchen. Es war still, nicht das leiseste Kribbeln deutete auf Gefahr hin. Aber sie traute dem Frieden nicht. Vorsichtshalber verließ sie den Pfad und schlug einen Bogen. Sie vergewisserte sich, dass der Hakul-Dolch noch an seinem Platz war, dann schlich sie sich an den ersten Hügel heran, der still und kalt unter den Sternen lag. Sie kroch vorsichtig hinauf. Auf der Kuppe schob sie sich so weit nach vorne, bis sie gerade hinunterblicken konnte. Der Lagerplatz war gut gewählt. Er lag zwischen zwei Grabhügeln und war frei von dem dichten Buschwerk, das sich rechts und links in der Dunkelheit verlor. Das Feuer brannte dicht am Hang des Grabes. Zwei Männer saßen daran. Der eine, grauhaarig, untersetzt und ganz in speckiges Leder gekleidet, stocherte mit einem Stock in der Glut. Der zweite, ein bärtiger, etwas jüngerer Mann mit sorgsam geflochtenen, schwarzen Zöpfen, schien in einem Topf neben der Feuerstelle eine Mahlzeit zuzubereiten. Es waren die Maghai.

»Wenn dir auf der feuchten Erde kalt wird, kannst du ruhig ans Feuer kommen, um dich zu wärmen, Mädchen«, rief der Grauhaarige, ohne aufzublicken.

Maru atmete tief durch. Sie hatte Umati gesucht, aber die Tochar gefunden. Und die hatte sie schließlich auch gesucht. Sie hatte jetzt keine Zeit mehr, sich vor dieser Begegnung zu fürchten. Sie erhob sich und glitt den steilen Hang hinunter.

»Nimm Platz, Mädchen. Ich glaube, es ist auch noch Sud da, nicht wahr, Klias, mein Freund?«

»Er steht dort«, sagte der zweite Zauberer einsilbig. Er stellte seinen Topf zur Seite und wischte sich die Hände an einer Art Schürze ab, die er über seinem reinlichen, langen Rock trug, und rief: »Belk! Belk, du Faulpelz, wo steckst du?«

»Hier, Meister Klias«, antwortete eine Stimme aus dem Dunkeln.

»Bring mir frisches Wasser, hörst du?«

»Ja, Meister«, antwortete Belk.

Velne bot Maru eine dunkle Flüssigkeit in einem Holzbecher an. Es roch seltsam.

»Danke, ich glaube, ich möchte jetzt keinen Sud trinken, ehrwürdiger Velne«, lehnte Maru höflich ab.

Velne kicherte. »Den kannst du ruhig trinken, Mädchen. Oder ist das doch der vergiftete, Klias?«

Der zweite Maghai schnaubte verächtlich, und Velne lachte heiser, als er Marus verunsicherten Blick sah. »Verzeih mir diesen kleinen Scherz, ich konnte einfach nicht widerstehen.«

Belk kam durch das Gebüsch geeilt, in der Hand einen schweren Ledereimer, den er zu seinem Meister schleppte. Wasser schwappte über den Rand.

»Vorsicht, du Unglückswurm, du verschüttest alles«, wies ihn Klias zurecht.

»Verzeih, Meister«, rief der Schüler betroffen. Er stellte den Eimer vorsichtig ans Feuer, und Klias begann, sich ausgiebig die Hände zu waschen. »Tuch«, sagte er dann, und Belk schoss davon, seinem Meister ein Tuch zu holen. Die großen Taschen, die Belk am Mittag getragen hatte, lagen einige Schritte vom Feuer entfernt auf einer Decke, auf der noch allerlei Pflanzen ausgebreitet waren.

»Ihr sammelt Kräuter?«, fragte Maru überrascht.

»Warum denn nicht?«, meinte Velne vergnügt.

»Ich dachte, das machen nur die Kräuterfrauen.«

Wieder kicherte Velne. »Viel weißt du nicht über die Maghai, scheint mir.«

Damit hatte er natürlich recht. Maru wusste nicht, was sie darauf erwidern sollte, und schwieg.

»Das ist bedauerlich und auch bemerkenswert, weil doch selbst ein Blinder sieht, dass in dir die Gabe eines Maghai ruht, Mädchen.«

Maru errötete. Sie versuchte abzulenken: »Sag, ehrwürdiger Velne, was tut ihr hier?«

»Wir sammeln Kräuter, wie du siehst. Mein Freund Klias hält es für klug, einem Wunsch von Abeq Mahas zu folgen.«

»Und hältst du es für weise, darüber mit einer Fremden zu sprechen, mein Freund?«, fragte Klias mürrisch.

Velne lachte heiser.

»War er es, der euch gerufen hat?«, wollte Maru wissen.

»Der Abeq? Nein!«, wehrte Velne entschieden ab. »Wir sind hier, weil es heißt, eine Große Seeschlange hause in diesen Gewässern. Die Awathanen sind alte Wesen, voller Zauberkräfte. Eine Verlockung für jeden Maghai. Ja, ich wundere mich, dass sich hier nicht viel mehr von uns gegenseitig auf die Füße treten.«

Klias schnaubte wieder verächtlich und ordnete einige Beeren auf einem kleinen Tuch vor dem Topf, in dem eine unansehnliche braune Brühe gärte.

Maru dachte an das, was Tasil am Mittag zu Mahas gesagt hatte, darüber, dass er Numur mit Hilfe der Maghai lenken wolle: »Und der Abeq will, dass ihr Numurs Geist … heilt?«

Velne lachte. »Wir können keine Wunder vollbringen, Nehis. Numur spricht mit den Göttern, und wer wollte so ein Gespräch stören? Allerdings vermag der Geist eines Maghai den eines schwachen Menschen zu beherrschen, vor allem in Verbindung mit gewissen Kräutern und Beeren. Wenn du keine Angst vor Gespenstern hast, kannst du sie zum Beispiel auf Grabhügeln finden«, erklärte Velne mit einem Grinsen und fuhr fort: »Du bist mutig, dass du dich zu nächtlicher Stunde an so einen verrufenen Ort heranwagst, Nehis.«

Maru zuckte mit den Schultern. »Ich glaube einfach nicht, dass diese Gräber, oder die Fürsten, die in ihnen ruhen, gefährlich sind«, sagte sie. Was der Maghai wohl sagen würde, wenn er wüsste, dass sie schon viele dieser Gräber geplündert hatte, zu jeder Tages- und Nachtzeit? Oder wusste er es etwa? Was hatte er gesehen, als er am Mittag in ihre Gedanken eingedrungen war?

»Wirklich ungewöhnlich«, murmelte Velne und betrachtete Maru nachdenklich.

»Und hier gibt es also Kräuter, mit denen ihr Numurs Gedanken lenken könnt?«, nahm Maru den Faden von Velnes Erklärungen wieder auf. Sie wollte mehr darüber wissen, denn das war eine wichtige Sache.

Velne nickte. »Ein gefährliches Geschäft, auch wenn Klias das nicht glauben mag.«

»Es ist leicht, diesen wirren Geist zu beherrschen, viele Wochen, wenn ich will«, verteidigte sich Klias, »und ich gewinne die Dankbarkeit von Abeq Mahas. Er ist ein Pfeiler der Ordnung, die dieses Reich so dringend braucht. Er kann uns noch sehr nützlich sein.«

»Du kannst Numur über viele Wochen lenken?«, rief Maru staunend.

Klias würdigte sie keiner Antwort, also erklärte Velne: »Können? Ja. Wollen? Nein, das wäre nicht gut, weder für den Zauberer noch für den Menschen. Es wird genügen, wenn Numur für einige Tage tut, was Abeq Mahas für erforderlich hält. Der Abeq will Frieden. Wenn der erst geschlossen ist, wird man weitersehen.«

So, wie Velne den letzten Satz sagte, klang er für Maru auf eine schwer zu deutende Weise unheilvoll.

»Noch einmal frage ich dich, warum du dieser Fremden das alles erzählst«, sagte Klias mürrisch.

»Sie teilt die Gabe mit uns. Soll ich da nicht unsere Weisheit mit ihr teilen?«

»Sie ist ein Weib! Es ist gegen die Ordnung«, sagte Klias.

»Welche Ordnung meinst du, bester Klias?«, fragte Velne spöttisch.

»Gegen die Ordnung der Welt und gegen die Regeln der Bruderschaft, Velne, mein Freund. Als wenn du das nicht wüsstest!«

»Ja, die Bruderschaft, in der Tat«, murmelte der Alte lächelnd. »Ich glaube, die Brüder, die diesen Bund einst ins Leben gerufen haben, wären sehr erstaunt, dich zu sehen, Nehis.«

»Ich habe mir das nicht ausgesucht«, erwiderte Maru vorsichtig.

»Natürlich nicht. Aber stell dir diese Unordnung vor – ein Weib in einer Bruderschaft. Sie müssten sogar den Namen deinetwegen ändern, oder?« Wieder lachte Velne als Einziger über seinen Scherz.

Maru wartete ab, bis das Lachen verebbte. Der Maghai gab sich offenbar große Mühe, freundlich und harmlos zu wirken. Aber das war er nicht. Maru erinnerte sich nur zu gut daran, dass er erst am Mittag versucht hatte, tief in ihren Geist einzudringen – und dass es ihm um Haaresbreite auch gelungen wäre.

»Ich möchte mich bei dir entschuldigen, Nehis«, sagte Velne plötzlich.

Damit hatte Maru nun nicht gerechnet. »Wofür?«, fragte sie zaghaft.

»Es ist nicht sehr höflich, in die Gedanken eines anderen Menschen einzudringen, oder?« Er zwinkerte Maru zu und fuhr fort: »Schon gar nicht, wenn dieser Mensch es auch bemerkt.«

»Wie sollte das jemand nicht bemerken?«, fragte Maru erstaunt.

Velne lachte wieder. »Die meisten spüren nichts, oder nur einen unbestimmten Kopfschmerz, aber ich glaube, bei dir war es etwas mehr, oder? Und auch dafür möchte ich mich entschuldigen. Ich füge anderen Menschen nicht gerne Schmerzen zu, wenn es nicht unbedingt sein muss.«

Maru schluckte. Damit hatte der Zauberer klargestellt, dass er es zwar nicht gerne, aber doch bestimmt wieder tun würde, wenn er es für erforderlich hielt. Betroffen starrte sie ins Feuer. Auch die Maghai schwiegen. Klias war inzwischen offenbar überzeugt, dass seine Hände sauber und trocken genug waren. Er faltete das Tuch sorgsam zusammen und legte es aus der Hand.

»Wo steckt eigentlich Belk?«, fragte Velne in die Stille.

»Er ist wieder drüben und hofft auf ein Kaninchen, mein Freund«, antwortete Klias.

»Er jagt Kaninchen?«, fragte Maru verwundert, obwohl ihre Gedanken um ganz andere Dinge kreisten.

»Wir jagen nicht«, warf Klias ein. »Wir sind Maghai, und die Jagd mit der Waffe ist unter unserer Würde.«

»Aber ich dachte, Belk würde …«

»Er wird es fangen, indem er es unter seinen Willen zwingt. Das ist die Art der Maghai, Mädchen. Wusstest du das nicht?«

Maru schüttelte stumm den Kopf.

»Sie haben einen kleinen Geist, diese flinken Burschen. Er ist schwer zu finden, vor allem, wenn es dunkel ist«, erklärte Velne grinsend. »Wenn Belk das schafft, wird er bald kein Schüler mehr sein, oder was meinst du, alter Freund?«

Klias schüttelte missmutig den Kopf. »Ich bereue jeden Tag, ihn unter meine Fittiche genommen zu haben.«

Velne beugte sich verschwörerisch zu Maru herüber. »Du musst wissen, dass Klias glaubt, dass Lob einen Schüler nur verdirbt.«

Maru musste daran denken, wie Tasil mit ihr umging. Er schien das ähnlich zu sehen. Dann fiel ihr etwas ein. »Du sagst, ihr könnt auch den Geist eines Tieres beherrschen, ehrwürdiger Velne?«

»So ist es«, erwiderte er knapp.

»Auch den … der Erwachten?«

Velne sah sie mit seinen listigen Augen lange an. »Ob der Geist einer Awathani bezwungen werden kann, ist fraglich«, antwortete er dann bedächtig.

»Aber früher wurde es gemacht, oder? Im Isberfenn sagten sie das.«

»Früher gab es weit mehr von uns als heute, Mädchen. Und viele haben sich zusammenschließen müssen, um die Erwachte zu besänftigen.«

»Und sie haben Menschen geopfert«, fügte Maru leise hinzu.

»Nicht beim letzten Mal!«, erwiderte Velne streng.

»Aber zuvor schon«, beharrte Maru.

Velne seufzte. »Ja, in alter Zeit, da haben unsere Brüder auf dunkle Mittel zurückgegriffen, um ihre Ziele zu erreichen. Menschenopfer! Es heißt, sie wurden freiwillig erbracht. Ich nehme an, unsere Ahnen haben die Erwählten auf ähnliche Weise überzeugt, wie es Belk jetzt mit dem Kaninchen versucht. Doch die Bruderschaft hat es geschafft, jene dunklen Pfade wieder zu verlassen. Und am Ende haben sie den Bann auch ohne Blutopfer aussprechen können.«

»Und wie lange hat er gewirkt?«, warf Klias aufgebracht ein. »Kaum mehr als hundert Jahre! Und schlief sie früher nicht viele Jahrhunderte? Und unsere Gemeinschaft? Es mag sein, wir haben lichtere Pfade gewählt, doch wohin haben uns diese Wege geführt? Wo sind unsere Brüder? Tot, verschwunden, vom Wahnsinn verschlungen! Sag nicht, dass der Alte Weg schlecht war, nur weil er manchmal von Dunkelheit überschattet wurde!«

Velne schwieg auf diesen Ausbruch seines Freundes hin, und Maru starrte in die Flammen. Es war Zeit, auf den Grund ihrer Anwesenheit zu sprechen zu kommen. Sie wusste, was sie zu sagen hatte, aber der Bann, den Utukku auf sie gelegt hatte, verhinderte, dass sie es gerade heraus aussprechen konnte. »Es ist möglich«, sagte sie langsam, »dass sie … nicht von selbst … erwacht ist.« Sie holte tief Luft. Das war so ungeheuer schwer.

»Die Zermalmerin?«, fragte Velne überrascht.

Maru nickte. Hatten die Tochar denn gar nichts vom Schatten gehört, der die Awathani begleitete?

Velne sah sie durchdringend an. »Gib mir deine Hand, Mädchen.«

Maru zögerte. Sie wollte ihn nicht noch einmal in ihren Geist lassen.

»Keine Angst, ich habe nicht vor, dir weh zu tun«, erklärte der Alte lächelnd.

Sie reichte ihm die Hand – und schon spürte sie seine Anwesenheit. Aber dieses Mal war es mehr wie eine ferne Wolke, die über den Himmel zog und einen kühlenden Schatten warf. Da war nichts von dem Schmerz, der sie am Mittag durchbohrt hatte. Velne murmelte einige Worte, die sie nicht verstand. Dann ließ er sie los.

»Geheimnis auf Geheimnis, wie mir scheint. Ich wusste heute Mittag schon, dass dein Vater ein Maghai gewesen sein muss, aber ich hätte nicht gedacht, dass er so stark war.«

»Du ... kennst ihn?«, fragte Maru aufgeregt.

»Nein, und das ist seltsam. Ein Bruder mit solcher Macht sollte mir nicht verborgen geblieben sein. Entweder er stammt aus einem sehr fernen Land, oder er versteht die Kunst weit besser, als ich es je können werde.«

»Was hast du gesehen?«, fragte Klias neugierig.

»Nichts. Dunkelheit und Vergessen. Und finstere Gewässer, die sicher nicht mit dem Vater dieses Mädchens zu tun haben.«

Er sah sie prüfend an, griff urplötzlich nach ihrem Arm, und sie spürte einen Stich. Maru schrie laut auf. Sie blutete.

»Entschuldige ein drittes Mal, aber du hättest es nie erlaubt, oder?«, meinte Velne und strich mit dem Finger über die kleine Wunde.

Maru starrte ihn entgeistert an. Er roch an seinem Finger, auf dessen Spitze ein einzelner Tropfen ihres Blutes stand, und leckte es dann ab. Einen Augenblick hielt er inne, schien nachzuschmecken, dann sprang er plötzlich auf und spuckte aus. »Bei Fahs! Bei den Hütern! Bei allen Daimonen, die die Menschensaat heimsuchen!« Er fluchte und spuckte wieder und wieder aus. Klias sah ihm mit unbewegter Miene zu, während Maru ihn verwirrt anstarrte. Velne griff nach dem Ledereimer, nahm einen großen Schluck Wasser und spuckte erneut, dieses Mal im hohen Bogen, aus. Er hustete, fluchte und spuckte wieder und wieder.

Um Klias' strenge Lippen spielte die Andeutung eines Lächelns. »Verzeih, alter Freund«, sagte er, »wenn ich geahnt hätte, dass du daraus trinken willst, hätte ich meine Hände in einem anderen

Eimer gewaschen.« Und dann warf er dem fluchenden Velne einen prall gefüllten Ziegenschlauch zu. Velne fing ihn mit einem zornigen Blick auf, nahm einen kräftigen Schluck, spülte seinen Mund aus, trank wieder etwas, und atmete dann erleichtert auf. »So ist es besser«, stöhnte er.

»Hast du mich gerufen, Meister?«, rief Belk, der aus der Dunkelheit hervorgeschossen kam.

»Nein, hat er nicht«, antwortete Velne grob und fragte: »Wo ist das Kaninchen?«

»Es ist mir bisher …«

»Was willst du dann hier? Lauf!«

»Ja, Meister«, rief Belk und zog sich wieder eilig in den Schutz der Dunkelheit zurück.

»Er ist mein Schüler, alter Freund, nicht deiner«, tadelte Klias mild.

»Das merkt man«, gab Velne trocken zurück. Dann holte er tief Luft und sah Maru nachdenklich an. »Du bist voller Rätsel, Mädchen, und hast mit Kräften zu tun, auf die selbst ich mich nicht einlassen würde.«

Maru sah zu Boden. Würde es helfen, wenn sie sagte, dass sie sich das alles nicht ausgesucht hatte?

»Was für Kräfte meinst du?«, fragte Klias. Er war ernst geworden und musterte Maru jetzt mit durchdringendem Blick.

»Dunkle Kräfte, Klias, und starke Mächte. Kann es sein? Nein. Nein, es kann nicht sein, dass *du* die Zermalmerin geweckt hast, oder doch?«

Maru schüttelte den Kopf.

»Nein, natürlich nicht. Wie könntest du. Du bist ein Menschenkind, das übersteigt deine Kraft bei weitem. Aber doch ist sie da. Ich spüre sie, schmecke sie. Wie ist das möglich? Oder täusche ich mich? Aber sie ist gegenwärtig. Da ist eine Verbindung in deinem Blut. Doch wie?«

Maru seufzte, öffnete den Gürtel ihres Gewandes und zog die Schleife auf, die es an der Seite zusammenhielt. Sie zeigte ihre Hüfte und das schmale weiße, fein geschuppte Band, das um die Mitte ihres Körpers lief. Die Maghai starrten sie an. Velne blieb der Mund offen stehen, und Klias erhob sich zum ersten Mal an diesem Abend, klopfte sich unsichtbaren Staub vom Gewand und trat einen Schritt näher an Maru heran.

Lange starrte er das Band an. Dann stellte er mit schlichten Worten fest: »Es ist erstaunlich«.

»Es ist gefährlich«, berichtigte Velne düster, »aber wie, um Fahs' willen, bist du dazu gekommen?«

Maru schloss das Gewand wieder. »Ich wurde verwundet und … man … brachte mir dieses Stück Haut. Ich wäre sonst wohl gestorben.«

»Aber die Erwachte, sie lebt doch noch!«, warf Klias stirnrunzelnd ein.

»Ja, ich weiß«, erwiderte Maru.

»Das ist außergewöhnlich, wie so vieles an dir, Mädchen. Außergewöhnlich!«, murmelte Velne.

»Es widerspricht der Natur!«, meinte Klias düster.

»Aber haben nicht auch andere Menschen schon diese Haut getragen?«, fragte Maru.

»Ach, haben sie? Wer denn, zum Beispiel?« Velnes Augen funkelten.

»Die Helden in alten Geschichten, oder auch der Mächtige Jalis. Ich habe es selbst gesehen.«

»Wann hast du Jalis gesehen?«, fragte Velne überrascht.

»Vor einem Jahr etwa, in Serkesch«, antwortete Maru, bevor ihr klar wurde, dass diese Antwort sie in gefährliches Gebiet führte.

»Dann musst du eine der Letzten gewesen sein, die ihn gesehen haben, denn seit einem Jahr hören wir nichts mehr von ihm«, stellte Klias nüchtern fest.

Maru versuchte, sich nicht anmerken zu lassen, wie nahe der Zauberer damit der Wahrheit kam. Genau genommen war sie *die* Letzte, die den mächtigen Maghai gesehen hatte, gemeinsam mit Tasil, der dem Zauberer die Kehle durchgeschnitten und sie damit gerettet hatte.

»Aber du hast recht, Mädchen«, meinte Velne, »auch Jalis trug eine Schlangenhaut, und er wollte sie nicht mehr ablegen. Es heißt, sie sei das Geheimnis seiner Kraft gewesen. Aber er nahm die Haut von einem Awathan, der bereits tot war. Dieses weiße Band auf deiner Haut stammt von einer seiner lebenden Schwestern.«

»Aber was … was ist der Unterschied?«, stammelte Maru.

Velne starrte sie an, ohne zu antworten. »Sag, wer hat sie dir gegeben?«, fragte er dann lauernd.

»Der … der alte Dwailis, im Fenn.«

»Der alte Narr lebt noch? Das freut mich zu hören.«

Maru schüttelte den Kopf. »Er ist tot.«

Klias und Velne tauschten einen Blick. Dann sagte der Jüngere: »Es ist eigentümlich, Mädchen. Du triffst Jalis, und er verschwindet. Du triffst Dwailis, und er stirbt.«

»Lass sie«, bat Velne.

»Sie bringt die Ordnung aus dem Gleichgewicht, und sie ist eine Gefahr, nicht nur für die Bruderschaft, so viel ist sicher«, erwiderte Klias.

»Wie ist Dwailis gestorben?«, wollte Velne wissen.

Maru suchte nach den richtigen Worten. Aber Utukkus Bann verhinderte wieder, dass sie einfach erzählte, was geschehen war.

»Schlangenbisse«, sagte sie nur.

»*Bisse*? Wie kann es sein, dass ein Maghai, alt und vielleicht verrückt, aber doch ein Maghai, gleich von mehreren Schlangen gebissen wurde? Da war doch noch jemand, oder? Als du geheilt wurdest und Dwailis starb? War es nicht so?«, fragte Velne.

Aber Maru sagte nichts. Sie konnte es nicht.

»Wenn wir noch einmal in ihre Gedanken eindringen würden«, schlug Klias vor. Er strich mit der Rechten nachdenklich über seinen geflochtenen Bart.

Der Ältere schüttelte den Kopf. »Nein, mein Freund. Ich verstehe nun, warum ich es heute Mittag nicht vermochte. Es ist nicht nur ihr Vater, der sich und auch ihre Bestimmung vor uns verborgen hat. Es ist die Große Schlange! Sie ist dort, lauert im Dunkeln. Sie könnte jeden von uns verschlingen. Und sie ist nicht allein. Da ist ein anderer Geist, ein weiteres Geheimnis, vielleicht noch älter und finsterer als die Zermalmerin. Siehst du nicht, dass sie nicht einmal über ihn reden kann, mein Freund?«

»Ich sehe vor allem die Bedrohung, die in ihr liegt«, antwortete Klias nüchtern.

»Du siehst nur das Dunkle«, widersprach Velne, »ich sehe hier auch eine … unerwartete Möglichkeit.«

Klias schnaubte verächtlich. »Und die Zermalmerin? Ich meine, wir sollten sie töten.«

»Kann man das?« fragte Maru aufgeregt. »Ich meine, könntet ihr das denn? Die Erwachte töten?« An diese Möglichkeit hatte sie noch gar nicht gedacht.

»Er hat nicht die Awathani gemeint, Nehis«, erwiderte Velne sanft.

Maru erbleichte.

»Aber keine Angst. Vorerst werden wir dir das Leben nicht nehmen, nicht, solange ich der Anführer unserer kleinen Gruppe bin.« Bei diesen Worten warf er Klias einen strengen Blick zu, den dieser mit versteinerter Miene erwiderte, dann fuhr er fort: »Du bist ein großes Rätsel, Nehis. Und das will ich lösen. Vielleicht erfahren wir dann auch mehr über den dunklen Gast, mit dem du dich eingelassen hast.«

Klias stutzte. »Augenblick. Dunkel, sagst du? Noch dunkler als ein Awathan?«

»Alfskrol«, erwiderte Velne knapp.

Klias öffnete den Mund und klappte ihn verblüfft wieder zu. Dann rief er ungläubig: »Ein *Daimon*?«

Maru brachte kein Wort heraus.

Velne nickte grimmig. »Siehst du, mein Freund, wie stark er sein muss? Ein Daimon, ein Alfskrol, ein Wesen aus der Ersten Zeit, älter als Menschen, älter selbst als die Erwachte. Und wir müssen enträtseln, was dieses junge Weib mit ihm zu tun hat. Das Echo seines Zorns ist selbst in ihrem Blut noch zu hören.«

»Wenn sie im Bunde mit einem Daimon ist, verlange ich, dass wir sie töten. Damit bringen wir dieses Echo zum Verstummen«, erklärte Klias ruhig, aber sehr bestimmt.

»Verbunden, nicht im Bunde, mein Freund Klias«, betonte Velne. Und dann fuhr er fort, so als sei Maru gar nicht da: »Das Echo mag verstummen, wenn sie tot ist, doch nicht sein Ursprung. Und das könnte verhängnisvoll sein. Wer hat seit den Zeiten unserer Vätersväter je gehört, dass sich ein Daimon mit einem Menschen abgibt? Rätsel über Rätsel.« Velne verstummte. Plötzlich schlug er sich vor die Stirn: »Wie dumm ich doch bin, wie unglaublich dumm! Sag, Kind, hast du uns zufällig gefunden, oder gesucht?«

»Gesucht, ehrwürdiger Velne«, antwortete Maru leise.

»Du hast Fragen, das sehe ich, und doch kannst du sie nicht stellen. Das heißt, sie betreffen den Daimon. Ist es nicht so?«

Maru strengte sich an und schaffte es, zu nicken. Dabei hatte sie gleichzeitig das Gefühl, als würde ihr eine unsichtbare Schlinge den Hals zuziehen.

»Klias, mein Freund, sage mir, wann hatte unser Volk zum letzten Mal mit einem Alfskrol zu tun?«

Der Jüngere runzelte missmutig die Stirn, dann erwiderte er: »Das war, als die Akkesch durch unsere Berge zogen. Wir haben ihnen gezeigt, wie ihr Feind zu bannen ist.«

»Und nun stehen wir im Land der Akkesch, und ein Mädchen

sucht unsere Hilfe, in der Angelegenheit eines Daimons. Das kann kein Zufall sein, mein Freund.«

Maru atmete schwer. Es kostete sie Kraft, nur über Utukku nachzudenken. Velne hatte recht, er war stark und mächtig. Und bekam er nur noch einmal ihr Blut, würde er noch viel mächtiger werden. Sie rang um Luft, und ihr war übel, so übel, dass sie das warnende Gefühl, das sich in ihrem Bauch meldete, zunächst gar nicht beachtete.

Klias fragte: »Worauf willst du hinaus, alter Freund?«

»Dieser Daimon. Er muss es sein. Seit hundert Jahren schwächt ihn unser Bann. Nun versucht er, sich zu befreien. Es wird sich bald entscheiden, ob es ihm gelingt oder nicht. Das fühle ich. Vielleicht ist das der wahre Grund dafür, dass wir hier sind.«

Klias nickte langsam. »Vielleicht hast du recht, Velne. Vielleicht sind wir hier, um die Pläne dieses Daimons zu durchkreuzen. Und was wissen wir über ihn? Nur, dass er mit diesem Mädchen verbunden ist. Heißt das nicht, dass sie wichtig für ihn ist? Und ist nicht klar, was wir in diesem Fall unternehmen müssen? Nun, Velne, ich denke, sie muss sterben, denn dann ist die Verbindung durchbrochen und der Plan des Alfskrols durchkreuzt. Und genau deshalb hat uns unser Weg hierher geführt, an diesen Ort, zwischen die alten, heiligen Gräber.«

Velne schüttelte den Kopf. »Es bedarf doch keiner drei Maghai, um dieses arme Kind zu töten. Das Unheil wurde von unseren Vätern und jenem geizigen Kaidhan angerichtet, der uns Silber statt Gold gab. Ich werde dieses Mädchen nicht für das Versagen dieser Männer bezahlen lassen.«

»Aber, Velne …«, begann Klias erneut, doch Velne schnitt ihm das Wort ab.

»Bin ich der Anführer unserer Gruppe, oder bin ich es nicht? Ich bin der Älteste von uns dreien, Klias, und ich sage, wir töten sie nicht. Oder möchtest du meine Führung in Frage stellen?«

Velne trat einen Schritt auf Klias zu. Klias wich nicht zurück. Maru starrte von einem zum anderen. Klias war deutlich größer als Velne und jünger, aber jetzt, da sie sich Auge in Auge gegenüberstanden, sah Maru, dass Velne viel stärker war als der andere, dass sich hinter der freundlichen Miene eine große Kraft verbarg.

Plötzlich brach Belk durch das Unterholz, in der Faust ein Kaninchen. »Ich habe eins!«, jubelte er und stolperte in den Lichtkreis des Feuers.

»Nicht jetzt!«, herrschte ihn Klias an.

»Aber nein, gerade jetzt«, rief Velne. Er trat einen Schritt zurück, und so plötzlich, wie die Spannung angestiegen war, verflog sie auch wieder. »Das wird uns Gelegenheit geben, uns zu stärken und nachzudenken. Wir werden Kraft und Klugheit brauchen, für das, was ich auf uns zukommen sehe.«

Maru atmete tief durch. Sie war dem Tod also noch einmal entronnen. Doch ihr Blut warnte sie. In der Dunkelheit näherte sich schon neue Gefahr. Sie wollte etwas sagen, doch es kam nicht mehr als ein Krächzen heraus. Velne hörte sie und sah sie fragend an.

»Wir sind in Gefahr«, flüsterte Maru.

Schritte näherten sich. Die Maghai erstarrten und lauschten. Klias griff nach seinem Stab. Aber dann entspannten sie sich wieder.

»Das ist nur ein Mann«, meinte Velne und klang beinahe belustigt.

Es war wirklich nur einer, ein Krieger. Maru hörte das leise Klingen vom Metall seiner Rüstung. Er kam den gepflasterten Weg entlanggeschritten und blieb stehen, als er den Lichtkreis des Feuers erreicht hatte. Im Gürtel seines langen Schuppenpanzers, der ihm fast bis auf die Füße fiel, steckte ein Sichelschwert, und über der Schulter trug er einen kleinen Schild. Maru hielt ihn für einen Schab. Die unsichtbare Schlinge um ihren Hals lockerte sich. Sie atmete auf – vor einem Schab musste sie keine Angst haben, nicht in der Gesellschaft, in der sie sich gerade befand.

»Dies ist ein verdächtiger Ort für ein Lager«, begann der Krieger mit einem strengen Blick.

Velne nickte bedächtig. »In der Tat. Ein seltsamer Platz, edler Krieger, wo Wanderer ohne Gruß an ein fremdes Feuer treten.«

Der Schab musterte ihn kalt. »Ich weiß, wer ihr seid, Maghai, und ich will mit eurer Kunst nichts zu schaffen haben.«

»Ich bin sicher, unsere Kunst ist darüber erfreut«, antwortete Velne spöttisch.

Der Schab ging nicht darauf ein, sondern deutete mit dem Finger auf Maru und sagte: »Ich weiß hingegen nicht, wer dieses junge Weib dort ist.«

»Besuch«, antwortete Velne knapp, »eine Awierin aus dem Fenn, die uns zur Hand gehen will.«

»Eine Dienstmagd? Das glaube ich nicht! Die Art ihres Gewandes ist die eines Kundschafters«, meinte der Schab streng und legte die Hand auf den Schwertgriff.

Maru fragte sich, wie viele Männer er wohl dabei haben mochte. Sie warteten sicher irgendwo in der Dunkelheit auf seinen Befehl. Er würde sehr viele Krieger brauchen, wenn er sich mit den Maghai anlegen wollte.

»Wenn ich es dir sage, solltest du es glauben, edler Krieger«, erwiderte Velne ruhig.

Maru hatte am Mittag die Zauberstimme des Tochar gespürt. Und sie war stark. Sie fragte sich, warum er sie nicht einsetzte.

»Ich werde sie mitnehmen und meinem Schab Kischir übergeben, und du wirst mich nicht hindern. Er mag die Geschichte dann glauben oder nicht. Das ist nicht meine Sache, Zauberer.«

Maru vermeinte, ein leises Stöhnen in der Dunkelheit zu hören. Und folgte da nicht ein dumpfer Laut, der sicher nicht von einem

Tier stammte? Maru lauschte. In den Flammen des Feuers knackte ein Ast. Die innere Unruhe war wieder da.

»Mitnehmen willst du sie? Ich fürchte, das wird nicht geschehen, tapferer Krieger«, sagte Velne nachdenklich.

»Wir werden sehen«, antwortete der Schab herablassend und stieß einen leisen Pfiff aus.

Maru fragte sich, aus welchem weit abgelegenen Dorf des Reiches dieser Mann stammen mochte. Hatte er noch nie gehört, wie gefährlich Maghai waren? Oder hatte er es gehört und nur nicht geglaubt? Er wäre dann ein ausgesprochen dummer Mensch.

Der eilige Schritt von Männern näherte sich aus der Dunkelheit, vermischt mit dem leisen Klingen ihrer Rüstungen. Zwei Axtkämpfer tauchten auf und nahmen zur Rechten des Schab Kampfstellung ein. Der Schab stieß einen leisen Doppelpfiff aus, und auf jenem Grabhügel, den auch Maru überquert hatte, tauchten drei weitere Krieger auf. Sie hielten Bögen in der Hand. Der Schab pfiff ein drittes Mal und – nichts geschah. Er schielte zum Hügelgrab zu seiner Rechten. Noch einmal pfiff er. Ergebnislos. Die Männer sahen sich beunruhigt an und nahmen ihre Äxte fester. Der Schab zog sein Sichelschwert. Velne seufzte vernehmlich.

»Ist das dein Werk, Zauberer?«, fragte der Schab und konnte nicht verhindern, dass seine Stimme bebte.

»Nein, tapferer Krieger, ich habe damit nichts zu tun.«

Ein scharfes Geräusch schnitt durch die Nacht. Auf dem Grabhügel tat der mittlere der drei Krieger einen unbeholfenen Schritt nach vorn und taumelte den Hang hinab. Augenblicke später wurde der zweite von einer unsichtbaren Gewalt getroffen und stürzte mit einem Schrei rückwärts in die Finsternis. Der dritte stand noch oben, bebte vor Angst und stierte in die Nacht. Ein sausendes Geräusch erklang und endete jäh, als ein faustgroßer Stein ihn im Gesicht traf. Als er stöhnend in die Knie ging, tauchte ein Schemen bei ihm auf, stieß zu und verschwand so schnell wieder in der Dunkelheit, dass er schon nicht mehr zu sehen war, als der Krieger sterbend den Hang hinunterrutschte. Der Schab und seine beiden Männer erstarrten in Furcht. Dann drängten sie sich eng zusammen. Der Schab hielt sein Sichelschwert mit zitternden Fingern und nahm nun auch seinen Schild zur Hand. »Haltet die Augen auf, Männer«, befahl er. Sie standen nun Rücken an Rücken, suchten mit panischen Blicken die Dunkelheit ab. Aber es blieb still, nur das ängstliche Keuchen der Krieger war zu hören. Dann hielt es der erste nicht mehr aus: »Schaduks Fluch!«, rief er, warf Axt und Schild fort und stürzte davon. Er wählte den Weg, den sie gekommen waren. Eine unglückliche Entscheidung. Ein durchdringender Schrei sagte seinen Waffenbrüdern, dass seine Flucht schnell beendet war. Der zweite Krieger sah seinen Schab furchtsam an. Er kämpfte noch einen Augenblick mit sich, dann warf er ebenfalls seine Waffen fort und rannte davon. Doch er war klüger und wählte den Weg ins Moor.

»Kommt zurück, ihr Feiglinge« brüllte der Schab. Vielleicht hoffte er, dass da draußen noch mehr als nur einer seiner Männer übrig waren. Angstschweiß stand ihm auf der Stirn.

Aus der Dunkelheit näherten sich leise Schritte.

»Ihr … ihr müsst mir helfen«, wandte sich der Krieger an die Maghai, ohne den Pfad aus den Augen zu lassen.

»Es ist nicht unsere Art, uns in fremde Angelegenheiten einzumischen, tapferer Krieger«, erklärte Velne ruhig.

»Aber der Fluch, der Daimon, ihr müsst doch etwas tun!«, flehte der Mann. Die Schritte waren verstummt. Der Krieger war wie gelähmt. Er hätte sich näher ans Feuer zurückziehen können oder, wie seine Untergebenen, versuchen können, zu flüchten. Doch er blieb stattdessen stehen, stierte in die Finsternis und wartete auf sein Verhängnis.

»Wäre es wirklich ein Daimon, könnten wir nicht viel für dich tun«, meinte Velne ruhig. »Ich denke aber, es ist nur ein Mensch, so wie du. Und warum sollten wir einem Menschen mehr helfen als dem anderen?«

»Es ist kein Mensch, das kann nicht sein!«, rief der Schab und seine Stimme überschlug sich vor Angst. »Es ist der fleischgewordene Fluch, ein Daimon!«

Ein Ast knackte in der Dunkelheit, und dann erschien Schaduks Fluch am Rand des Lichtkreises. Er schritt leichtfüßig, blieb stehen und fauchte, wie eine Raubkatze vor dem Sprung. War das wirklich Umati? Alles, was Maru wusste, sprach dafür, fast alles, was sie sah, dagegen. Dort stand ein Wesen mit grauer, vielfach rissiger Haut aus Morast, bemalt mit dunklen Zeichen, ein langes Messer in der Rechten. Sie trug einen Lendenschurz und schützte die Brust mit einem breiten Stück Leder. Ein schwarzer Streifen Farbe lief quer über ihr Gesicht und ihre Augen. Maru verstand nur zu gut, dass die Serkesch sie für einen Daimon hielten.

»Was ... was willst du?«, fragte der Schab, bebend vor Furcht.

Doch Umati antwortete nicht, sondern glitt nur zwei Schritte näher heran. Sie näherte sich ihrer Beute leicht seitlich. Es war erstaunlich: Der Schab war schwer gepanzert und mit Schild und Schwert gewappnet, seine Gegnerin hatte nicht mehr als ein Messer. Dennoch hatte Maru keine Zweifel, wie es ausgehen würde. Aber musste es so weit kommen? Sie stand auf. »Umati, nicht«, sagte sie.

Die Frau lachte nur und zeigte zwei Reihen weißer Zähne, die aus ihrem grau und schwarz bemalten Gesicht schrecklich hervorleuchteten. Das war zu viel für den Schab. Er stieß einen unartikulierten Schrei aus und stürmte auf Umati los. Mit großer Leichtigkeit ließ die Frau ihn ins Leere laufen, drehte sich und stieß ihm ihr Messer in den Nacken. Mit einem erstickten Seufzer sackte der Schab zusammen und starb. Die Frau bückte sich, ohne die Maghai aus dem Auge zu lassen, zog die Klinge aus der Wunde und strich das Blut an ihrem nackten Bein ab.

»Du also bist Schaduks Fluch«, stellte Velne freundlich fest.

Umati antwortete nicht.

»Numur hat uns viel Silber versprochen, wenn wir dich für ihn fangen, wusstest du das?«

Die Frau spielte mit ihrer Klinge und warf dem Maghai einen warnenden Blick zu.

»Aber es ist, wie ich sagte, wir halten uns für gewöhnlich aus den Streitereien der Menschen heraus, auch wenn mein Freund Klias hier für den Abeq in anderer Frage eine Ausnahme macht.«

»Wir könnten noch weit mehr tun«, warf Klias mürrisch ein.

Umati legte den Kopf schräg, so als schien sie abzuwägen, was sie als Nächstes unternehmen sollte. Die Maghai wirkten gelassen.

»Könnten wir das, wirklich?«, fragte Velne freundlich.

»Sieh doch nur, wie lang sie sich schon mühen, diese Stadt einzunehmen. Hätten sie uns an ihrer Seite, wären die Mauern längst gefallen und der Krieg beendet«, rief Klias.

»Nun, mein Freund, ein Sieg, der mit Zauber gewonnen wird, wandelt sich oft zur Niederlage, wenn die Maghai wieder gehen. Hast du das vergessen? Es bleibt dabei, wir werden nicht für Numur kämpfen!«

»Eine … weise Entscheidung«, sagte Umati langsam. Es klang, als müsse sie nach vergessenen Worten suchen.

»Da wir also, wie ich sehe, keine Feinde sein müssen, ehrenwerte Umati, lade ich dich ein, mit uns dieses Kaninchen zu verzehren. Oder bist du so sehr Daimon, dass du auf Essen inzwischen verzichtest?«, fragte er lächelnd.

»Essen und Feuer«, sagte Umati langsam.

»Außerdem«, fuhr Velne fort, »will diese junge Frau dort mit dir etwas besprechen, wie mir scheint.«

»Das Mädchen aus dem Bet Raik«, stellte die Witwe Schaduks lächelnd fest.

»Du … du … siehst furchtbar aus, Umati«, antwortete Maru, obwohl das wirklich das Letzte war, was sie eigentlich sagen wollte.

Aber Umati lachte laut. »Furchtbar – oder zum Fürchten?«

»Beides, ehrenwerte Umati«, erwiderte Maru und errötete.

Umati willigte ein zu bleiben, nachdem Velne versichert hatte, dass ihr an ihrem Feuer keinerlei Gefahr drohe: »Wir sind Maghai, und es wird niemandem gelingen, sich uns unbemerkt zu nähern. Außerdem zeigte deine junge Freundin schon, dass sie die Gefahr noch weit vor uns spürt. Doch haben wir noch etwas zu tun, bevor wir essen können.«

Umati setzte sich ans Feuer und beobachtete gleichgültig, wie Velne, Belk und Maru die Toten zusammentrugen. Sie fanden insgesamt sieben Leichen, die sie zur gepflasterten Straße brachten und dort vor den ersten Grabhügeln ablegten. Velne empfahl ihre Seelen der Fürsorge Uos.

»Wird derjenige, der entkommen ist, nicht Verstärkung rufen?«, fragte Maru besorgt.

Velne schüttelte den Kopf. »Ich fürchte, auch sein Weg wird in der Totenstadt Ud-Sror enden. Hinter diesen Gräbern beginnt das eigentliche Moor. Gefährlich, selbst bei Tage. Für einen Mann, der nicht auf seine Schritte achtet, sicher tödlich. Es ist wohl unsere Aufgabe, den Serkesch zu sagen, wo sie ihre Waffenbrüder finden, damit sie sie bestatten können. Doch das erst, wenn es hell ist. Vorher lasst uns speisen.«

Belk wurde beauftragt, sich um den Braten zu kümmern, und bald drehte sich das gehäutete Tier über dem Feuer.

»Du hast sicher nicht oft Gesellschaft gehabt in letzter Zeit«, begann Velne das Gespräch.

»Nur die Toten«, erwiderte Umati ruhig.

»Ein einsames Leben.«

»Ein süßes Leben, der Rache gewidmet.«

»Wenn du es so siehst, ehrenwerte Umati, ist es gut. Doch wirst du verstehen, dass ich nicht mit dir tauschen würde.«

»Es ist mein Schicksal, nicht deines, ehrwürdiger Maghai.«

»Umati, ich komme aus der Stadt«, begann Maru. Sie hatte einen Auftrag, den sie nun auch erfüllen wollte.

Umati sah sie an. Ihre Augen lagen in dem so schrecklich bemalten Gesicht tief in den Höhlen. Der hoheitsvolle Glanz von einst war erloschen. »Ich habe dich heute Mittag nicht erkannt, Maru, verzeih.«

»Ach, ihr seid euch heute schon einmal begegnet?«, fragte Velne.

»Heute, und zuvor schon. Und immer waren es besondere Tage, böse Tage zumeist. Doch sag mir, Mädchen, wie wird der heutige enden?«, fragte Umati. Sie wirkte unter ihrer schrecklichen Maske ausgebrannt und leer.

»Ich komme, wie gesagt, aus der Stadt, mit einem Auftrag von Luban, ich meine, von Kaidhan Luban-Etellu.«

»Luban?«, fragte Umati, als müsse sie sich mühsam an einen Bekannten aus lang zurückliegenden Tagen erinnern.

»Er will, dass du zurück nach Ulbai kommst.«

»In die Stadt?«

»Ich wusste nicht, dass du mit derart hochgestellten Leuten Umgang pflegst, Nehis«, meinte Velne. Es klang aber eher belustigt als beeindruckt.

Maru versuchte, sich nicht ablenken zu lassen. »Der Immit, der neue Immit, Uschparu, hat gesagt, du kannst in seinem, also im Bet Immit wohnen.«

Ein Schatten zog über das ohnehin finstere Antlitz Umatis. »Uschparu hat es zum Immit gebracht? Und er wohnt in Schaduks – in *meinem* – Haus?«

Maru nickte. Was sollte sie dazu auch sagen?

»Was will Luban von mir, Mädchen, weißt du das?«

»Er denkt, er hofft, dass du dein Volk, die Viramatai, in die Schlacht rufen kannst, glaube ich«, stammelte Maru.

»Mein Volk?«, fragte Umati verblüfft.

»Aber ich glaube, er ist da der Einzige. Uschparu will Frieden schließen, auch ohne die Einwilligung Lubans.«

Umati beugte sich näher an Maru heran, ihre Augen waren zu schmalen Schlitzen verengt. »Frieden? Sie wollen *Frieden* machen mit Numur?«

»Die Stadt hungert, Umati«, erklärte Maru. Genauer wollte sie nicht werden, denn es war sicher nicht klug, in Gegenwart der Tochar, von denen ja wenigstens einer auf der Seite der Serkesch stand, Geheimnisse aus dem Rat auszuplaudern.

»Und was will Luban?«, fragte Umati kalt.

»Er hätte fast in den letzten Vorschlag von Mahas eingewilligt, doch dann hat er erfahren, dass du hier bist. Und jetzt hofft er auf die Rettung durch dich – und die Viramatai.«

Umati schüttelte den Kopf. »Noch vor einem Jahr war ich die Fremde, das Halbblut, verachtet von vielen Akkesch. Und jetzt hoffen sie, dass ich sie rette? Das kann ich nicht. Das werde ich nicht. Aber ich werde mit Luban reden. Mir scheint, es ist höchste Zeit. Frieden? Ich werde keinen Frieden geben, nicht solange der Schänder Numur noch lebt!«

Maru schwieg betroffen. Schänder, hatte Umati gesagt, und abgrundtiefer Hass lag in ihrer Stimme, als sie das Wort aussprach. War das der Grund für ihren unglaublichen Hass? Hatte Numur sie geschändet? Dann hatte er den Tod mehr als verdient. Dennoch wuchsen Zweifel in ihr, ob es richtig wäre, Umati in die Stadt zu bringen. Sie war gefährlich für den Frieden, der sich anbahnte und den die Stadt so dringend brauchte.

»Ich denke, die dunklen Gedanken sollten jetzt schweigen«, meinte Velne. »Wenn ich das richtig sehe, hat Belk den Braten vollendet. Lasst uns Hirth ein Dankopfer bringen und dann essen.«

Maru aß, aber sie aß mit schlechtem Gewissen. Nicht weit entfernt hungerte eine ganze Stadt. Selbst gebratene Mäuse waren da schon ein begehrter Leckerbissen. Diese Gedanken schienen den anderen fremd zu sein, denn sie aßen schnell und mit sichtbarem Genuss.

»Sag, ehrenwerte Umati«, begann Velne, als er den letzten Schenkelknochen zur Seite warf, »diese Zeichen, mit denen du dich schmückst, sind das Zauberzeichen der Viramatai?«

»Es sind alte Schutzzauber, die meine Mutter mich lehrte. Sie sind sehr stark, vor allem, wenn sie mit dem Blut von Feinden geschrieben werden«, erwiderte Umati stolz.

»Kein Wunder, dass sie dich für einen Daimon halten«, meinte Velne, und es war schwer zu deuten, ob er es anerkennend meinte.

»Gibt es Waffen gegen Daimonen?«, fragte Maru plötzlich. Die Frage war ihr unvermittelt in den Sinn gekommen. Und sie hatte sie ausgesprochen, bevor Utukkus Bann es verhindern konnte.

»Ah, eine gute Frage, nicht wahr, mein Freund?«, meinte Velne.

»Eine närrische Frage«, gab Klias verächtlich zurück. Dann schickte er Belk fort, frisches Wasser zu holen, denn er wollte sich die Hände waschen.

Maru redete sich ein, dass diese Frage nichts mit demjenigen zu tun hatte, an den sie nicht denken wollte und der verhinderte, dass sie über ihn sprach.

»Die Weisen sind in dieser Frage zerstritten, Nehis«, erklärte Velne seufzend. »Wann hat auch je ein Mensch eine Waffe gegen einen Daimon erhoben? Sie sind alt, und es scheint, als sei ein Teil von ihnen schon nicht mehr auf unserer Welt. Es heißt, sie seien weder Fleisch noch Geist, sondern etwas dazwischen. Jener Daimon, der einst die Akkesch auf ihrem langen Marsch verfolgte, er legte niemals selbst Hand an einen der ihren, und sie bekamen ihn nie zu Gesicht. Doch Berglöwen, Wölfe, Flussechsen und Bären griffen sie an, Tiere, die den Menschen doch sonst meiden, außer in Zeiten größter Not. Kleine Bäche verwandelten sich in reißende Ströme, wenn die Akkesch sie durchqueren wollten, und in den

Schluchten der Berge sprengten harmlose Quellen plötzlich mächtige Felsen aus dem Hang. Steine hagelten auf die Akkesch herab, und viele starben, bis sie unser Land erreichten.«

Maru hoffte, Velne würde endlich zum Punkt kommen, denn Utukkus Bann war nicht zu täuschen: Das Gespräch bereitete ihr körperliche Schmerzen.

»Wir Tochar waren es, die dem Großen Etellu überhaupt erst gesagt haben, dass es ein Alfskrol ist, der sie verfolgt, und wir haben ihn gebannt.«

»Aber wie?«, fragte Maru unter großer Anstrengung.

»Es war ein langes Ritual. Sieben Tage und Nächte woben die Alten daran. Alle Zauberer der Berge hatten sich versammelt. Viele geheime Zutaten brauchte der Sud, der ihnen die Kraft dazu gab, doch eine entscheidende Zutat fehlte.«

Velne hielt inne und sah in die Runde. Belk war inzwischen zurück, Klias wusch sich die Hände, und Umati nagte die Knochen des Kaninchens ab. Aber sie alle hörten ihm aufmerksam zu. Der alte Maghai fuhr fort: »Wir baten Etellu um Gold, und er versprach es uns. Doch als wir es brauchten, um den Bann zu vollenden, da gab er uns nur Silber. Dieser Narr glaubte, uns übervorteilt zu haben. Dabei wollten wir das Gold nicht für uns, nein, doch dieses edle und so schwer zu beschaffende Erz ist das Einzige, was die Daimonen fürchten. Sie meiden es, berühren es niemals, und es heißt, flüssiges Gold könne sie sogar töten.«

»Flüssiges Gold?«, keuchte Maru.

»Nun, das ist nur eine Vermutung, Nehis, und ich vermag mir nicht vorzustellen, wie dies geschehen soll. Aber es ist auch der Grund, warum Etellu alles Gold, das er finden konnte, hortete und warum allein der Kaidhan es tragen darf. Er glaubte, das schützte ihn vor der Rache jenes Daimons, den er mit uns bannen wollte. Doch mit Silber, Nehis, konnte es nicht gelingen. Der Bann war schwach. Es wundert mich nicht, dass jener wieder umgeht und nach Kraft sucht, um ihn endgültig zu brechen. Ich fürchte, er hat schon ein wenig davon gefunden, ist es nicht so?« Er sah Maru durchdringend an, doch sie konnte nicht antworten.

»Aber genug jetzt, ich sehe, dass es dich quält, über diesen Alfskrol zu sprechen. Es scheint, er versteht sich auf Bannsprüche besser als unsereins.«

»Der Mond ist verschwunden«, warf Umati ein, »es ist schon weit nach Mitternacht. Wir müssen uns eilen, wenn wir im Schutz der Dunkelheit über den Fluss wollen.«

Klias lauschte der Unterhaltung mit unverhohlenem Missmut. Er hatte seine Hände lange gewaschen, so als wolle er sie von dem reinigen, was in dieser Nacht geschehen und beschlossen worden war. Er griff nach einem Tuch, um sie abzutrocknen. Abgelenkt durch Umatis Bemerkung griff er jedoch nach dem falschen. Es war jenes, das die Zutaten für den Sud enthielt, den er vorhin gebraut hatte. Es öffnete sich, und Blätter, Halme und Beeren fielen zu Boden. Er fluchte, und Belk bückte sich eilig, um den Schaden zu beheben. Eine der Beeren rollte fast bis an Marus Fuß. Sie hob sie auf und wollte sie Belk geben. Dann hielt sie inne. Die Beere war halb vertrocknet und stachlig – und sie glich genau jenen, die sie am Nachmittag in der Vorratskammer in der Hand gehalten hatte. Vor Verblüffung blieb ihr der Mund offen stehen.

»Was ist, Mädchen, willst du die Beere des Treublatts für deine eigenen Zwecke einsetzen?«, fragte Velne mild lächelnd.

»Treublatt?«

»Oh, viele junge Männer und Frauen kommen zu uns wegen dieser Beere. Sie dient einem Liebeszauber.« Er grinste versonnen, aber dann verdüsterte sich seine Miene wieder. »Nun, der Sud, den Klias dort gekocht hat, enthält nicht viel davon, weder vom Treublatt noch von der Liebe. Gib mir diese Beere, du hast sie sicher nicht nötig, wenn du einmal das Herz eines jungen Mannes an dich binden willst.«

Maru drückte Velne die Beere stumm in die Hand. Wenn Tasil dieselbe Pflanze wie Klias verwendete, hieß das... Sie konnte den Satz nicht zu Ende denken, schüttelte wieder den Kopf. Konnte das sein? Ihr wurde heiß und kalt. War es das, was Wika gemeint hatte? Die lästige Frage, warum sie eigentlich bei Tasil blieb? Und hatte sie deshalb bis heute keine überzeugende Antwort darauf gefunden? Blieb sie bei ihm, weil er einen *Liebeszauber* auf sie anwandte? Ein Abgrund tat sich vor ihr auf. Sie blieb nicht, weil er sie vor einem Jahr gekauft hatte, sie blieb nicht, weil sie Angst hatte, als entflohene Sklavin gejagt zu werden, nein, sie blieb, weil er sie mit einem hinterhältigen Zauber an sich band!

»Bist du sicher, dass dir wohl ist? Du siehst nicht so aus«, meinte Velne besorgt.

»Es ist nichts. Vielleicht das Fleisch. Ich hatte seit Wochen keines mehr«, murmelte Maru eine lahme Ausrede.

»Dann können wir also aufbrechen?«, drängte Umati.

»Du willst sie also wirklich gehen lassen, mein Freund?«, fragte Klias noch einmal.

»Du kannst uns nicht daran hindern«, fauchte Umati.

»Er hat es auch nicht vor«, beruhigte Velne die Gemüter. »Ihr könnt gehen, wohin ihr wollt. Doch rate ich euch zur Vorsicht. Ihr beide habt euch mächtige Feinde gemacht. Und nicht immer wird im Lager dieser Feinde jemand sein, der so großherzig ist wie ich.«

Zweiter Tag

Bet Immit

Der Morgen beginnt, wenn du einen schwarzen von einem weißen Faden unterscheiden kannst.

Sprichwort der Akkesch

Maru schlich wenig später an der Seite Umatis durch die Dunkelheit. Sie versuchte, in etwa den Weg einzuschlagen, den sie auf dem Hinweg genommen hatte.

»Wir müssen diesen Wachposten nicht ausweichen, Mädchen«, meinte die Frau, als sie sich durch das sumpfige Land tasteten.

»Ich weiß, dass diese Krieger keine Gegner für dich sind, ehrenwerte Umati, aber wir müssen ungesehen ans Ufer kommen.«

»Dann müssen wir uns eilen, denn ich spüre das Nahen der Dämmerung.«

Tatsächlich schienen die ersten Sterne schon zu verblassen. Sie hatten keine Schwierigkeiten, durch die Postenkette hindurchzuschlüpfen und den Strom zu erreichen. Vorsichtig schlichen sie durch das Schilf. Der Fluss murmelte leise, und Zikaden sangen. Auch am Ufer standen Krieger Wache. Einmal hörten sie, wie ein Mann, ganz in ihrer Nähe, laut gähnte und mit den Füßen aufstampfte, wohl um die Müdigkeit zu vertreiben. Umati zückte schon ihr Messer, aber Maru bat sie mit Gesten, auch diesen Krieger zu verschonen. Sie erreichten das Ufer nur wenige Schritte von der Stelle, an der Maru an Land gegangen war. Leise glitten sie ins

Wasser und schwammen stromaufwärts. Dort war das Boot, und schwach zeichnete sich der Schemen Tasils vor dem Nachthimmel ab. Maru klopfte gegen den ledernen Rumpf. Tasil hatte sie schon vorher gesehen.

»Du hattest also Erfolg? Gut«, flüsterte er. »Haltet euch fest, wenigstens bis zur Mitte des Stromes.«

»Die Erwachte ist nicht hier«, flüsterte Maru ihm zu.

Tasil nickte knapp, so als habe er das nicht anders erwartet. Sie hielten sich am dünnen Rumpf des Gefährts fest und erreichten schnell die Mitte des Stromes. Tasil half ihnen ins Boot und drückte Maru wortlos ein Ruder in die Hand. Sie schwieg. Da saß er, der Betrüger, der Täuscher, der Zauberei auf sie anwandte. Und er wirkte wie immer. Oder nicht? Es war stockdunkel, aber Maru spürte, dass etwas nicht stimmte. Tasil schien tief in Gedanken zu sein. Am liebsten hätte sie ihn gleich zur Rede gestellt, aber das musste wohl warten – zunächst mussten sie heil über den Fluss und zurück in die Stadt kommen. Sie stemmten sich gegen die Strömung und erreichten das Ufer etwa dort, wo sie aufgebrochen waren. Umati zeigte sich wenig hilfsbereit, und so trugen sie das Boot zu zweit zurück in sein Versteck. Es wurde kein Wort gesprochen. Dann huschten sie auf die Mauer zu. Tasil rief den Namen des Schab leise hinauf. Oben schimmerte kurz Licht über die Mauer, dann schwebte ein halbes Dutzend Schritte entfernt etwas Glühendes herab. Es war ein glimmendes Stück Schilf. Etwas Schwereres folgte ihm nach. Dabei handelte es sich um das Seil. Sie hörten es mehr, als dass sie es sahen, und Maru musste daran denken, was die Bauern in Akyr immer zu sagen pflegten: »Die Nacht ist am dunkelsten, kurz bevor es hell wird.« Eigentlich hatte sie gedacht, dass dies bildlich gemeint sei. Aber offenbar traf das auch ganz wörtlich zu. Sie kletterten nacheinander hinauf, zuerst Tasil, dann Maru, zum Schluss Umati.

Oben hatte Schab Waidar eine verhängte Laterne entzündet. Maru konnte ihn nur erahnen.

»Ich grüße dich, ehrenwerte Umati«, sagte der Schab. »Hier ist ein Umhang für dich, denn es ist besser, man erkennt dich nicht.«

Maru fragte sich, ob das Wasser des Dhanis die graue zweite Haut aus Schlamm und die Zeichen aus Blut abgewaschen hatte. Die Gestalt, die dort am Feuer gesessen hatte, hatte wenig gemein gehabt mit der hoheitsvollen Frau des Immits, die ihr vor einem Jahr in Serkesch zum ersten Mal begegnet war. Selbst bei Tag würde man sie kaum wiedererkennen. Jetzt war es stockfinster. Aber natürlich konnte ein Umhang nicht schaden. Unter Begleitung durch den Schab und zwei seiner Leute eilten sie die Straßen zur Oberstadt hinauf. Maru lief neben Tasil. In ihr tobten widerstreitende Gefühle. Am liebsten hätte sie ihn gepackt und ihm ins Gesicht geschrien, was sie wusste. Ein anderer Teil von ihr sagte ihr, dass dies nicht sehr klug wäre. Und ein dritter Teil fragte sich, ob sie so zurückhaltend war, weil der Zauber, den er gegen sie anwandte, sie so denken ließ. Es war ein weiter Weg hinauf in die Oberstadt und Maru hatte genug Zeit, darüber nachzusinnen. Zu einem Ergebnis kam sie aber nicht. Am Etellu-Tor wurden sie von einer Eschet Axtkämpfer empfangen. Sie nahmen Umati in die Mitte und eilten weiter. Es ging quer über den Edhil-Platz. Ein Karrenschieber ließ seinen Leichenkarren stehen und starrte stumm auf den seltsamen Zug, der an ihm vorüberhastete. Zwei Sklaven, die am Brunnen Wasser holten, gafften ihm hinterher. Sonst war niemand unterwegs. Oben am Himmel berührte die Sonne mit ihren Strahlen schon die wenigen hoch ziehenden Wolken. Das Haus des Immits war ein großes Gebäude, Maru hatte es schon oft gesehen und bewundert. Seine Steine waren weiß, strenge Muster gaben dem Haus Würde und nahmen ihm etwas von der Wucht, die es auf Grund seiner Größe eigentlich hatte. Es lag an der Längsseite des Edhil-Platzes, also gegenüber des Bet-Kaidhan, doch der Zug steuerte offenbar einen Nebeneingang an. Es ging durch die Straße der Verwalter und dann in eine verschwiegene Seitenstraße. Die Rückseite des großen Hauses lag leblos und dunkel am Straßenrand. Kein Licht begrüßte die Witwe Schaduks. Der Schab pochte leise an die Tür. Sie öffnete sich.

»Schnell, herein«, zischte eine Stimme.

Erst, als die Pforte wieder verschlossen war, entzündete eine alte, gebeugte Frau eine Laterne. »Ich begrüße die Herrin in diesem Haus«, sagte sie.

Umati schlug die Kapuze ihres Umhangs zurück und starrte die Alte an. In ihrem Gesicht war immer noch ein Rest der Bemalung zu sehen. Tief lagen die Augen inmitten des schwarzen Streifens. »Wo ist Bana? Wo sind die anderen meiner Dienerschaft?«, fragte sie.

»Immit Uschparu hat sie verkauft, Herrin. Bana jedoch hat sich das Leben genommen, als es hieß, dass du tot seist. Sie war wohl auch unbrauchbar für den Dienst in einem anderen Haus.«

Umati nickte nur, aber Maru sah ihr an, dass diese Nachricht sie hart getroffen haben musste.

»Und wer bist du, Weib?«, fragte Umati.

»Ich bin die Hausverwalterin des Immits. Er wird dich bald selbst begrüßen, jedoch hat er mir aufgetragen, ein Bad für dich bereit zu halten.«

»Ein Bad?«

»Er nahm an, du würdest das wollen. Er sagte, du seist lang in der Wildnis gewesen.«

»Wildnis«, echote Umati gedankenverloren.

»Soll ich dich führen, Herrin?«

»Ich weiß, wo dieses Bad ist. Vergiss nicht, das dies vor einem Jahr noch mein Haus war, Weib.«

»Wir alle haben um Immit Schaduk und seine Kinder getrauert, Herrin«, erwiderte die Hausverwalterin kühl.

»Aber nicht um mich, wie ich deinen Worten entnehme. Doch ist es gut, denn auch ich vergieße keine Träne um diese Stadt. Aber jetzt will ich dieses Bad nehmen. Uschparu mag hier auf mich warten. Es gibt viel, das ich abzuwaschen habe. Komm, Mädchen.«

»Ich?«, fragte Maru begriffsstutzig.

»Ich meinte sicher nicht dieses vertrocknete Weib. Ich will, dass du mir Gesellschaft leistest. Also komm.«

Noch einen Tag zuvor hätte Maru ihren »Onkel« sicher um Erlaubnis gefragt. Jetzt folgte sie Umati, ohne Tasil auch nur eines Blickes zu würdigen.

Das Bad befand sich in einem Seitenflügel des weitläufigen Hauses. Maru lief neben Umati her. Die Frau schien in Gedanken versunken.

»Warum soll ausgerechnet ich dir Gesellschaft leisten, ehrenwerte Umati?«

»Du brauchst mich nicht zu ehren. Umati reicht.«

»Und warum …«

»Ich habe nicht mehr viele Freunde in dieser Stadt, Nehis. Mein Mann ist tot, und ich kann sagen, er war mir ein besserer Freund, als er mir Gatte war. Bana ist ebenfalls tot, und sie war es, die mich aufzog, neben meiner Mutter, die schon viele Jahre in Ud-Sror auf mich wartet. Ich denke, ich werde sie bald treffen«, erklärte Umati düster.

Sie betraten das Bad. Ein schwerer Duft nach Blüten und Honig lag in der Luft, wie Maru überrascht feststellte. Dampf quoll ihnen entgegen. Zwei junge Frauen waren dabei, kochendes Wasser in ein großes, steinernes Becken zu gießen. Im Haus des Richters gab es auch eine solche Einrichtung. Maru hatte sie ebenso wenig genutzt wie Tasil. Im Grunde genommen wusste sie nichts damit anzufangen. Sie wusch sich jeden Morgen und Abend gründlich. Das sollte doch eigentlich reichen, oder? Jetzt sah sie das dampfende Wasser. Seerosen schwammen darauf. Es wirkte einladend.

Umati legte ihre Waffe ab und entkleidete sich. »Lasst uns allein«, scheuchte sie die beiden Sklavinnen hinaus. Sie prüfte das Wasser mit der Hand. Ihr Gesicht hatte etwas Entrücktes. »Wenn du willst, kannst du dieses Bad mit mir teilen, Nehis.«

In dem Becken war genug Platz für eine halbe Eschet, aber Maru lehnte trotzdem ab. »Baden? Ich danke dir, ehrenw… – ich danke dir, Umati, aber ich glaube, das ist nichts für mich.«

Umati lachte. »Dann kannst du dich vielleicht darum kümmern, dass das Feuer unter dem Kessel dort nicht ausgeht. Ich glaube, ich muss lange baden, bevor ich all den Schmutz vergessen kann.«

Umati tauchte unter und strich sich das nasse Haar aus dem Gesicht. Das Wasser im Becken färbte sich grau.

»Würdest du für mich Wasser nachfüllen, Nehis?«

»Aber läuft es dann nicht über?«

Umati lachte wieder. »Siehst du nicht, dass das Becken einen Überlauf hat?«

Der Kessel hatte einen seitlichen Auslass, an dem Maru den Eimer auffüllen konnte. Dann schleppte sie ihn zum Bad. Dampf wogte auf. Eine frische Morgenbrise strich durch die vergitterten Fenster.

»Hast du viele Männer getötet?«, platzte Maru plötzlich heraus.

Umati sah sie an. Der schwarze Streifen, der sich über ihre Augen hinzog, war kaum heller geworden. Sie lehnte sich zurück und schloss die Augen.

»Füll Wasser auf, Nehis«, bat sie dann.

Maru brachte zwei weitere Eimer heißen Wassers.

»Es waren viele, Mädchen, ich habe sie am Ende nicht einmal mehr gezählt«, sagte Umati ruhig.

Maru goss das kochend heiße Wasser in das steinerne Becken. Die Seerosen trieben davon.

Umati lag dort mit geschlossenen Augen und erzählte: »Ich verfolge Numur, seit er das Fenn verlassen hat. Er ist es, den meine Klinge sucht, doch ist er Tag und Nacht gut bewacht.« Sie lächelte grimmig. »Er lebt in Angst vor mir. Die Männer, die starben, waren zu Anfang nur jene, die mir den Weg zu ihm versperrten. Doch so oft ich es versuchte, er blieb unerreichbar. Musste ich also alle seine Krieger töten, um sein armseliges Leben zu nehmen?« Umati nahm eine der Bürsten, die am Rand des Beckens lagen, und begann, damit langsam über ihre Arme zu streifen. Dann hörte sie auf und starrte Maru mit einem brennenden Blick an. »Ich habe es versucht, Nehis, ich habe es versucht. Am Ende war es mir gleich, wo ich sie traf. Am Fluss, an den Mauern des Lagers, im Sumpf. Und jetzt bin ich müde.«

»Ich hole frisches Wasser«, sagte Maru. Wie verloren diese Kämpferin auf einmal wirkte! Maru machte sich Sorgen um sie. Ja, es beunruhigte sie, welche Verzweiflung Umati ausstrahlte. Nein. Das war es nicht. Die Unruhe hatte andere Gründe. Maru blieb stehen.

»Gefahr«, flüsterte sie.

Es war zu spät. Der leise, schnelle Tritt vieler Männer kam heran. Umati erhob sich aus dem Wasser. Die Türen flogen auf, und gepanzerte Krieger stürmten den Raum. Umati sprang aus dem Becken und suchte ihre Waffe. Auch Maru griff nach ihrem Messer. Axtkämpfer rannten an ihr vorbei. Plötzlich war das Bad voller Krieger. Eine Faust packte Maru am Kragen und riss sie zur Seite. Es war Tasil. Umati stieß einen hellen Schrei aus. Dann war dort im Wasserdampf nur noch ein Durcheinander aus Leibern, Waffen und Armen. Maru versuchte, sich loszureißen, aber Tasil hielt sie fest und hinderte sie, ihren Dolch zu ziehen. »Das geht uns nichts an, Kröte«, raunte er. Sie hatte nicht erkennen können, ob Umati ihre Waffe noch erreicht hatte, aber sie hörte die dumpfen Schreie von Männern, das Fluchen und das Klirren von Waffen. Dann ein heller Schrei – und es war vorbei.

Die Männer ächzten, der Dampf verzog sich, und Maru sah einen dünnen Faden Blut, der in das Becken lief. Für einen Augenblick war es unnatürlich still im Raum. Dann betrat ein weiterer Mann das Bad. Gold blinkte an seinem Hals. Es war Immit Uschparu. Er strahlte Stolz und Entschlossenheit aus. »Habt ihr sie?«, fragte er kalt.

»Sie hat sich gewehrt, Herr«, antwortete der keuchende Schab der Krieger.

»Ihr habt sie getötet?«

»Nein, Herr, doch wird sie wohl bald sterben.«

Maru starrte mit ungläubigem Entsetzen von einem zum anderen. Auf dem Boden lagen die Körper mehrerer Menschen. Drei trugen lederne Panzer, einer war nackt und schutzlos. Sie wollte sich losreißen, zu Umati stürzen, ihr helfen – irgendwie, aber Tasil hielt sie eisern fest.

Uschparu blieb stehen. »Ich grüße dich, Umati«, sagte er und blickte herablassend auf die Frau, die zu seinen Füßen starb.

Umati antwortete flüsternd. Blut quoll aus ihrem Mund. Maru verstand sie nicht.

»Es tut mir beinahe leid, dass wir uns unter diesen Umständen wiedertreffen, ehrenwerte Umati. Ich habe deinen Mann immer bewundert. Bestell ihm Grüße von mir, wenn du ihn gleich in Ud-Sror triffst. Sag ihm, dass Uschparu, den er verachtet und dessen Leistung er nie gewürdigt hat – dass also ich – seine Stadt vor dem Untergang rette.«

Umati hob ihren Kopf und wollte etwas erwidern, doch sie hustete nur etwas Blut. Vier weitere Krieger erschienen. Sie brachten auf Tragen zwei verhüllte Körper ins Bad.

»Du wirst dich fragen, warum du hier und heute sterben musst«, fuhr Uschparu fort. Er betrachtete die Frau mit kalten Augen. »Im Grunde genommen sind die Sterne daran schuld. Erinnerst du dich an Baschmu? Diesen besserwisserischen Sterndeuter des

Kaidhans? Ich sehe, du weißt, wen ich meine. Er hat dein Kommen vorausgesagt. Obwohl ich ihm viel Silber dafür gegeben habe, dass er etwas ganz anderes aus seinen Gestirnen liest. Er war teuer und dennoch unzuverlässig. Wenn du willst, kannst du dich bei ihm bedanken. Er liegt dort drüben.«

Der Immit zeigte auf eine der Tragen, und ein Krieger lüftete das Tuch. Es war Baschmus Leichnam. Seine Augen starrten weit aufgerissen ins Nichts.

»Er hat auch vorausgesagt, dass du Unglück über diese Stadt bringen wirst, ehrenwerte Umati«, erklärte Uschparu weiter. »Nun, was soll ich sagen? Hier liegst du, dort Baschmu, und neben ihm das Unglück, das du über uns gebracht hast.«

Der Krieger schlug das andere Tuch zurück. Es war Luban! Seine Kehle war durchgeschnitten. Maru verschlug es den Atem. Luban-Etellu, Kaidhan des Neuen Reiches der Akkesch, war tot.

»Ich habe ihn noch vor dir gewarnt, Umati, doch er wollte nicht auf mich hören. Sag mir, warum hast du ihn erschlagen?« Uschparu beugte sich herab, um zu lauschen, was Umati zu sagen hatte. Aber sie sagte nichts, denn auch sie war nun tot. Der Immit erhob sich wieder. »Meldet dem Schab-ut-Schabai, dass es vollbracht ist. Und lasst in der Stadt verbreiten, dass Umati den hochgeborenen Kaidhan Luban in diesem Bad ermordet hat und dass meine Männer leider zu spät kamen, aber wenigstens das verfluchte Weib erschlagen haben. Und verbreitet weiter, dass ich die Geschicke des Reiches besorge, solange Malk Gerru noch im Fieber liegt.«

»Ich gehorche«, erwiderte ein Schab.

»Warte«, befahl Uschparu, »schick auch einen Mann zu den Priestern. Sie sollen die Tempel öffnen, damit das Volk für Luban und Gerru gute Opfer bringen kann.«

Maru glaubte sich in einem bösen Traum gefangen. Umati war vor ihren Augen erschlagen worden, und der Kaidhan war tot. Uschparu hatte rücksichtslos und brutal die Macht an sich gerissen. Der kleine Gerru an Fieber erkrankt? Vermutlich nur eine weitere Lüge. Das alles war mehr, als Maru fassen konnte. Der Immit erteilte, zwischen den Leichnamen stehend, weitere Befehle. Er sprach auch mit Tasil. Maru stand daneben, als die beiden Männer sich unterhielten, aber sie hörte nicht zu. Sie hatte Umati in die Stadt gebracht, und jetzt war sie tot. Irgendwann packte Tasil sie am Arm und zog sie aus dem Haus. Tränen liefen ihr übers Gesicht.

»Ich fürchte, ich habe diesen Immit unterschätzt«, sagte Tasil. Er klang besorgt. Aber Maru war gleich, was er sagte.

»Es ist gut, dass er uns noch braucht. Sonst müssten auch wir um unser Leben fürchten.«

»Er braucht uns?«, fragte Maru tonlos.

»Ich habe ihm gesagt, dass du es vermagst, die Erwachte zu spüren, wenn sie in der Nähe ist. Und da wir an den Fluss müssen, ist das lebenswichtig – für ihn und für uns. Übrigens wirst du ihm sagen, dass die Awathani weit fort ist, wenn er dich fragen sollte.«

»Weit fort?«

»Natürlich, unterwegs zum Meer. Baschmu hat das auch gesagt. Sie zieht sich zurück, weil Frieden geschlossen wird.« Tasil kratzte sich nachdenklich am Kinn, und Maru dachte an den Sterndeuter, der tot neben Luban und Umati lag. Tasil fuhr fort: »Es soll jetzt alles sehr schnell gehen. Heute Abend schon will sich der Immit Alldhan Numur unterwerfen. Auf der Brücke. Die Serkesch sollten schon angefangen haben, sie zu bauen.«

»Brücke?«

»Reiß dich zusammen, Kröte! Ich weiß, dass du dieses verdammte Weib mochtest. Aber wenn wir den heutigen Tag überleben wollen, müssen wir hellwach sein.«

Maru nickte schwach. In gewisser Weise hatte Tasil sogar recht. Aber was hatte das mit der Erwachten zu tun? Sie atmete tief durch und wischte die Tränen ab. Umati war tot. Und der Schmerz drückte ihr aufs Herz. Aber da draußen war ein Daimon, der drohte, alle Akkesch zu töten. Und so wie es aussah, war es ihr bestimmt, ihn aufzuhalten – wenn das überhaupt möglich war. Sie schluckte die Tränen hinunter und erschrak gleichzeitig vor sich selbst. War es schon so, dass es sie nicht mehr berührte? Im Fenn hatte sie Bolox, Vylkas und die anderen Söldner sterben sehen, heute Umati und dazwischen viele andere. Es war eben Krieg. Das hieß, Menschen starben. Hatte sie sich etwa schon daran gewöhnt? Sie biss die Zähne zusammen. Noch herrschte der Kriegsgott über diese Stadt, aber wenn stimmte, was Tasil sagte, dann würde es vielleicht heute noch enden. Dafür würde sie alles tun. Was aber ihren »Onkel« und seine hinterhältigen Zaubereien betraf, das musste bis morgen warten. Plötzlich fühlte sie eine kalte Stärke in sich wachsen. Die Zeit zum Trauern würde kommen, später.

»Geht's wieder?«, fragte Tasil. Er klang wirklich besorgt. Maru fragte sich, was diese Fürsorge zu bedeuten hatte. Sie nickte.

»Gut, dann komm. Wir sollten uns zurückziehen. Je weiter wir von diesem Ort entfernt sind, desto besser. Ich will nicht mit diesen Morden in Verbindung gebracht werden.«

Sie liefen die Straße hinunter zum Haus des Richters. Die Sonne war inzwischen aufgegangen. Es würde ein weiterer heißer Tag werden. Maru fiel jeder Schritt schwer. Es war eine Sache, sich vorzunehmen, die Trauer zu verschieben, eine andere aber, das auch wirklich zu tun. Also trottete sie niedergeschlagen hinter Tasil durch die Gasse. Sie fragte sich, warum sie die warnenden Gefühle so spät bemerkt hatte. Sie verstand es nicht. Sie hatte den Überfall von Umati am Fluss vorausgeahnt. Kamen die Warnungen nur, wenn sie selbst in Gefahr war, aber nicht, wenn die Bedrohung für andere bestand? Und die Erwachte? Die spürte sie immer, obwohl Tasil behauptete, sie sei vor ihr sicher. Stimmte etwa, was Tasil auf dem Fluss gesagt hatte? Dass sie wie ein Tier Gefahr witterte? Es war eine weitere Frage, über die sie nicht nachdenken wollte. Das ungute Gefühl kam zurück, als sie durch die lange Gasse zu ihrem Haus liefen. Zunächst kaum merklich, aber dann plötzlich ganz stark, als sie die Pforte zum Hof fast erreicht hatten. Maru blieb stehen.

»Was ist, Kröte?«

Maru musste nicht antworten. Das Tor schwang auf, und das spitze Gesicht von Agir zeigte sich. »Sei mir gegrüßt, Tasil aus Urath«, rief er höhnisch.

Maru hörte ein Räuspern. Sie drehte sich um. Hardis und der stämmige Gybad traten aus dem Schatten eines Torbogens hervor.

»Ich grüße euch, meine Freunde«, sagte Tasil bedächtig.

Hardis nickte ihm zu. Seine Miene war düster. An Gybads Gesicht war, wie immer, nichts abzulesen, aber das höhnische Grinsen von Agir sprach Bände. »Ihr werdet erwartet«, zischte er und stieß die Pforte ganz auf. Die Haustür stand offen. Ein dunkles Loch, durch das sie nun eintreten sollten. Das warnende Gefühl pochte laut in Marus Blut. Die Gefahr erwartete sie in ihrem eigenen Haus. Maru warf einen schnellen Seitenblick zu Tasil. Der tat unbeeindruckt, aber seine Hand blieb in der Nähe seines Dolches. Sie folgte ihm ins Haus, die drei Schmuggler waren hinter ihnen. Der Gang hinter der Tür lag in Dunkelheit, aber in der Küche schien Licht zu brennen. Maru blieb dicht hinter Tasil. Zur Not würde sie auf ihre Zauberkraft zurückgreifen. Mit der Stimme konnte sie die Gefahr vielleicht entschärfen. Sie versuchte, nicht daran zu denken, dass diese Kraft sie auch schon einmal im Stich gelassen hatte, damals, im Fenn, als der Farwier Bolox sie nachts überrascht hatte.

»Das ist eine gute Küche«, rief eine Stimme durch die Tür.

Marus Herz setzte einen Schlag aus: Tagor Xonaibor! Der Iaunier war in der Stadt, in ihrem Haus, in ihrer Küche.

Tasil hielt einen Augenblick inne, dann trat er über die Schwelle. »Ich grüße dich, Tagor Xonaibor. Ich freue mich, dass dir mein Haus gefällt.«

»Wer sagt, dass es mir gefällt? Ich sage es nicht. Zu viel Stein. Zu weit entfernt vom Meer. Ehrlich, Tasil, das ist keine Wohnung für einen Mann wie mich. Und für dich sicher auch nicht.«

Maru wurde von einer starken Hand über die Schwelle geschoben. Da saß er, der Tagor, der Anführer der Iaunier, mit denen sie seit vielen Wochen gefährliche Geschäfte abwickelten. Hinter ihm lehnten zwei seiner Männer an der Wand. Auf den ersten Blick war Xonaibor leicht zu unterschätzen. Sein Gewand war blau und schlicht, seine Gestalt nicht allzu groß. Es war schwer, sein Alter zu bestimmen, denn er hatte seinen Kopf kahl rasiert wie ein Priester, auch wenn er nichts weniger war als das. Sein Gesicht war wettergegerbt und seine Augen von tiefem Blau. Er war kein Muskelpaket wie Gybad, und dennoch drückte sein schlanker Körper schiere Stärke aus. Auf Maru wirkte er immer, als müsse er sich selbst im Zaum halten, weil sonst seine drängende Kraft unvorhersehbaren Schaden anrichten würde. Sie verglich ihn in ihren Gedanken mit einer Bogensehne, die unter voller Spannung stand.

»Wirklich, ich frage mich, ob du das weite Land oder die endlose See gegen diesen Haufen Steine eintauschen willst, Urather«, fuhr der Iaunier fort.

»Was bringt dich auf den Gedanken, dass ich hier bleiben will, großer Tagor?«, fragte Tasil. Er versuchte dem Mann zu schmeicheln, ein schlechtes Zeichen.

»Du richtest dich ein. Du hast einen Sklaven. Eine feste Schlafstatt. Man sagte mir, dass du sogar die Armen durchfütterst. Du bist weich geworden, Tasil, und unzuverlässig. Du erscheinst nicht zu unseren Verabredungen.«

»Nun, das kann ich erklären.«

Tagor Xonaibor sprang schnell auf und machte zwei Schritte auf Tasil zu. »Eine Erklärung? Ich bin neugierig. Ich habe gehört, du hast neue Freunde gefunden. Hochgestellte Freunde. Bessere als uns?«

»Du weißt also von meinen Diensten für den Kaidhan?«

»Sieh dich an, Urather. Du dienst? Wo ist Tasil, der Mann, der die Gefahr sucht und die Freiheit? Ich will ihn sprechen, ihn, nicht den Laufburschen der Akkesch!«

»Er steht vor dir, großer Tagor. Glaube mir, es ist nicht so, wie es aussieht, oder wie es andere aussehen lassen.« Und Tasil warf einen langen Blick auf den frech grinsenden Agir.

»Agir hat dich gesehen, am Hafen und heute Nacht, als du über die Mauer hinausgeklettert bist. Oder hat er mich belogen? Und Hardis auch? Du bist nicht mit dem Zweig des Friedens zu Numur gerudert?«

»Ich hatte keine Wahl«, entgegnete Tasil vorsichtig.

»Ach, es stimmt also? Und kein Wort an mich? Konntest du dir den Weg nicht machen, den Agir auf sich genommen hat?« Die Hand des Tagors schnellte plötzlich nach vorn. Dicht neben Tasils Kopf packte er eine Fliege in vollem Flug. Tasil zuckte nicht mit der Wimper. Xonaibor ließ den zerquetschten Körper fallen. »War ich es nicht, der dich aufgenommen hat, in diesem elenden Nest an der Küste? Habe ich dich nicht hierher gebracht und dafür gesorgt, dass du viel Silber verdienen kannst, Urather?«

»Wir haben beide gut verdient, Tagor, doch ich fürchte, diese Zeiten sind bald vorbei.«

»Du fürchtest?«, brüllte der Iaunier und schlug mit der Faust donnernd auf den Tisch. Dann hatte er sich wieder in der Gewalt. »Erzähle mir, wovor du dich fürchtest, Tasil aus Urath.«

»Beide Seiten sind des Krieges müde, Tagor. Ihre Kämpfer leiden Hunger oder sterben am Fieber. Der Frieden wird kommen, entweder heute, wenn sie sich einigen, oder morgen, wenn eine der beiden Seiten entkräftet zusammenbricht. In keinem der beiden Fälle werden sie uns noch brauchen.«

Der Iaunier verzog keine Miene. Er gab sich wieder völlig ruhig, aber diese Ruhe war so gezwungen, als müsse er bald ausbrechen wie ein feuerspeiender Berg. Maru hatte das schon erlebt, aus nichtigeren Anlässen. Jetzt sagte er: »Zwischen heute und morgen liegt eine ganze Schiffsladung Weizen, Vieh und Zinn, Tasil. Eine Ladung, die sehr an Wert verliert, wenn dieser Frieden wirklich kommt. Oder willst du mir sagen, ich soll es zu den festgesetzten Preisen an den Verwalter des Markthauses verkaufen? Ist es das, was dir vorschwebt, Tasil? Glaubst du, wir sind tagelang durch die Sümpfe gerudert, um mit einer Handvoll Kupfermünzen heimzukehren? Meine Krieger verlassen sich auf mich und darauf, dass ich sie nicht als arme Männer heimkehren lasse. Und ich habe mich auf dich verlassen, Tasil. Warum enttäuschst du mich so?«

»Ich habe nicht vor, dich zu enttäuschen, großer Tagor, ganz im Gegenteil. Dieser Frieden bietet uns – uns allen – die Möglichkeit, viel Silber, sehr viel Silber in die Hand zu bekommen. Nur deshalb habe ich mich darauf eingelassen. Hat dir Agir das nicht erzählt?«

Das höhnische Grinsen auf dem Gesicht des Kydhiers erstarrte. Dann zischte er: »Der Urather lügt, nichts als Lügen. Verraten hat er uns.«

»Du bist eine Schlange, Agir«, sagte der Iaunier. »Ich mag dich nicht, aber du bist nützlich. Ich bin neugierig, Tasil. Wann wolltest du uns von dieser Möglichkeit erzählen? Bevor oder nachdem du dich mit dem Silber aus dem Staub gemacht hast?«

Tasil zögerte einen Augenblick. Maru durchschaute ihn. Er hatte nie vorgehabt, dem Iaunier von seinen Plänen zu erzählen. Die Frage war, ob es ihm gelang, den Tagor vom Gegenteil zu überzeugen. Doch – was mochte das für ein Plan sein? Tasil hatte ihr gegenüber bislang kein Wort darüber verloren. Gespannt lauschte sie seinen Worten.

»Es ist viel zu viel, als dass ein Mann alleine es davontragen könnte, Tagor. Und ich konnte dir noch nicht davon berichten, weil ich selbst erst seit wenigen Stunden weiß, was zu tun ist. Doch schlage ich vor, dass wir das in kleinerer Runde besprechen.«

»Du hast Geheimnisse vor deinen Waffenbrüdern, vor Männern, die dir schon oft ihr Leben anvertraut haben? Warum dieses Misstrauen, Urather? Ich habe solche Geheimnisse nicht.«

»Ich würde dir und jedem deiner Männer mein Leben ebenfalls anvertrauen, großer Tagor – in der Schlacht. Es gibt jedoch in dieser Kammer den einen oder anderen, dem ich nicht mehr vertrauen kann. Glaube mir, Tagor, hast du erst gehört, was ich zu sagen habe, wirst du mich verstehen. Du weißt doch, dass ein großer Berg Silber viele Diebe anzieht. Lass mich, wenigstens für jetzt, nur dich und Hardis einweihen, wie dieser Berg zu erlangen ist. Ich lege die Entscheidung in deine Hand, was du unseren Leuten sagen willst – und was nicht.«

»Ein Berg Silber?«

»Ein großer Berg, Tagor.«

Der Iaunier sah ihn mit zusammengekniffenen Augen an. Dann hatte er sich entschieden: »Wartet draußen, Männer, eure Anführer haben etwas zu besprechen.«

Maru fühlte sich zwar nicht angesprochen, musste aber trotzdem mit hinaus in den Hof. Sie fragte sich, wo der stumme Yalu war. Hoffentlich hatten ihm die Männer nichts getan.

»Du glaubst, ihr seid fein raus, das glaubst du doch?«, zischte Agir, als sie aus dem Haus traten.

Maru war nicht in der richtigen Stimmung, sich seine Sticheleien bieten zu lassen. »Im Augenblick bin ich in Sicherheit und du nicht, Schlange«, antwortete sie knapp und legte die Hand an ihren Dolch.

»Willst du mir drohen, Kaschakku?«, geiferte Agir. Kaschakku, *Weib des Bösen*, das war ein Wort, das die Akkesch aus dem Süden mitgebracht hatten. Maru hatte es in dieser Stadt zum ersten Mal gehört, und zwar von Agir. Er hatte sie schon mehrfach so genannt und behauptet, sie würde mit der Erwachten im Bunde stehen, ohne auch nur zu ahnen, wie nah er damit an der Wahrheit war. Allerdings wagte er das nur, wenn Tasil oder Hardis nicht in der Nähe waren.

Maru schloss die Augen. »Komm mir nicht näher«, bat sie ganz ruhig. Und gleichzeitig flüsterte ihre zweite Stimme Agir zu, dass es viel besser für ihn sei, den Mund zu halten, weil er sonst großen Schmerz erfahren würde. *Du musst es sehen*, hatte Tasil ihr beigebracht. Und das tat sie, sie sah einen erstaunten Agir, dem eine Klinge in der Brust steckte. Dann öffnete sie die Augen. Der schmächtige Kydhier war kreidebleich. Seine Hand lag auf dem Brustbein. Vorsichtig nahm er sie weg und starrte sie an, so als erwartete er, sie voller Blut zu sehen. »Kaschakku«, zischte er, drehte sich mit zitternden Knien um und wankte aus dem Tor hinaus auf die Straße.

»Was hat er?«, fragte Gybad.

»Ich weiß nicht, vielleicht ist ihm seine Falschheit auf den Magen geschlagen«, antwortete Maru düster. Agir hatte Tasil und damit auch sie an Tagor Xonaibor verraten. Es geschah ihm ganz recht, wie sie fand. Aber eigentlich war sie sehr erschrocken. Der Kydhier schien den Schmerz, den sie doch nur gedacht hatte, wirklich gefühlt zu haben. Etwas Ähnliches war noch nie geschehen.

»Ob ich nach ihm sehen sollte?«, fragte Gybad unschlüssig. Dieser körperlich so starke Mann war schwach, wenn es um das Fällen eigener Entscheidungen ging. Meist übernahm Hardis das Denken für ihn oder, wenn der nicht in der Nähe war, Agir.

»Tu das, er wird es dir hoffentlich danken«, antwortete Maru. Eigentlich mochte sie den gutmütigen Gybad ganz gern, doch im

Augenblick brauchte sie ihre Ruhe. Sie musste nachdenken. Was die da drinnen wohl zu besprechen hatten? Die durchdringende Stimme des Iauniers war zu hören, aber leider nicht zu verstehen. Seine beiden Leute bewachten den Eingang, es war also nicht möglich, sich näher heranzuschleichen. Sie wischte den Gedanken beiseite. Es war beinahe unwichtig, was Tasil nun schon wieder plante. Es waren größere Dinge im Gange. Sie konnte – und wollte – sich nicht mehr danach richten, was ihr selbsternannter Onkel vorhatte. Sie musste selbst handeln. Sie musste ihre eigenen Entscheidungen treffen. Dann durchfuhr es sie wie ein Blitz – der Schreiber! Den hatte sie völlig vergessen! Sie musste ins Bet Schefir!

»Wo willst du hin?«, fragte einer der beiden Iaunier, als sie zur Pforte lief.

»Nur etwas nachlesen«, log Maru. Das erfüllte seinen Zweck. Die beiden Männer starrten sich verdutzt an und vergaßen, sie aufzuhalten. Sie lief durch das Tor und beeilte sich, außer Sichtweite zu kommen. Ob Temu seinen Auftrag wohl erfüllt hatte? Die Zeit wurde allmählich knapp. Nur wenige Schritte vom Haus des Richters entfernt sah sie Agir an einer Mauer sitzen. Er barg sein Gesicht in den Händen. Gybad saß stumm neben ihm, seine Pranke lag tröstend auf der Schulter des schmächtigen Mannes. Maru nickte ihm knapp zu. Agir blickte auf. Furcht stand in seinen Augen und Hass. »Noch ein Feind mehr«, dachte Maru und hätte beinahe gelacht, weil es auf einen mehr oder weniger nun auch nicht mehr ankam. Der Maghai Klias wollte sie tot sehen, Tagor Xonaibor war eine weitere Bedrohung, und der Immit ließ sie nur leben, weil er sie noch brauchte, hatte ihr »Onkel« gesagt, der tückischste Feind von allen. Und dann wartete noch irgendwo in den Gewässern um diese Stadt ein Daimon auf sie und wollte ihr Blut, um ein ganzes Volk zu vernichten. Nein, vor dem verschlagenen Agir musste sie sich nun wirklich am allerwenigsten fürchten. Maru lächelte grimmig und dachte, dass es zur Abwechslung auch einmal schön wäre, auf ein paar wohlmeinende Menschen zu treffen.

Temu

Ich habe viel getan, um meiner Söhne und deren Söhne willen.
Und alles, was ich tat, ließ ich niederschreiben für die Nachgeborenen.
Aber wer von ihnen wird es lesen? Und wer verstehen?

Etellu-Kaidhan

Sie fand den Schreiber neben der Falltür zur geheimen Kammer. Er saß auf dem Boden im Schein zweier Laternen und hatte Dutzende von Tafeln vor sich ausgebreitet. Er war wieder einmal so vertieft in seine Arbeit, dass er sie erst bemerkte, als sie ihn laut begrüßte.

»Wie?« Er blickte auf und blinzelte. »Ah, Maru, du bist es.« Er musterte sie mit gerunzelter Stirn und fuhr fort: »Diese Kleidung ist immer noch sehr ungewohnt an dir.«

Sie hatte beinahe vergessen, dass ihr schwarzes Garwan und die ledernen Arm- und Beinschienen nicht das waren, was ein Mädchen in der Stadt zu tragen pflegte. Und allzu sauber waren die Sachen auch nicht mehr. Maru glaubte, eine Spur von Missbilligung in Temus Augen zu lesen. Vermutlich gehörte es sich nicht, seine heiligen Hallen mit schmutzigen Füßen zu betreten. Aber es waren eben gefährliche Zeiten, und es gab wichtigere Dinge als ein sauberes Gewand. Es geschah unendlich viel außerhalb der kleinen Welt des Bet Schefir, nur dass der Schreiber es nicht mitbekam.

Vielleicht fand sie später Zeit, ihm davon zu erzählen. Sie fragte: »Hast du diese Liste wiedergefunden, von der du gesprochen hattest, Temu?«

»Liste? Ach ja, natürlich. Irgendwo hier muss sie liegen.« Er legte die Tontafel aus der Hand und begann umständlich zu suchen. »Sieh nur, eine Liste berühmter Schlachten, oder hier, da hat ein Schreiber alle Tierarten vermerkt, die am Fluss Naruq im Alten Akkesch vorkommen. Erstaunlich, nicht wahr?«

»Aber es sind nicht die, die du meintest, oder?«, drängte Maru.

»Nein, wo ist sie nur? Weißt du, es ist eigentümlich mit dieser Tafel. Wenn ich sie in die Hand nehme, weiß ich, dass es die ist, die du suchst, lege ich sie aber wieder aus der Hand, vergesse ich sofort, weshalb. Man könnte meinen, es läge irgendein Zauber darauf. Wo habe ich sie nur?«

Maru sah ihm ungeduldig zu. Ein Zauber? Konnte das sein? Sie verfluchte die Tatsache, dass sie nicht selbst lesen konnte, denn so musste sie dem zögerlichen Herumtasten des Schreibers zusehen. Plötzlich hielt er inne. »Da ist sie, Maru, siehst du?«

Er hielt ihr eine Liste hin, die sich von anderen deutlich unterschied. Sie bestand aus drei einzelnen Tafeln, die mit Lederbändern verbunden waren. Sie nahm sie entgegen: Zeichen über Zeichen. Eines wiederholte sich oft. Zwei stehende Striche, von denen nach schräg oben und unten je eine verschränkte Dreiergruppe kurzer Linien fortstrebte: Maghai.

»Was ist das?«, flüsterte sie mit klopfendem Herzen.

»Ein Liste aller Zauberer, die die Schreiber von Ulbai kennen.«

»Alle Maghai?«

Temu stand auf und zeigte auf eine Linie. »Sieh hier: *Der Maghai Jalis geht nach Igaru im Erntemond des dritten Jahres der Herrschaft von Kaidhan Namad-Etellu.*«

»Jalis?«

»Erstaunlich, nicht? Mir war, als hättest du diesen Namen einmal erwähnt. Es ist mehr als sechzig Jahre her, dass Namad Kaidhan wurde. Ich fragte mich zuerst, ob nicht ein anderer Maghai namens Jalis dort gemeint ist, doch fand ich seinen Namen auch hier«, er zeigte auf andere Zeilen auf den Tafeln, »und hier, zu Zeiten von Labar und Damaq, der ja nur zwei Jahre Kaidhan war, bis hin zu Luban. Dieser Mann muss mindestens achtzig Jahre alt sein.«

Maru nickte. Jalis war tot, aber als er starb, hatte er kaum älter ausgesehen als vierzig.

»Und hier sind noch andere Namen, Ufias aus Aurica, Dwailis aus den Sümpfen, Raejan vom Hyrd und viele andere, doch das ist nicht, was mich aufmerken ließ.«

Maru folgte den flinken Fingern des Schreibers und versuchte zu erfassen, was sie nicht lesen konnte. Namen über Namen, Maghai über Maghai. Dann blieb der Finger Temus an einer Stelle hängen, die Maru schon vorher aufgefallen war. Dort stand ein langer Satz. Sie erkannte das Zeichen für Kaidhan, die Zahl sieben und das Zeichen für Maghai. Doch dazwischen klaffte ein Loch. Irgendjemand hatte den Namen aus der Tafel entfernt. Temu zeigte ihr eine andere Stelle. Ein anderer Kaidhan, ein anderes Jahr, und wieder der Maghai, dessen Name verschwunden war. Und so ging es weiter. Temu las ihr vor, was dort stand. Der Namenlose war zunächst in Awi aufgetaucht, in den letzten Lebensjahren Labars, er wurde in jeder Stadt in Kydhien gesehen, als Enlin herrschte, und war mehrfach in Aurica und selbst in Ulbai gewesen. Die Tafeln schwiegen sich darüber aus, was der Zauberer in diesen Städten getan oder gewollt hatte. Bald schwirrte Maru der Kopf von all den Städtenamen und Jahreszahlen. Sie ließ die Tafel sinken. »Was bedeutet das, Temu?«

»Nun, es ist nicht meine Art, übereilte Schlussfolgerungen zu ziehen, wie du sicher weißt, aber ich gebe zu, diese Liste ließ mich nachdenken – wann immer ich sie zur Hand nahm. Legte ich sie aber aus der Hand, vergaß ich fast sofort wieder, worüber ich nachsann. Vielleicht ist es wirklich ein Zauber. Ich nehme an, die Maghai mögen es nicht, wenn man ihre Taten aufschreibt. In Heimlichkeit geschieht doch alles, was sie unternehmen. Sie kommen und gehen, wie es ihnen gefällt, und niemand gebietet über ihr Tun. Ganz im Gegenteil, sie sind es, die selbst die Mächtigen beherrschen können – wenn sie es wollen.«

»Das weiß ich alles, Temu«, behauptete Maru, »doch sag mir, was hat es mit diesem Mann ohne Namen auf sich?«

Temu kratzte sich am Kopf. »Das kann ich dir nicht sagen, doch habe ich eine eigene Liste erstellt. Siehst du?« Er zeigte ihr eine frische Tontafel. »Hier habe ich festgehalten, was über den Namenlosen berichtet wurde. Ich habe es, könnte man sagen, ein wenig geordnet, um mir Übersicht zu verschaffen. Wie du hier siehst, ist er ein Wanderer. Andere Maghai wanderten auch, aber sie kehrten stets in ihre Heimat zurück und blieben oft über Jahre dort. Nicht so dieser Mann. Er wurde zunächst in Awi gesehen, vor etwas über vierzig Jahren. Da trug er den Beinamen ›der Junge‹, doch ist nicht vermerkt, wer sein Meister war oder ob er überhaupt einen hatte. Er ging nach Aurica, dann nach Ulbai, dann den Dhanis hinauf bis nach Serkesch und Scha-Adu. Am Hyrd wurde er das nächste Mal gesehen, doch liegen drei Jahre zwischen diesen Meldungen. Ich nehme an, dass er in der Zeit dazwischen bei den Budiniern oder Farwiern war.«

»Wann war das?«, fragte Maru. Sie war doch vermutlich in Budinien zur Welt gekommen.

»Das ist beinahe dreißig Jahre her, Maru. Er wanderte den Hyrd wohl hinab, kam wieder nach Ulbai, ging nach Awi, dann die Küste entlang, durch Aurica, bis er wieder für einige Jahre das Reich verließ. Ich nehme an, er ging in die Himmelsberge, zu den Imriciern und dann entlang der weißen Salzwüste nach Norden, denn das nächste Mal wurde er in Igaru gesehen. So geht es weiter. Er wanderte von Stadt zu Stadt, nie schien er Ruhe zu finden. Vor siebzehn Jahren schließlich ging er wieder nach Serkesch, damals noch eine sichere Festung des Reiches, zuletzt nach Scha-Adu. Noch etwas ist bemerkenswert. Es kommt oft vor, dass sich die Wege der Maghai kreuzen. Und es gibt Hinweise, dass sie auch von Zeit zu Zeit ein Stück gemeinsam wandern oder sich über viele Monde zu zweit oder gar zu dritt in derselben Stadt aufhalten. Aber dieser hier nicht. Nachdem es mir das erste Mal aufgefallen war, habe ich darauf geachtet. Es scheint so zu sein, dass er seinen Brüdern aus dem Weg ging. Mehr als einmal fand ich einen Hinweis wie hier: *Der Maghai Ufias ging in die Stadt Aqar Bairuti im Dattelmond, im Jahr, da Enlin-Etellu Herr wurde über das Reich. Maghai* – hier fehlt der Name – *brach im Mond zuvor von dort nach Esqu auf.* Es fällt auch auf, dass alle Angaben bei ihm unbestimmter sind als bei anderen. Die Schreiber haben seine Anwesenheit vermerkt, aber sie waren stets unsicher, wann er kam und wann er ging. Ich hoffe, du bist nicht böse, dass ich über diese Tafel deine anderen Aufträge vernachlässigt habe? Wo ich doch gar nicht weiß, ob dies das ist, was du gesucht hast.«

»Nein, Temu, nein, dies ist genau, was ich suchte. Was ist aus diesem Maghai geworden?«

»Er ging nach Scha-Adu, wie ich sagte. Dort verließ er das Reich. Das ist ungefähr siebzehn Jahre her. Befremdlich daran ist, dass er offenbar nicht alleine ging und dass der Schreiber es für wert hielt, das festzuhalten.«

»Er ging nicht alleine?« Marus Herz klopfte bis zum Hals.

»Hier steht geschrieben, dass … Augenblick … ja, da«, Temu räusperte sich: »*Der Maghai* – der Name fehlt wieder – *verließ die Stadt im Trockenmond des fünften Jahres der glücklichen Herrschaft Kaidhan Luban-Etellus. Seine Gefährtin begleitete ihn.*«

»Gefährtin?«, fragte Maru atemlos.

»Ja, seltsam, nicht? Wo doch jeder weiß, dass Maghai keine Frauen an ihrer Seite dulden. Vielleicht hat sich der Schreiber auch vertan und meinte *Magd*, denn die Zeichen für diese Worte sind sehr ähnlich.«

In Marus Schläfen pochte das Blut. Nein, der Schreiber hatte sich nicht vertan. Ihr Vater hatte vor siebzehn Jahren das Reich verlassen. Mit ihrer Mutter. Sie schloss die Augen. Ihre Mutter war tot. Das war fast das Einzige, was sie von ihr wusste. Und dann gab es ein Bild, dass ihr Jalis gezeigt hatte, ein Bild aus ihrer Erinnerung. Schlanke Arme, die sie festhielten. Und der Geruch von Geborgenheit. Sie öffnete die Augen wieder und blickte auf die Tafel. Sie konnte nur verschwommen sehen, eine Träne lief ihr über die Wange. »Ein Name, ist dort der Name der Frau vermerkt?«

»Nein, leider nicht. Es ist auch der jüngste Eintrag, den ich zu diesem Mann finden konnte. Diese Aufstellung wurde vor sieben Jahren abgeschlossen, soweit ich das sehen kann. Es mag eine vierte, jüngere Tafel geben, doch habe ich sie bislang nicht gefunden. Alles in Ordnung?«, fragte Temu besorgt.

Maru war flau im Magen. »Es ist nichts«, behauptete sie. Nun hatte sie gefunden, was sie gesucht hatte – und doch wieder nicht. Sie wusste nun mehr über das Leben ihres Vaters, als sie erwartet hatte, aber weder seinen Namen noch den ihrer Mutter. Vor siebzehn Jahren waren ihre Eltern in Scha-Adu an der Grenze zu Budinien verschwunden. Sie musste dorthin.

Temu kratzte sich am Kopf. »Du hast mir nie verraten, was genau du suchst. Ich glaube aber, ich weiß jetzt, was es ist.«

Maru sah den Schreiber zweifelnd an. Sie hatte ihm aus naheliegenden Gründen nicht verraten, dass sie die Tochter eines Zauberers war.

»Du hast gesagt«, fuhr Temu fort, »dass du einen Maghai suchst und dass dies sehr wichtig für dich ist.« Temu kratzte sich am Hinterkopf und blinzelte unsicher. »Ich muss leider sagen, dass es gewisse Gerüchte über dich gibt, Maru aus Urath, über dich und deinen Onkel.«

»Gerüchte?«

»Ich bin kein Mann, der viel darauf gibt, denn viel wird geredet in den Gassen, und einer hört es falsch und erzählt es falsch weiter, und so wird aus der schönsten Wahrheit schließlich die hässlichste Lüge.«

»Und wie sieht diese Lüge aus?«, fragte Maru, die nicht richtig bei der Sache war. Endlich hatte sie eine Spur zu ihrem Vater gefunden. Keinen Namen, aber eine Spur.

»Mein Schwager ist Schmied, wie du weißt, und die Schmiede haben nichts zu tun, denn es gelangt ja kein Erz mehr in die Stadt. Also sitzen sie beisammen und reden und reden.«

»Und was reden die Schmiede?«

»Sie erzählen von einem Mann aus dem Süden und seiner Nichte, die oft des Nachts die Stadt verlassen. In einem Boot, mit Männern, mit denen man besser nicht zusammen sein sollte, schon gar nicht in der Nacht. Und wenn sie wiederkommen, ist ihr Kahn schwer beladen, mit Dingen, für die hungernde Menschen viel Silber geben.«

Maru zuckte mit den Schultern. »Wir sind nicht die einzigen Schmuggler in Ulbai.«

»Und doch die glücklichsten, was man so hört. Es ist ja wahr, was mein Schwager erzählt, dass es zu Beginn der Belagerung viele gab, die Nahrung aus den Dörfern heimlich in die Stadt bringen wollten. Doch die Große Seeschlange hat es oft verhindert und viele von ihnen getötet. Nur ihr seid immer verschont worden.«

»Wir haben eben Glück«, meinte Maru vorsichtig.

»Mein Schwager, ein Mann, der hässlich denkt, sagt, es kann nur einen Grund für die Männer geben, ein junges Weib mit auf diese Fahrten zu nehmen, nämlich den, dass sie eine Kaschakku ist.

Eine Frau, die die bösen Kulte pflegt und mit der Zermalmerin im Bunde steht.«

»Im Bunde?«, fragte Maru schwach. Ihr dämmerte allmählich, dass das Gerede in den Gassen zu einer Gefahr werden konnte. Maghai waren gefürchtet und respektiert, Kräuterfrauen wurden nicht unbedingt gemocht, aber gebraucht. Kaschakkui jedoch waren jedermann verhasst. Auch sie waren Kräuterfrauen, doch hatten sie dunkle Pfade gewählt. Sie wurden von denen aufgesucht, die Böses vorhatten, denn sie verstanden sich auf allerlei Gifte.

»Ich mag meinen Schwager nicht sehr, wie du weißt, doch kann ich verstehen, dass er das glaubt. Er ist nämlich ein dummer Mensch und glaubt jeden Unsinn, wenn er etwas nicht versteht. Er behauptet sogar, du habest die Awathani hierhergebracht. Dabei weiß doch jeder, dass du erst viele Wochen nach ihr hier eingetroffen bist.«

»Ich hoffe, die Leute wissen wirklich, dass ich erst lange nach der Erwachten hierherkam«, meinte Maru betroffen.

»Ich erwidere es jedem, der so etwas behauptet, was, bis jetzt, noch nicht sehr viele Menschen sind«, erklärte Temu verlegen. »Was ich aber eigentlich sagen wollte, ist, dass ich mir natürlich auch meine Gedanken über dich gemacht habe.«

»Über mich?«, fragte Maru überrascht.

»Natürlich. Es gibt nicht so viele Menschen, die noch hierher kommen, die mir Essen bringen, und die … meine Hilfe suchen.« Temu errötete, als er das sagte.

Er hatte weit ausgeholt – Maru fragte sich, ob er denn nun endlich zum Punkt kommen würde.

»Jedenfalls stimmt es wohl, dass du kein ganz gewöhnliches Mädchen bist, Maru. Es stimmt auch, dass dir auf deinen nächtlichen Fahrten nichts geschehen ist. Und als du mich batest, nach einem mächtigen, aber unbekannten Maghai zu suchen, begann ich nachzudenken.«

Maru wartete ab. Temu blieb umständlich.

»Du hast nämlich eine gewisse Ausstrahlung. Also, ich meine, nicht als Weib«, rief Temu erschrocken, als er Marus irritierten Blick sah. »Also, damit will ich nicht sagen, dass du nicht auch als Weib Ausstrahlung hast, um der Hüter willen. Du bist, soweit ich das beurteilen kann, ein recht hübsches Mädchen, obwohl du die grünen Augen der Hirth hast und manche sagen, das bringe Unglück, aber das meinte ich nicht. Was wollte ich sagen?«

Maru lächelte. »Ich weiß es nicht, Temu.«

»Also, diese besondere Art an dir, das Glück auf euren Schmuggelfahrten, die Tatsache, dass du nach einem Maghai suchst…«, Temu wand sich. »Ich glaube, also ich meine, ich denke, du bist… vielleicht seine Tochter.«

Er hatte lange Anlauf genommen, und seine Gedanken waren weitschweifend und folgten verschlungenen Wegen, aber am Ende hatte er es erraten. Sollte sie es leugnen? Wika hatte ihr mit einiger Berechtigung zu Vorsicht geraten, aber sie betrachtete Temu als Freund. Sie sah ihn nachdenklich an. Er senkte verlegen den Blick und errötete wieder. Schließlich sagte sie: »Du bist klug, Temu.«

»Es stimmt also?«, fragte Temu völlig verblüfft.

»Die Zauberer, die ich traf, sind dieser Meinung. Aber du wirst wissen, dass das eigentlich nicht sein kann, und manche sagen, auch nicht sein darf. Ein Maghai, der ein Kind, noch dazu eine Tochter zeugt! Das verstößt gegen alle Regeln der Bruderschaft. Und genau deshalb muss ich es geheim halten. Und ich hoffe, du kannst es ebenso für dich behalten.«

»Die Tochter eines Maghai«, wiederholte Temu. »Und, ich meine, du verfügst selbst auch über… Zauberkräfte?«, fragte er beinahe ängstlich.

»Natürlich«, erklärte Maru, etwas zu großspurig. Sie fühlte sich erleichtert. Wie einen Mühlstein schleppte sie dieses Geheimnis mit sich herum. Nur wenige wussten davon, und keiner von ihnen war einfach … ein Freund.

»Aber du, du … verwandelst mich nicht in eine Maus, oder?«

Maru lachte laut auf. »Aber Temu, was denkst du nur? Das würde ich nie tun, selbst wenn ich könnte. Und ich kann es nicht.«

»Wirklich? Da bin ich beruhigt«, rief ein sichtlich erleichterter Temu. »Ich wäre selbst nie auf den Gedanken gekommen, aber mein Schwager hat mich vor der Kaschakku gewarnt …«

»Hast du ihm gesagt, dass du das Mädchen kennst, über das er so viel Böses redet?«, wollte Maru wissen.

Temu schüttelte den Kopf. »Nein, ich finde, das geht ihn nichts an. Er würde sich nur noch mehr das Maul zerreißen.«

»Ich glaube, du solltest nicht mehr so viel mit deinem Schwager reden.«

»Du hast recht, du hast völlig recht. Ich werde ihm in Zukunft aus dem Weg gehen, so gut ich kann. Leider bewohnen wir dasselbe Haus.«

»Aber noch einmal, Temu, es muss ein Geheimnis bleiben. Zu niemandem ein Wort über meine Herkunft, auch nicht zu Tasil.«

»Zu deinem Onkel? Aber er wird doch wissen, dass du …«

Maru seufzte. »Er ist doch gar nicht mein Onkel.«

»Ist er nicht? Aber warum …?«

»Das ist eine lange Geschichte. Und ich fürchte, die langen Geschichten müssen bis morgen warten. Ich muss dir danken, Temu, du hast mir sehr geholfen. Dieser Maghai ohne Namen könnte wirklich mein Vater sein, und dank dir habe ich einen Anhaltspunkt, wo ich ihn vielleicht finden kann.«

»Ich bin froh, dass ich dir helfen konnte. Ich hoffe, du verzeihst mir, dass ich darüber deinen anderen Auftrag vernachlässigt habe.«

Maru zuckte zusammen. Utukku. Für einen kurzen, beseelten Augenblick hatte sie vergessen, dass da noch eine Aufgabe vor ihr lag.

»Sieh nur, Temu, ich habe es selbst beinahe vergessen. Dabei ist das viel wichtiger als meine Herkunft.«

»Leider habe ich noch nicht viel mehr über die Daimonen herausgefunden, fürchte ich.«

»Nicht viel mehr, das heißt – du hast etwas gefunden?«, fragte Maru.

»Oh ja, diese Kammer dort unten ist voll mit geheimem Wissen. Doch scheint es so, dass die Daimonen selbst den Weisen des Alten Akkesch ein Rätsel waren.«

»Und was hast du gefunden?«, rief Maru aufgeregt.

»Nur eine Tafel, einen langen und schwierigen Text aus dem Alten Reich. Der Schreiber verwendet viele Worte, die ich nicht kenne, Zeichen, die in Vergessenheit geraten sind, zumindest vermag ich sie nicht zu lesen. Auch ist die Tafel beschädigt, ich fürchte, es fehlt fast die Hälfte.«

Temu begann die entsprechende Tafel zu suchen. Durch die schmalen Schlitze des Bet Schefir drangen ferne Rufe. Maru beachtete sie nicht. »Aber du hast doch wenigstens einen Teil verstanden, oder?« Sollte es dem Schreiber wirklich gelungen sein, an einem Tag Antworten auf beide Fragen zu finden? Sie konnte es kaum glauben.

Temu zog eine gebrannte Tontafel hervor. Sie war rußgeschwärzt, so als habe sie in offenem Feuer gelegen. Maru konnte sehen, dass wirklich ein Stück fehlte, ein großes Stück, denn die untere Kante verlief schräg und steil nach oben.

»Ich weiß nicht, wie zuverlässig dies ist, denn der Verfasser hat seinen Namen nicht darüber gesetzt, was ein schlechtes Zeichen ist«, meinte Temu.

»Aber was schreibt er?«

»Er beginnt mit einer allgemeinen Beschreibung, nennt die mögliche Zahl der Flügel und Schwänze …«

Maru runzelte die Stirn, Utukku hatte nichts davon.

»… und er nennt einige Männer, die im alten Akkesch mit Daimonen Umgang pflegten.«

»Was waren das für Männer?«

»Narren, denn das Volk hat sie erschlagen«, meinte der Schreiber trocken.

»Erschlagen?«, fragte Maru entsetzt.

»Leider schildert die Tafel sehr ausführlich, wie diese Männer starben, und sagt nur wenig über die Daimonen selbst. Ich nehme an, man wollte verhindern, dass andere sich auf diese Wesen einlassen. Hier jedoch steht, Augenblick, ah, hier …« Der Schreiber hatte die gesuchte Stelle gefunden und las: »… *sind sie doch verschieden von uns. Nicht Fleisch sind sie, doch auch nicht völlig ohne Hülle, die jedoch nicht berührt werden kann und selbst Stein durchdringt, als sei er Nebel. Geist sind sie, und ihre Macht beruht nicht auf Kraft, eher darin, dass sie verstehen zu lenken, so können sie Holz wachsen, Stein*… hier ist leider ein Stück unleserlich. Der Absatz endet mit: *Fleisch zu werden, wenn sie begehren.* Ich gebe gern zu, dass ich es nicht verstehe, Maru.«

Viel war es wirklich nicht, wie Maru sich enttäuscht eingestehen musste. Es bestätigte nur einige Vermutungen, die sie selbst angestellt hatte. Sie dachte nach und bekam Kopfschmerzen. Utukkus Bann wirkte. Sie versuchte den Schmerz auszublenden. Flüssiges Gold, hatte Velne gesagt. Das kam ihr in den Sinn. Die Schmerzen wurden stärker. Sie seufzte. »Steht dort … etwas über … Gold?«

»Nein, gar nicht, wieso?«

»Du erinnerst dich an die Tochar, von denen ich erzählte?« Wenn sie nicht an Utukku dachte, war der Schmerz beherrschbar.

»Die Imricier? Aber ja.«

»Es sind Maghai. Sie sagten, dass solche Wesen …«, sie deutete auf die Tontafel in Temus Händen, »verwundbar sind durch … Gold.«

»Gold? Wie soll das gehen? Und wer sollte so verrückt sein, einen Daimon verwunden zu wollen?«, fragte Temu erstaunt.

Maru antwortete nicht. Es dauerte einen Augenblick, dann verstand der Schreiber: »Du? Um Fahs' willen! Du willst einen Daimon bekämpfen? Aber warum? Und wie?«

Das Rufen draußen vor dem Bet Schefir wurde lauter. Es waren Klagelaute. Genau das war die Frage, dachte Maru. Wie sollte das gehen? Die Schmiede konnten jedes Erz schmelzen, Silber, Kupfer, Zinn, Gold. Sie hatten eine Esse und Gehilfen, die den Blasebalg bedienten. Es konnte Stunden dauern, bis das Feuer heiß genug war. Sollte sie etwa eine Esse mit sich herumschleppen? Ein klagender Schrei klang durch die schmalen Fenster.

Temu, der sie immer noch entgeistert anstarrte, war offenbar froh über die Ablenkung: »Sag, Maru, was ist das eigentlich für ein Lärm dort vor der Tür?«

Maru schüttelte die Gedanken an Utukku ab. Es war besser, an etwas anderes zu denken. Der Bann schien seit Utukkus letztem Besuch viel stärker geworden zu sein. Wie sollte sie einen Feind bekämpfen, wenn ihr schon der Gedanke daran Schmerzen bereitete? Es war zum Verzweifeln. Sie seufzte. »Hast du es noch nicht gehört?«, erklärte sie. »Der Kaidhan ist tot.«

»Luban? Tot?« Temu erbleichte. »Fahs steh uns bei! Der Kaidhan? Aber wie ist das möglich?«, rief er erschrocken.

Maru entschied, dem Schreiber nicht die volle Wahrheit zu berichten. »Er wurde ermordet, von Immit Schaduks Frau.«

»Umati? Ich dachte, die sei tot! Aber warum hat sie …?«, rief der Schreiber und vollendete die Frage nicht.

»Das kann ich dir nicht sagen, Temu«, antwortete Maru.

»Fahs steh uns bei, das ist ein finsterer Tag für das Reich. Der Kaidhan tot, die Stadt belagert. Was soll bloß werden?«

»Vielleicht ist dieser Tag nicht nur düster, Temu, denn da ist noch etwas.«

Der Schreiber blickte sie verstört an.

»Der Immit hat vor, noch heute Frieden mit Numur zu schließen.«

Temus Mund klappte auf und nicht wieder zu. Maru versuchte, ihm in Kürze zu erklären, was zuletzt in der Stadt vorgefallen war und was am Abend geschehen würde. Je mehr sie erzählte, desto größer wurden die Augen des Schreibers. Schließlich hob er die Hand. »Hör auf, Maru, ich bitte dich. Das ist zu viel für meinen armen Verstand. Das Reich geteilt? Luban tot? Malk Gerru am Sumpffieber erkrankt? Und Frieden? Ich kann das eine so wenig fassen wie das andere. Was für Zeiten, die ich hier erleben muss!« Temu stand auf. »Entschuldige mich, Maru, aber ich muss einen Tempel aufsuchen. Vielleicht vermögen die Hüter meine Verwirrung zu lindern.«

»Natürlich, geh nur«, murmelte Maru verlegen. Sie hatte dem Schreiber Dinge berichtet, die ihn zutiefst erschüttert haben mussten. Es war falsch gewesen, ihm das so lange vorzuenthalten. Und sie hatte ihm nicht die volle Wahrheit erzählen können.

»Willst du nicht mitkommen in den Tempel, Maru?«

»Nein, vielleicht später, Temu. Doch ich fürchte, ich muss zurück. Ich denke, mein Onkel wird mich erwarten.«

»Dein Onkel, der gar nicht dein Onkel ist?«

»Eben jener, Temu. Vielleicht kann ich dir auch bald erzählen, warum das so ist.«

»Ja, erzähle es mir morgen, nur nicht heute. Mein Herz birst vor Trauer und Schrecken – und nun auch vor Hoffnung. Was für ein Tag.«

Sie trennten sich vor der Tür. Die Straße war voller Menschen – Menschen, die weinten, klagten, sich die Kleidung zerrissen. Maru sah dem Schreiber hinterher. Er hatte recht, was für ein Tag! Und er war noch lange nicht zu Ende.

Die Stadt war in Aufruhr. Der Kaidhan war tot, erschlagen vom verfluchten Halbblut Umati, Schaduks dritter Frau, so lief es durch die Straßen. Aber wenn der Kaidhan tot war, wer sprach dann für die Menschen zu den Göttern? Was sollte jetzt aus der Stadt werden? Überall standen Gruppen von Menschen zusammen. Sie sprachen durcheinander oder weinten gemeinsam, ohne Ansehen der Herkunft. Da waren Sklaven ebenso tief erschüttert wie die Frauen der Verwalter, Handwerker ebenso fassungslos wie Priester. Aus reiner Neugier, oder vielleicht auch, weil es sie nicht wirklich nach Hause zog, nahm Maru nicht den kürzesten Weg, sondern folgte der Hauptstraße. Sie war voller Menschen. Durch das kydhische Tor strömten die Bewohner der Weißen Seite in die Oberstadt, die kleinen Verwalter und reicheren Handwerker. Sie kamen mit ihren Frauen, Kindern und auch Dienern und Sklaven. Als Maru am Edhil-Platz angekommen war, sah sie, dass auch von der Schwarzen Seite hunderte und aberhunderte durch das Etellu-Tor drängten. Sie hätte nicht gedacht, dass sie die Gassen der Stadt je so voll sehen würde. Selbst die Fieberkranken strebten in die Tempel, um dem toten Luban ein Opferfeuer zu entzünden. Luban, der Segensreiche, Luban, der gütige Vater der Stadt, Luban, dessen letzter Atemzug dem Frieden gegolten hatte. Denn das war die andere Nachricht, die durch die Gassen schwirrte: Es würde Frieden werden. Luban hatte seinen Stolz überwunden und in der letzten Stunde seines strahlenden Lebens einen Friedensvertrag besiegelt. Was für eine Tat! Was für ein Verhängnis, dass er selbst die Frucht seines erhabenen Handelns nicht mehr ernten konnte. Maru quetschte sich am Rand des Platzes entlang und war froh, als sie in die Straße der Richter einbiegen konnte. Sofort wurde es ruhiger. Das Geschrei der drängenden Menge verebbte. Gruppen von Menschen kamen ihr entgegen, die sie verwundert anstarrten, denn sie war die einzige, die offensichtlich nicht in Richtung der Tempel unterwegs war. Das

Haus des Richters lag still in der Morgensonne. Von außen war nicht zu erkennen, ob Tagor Xonaibor und seine Leute drinnen warteten. Maru ging mit gemischten Gefühlen hinein. Warum war sie überhaupt hier? Sollte Tasil doch sehen, wie er ohne sie zurechtkam. Kam sie etwa nur zurück, weil sein Zauber das erforderte? Aus der Küche drang das Klappern von Geschirr. Jemand aß sehr geräuschvoll. Tasil war es nicht, das hörte sie. Sie wusste natürlich, warum sie hier war: Sie musste herausfinden, was ihr Onkel vorhatte. Er hatte die Iaunier notgedrungen in seine Pläne einbezogen. Der Tagor verfügte über ein schnelles Schiff und fünfzig Männer. Das war etwas, das sie nicht außer Acht lassen durfte. Tagor Xonaibor war ein Mann, der wusste, was er wollte. Frieden gehörte nicht dazu. Es war einer seiner Leute, der in der Küche saß und Hirse aus einer Tonschale kratzte. Maru kannte ihn. Es war Noitilomor, der Steuermann des Schiffs, ein enger Vertrauter des Tagors.

»Ich grüße dich«, begann Maru, als sie den Raum betrat.

»Diese Küche mag schön sein, doch eure Vorratskammer ist wirklich armselig eingerichtet. Nicht einmal Brotbier gibt es in diesem Haus«, meinte der Mann schmatzend.

»Es tut mir leid«, antwortete Maru trocken, »wenn du willst, kannst du in der Nachbarschaft nachsehen, ob du da mehr findest.«

Der Iaunier leckte mit der Zunge über seine Zähne und grinste dann breit. »So empfindlich, Kleine?«

Maru ging nicht darauf ein. »Ich suche meinen Onkel, hast du ihn gesehen?«

»Gesehen habe ich ihn, das ist jedoch schon eine ganze Weile her.«

»Und wo ist er hin?«

Der Iaunier lehnte sich zurück und streckte die Beine aus. Dann scheuchte er gemächlich eine Fliege von seinem Bauch. »Es geht doch nichts über eine gute zweite Mahlzeit am Tag, nicht wahr?« Offenbar wollte Noitilomor zeigen, dass er jetzt der Herr in diesem Haus war.

»Wo ist Yalu?«, fragte Maru. Sie wollte sich nicht aus der Ruhe bringen lassen.

»Wer?«

»Unser Diener. Er ist stumm, aber dennoch erscheinen mir Unterhaltungen mit ihm viel erfreulicher als mit dir.«

»Oho, die Kleine wird ja richtig frech!«, rief der Iaunier, so als wären dort andere, deren Beifall er erheischen konnte.

Maru beschloss, auch darauf nicht einzugehen, verließ die Küche und rief laut nach dem Sklaven, doch er zeigte sich nicht. Sie sah in seiner Kammer nach und lief über den Innenhof. Der Brunnen plätscherte friedlich vor sich hin. Das erinnerte sie daran, dass sie immer noch nicht wusste, wie sie den Daimon bezwingen sollte. Flüssiges Gold? War damit vielleicht etwas anderes gemeint? Warum hatte sie die Maghai nicht weiter gefragt? Aber hätten die es ihr gesagt? Noitilomor folgte ihr gemächlich, lehnte sich in einen Torbogen des Innenhofs und sah ihr grinsend zu, wie sie vergeblich Kammer für Kammer absuchte. Tasils Kammer war verschlossen. Sie klopfte gegen die Tür. Es blieb still. Wenn jemand dort drinnen war, dann rührte er sich gewiss nicht mehr. Maru drehte sich um. Noitilomors Grinsen schien den ganzen Hof auszufüllen. Nun, wenn er es so haben wollte. Sie schlenderte gemächlich auf ihn zu und legte ihm die Hand auf den Arm.

»Sag, guter Noitilomor, wo finde ich Yalu?«, fragte sie, und über diesem schlichten Satz schwebte die Zauberstimme, die dem Iaunier sagte, dass ihn auf der Welt nichts glücklicher machen würde, als diesem Mädchen bestmögliche Auskunft zu erteilen.

Der Iaunier runzelte verunsichert die Stirn. Dann glättete sie sich, und er lächelte. »Er ist im Tempel, glaube ich.«

»Und geht es ihm gut? Ihr habt ihm doch nichts getan, oder?«

Maru achtete darauf, freundlich zu bleiben. Sie dachte an das, was Agir widerfahren war. Sie wollte niemanden verletzen.

»Er ist wohlauf«, antwortete Noitilomor langsam.

»Und mein Onkel, wo finde ich den?«

»Er ist im Bet Kaidhan, beim Immit.«

Das war naheliegend. Aber vielleicht war es gar nicht nötig, dass sie ihn aufsuchte. Noitilomor wusste doch sicher auch das eine oder andere über die Pläne, die Tasil und der Tagor geschmiedet hatten. Sie lächelte noch freundlicher, und dann fragte sie den Steuermann aus. Noitilomor erzählte ihr, was er wusste, was zu Marus Bedauern nicht sehr viel war. Die *Schwinge*, das schnelle Schiff der Iaunier, würde sich an diesem Abend zum ersten Mal aus dem Fenn herauswagen. Im Grauen Dhanis sollte sie auf ein Zeichen warten. Welcher Art dieses Zeichen war oder was danach geschehen sollte, darüber wusste der Steuermann nichts. Maru dachte nach. Es war gefährlich für die Iaunier, sich im Fluss zu zeigen. Die Ulbaitai verfügten immer noch über Schiffe, und das war noch die geringste Gefahr. Der Graue Dhanis war tief, bis an seine Ufer heran. Es war schwer, dort eine seichte Stelle zu finden, die für die Awathani nicht erreichbar war. Wenn Tagor Xonaibor so viel wagte, dann musste es sich lohnen. Worauf hatte er es also abgesehen? Dann fiel es ihr wie Schuppen von den Augen. Natürlich! Das Lösegeld! Abeq Mahas hatte reiche Auslösung in Silber, Eisen, Gold und Bernstein verlangt. Das musste es sein! Aber diese Kostbarkeiten würden doch sicher schwer bewacht werden. Tasil brauchte mehr als ein Schiff, um seine Hand auf diesen Schatz zu legen, und er hatte doch sicher auch dafür schon einen Plan. Aber wenn der Schatz geraubt würde – würde dann der Friedensvertrag noch zustande kommen? Oder würde Tasil den Frieden in letzter Sekunde verhindern? Maru biss sich auf die Lippen. Es kam wohl darauf an, wann der Schatz verschwand. Oder? Maru wurde es heiß und kalt. Sie begriff, dass das Schicksal der Stadt am seidenen Faden hing. Und Tasil hatte das Messer, diesen Faden zu durchtrennen. Sie fragte den Steuermann noch einmal, aber er wusste einfach nicht mehr. Also schickte sie ihn zurück in die Küche, und der Mann gehorchte, glücklich, ihr geholfen zu haben. Maru fragte sich, wann er merken würde, was mit ihm geschehen war. Die Zauberstimme wirkte nicht ewig nach. Nun, darauf kam es jetzt nicht mehr an. Es war beinahe schon Mittag, und die Zeit wurde knapp. Wohin jetzt? Tasil. Er war der Einzige, der wirklich wusste, was am Abend geschehen würde. Sie seufzte. Da draußen lauerte ein Daimon, der ein ganzes Volk vernichten wollte, war das nicht genug? Musste sie sich jetzt auch noch darum kümmern, was ihr so genannter Onkel plante? Sie war sich ziemlich sicher, dass er selbst Tagor Xonaibor nicht in alle seine Winkelzüge eingeweiht haben würde. Würde er ihr mehr vertrauen? Sie bezweifelte es. Es war sehr bedauerlich, dass sie bei ihm die Stimme nicht anwenden konnte, aber das würde er natürlich sofort bemerken. Und er durfte doch auf keinen Fall Verdacht schöpfen.

Das Haus des Schlachters

Bedenke während deines Gebetes, mit wem du sprichst.

Kydhische Weisheit

Maru verließ das Haus und lief zum Bet Kaidhan. Auf dem Edhil-Platz war das Gedränge immer noch unübersehbar, und bei den Toren war es am schlimmsten. Die Ersten hatten ihre Opfer gebracht und wollten wieder zurück in die Unterstadt, doch von unten drängten immer noch viele Menschen nach. Das Jammern und

Klagen schien noch lauter geworden zu sein. Maru hörte aber auch einige neue Töne: Zu der Zerrissenheit zwischen Trauer und Hoffnung hatte sich Wut gesellt. Umatis Name wurde verflucht, und manch einer bedauerte, dass sie bereits tot war, so dass sie ihrer gerechten Bestrafung durch Lubans Kinder, die Ulbaitai, entging. Und einmal hörte Maru auch die Frage, wie denn die Frau überhaupt in die Stadt gelangt sei. Sie zwängte sich weiter voran durch die Menge, wurde geschoben und schob selbst, die hohen Mauern des Bet Kaidhan vor Augen. Ihr blieb keine Wahl, denn die Tempel lagen dem Herrscherhaus gegenüber, und wer zu dem einen oder dem anderen Gebäude wollte, musste durch das Nadelöhr des Tempel-Tors. Maru sah zwei weißgekleidete Priester, die sich bemühten, die Menge irgendwie zu lenken, doch sie erreichten wenig. Maru schob sich weiter voran, wurde zurückgedrängt und kämpfte sich wieder vor. Hinter dem Tor ragte der Schirqu, der Stufentempel von Ulbai, in den Himmel. Er war noch größer und erhabener als der, den sie in Serkesch bewundert hatte, aber der Aufbau war der gleiche: Das Erdgeschoss gehörte Brond, darüber folgte der Tempel der Alwa. Die dritte Stufe war der Erdgöttin Hirth gewidmet. Zwei lange Treppen führten bis ganz nach oben, zum Tempel des Fahs. Die Eingänge zu den jeweiligen Gotteshäusern lagen zwischen diesen Treppen. An ruhigeren Feiertagen mochte das die Ströme der Gläubigen hinauf und hinunter lenken, aber dies war kein Feiertag. Maru sah viel zu viele Menschen, die sich dort empordrängten. Es war beängstigend. Sie hatte das weiß gemauerte Tor endlich durchquert, als plötzlich zu ihrer Rechten helle Stimmen laut aufschrien. Und dann stürmten Dutzende Menschen über die breiten Stufen des Bet Kaidhan hinab, rannten, warfen sich in das Gedränge und schlugen verzweifelt um sich. Krieger verfolgten sie. Die Menge stockte, es war, als hätte sie ein plötzlicher Schlag getroffen. Die Menschen versuchten, den Verzweifelten auszuweichen, jemand stolperte, fiel, und andere fielen über ihn, eine jähe Welle schwappte durch die breite Straße. Einer fiel über und auf den anderen, versuchte auf den Füßen zu bleiben oder davonzulaufen. Doch es gab keine Flucht aus dieser steinernen Schlucht. Maru fand sich plötzlich am Rand des Geschehens wieder. Die Welle hatte sie nicht erfasst, und sie konnte sich an einer Säule des Bet Kaidhan festhalten. Die Krieger, die den Fliehenden nachjagten, verschlimmerten die Lage noch, indem sie die Unbeteiligten mit den Schäften ihrer Speere auseinanderzutreiben suchten. Ein aussichtsloses Unterfangen, denn es war einfach kein Platz, um auszuweichen. Oben an der Treppe erschien die gedrungene Gestalt von Upnu, dem Schab-ut-Schabai. Er blickte über das undurchdringliche Gewimmel der Menschen zu seinen Füßen und schien für einen Augenblick ratlos. Unten hatte sich die Lage schon wieder geändert. Die Welle zog eine Fluchtbewegung nach sich. Wie unter einem unsichtbaren Befehl teilte sich die Menge: Ein großer Teil versuchte, in den Tempel des Brond zu flüchten, ein anderer wollte durch das Tor entkommen. Auf den Stufen des Schirqu entstand große Verwirrung. Die einen wollten nach oben, andere hinunter. Es wurde geschoben und gedrängelt. Menschen stürzten, einige fielen von den Stufen auf das nächsttiefere Stockwerk, mitten hinein in die Menge, die sich vor den Eingängen staute und nun mit Macht hineinstrebte. Doch dies war der Schirqu von Ulbai, kein hastig zusammengezimmerter Tempel wie in Numurs Lager. Hier wurden die Riten eingehalten, und gewöhnliche Sterbliche waren zu unrein, um das Heiligste der Tempel zu betreten. Das war allein den Priestern vorbehalten. Und diese trieben die hineindrängenden Gläubigen mit Stockschlägen wieder hinaus. Schreie und Flüche hallten zwischen Bet Kaidhan und Schirqu hin und her. Von draußen, vom Edhil-Platz, schoben ahnungslos immer noch weitere Trauernde nach. Die Krieger waren dazwischen, schlugen auf die Menge ein, trieben sie auseinander und zusammen und wieder auseinander. Es war, als sei eine Herde Rinder in Aufruhr geraten, und die Hirten schickten sich an, alles nur noch schlimmer zu machen. Jemand krallte sich in Marus Gewand fest, bevor er dann doch davongerissen wurde. Die Speerträger griffen hier einen und dort einen anderen Menschen aus der Menge. Upnu brüllte, doch seine Schreie gingen in dem ungeheuren Lärm unter. Maru klammerte sich fester an die Säule. Sie sah, wie Menschen niedergetrampelt wurden, ein schrecklicher Anblick. Upnu brüllte sich die Seele aus dem Leib. Er formte mit seinen Händen einen Trichter vor dem Mund, um seine Rufe zu verstärken. Jetzt übertönte er die vielfältigen Klagen und Schreie. »Zurück, zurück, ihr Söhne von Echsen. Nehmt, wen ihr habt, und lasst die anderen. Zurück!«

Es dauerte eine Weile, die Maru endlos erschien, bis auch der letzte Krieger den Befehl verstanden hatte. Die Speerträger ließen von der Menge ab und zogen sich zurück. Einige zerrten einen Mann oder eine Frau hinter sich her. Maru sah genauer hin. Die Unglücklichen trugen die Lederbänder der Sklaven um den Hals. Erst allmählich beruhigte sich die Lage. Die Gestürzten halfen sich gegenseitig auf die Beine. Für einige jedoch kam jede Hilfe zu spät. Maru wandte sich ab. Die Sklaven wurden oben zusammengetrieben. Sie ahnte, was hier gerade geschah. Neben ihr hatte sich ein Mann an die Säule gepresst, der Kleidung nach ein Handwerker. »Was ist hier geschehen, ehrbarer Meister?«, fragte sie ihn.

»Die Sklaven. Das letzte Haus wird schon errichtet. Aber sie wollen wohl nicht verbrannt werden«, antwortete er knapp.

Das letzte Haus. Maru erinnerte sich an diesen alten kydhischen Brauch. Der Herrscher wurde mitsamt seinen Besitztümern verbrannt. Die Akkesch beriefen sich auf diesen Brauch, auch wenn sie ihn stark abgewandelt hatten. Der Leichnam des Kaidhans würde nicht verbrannt werden, wohl aber seine Sklaven. Tasil hatte ihr einmal den wahren Grund erklärt: Der neue Herrscher sollte wissen, dass er sich auf jeden seiner Sklaven unbedingt verlassen konnte, selbst bei Fragen von Leben und Tod. Am liebsten hätte sie sich umgedreht und wäre davongelaufen, doch sie war immer noch auf der Suche nach Tasil. Sie lief die Treppe empor, und obwohl sie sich vor der Antwort fürchtete, rief sie: »Edler Schab Upnu, was geht hier vor?«

»Ah, Maru, ich hoffe, du bist nicht verletzt.«

»Ich nicht, aber viele andere dort unten brauchen Hilfe, edler Schab.«

Upnu blickte angewidert auf das Gewirr von Körpern herab. »Ich würde meine Krieger schicken, doch die würden es wohl nur noch schlimmer machen«, meinte er trocken.

»Aber was ist denn geschehen?«, fragte Maru noch einmal.

»Nun, diese närrischen Sklaven wissen, was ihnen bevorsteht. Doch sind einige unter ihnen, die sich diesem Schicksal nicht stellen wollen. Drei rannten davon, und wie die Schafe folgten ihnen viele. Nun werden wir sie wohl in die Festung sperren müssen, bis das letzte Haus errichtet ist.« Er wandte sich an einen Schab Eschet. »Lasst die anderen für heute laufen. Sie kommen nicht aus der Stadt und werden bald einsehen, dass sie ihrer Bestimmung nicht entgehen können. Sollten sie dennoch nicht freiwillig zurückkehren, so können wir sie noch in den nächsten Tagen suchen.«

»Ich gehorche, Herr«, antwortete der Schab.

»Ihr wollt all diese Menschen verbrennen?«, entfuhr es Maru.

»So will es das Gesetz«, entgegnete Upnu mit einem Achselzucken. »Aber bist du hier, um über Sklaven zu reden, Mädchen? Oder kommst du, um für Luban zu beten?«

Das Unglück der Sklaven schien den Schab völlig kaltzulassen. Maru schauderte es, und sie fragte sich, welche Rolle Upnu in der Verschwörung des Immits gespielt hatte. Wusste er, dass Umati in eine Falle gelockt worden war? Wusste er, dass auch Malk Gerru dem Tode geweiht war und Uschparu die Macht ganz an sich reißen würde? War er nur Mitläufer, oder war er eine treibende Kraft? Doch diese Fragen konnte sie schlecht stellen. Stattdessen sagte sie nur: »Ich suche meinen Onkel, edler Schab.«

»Den Urather? Er war hier, doch hat ihn Uschparu mit wichtigem Auftrag zu Abeq Mahas geschickt. Der Vertrag ist vereinbart. Du kannst dich freuen, Mädchen, heute Abend wird das Ende des Krieges besiegelt, und dein Onkel wird reiche Belohnung empfangen.«

Sie hatte Tasil also wieder verpasst. Sie stutzte. »Ist er mit dem Boot gefahren?«

»Wie sonst?«, fragte Upnu. »Die Brücke ist zwar erstaunlich weit gediehen, doch noch lange nicht fertig.«

Tasil hatte sich ohne sie auf den Fluss gewagt? War er so in Eile, dass er dieses Wagnis einging? Irgendetwas stimmte da nicht. »Hat er nach mir gefragt, edler Schab Upnu?«

»Nach dir? Nicht, dass ich wüsste. Hängst du so an deinem Onkel, dass du nicht einmal einen halben Tag ohne ihn auskommst?« Upnu lachte. »Vielleicht solltest du die Zeit nutzen und zu den Göttern sprechen. Es sind gefährliche Zeiten, und das Reich ist ohne Kaidhan.«

Er sagte das, als habe er mit der Ermordung Lubans gar nichts zu tun, dann drehte er sich um und rief einigen Schabai in der Nähe Befehle zu. In der Straße waren einige Priester erschienen, die für Ordnung sorgten. Was sollte Maru nun tun? Tasil war fort, auf der anderen Seite des Flusses. Sie würde vorerst also nicht erfahren, welche gefährlichen Pläne er hegte. Würde er so weit gehen, den Friedensvertrag zu Fall zu bringen, wenn dieser seiner Beute im Weg war? War er wirklich so skrupellos? Sie kannte die Antwort, zögerte aber, sich das einzugestehen. Lag das vielleicht auch am Zauber der Treublatt-Beeren? Sie seufzte. Da gab es ja eine weitere, noch wichtigere Aufgabe, und sie hatte immer noch keine Ahnung, wie sie die bewältigen sollte. Ihr sank der Mut. Da entdeckte sie unten in der Straße etwas Bemerkenswertes, einen Wanderstab, der das Gedränge teilte und sich langsam, aber stetig vorwärts bewegte. Es schien, als seien die Menschen bemüht, ihm Platz zu machen. Maru reckte sich. Für einen Augenblick hoffte sie, es sei Velne, aber dann sah sie, dass es Biredh war. Biredh war ein weiser Mann, rätselhaft, aber voller Wissen. Vielleicht hatte er einen Rat oder sogar eine Geschichte über Daimonen für sie. Eine Geschichte, die ihr vielleicht sogar helfen würde, Utukku zu besiegen. Das war ihre Hoffnung. Sie sprang die Treppen hinab, ohne sich von Upnu zu verabschieden. Der Blinde hatte das Gedränge nun beinahe hinter sich gelassen. Er bewegte sich zielstrebig zwischen Gruppen von Menschen, die bereits ihre Opfer dargebracht hatten und nun mit anderen Ulbaitai über Glück und Unglück dieses Tages redeten: Frieden – aber der Kaidhan tot. Rettung und Verhängnis am selben Tag. Die Stadt gerettet und doch führerlos. So schwirrte es durch die Gassen. Einmal hörte Maru auch die Vermutung, jemand müsse der verfluchten Mörderin in die Stadt geholfen haben, jemand, den es zu finden und zu bestrafen galt. Und sie hörte, wie jemand das Wort *Kaschakku* flüsterte. Maru schlüpfte zwischen den Gruppen hindurch und hatte den Alten schließlich eingeholt.

»Biredh, warte!«, rief sie.

Der Blinde blieb stehen und drehte sich um. »Maru Nehis? Bist du das?«, fragte er lächelnd.

»Als wenn du das nicht wüsstest«, antwortete Maru.

»Nun, vielleicht wusste ich es, vielleicht nicht. Doch freue ich mich, dich zu treffen. Was machst du hier?«

»Ich suche meinen Onkel Tasil, doch wie ich erfahren habe, ist er wohl auf der anderen Seite des Flusses.«

»Er ist immer da, wo er nicht sein sollte«, meinte der Blinde lächelnd. »Und willst du ihm jetzt hinterherjagen, Maru Nehis?«

»Wie? Nein, aber sag, wie bist du hierhergekommen?«

»Die Brücke, sie ist fast fertig, und ein überaus tapferer Krieger der Serkesch war bereit, mich die wenigen Schritte, die noch zum Ufer fehlten, im Boot zu rudern. Ich sage dir, ich hörte seine Knochen klappern, während er ruderte«, behauptete der Alte.

»Wie ich sehe, hat dich die Erwachte nicht geholt.«

»Ja, wir hatten Glück. Sag, Maru Nehis, willst du mich nicht begleiten? Ich habe etwas zu erledigen und könnte deine Führung gebrauchen.«

Natürlich war Maru sofort bereit, Biredh zu helfen, wartete sie doch auf eine Gelegenheit, ihn abseits der Menge ihrerseits um Hilfe zu bitten. »Wohin soll ich dich führen, Biredh?«

»Ins Bet Tabihu«, erklärte der Alte ruhig.

Maru starrte ihn ungläubig an. Bet Tabihu, das *Haus des Schlachters*, so nannten die, die ihn hassten, den Tempel Strydhs.

»Du willst in den Tempel des Kriegsgottes?«

»Ist das zu weit für dich?«, fragte Biredh mit mildem Spott.

Natürlich war es das nicht. Biredh legte seine Hand auf ihre Schulter, und sie führte ihn die Hauptstraße entlang. Schnell wurde es ruhiger, die Grüppchen der aufgeregten Ulbaitai wurden weniger, und schließlich waren sie allein in der breiten Gasse. An den Schirqu schloss sich ein umfangreicher Tempelbezirk an. Dort wohnten die Priester, und es gab kleine Nebentempel und Schreine für die niederen Götter. Der Tempel des Kriegsgottes lag allerdings etwas abseits, nahe der Festung. Maru hatte ihn am Vorabend gesehen.

»Warum willst du zu Strydh?«, fragte Maru.

»Er ist ein mächtiger Gott. Sind wir nicht bald dort?«

»Doch, da vorne ist es.«

Biredh seufzte. »Wie ein Lauffeuer ging die Nachricht herum, dass der Kaidhan tot sei und dass der Immit sich endlich unterwirft. Viel Grund zu jubeln für die Serkesch, möchte man meinen, doch auch sie haben den Kaidhan, oder doch mindestens den ererbten Titel, hoch geachtet. Und viele von ihnen trauern heimlich um ihn.«

»Doch du nicht?«, fragte Maru.

»Mein Herz ist voller Trauer, Maru Nehis, doch nicht nur um Luban, sondern auch um all die anderen, die starben. Die schöne Umati zuletzt. Und ich wage noch nicht zu glauben, dass sie wirklich die letzte Tote in diesem unseligen Bruderkrieg war. Wusstest du, dass Numur verlangt, dass ihr Leichnam ihm übergeben wird?«

»Er will ihre Leiche?«, rief Maru entsetzt.

»Es fällt ihm wohl schwer, zu glauben, dass sein Albtraum wirklich tot ist.«

Sie hatten den Tempel Strydhs erreicht. Die rote Doppelaxt schimmerte matt in der Mittagssonne. Eine dürre Gestalt erhob sich im Schatten des schmucklosen Eingangs. »Halt«, krächzte sie, »dies ist der Tempel des Kriegsgottes. Nur Kriegern ist der Zutritt gestattet.«

Es war ein alter Priester, doch hatte er wohl nie ein hohes Amt bekleidet: Es lagen noch beide Augen in ihren Höhlen. Maru wusste, dass die Abeqai Strydhs, die zu alt für die Rituale im Tempel waren, dem Gott bis zu ihrem Tod mit niederen Arbeiten dienten.

»Und willst du mir den Eingang verweigern, ehrwürdiger Abeq?«, fragte Biredh und sah den Mann mit leeren Augenhöhlen an.

»Nein, dir nicht, denn du siehst aus, als hättest du viele Kämpfe bestanden. Doch dieses junge Weib hat trotz ihrer Verkleidung dort nichts verloren. Oder hast du etwa schon einen Kampf ausgefochten oder gar einen Mann getötet, Weib?« Der Priester lachte heiser.

Maru antwortete ruhig: »Das habe ich, ehrwürdiger Abeq.« Das stimmte streng genommen nicht ganz, denn der einzige Feind, von dem sie sicher wusste, dass sie ihn getötet hatte, war ein Koloss aus Ton im Grab von Raik Utu gewesen. Sie sah aber nicht ein, sich von diesem Mann aufhalten zu lassen.

Der Priester blickte sie verdattert an. Dann machte er Platz. »Ich sehe dir an, dass du die Wahrheit sprichst, Kriegerin. Verzeih meine Blindheit. Strydh erwartet dich.«

»Er hat mich Kriegerin genannt«, murmelte Maru, als sie den Tempel betraten.

»Wie sollte er dich sonst nennen? Maghai?«

»Biredh, bitte!«

»Du hast recht, das ist nicht der Ort für alberne Scherze.«

Maru war zum ersten Mal in einem Tempel, der ausschließlich dem Kriegsgott gewidmet war. Sie war beeindruckt. Die Wände waren dunkel, fast schwarz. An der Stirnwand prangte die rote Doppelaxt. Doch war sie nicht gemalt, sondern offenbar aus Kupfer geschmiedet. Durch die Decke wurde Licht auf eine Statue des Gottes in der Mitte des hohen Saals gelenkt. Er trug einen großen Helm. Da das Licht fast lotrecht einfiel, blieb das Gesicht der Figur im Schatten. Das verstärkte den Eindruck der Finsternis noch. Außer ihnen schien kein Mensch anwesend zu sein, nicht einmal ein Priester. Es gab im Tempel Strydhs kein Heiligstes, keinen Raum, den nur Priester betreten durften, das wusste Maru. Der Kriegsgott hatte keine Angst davor, dass diejenigen, die zu ihm beteten, seinen Tempel verunreinigen konnten.

»Was wollen wir hier?«, fragte Maru leise.

»In der Stadt und im Lager werden viele Opfer gebracht. Doch keines für Strydh. Die Leute beten zu den Hütern, zu Edhil und zu Etellu, manche sogar zu Dhanis. Doch wer besänftigt den Kriegsgott? Ich hoffe, meine bescheidene Gabe stimmt ihn gnädig und er lässt zu, dass Frieden wird.« Biredh fasste in seinen weiten Umhang und zauberte einige Datteln hervor. »Es ist nicht viel, doch alles, was ich habe. Lege es bitte für mich in die Opferschale, Maru Nehis. Und dann lass uns beten.«

Maru erfüllte seinen Wunsch. Dann stellte sie sich stumm neben Biredh, der lautlos die Lippen bewegte und sein Gebet nach einer Weile mit einer Verbeugung beendete.

»Und du, hast du keine Bitte an die Götter?«

»Ich weiß nicht, wie man zu Strydh betet«, antwortete Maru verlegen.

Biredh lächelte. »Sag, was dir einfällt, doch bleibe höflich. Seine Geschwister, die Hüter, mögen schlafen, aber Strydh ist hellwach.«

Maru verneigte sich, grüßte den mächtigen Gott, wie es Biredh auch getan hatte, und murmelte: »Vergib mir, wenn ich nicht die richtigen Worte finde, aber ich bete das erste Mal zu dir, Strydh.« Dann wusste sie nicht weiter. Schließlich bat sie ihn einfach, er möge dem Frieden keine Steine in den Weg legen. Am Ende fügte sie lautlos hinzu: *Und, wenn du Zeit hast, dann steh mir bei, denn auf mich wartet bald ein schwerer Kampf, mächtiger Strydh*, schloss sie. Dann verneigte sie sich.

»Kampf? Mit wem, Maru Nehis?«, fragte Biredh.

Hatte er etwa verstanden, was sie – lautlos – gesagt hatte?

»Ich kann nicht darüber reden, Biredh ... doch ist es immer noch derselbe Feind wie im Fenn.«

»Ah, der Schatten. Dann hoffe ich sehr, dass der Kriegsgott auf deiner Seite ist, denn ich kann mir nicht vorstellen, dass dein Onkel dir in dieser Schlacht beistehen wird.«

Maru seufzte, der Erzähler hatte natürlich recht. Tasil war wirklich kein Feigling, aber er hatte eine Abneigung gegen Kämpfe mit ungewissem Ausgang, wenn es nichts zu gewinnen gab.

»Ich hatte gehofft, du würdest mir vielleicht helfen können, Biredh.«

»Ich? Ein Blinder?« Er lachte laut. Das Echo hallte von den leeren Wänden des Tempels wider. »Soll ich etwa für dich zu einem Schwert greifen, Maru Nehis?«

»Nein, natürlich nicht. Ich … ich dachte, du weißt vielleicht etwas, das mir weiterhilft, eine Geschichte, irgendetwas.«

»Über einen Daimon?« Biredh stützte sich auf seinen Stab. »Es gibt nicht viele Geschichten über sie. Die eine oder andere, in der sie erwähnt werden, vielleicht. Wie die vom Marsch der Akkesch.«

»Ich weiß, Etellu bannte einen Daimon«, seufzte Maru.

»Ich dachte mir schon, dass du sie kennst, denn sie wird oft erzählt, doch selten in voller Länge, was bedauerlich ist. Es ist eine wirklich gute Geschichte, weißt du?«

»Und keine andere?«

»Es gibt Spottgeschichten, in denen behauptet wird, die Alfskrols seien dumm und leicht zu übertölpeln. Doch nicht die Daimonen, sondern diese Erzählungen sind dumm, kein Körnchen Wahrheit wirst du darin finden, fürchte ich.« Biredh schwieg. Ein Ausdruck von Kummer schlich über sein Gesicht, dann sagte er: »Ja, eine gibt es doch, aber die ist tragisch, und ich mag sie nicht erzählen.«

Doch Maru bat so lange, bis Biredh schließlich einwilligte. »Nun gut, sie passt an diesen Ort, der, wie ich annehme, sehr düster ist.«

»Das ist er«, bestätigte Maru. Für eine traurige Geschichte waren die rußgeschwärzten Wände von Strydhs Tempel ein wirklich hervorragend geeigneter Ort. Sie fragte sich, ob es statthaft war, im Hause des Kriegsgottes eine Geschichte zum Besten zu geben. Andererseits – warum sollte nicht auch Strydh einer guten Erzählung lauschen wollen?

»Es ist eine Geschichte vom Helden Tiuf, doch ist sie anders als die meisten, die du kennen wirst, denn diese …«, Biredh räusperte sich, »… ist die letzte, die von ihm berichtet.« Und dann erzählte Biredh, wie der Held, der schon begann, die Last des Alters zu spüren, auf seinen Wanderungen in ein fernes Land weit im Süden kam. »Es lag dort eine Stadt, deren Name vergessen ist. Ihr Herrscher war mächtig und bewandert in Künsten, die ein Sterblicher meiden sollte. Einmal, als ein fremdes Heer seine Stadt bedrohte, rief er einen Daimon um Hilfe an und versprach ihm als Lohn seine Tochter. Der Daimon besiegte die Feinde, doch der Herrscher versuchte, ihn zu betrügen, und gab ein Sklavenmädchen als sein Kind aus. Der Alfskrol nahm das Opfer an, aber dann durchschaute er den Betrug. Da wurde er zornig, und er begann, die Stadt mit seiner Rache zu überziehen.«

Die Stimme des Alten hallte von den kahlen Wänden. Maru hörte zu. Sie vergaß, warum sie diese Geschichte hatte hören wollen, der Erzähler schlug sie mit seiner Stimme in den Bann. »Als Tiuf, müde von langer Wanderung, in jener Stadt eintraf, verheerten Stürme die Felder, und Blitze setzten Tempel und Häuser in Brand, denn der Daimon war ein Meister der Winde und Stürme, ein Wesen der Luft. Der Herrscher bat den berühmten Helden um Hilfe. Er solle die Tochter, die dem Daimon versprochen war, bekommen, falls es ihm gelänge, den Wütenden zu töten. Und der Held Tiuf willigte ein. ›Gern will ich für diesen Preis den Kampf wagen, Herr, doch habe ich keine Waffe, die den Daimon verwunden könnte. Mein Schwert ist scharf, doch es vermag nichts gegen einen Alfskrol‹, so sprach der Held.

Aber der Herrscher wusste Rat, denn er hatte bereits eine Waffe geschmiedet, eine Zauberwaffe aus einem Erz, das er tief in der Erde gefunden hatte. Dennoch hatte es keiner seiner Krieger gewagt, sich dem Daimon zu stellen, zu groß war ihre Angst vor dem Verheerer. Tiuf aber nahm die Waffe, ging hinaus in die Steppe, rief den Daimon herbei und forderte ihn zum Kampf heraus. Der Verheerer aber lachte über ihn. Ja, er bot dem Helden an, den ersten Schlag führen zu dürfen, denn dies sei gewiss auch sein letzter. Also zog Tiuf die Zauberwaffe und stieß sie dem Daimon tief in den Leib. Und durch die harte Haut fuhr sie und durch sein Fleisch und hinein in die Eingeweide des mächtigen Wesens. Nun erlebte der unsterbliche Alfskrol etwas, das er nicht kannte – ungeheuren Schmerz, tausendfach stärker als alles, was ein Mensch erleben könnte, denn in allem sind uns diese Wesen tausendfach überlegen – in ihrer Macht, aber auch in ihrem Leiden. Doch nannte ich ihn unsterblich? Nein, das war er nicht! Der Daimon fühlte den Tod, der sich durch seine Gedärme fraß. Und da offenbarte sich, warum keiner der Männer der Stadt den Kampf mit ihm wagte.« Biredh senkte seine Stimme. »Du musst wissen, Maru Nehis, dass alle Daimonen, ob sie nun in der Luft, im Wasser oder im Sand leben, ursprünglich Wesen des ältesten und heißesten Feuers sind, des Feuers, mit dem Brond, der Hüter, einst die hohen Berge schmiedete. Und als der Daimon nun verging, da erwachte dieses Feuer in ihm. Jäh loderte es auf, nach den Sternen griff es und es verwüstete das Land ringsumher. Bis an die Mauern der Stadt brannten die Felder lichterloh, und jedes Stück Vieh, jeder Vogel, jeder Mensch, den es erfasste, verbrannte auf der Stelle zu Asche.« Biredh schwieg einen Augenblick, bis er leise fortfuhr: »Und auch Tiuf, der Held, der Liebling der Götter, der so gern lachte und liebte, war nicht gefeit gegen diese Hitze. Sein strahlender Schild verglühte, seine eherne Rüstung verging, und ihm selbst brannte es das Fleisch von den Knochen. Und so fand er sein Ende, der Tapfere, im Sieg, im fernen Süden, unter fremden Sternen.« Biredh verstummte. Der letzte Satz hallte von den Wänden wieder.

Maru schwieg eine Weile, dann sagte sie: »Das ist wirklich eine traurige Geschichte, Biredh. Ich dachte immer, Tiuf sei unsterblich.«

»Ich denke, Tiuf hat das selbst auch geglaubt, und vielleicht hatte er sogar recht, Maru Nehis.«

»Wie meinst du das?«

»Noch heute erzählt man sich Geschichten von ihm, und er ist doch schon viele hundert Jahre tot. Also hat er immer noch einen Platz in Ud-Sror und musste bislang nicht die Reise in das Große Vergessen antreten.«

»Ein schwacher Trost«, meinte Maru zweifelnd.

»Nun, ich habe dich gewarnt, aber du wolltest ja unbedingt diese Geschichte hören. Jetzt beschwer dich nicht.«

»Verzeih, aber ich hatte gehofft, es würde irgendwie doch ein gutes Ende nehmen.«

»Der Daimon wurde vernichtet – ist das nichts?«, widersprach Biredh.

»Das ist wahr. Die Waffe, sag, was war das für eine Waffe?«

»Ich fürchte, ich kann dir über sie nichts sagen, denn so, wie ich dir die Geschichte erzählte, habe ich sie gehört. Ich habe nicht ein Wort hinzugefügt oder weggenommen.«

Maru seufzte. Sie fragte sich, warum das Schicksal ausgerechnet sie erwählt hatte, um mit Utukku zu kämpfen. Jalis, der Maghai, hatte behauptet, so etwas wie Schicksal gebe es nicht. Wenn das wahr wäre, dann könnte sie einfach aufstehen und gehen. Was hielt sie davon ab?

»Ich danke dir, Biredh, aber es wäre mir lieber gewesen, Tiuf hätte die Früchte seines Sieges genießen können.«

»Ein Sieg ist immerhin ein Sieg, auch wenn du ihn nicht auskosten kannst. Ich hoffe, diese Erzählung hat dir ein wenig geholfen bei dem, was du vorhast.«

»Ich weiß es nicht, ich glaube, ich muss erst noch darüber nachdenken.« Maru, die sich, während sie dem Alten zugehört hatte, auf den Boden des Tempels gesetzt hatte, stand auf.

»Du willst mich verlassen, Maru Nehis?«

»Ich muss, Biredh. Hier drin ist es einfach zu düster, und ich sehe nichts, das mir Hoffnung macht. Aber natürlich führe ich dich noch gerne an einen anderen Ort, wenn du willst.«

»Lass nur, Maru Nehis, ich bleibe noch ein wenig und werde bei Strydh ein gutes Wort für dich einlegen. Lass den Kopf nicht hängen, Mädchen. Es kommt selten so, wie du es erwartest.«

Als Maru den Tempel verlassen hatte, blieb sie stehen und blickte in den blauen Himmel. Einzelne weiße Wolken zogen darüber. Wäre nicht die brodelnde Unruhe gewesen, die aus den Gassen der Stadt aufstieg, wäre es ein sehr friedvoller Anblick gewesen. Maru seufzte. Tiuf hätte seinen Sieg sicher auch lieber gebührend gefeiert, als dabei auf so grausame Weise zu Tode zu kommen, ganz gleich, was Biredh dazu sagte. Der Held hatte seinen Feind vernichtet, aber womit? Maru fand es bezeichnend, dass die Geschichte darüber nichts Genaueres sagte. Ein Schwert, aber das war sicher nicht aus flüssigem Gold gewesen. Sie war nicht klüger als zuvor. Weder hatte sie so eine Wunderwaffe, noch war sie eine Heldin. Also, warum lief sie nicht einfach davon? Niemand konnte sie zwingen, diesen unbesiegbaren Feind zu bekämpfen. Sie seufzte noch einmal. Natürlich würde sie bleiben. Wo sollte sie auch hin? Vielleicht würde Temu ja doch noch etwas herausfinden, irgendwo in den geheimnisvollen Tiefen des Bet Schefir. Wo mochte er jetzt sein? Ob er noch bei den Tempeln war? Sie schob für den Augenblick die düsteren Gedanken zur Seite. Wie alle Schreiber verehrte Temu Fahs vor allen anderen Göttern. Das hieß, er würde sich vermutlich auf der obersten Stufe des Schirqu aufhalten. Damit ging er auch seinem Schwager aus dem Weg, der als Schmied sicher Brond, dem Hüter der Herdglut und des Feuers, huldigte. Maru musste lächeln, als sie an den Ärger dachte, den Temu mit Schwager und Schwester hatte. In gewisser Weise beneidete sie ihn darum. Sie hatte keine Verwandten, nur einen Mann, den sie Onkel nennen musste und der sie betrog und benutzte. Sie beschloss, Temu zu suchen. In gewisser Weise war er die letzte Hoffnung, die sie hatte. Sie lief vier Schritte, dann blieb sie stehen. Da war ein Gedanke, flüchtig, unscharf, schwer festzuhalten, und dann, auf einmal, atemberaubend hell und klar. Natürlich! Das war es! Das war so ungeheuer naheliegend, dass sie kaum fassen konnte, dass sie nicht schon längst darauf gekommen war.

Kaschakku

Es ward eine Frau vor uns gebracht, der ihre Nachbarn Böses nachsagten, und sie konnte es nicht widerlegen. Also sprachen wir Recht und ließen sie als Kaschakku steinigen.

Urteil aus dem Alten Akkesch

Zwischen Schirqu und Bet Kaidhan war die Hauptstraße immer noch überfüllt. Wer sein Opfer gebracht hatte, wollte noch längst nicht nach Hause gehen. Es gab so vieles zu bereden. Der Frieden stand vor dem Tor – und der Kaidhan, der ihm dieses Tor geöffnet hatte, war tot. Als Maru durch die Menge lief, hörte sie neue Gerüchte. Inzwischen hatte sich herumgesprochen, dass Luban selbst die verfluchte Umati in die Stadt gerufen hatte. Er sei so arglos und gütig gewesen, dass er den Verrat nicht erwartet habe, raunte man sich in den Gassen zu. Auch sein geliebter Sterndeuter Baschmu, der Klügste der Klugen, war ihr zum Opfer gefallen. Hatte er nicht den Wandelstern entdeckt, der Veränderungen ankündigte? Hätte Luban nur auf die Sterne gehört! Und Uschparu? Der habe die Verfluchte in sein Haus geladen, arglos. Und seine Männer hatten das Weib getötet. Warum nur hatten sie es nicht vorher schon getan? Und wieso waren sie dann so schnell zur Stelle gewesen? Und was hatte Luban im Haus des Immits gewollt, zu so seltsamer Stunde? Und wo war Umati all die Zeit gewesen? Maru hörte flüstern, die Treulose sei die Geliebte Numurs geworden, der doch ihren Mann und die Stiefkinder erschlagen habe. Man sah darin einen Beweis, wie verderbt dieses Halbblut war. Andere glaubten, es besser zu wissen. Sie hatten gehört, dass der Sonnengott selbst, Vater der Viramatai, Umati aus Numurs schändlicher Gefangenschaft befreit habe. Aber warum hatte sie sich dann gegen Luban gewandt? Hatte vielleicht ein Maghai Umati verhext? Und wieder die Frage, was Luban in Uschparus Bad gewollt hatte? War vielleicht auch er verhext worden? Es waren Fremde in der Stadt, zwielichtige Gestalten. Vielleicht hatten die ihre Hände im Spiel? Und dann hörte Maru wieder das Wort: *Kaschakku*. Sie versuchte, sich möglichst unauffällig durch die Menge zu bewegen, aber sie trug immer noch die Kleidung, die sie in der Nacht getragen hatte, und das war nicht das Gewand eines einfachen Mädchens. Und jetzt, wo der erste Schrecken verklungen war, fielen den Ulbaitai solche Dinge auf. Sie war eine Fremde, und Fremde hatten es im Augenblick nicht leicht in Ulbai. Maru entdeckte Temu auf den Treppen des Schirqu. Inzwischen war es den Priestern gelungen, die Ordnung wiederherzustellen. Auf der Treppe links der Eingänge strebten die Gläubigen nach oben, auf der anderen nach unten. Es ging langsam, denn jeder wollte für Luban beten und opfern, und es gab wohl nicht genug Priester, um all die Gaben entgegenzunehmen. Maru zwängte sich durch die Menge und kam gerade rechtzeitig, um den Schreiber am Fuß der Treppe abzufangen.

»Temu, ich habe dich gesucht«, rief sie hinauf.

»Ich grüße dich, Maru«, antwortete der Schreiber. Er sah bekümmert aus. Natürlich, der Tod des Herrschers war ihm ebenso nahegegangen wie allen anderen Ulbaitai.

»Hast du dein Opfer bringen können?«, fragte Maru höflich.

»Die Priester haben es genommen, und dieses Mal, ohne durch

Blicke anzudeuten, dass sie mehr erwartet hätten. Es war wirklich nicht viel, aber ich hoffe, es wird Lubans Aufenthalt in Ud-Sror angenehmer gestalten.«

»Ich bin sicher, er wird einen Platz in Uos Nähe bekommen«, meinte Maru.

»Nun, das sollte er, denn er wird zu unseren Ahngöttern aufsteigen, über unsere Stadt wachen und neben Etellu Platz nehmen. Warst du denn auch im Tempel?«

»Das war ich«, erwiderte Maru, und da sie nicht näher darauf eingehen wollte, in welchem Gotteshaus sie gewesen war, sagte sie schnell: »Ich brauche noch einmal deine Hilfe, Temu.«

»Du meinst, wegen des Daimons?«

Temu sprach zu laut. Maru sah, dass einige der Umstehenden ihn hörten und aufmerksam wurden.

»Nicht hier, Temu, komm, wir müssen aus diesem Gedränge heraus.«

»Dann folge mir, ich kenne einen Weg, der nicht ganz so verstopft ist wie der durch das Tempel-Tor.«

Sie kämpften sich quer durch die Menge zur anderen Seite der Hauptstraße. Auch auf den Stufen zum Bet Kaidhan standen unzählige Menschen und besprachen Glück und Unglück dieses Tages. Krieger hatten ein Auge darauf, dass sie dem Herrschersitz nicht noch näher kamen. Temu nahm Maru an der Hand und zog sie zur Seite. Dann schlüpften sie durch einen schmalen Torbogen in eine noch schmalere Gasse. Links ragten die Mauern des Bet Kaidhan in die Höhe, rechts die Mauer, die die Oberstadt in ihre zwei Hälften zerteilte.

»Was ist das hier?«, fragte Maru.

»Als Schreiber habe ich manchmal Botengänge zu erledigen. Dieser Weg führt in die hinteren Schreibkammern, ohne dass man durch all die Höfe und Gänge irren muss.«

»Und was wollen wir dort?«

»Oh, eigentlich nichts, aber am Ende dieser Gasse gibt es eine Treppe zur Mauer. Wenn wir etwas Glück haben, ist dieser Weg frei.« Sie hatten Glück. Keine Wache versperrte ihnen den Weg hinauf zur Mauer, die die Oberstadt umschloss. »Es gibt zwei Türme bis zum Kydhischen Tor, doch sind die meist verschlossen«, erklärte Temu, während sie über die Mauer eilten. Maru blickte hinab auf den Edhil-Platz. Er war ein Meer von Köpfen.

»Ich denke aber«, fuhr Temu fort, »die Wachen am Tor lassen mit sich reden. Ich kann mir jedenfalls nicht vorstellen, dass sie uns den ganzen Weg zurückschicken werden«, meinte er, als sie die Mauer entlangliefen.

Weil sie ihn um Hilfe gebeten hatte, nahm er offenbar als ganz selbstverständlich an, dass sie mit ihm ins Bet Schefir wollte. Das wollte sie zwar nicht, aber ihr Ziel lag ungefähr in der gleichen Richtung, also lief sie dem Schreiber erst einmal hinterher. Ein Krieger lehnte am ersten Turm des Kydhischen Tores und blickte gelassen auf den Strom der Menschen hinab, die von der Weißen Seite in die Oberstadt drängten. Er war nicht halb so entgegenkommend, wie Temu angenommen hatte: »Dies ist eine Mauer zur Verteidigung unserer Stadt«, erklärte er herablassend, »keine Gasse für kleine Mädchen und Diener.«

»Ich bin kein Diener, sondern Schreiber, und in eiligem Auftrag unterwegs, edler Krieger. Ich muss dringend ins Bet Schefir«, log Temu.

Er war ein schlechter Lügner. Der Krieger schenkte ihm keinen Glauben: »Nun, Schreiber, dann hast du sicher ein Siegel, das mir die Wichtigkeit deines Auftrages verdeutlicht?«

»Höre, tapferer Krieger, du musst nur einen Schritt zur Seite treten, und schon bist du uns los«, bat Temu.

»Ich bin euch auch los, wenn ihr umkehrt und den Weg zurücklauft, den ihr gekommen seid. Wenn ich erst einen hindurchlasse, werden viele folgen wollen. Und was soll ich denen dann sagen? Nein, du brauchst ein Siegel, Schreiber, – oder einen silbernen Schlüssel.«

Temu starrte den Krieger verdattert an. Verstand er nicht, dass der Mann bestochen werden wollte? Maru entschied, dass dafür keine Zeit war. Sie legte dem Krieger sanft die Hand auf den Arm und setzte ihre Zauberstimme ein.

»Wie hast du das gemacht?«, fragte Temu, als sie die Treppe des Turms hinabsprangen.

»Ich kann sehr überzeugend sein, wenn es sein muss«, erwiderte Maru knapp. Wika hatte sie davor gewarnt, ihre Fähigkeiten einzusetzen, hatte behauptet, die Maghai würden das spüren und sie dann suchen. Doch die Maghai hatten sie ja schon gefunden, also würde es darauf nun auch nicht mehr ankommen. Die Straßen waren auch in diesem Teil der Oberstadt voller Menschen. Sie hasteten weiter.

»Wo willst du hin?«, fragte Temu verwundert, als Maru auf der Hauptstraße plötzlich abbog.

»Wir gehen nicht ins Bet Schefir«, rief Maru.

»Nicht?«, fragte Temu.

»Nein, ich muss nach Hause, etwas holen, und dann brauche ich deine Hilfe.«

»Also doch ins Bet Schefir?«

»Warte es einfach ab«, antwortete Maru lächelnd. Temu war ein neugieriger Mensch, und er würde ihr gerne folgen, solange seine Neugierde wach war. Wenn er erst einmal wusste, was sie von ihm erwartete, würde sich seine Begeisterung vermutlich schnell abkühlen. Im Haus des Richters war es still. Maru lauschte, als sie eintrat. Sie spürte keinerlei Gefahr. Hatte der Iaunier das Haus verlassen? Jemand war in der Küche, doch es klang nicht wie Noitilomor.

»Yalu?«, rief sie vorsichtig.

Der Kopf des stummen Dieners zeigte sich im Gang. Er stieß

ein paar Laute aus, die Maru als Willkommensgruß verstand. Er schien sich zu freuen, sie zu sehen. Dann machte er das Essenszeichen. Maru schüttelte den Kopf. Sie drehte sich um. »Temu? Willst du etwas essen? Ich glaube, Yalu hat etwas vorbereitet.«

»Essen? Du liebe Güte. Ich weiß nicht, ob ich etwas essen kann, an so einem Tag.«

»Versuch es einfach und warte in der Küche auf mich, ich muss nur schnell etwas holen.«

Sie lief durch den Innenhof. Es war so ruhig und friedlich. Der Brunnen plätscherte leise vor sich hin. Das gefiel ihr nicht. Tasil war vermutlich noch auf der anderen Seite des Flusses, den würde sie hier also kaum antreffen. Aber wo war Utukku? Aus irgendeinem Grund ging sie davon aus, dass er ihr hier auflauern würde. Der Daimon hatte sich seit dem Vortag nicht mehr gezeigt. Bei ihren Fahrten über den Fluss war sie nicht alleine gewesen, das hatte ihn vielleicht abgeschreckt, aber jetzt war sie so allein, wie sie es in dieser Stadt und in diesem Haus nur sein konnte. Sie lief in ihr Zimmer. Fliegen surrten durch die Kammer. Es lag eine ungewisse Spannung in der Luft. War das nur die Unruhe, die aus den Gassen durch die schmalen Fenster wehte? Oder war der Daimon in der Nähe? Sie hatte etwas zu erledigen, nur eine Kleinigkeit, eine Sache von einigen Augenblicken, aber sie zögerte. Es wäre nicht gut, wenn der Daimon sie dabei erwischte. Die Fliegen summten, aber Utukku erschien nicht. Spielte er mit ihr? Oder war er wirklich nicht in der Nähe? Er hatte ihr bei seinem letzten Besuch nicht einmal gedroht. Das konnte einfach nichts Gutes bedeuten. Sie seufzte. Es wäre ihr jetzt beinahe lieber gewesen, er hätte sich gezeigt, einfach, damit sie es hinter sich hatte. Aber nichts geschah. Schließlich bückte sie sich und zog den Beutel mit ihren Habseligkeiten unter der Schlafstatt hervor. Sie griff hinein und nahm die graue Decke heraus, die einst Dwailis gehört hatte. Sie war beinahe das Einzige gewesen, was sie bei ihrer Flucht aus dem Isberfenn noch besessen hatte. Alt war sie und an mehreren Stellen geflickt, aber es gab einen sehr guten Grund für Maru, sie nicht wegzugeben. Sie nahm ihren Dolch zur Hand und trennte die Naht eines Flickens auf. Etwas fiel hinaus. Es war rund, eine kleine Scheibe mit einem Loch in der Mitte. Sie war aus Gold. Die kleine Lathe hatte sie ihr geschenkt, damals in Dwailis' Hütte. Sie lächelte, als sie an die Schwester Remas dachte. Der Edaling hatte sie der Awathani opfern wollen. Doch das hatten sie verhindern können. Wie lange war das jetzt her? Erst ein halbes Jahr? So unfassbar viel war seither geschehen. Sie wog das Stück Gold in der Hand. Es war nicht einfach gewesen, dieses wertvolle Stück Erz vor Tasil verborgen zu halten. Sie hatten auf ihrer Flucht nichts besessen und hätten gut etwas Silber oder gar Gold gebrauchen können. Aber sie hätte dieses Stück nie hergegeben, nicht für alle Schätze der Welt. Doch jetzt brauchte sie es, und sie war sicher, Lathe würde das verstehen. Sie steckte es ein und lief zurück in die Küche.

»Weißt du, mein Freund, wirklich, du solltest schreiben lernen. Hast du nie daran gedacht?« Offenbar hielt Temu Yalu einen Vortrag über die Vorzüge seiner Kunst, und er war damit so beschäftigt, dass er sein Essen kaum angerührt hatte. Yalu starrte den Schreiber beeindruckt an. Natürlich, wenn er schreiben könnte, wäre manches einfacher für ihn, dachte Maru. Vorausgesetzt, er hatte mit Menschen zu tun, die selbst lesen und schreiben konnten, schränkte sie in Gedanken gleich wieder ein. Schreiben war eine schwere Kunst. Die Akkesch hatten hunderte Zeichen, und alle sahen sich so ähnlich. Ihre Kinder, denen erlaubt war, Schreiber oder Verwalter zu werden, brauchten viele Jahre, um sie zu erlernen. Maru war sich auch gar nicht sicher, ob es Sklaven überhaupt gestattet war, Schreiben zu lernen. Aber wenn der Stumme wenigstens die wichtigsten Zeichen beherrschte, würde das sicher nicht schaden.

»Ich bin sicher, Yalu wäre ein guter Schüler, Temu. Vielleicht kannst du ihm das eine oder andere beibringen«, sagte sie.

Yalu sah sie überrascht an.

»Ich?«, fragte Temu überrumpelt.

»Wer sonst, ich vielleicht?«, fragte Maru lächelnd. »Doch jetzt komm, wir haben etwas zu erledigen.«

»Oh, ich habe noch nicht zu Ende gegessen«, stellte der Schreiber betrübt fest.

»Wir sind wirklich in Eile«, drängte Maru. Und das waren sie. Es war bereits Mittag. Am Abend würde Tasil versuchen, sich das Lösegeld der Stadt unter den Nagel zu reißen, dessen war sie sich inzwischen sicher, auch wenn sie immer noch nicht wusste, wie er dieses Kunststück vollbringen wollte. Ihr war aber klar geworden, dass sie danach wohl nicht mehr in die Stadt zurück konnten, und das hieß wiederum, sie musste für die Begegnung mit Utukku bereit sein, bevor der Immit mit dem Schatz zum Fluss hinunterging.

»Und wohin jetzt?«, fragte Temu, als sie aus der Tür traten.

»Dein Schwager ist doch Schmied, oder?«, fragte Maru.

»Kullu? Ja, das habe ich dir doch … du willst zu meinem Schwager?«

»Er muss etwas für mich schmieden, Temu.«

»Kullu? Der Mann, der die bösen Gerüchte über dich verbreitet? Der Mann, von dem du sagtest, dass ich mich von ihm fernhalten sollte?«

»Höre, Temu, wenn ich einen anderen Schmied in dieser Stadt wüsste, wäre dein Schwager sicher nicht meine erste Wahl. Aber ich kenne leider keinen, und der Auftrag, den ich für ihn habe, ist eilig – und heikel.«

»Ich kann dir nicht sagen, ob er in seiner Schmiede ist. An diesem Tag ist nichts, wie es sonst ist. Vielleicht sitzt er auch bei meiner Schwester, oder er ist in den Tempeln, auch wenn ich Letzteres für unwahrscheinlich halte.«

»Dann müssen wir ihn suchen, nun komm.«

Temu zögerte. »Das heißt, ich muss ihn um einen Gefallen bitten, ist es nicht so?«

»Schau, wenn es nicht so wichtig wäre, würde ich dich nicht bitten. Aber ich weiß keinen anderen Weg.«

»Weg? Wohin?«

»Das erkläre ich dir später. Denn wenn ich keinen Schmied finde, ist der Pfad, den ich einschlagen will, schon zu Ende.«

»Er wird mich das jahrelang nicht vergessen lassen, das weiß ich«, brummte Temu, setzte sich aber endlich in Bewegung.

Sie beschlossen, es zuerst in der Schmiede zu versuchen. Die Straße der Richter war belebt, wenn auch längst nicht so überfüllt wie die Hauptstraße oder der Edhil-Platz. Die Menschen standen beisammen und besprachen die schicksalhaften Ereignisse des Tages. Maru schnappte im Vorbeilaufen das eine oder andere auf: Umatis Name fiel oft. Was hatte die Frau nur bewogen, den göttlichen Kaidhan zu töten? Nun, sie war zur Hälfte Viramatai, aber dennoch, das war so unerklärlich, es musste böse Zauberei im Spiel sein. »Zauberei«, das Wort geisterte durch die Gassen. Hatte man nicht drüben, auf der anderen Seite des Flusses, drei Maghai aus den Bergen gesehen? Oder vielleicht eine Kaschakku? Der Krieg hatte ja leider allerlei Gesindel in die Stadt gespült, sogar Urather musste man schon erdulden. Sicher hatten die zwielichtigen Fremden etwas damit zu tun. So musste es einfach sein. *Urather* und *Kaschakku*, diese Worte hörte Maru zu ihrer Besorgnis immer öfter. Sie waren fast am Edhil-Platz, als Maru wieder eine leichte Unruhe spürte. Sie begriff inzwischen, dass dieses Gefühl in feinen Abstufungen zu ihr sprach. Es war nur stark, wenn sie sich in unmittelbarer Gefahr befand, aber jetzt war es eher wie in der vergangenen Nacht, als sie auf der Äußeren Mauer das Gefühl gehabt hatte, beobachtet zu werden. Maru verlangsamte ihre Schritte und sah sich verstohlen um. Diese Ahnung hatte sie letzte Nacht nicht getäuscht: Agir hatte sie verfolgt. Sie hatte ihn deutlich gespürt, als sie mit dem Schab den geheimen Auftrag besprochen hatten. Und anschließend hatte der verschlagene Kydhier sie an Tagor Xonaibor verraten. Agir! Er musste in der Nähe sein! Sie drehte sich um und entdeckte sein schmales Gesicht drei Dutzend Schritte entfernt. Er drückte sich eine Mauer entlang. Er verfolgte sie! Das konnte sie nicht zulassen.

»Was ist denn?«, fragte Temu, als Maru plötzlich stehen blieb.

»Ich habe da etwas zu klären, Augenblick«, antwortete sie, dann ging sie dem Kydhier entschlossen entgegen. Agir hatte sie wohl kurz aus den Augen verloren und bemerkte zu spät, dass er selbst entdeckt worden war. Er erbleichte. Nur noch zehn Schritte, dann würde sie ihm ein für alle mal klar machen, dass es besser für ihn war, sie in Ruhe zu lassen. Sein Blick huschte hin und her, und sein Gesicht zuckte ängstlich, aber er machte keine Anstalten davonzulaufen. Noch fünf Schritte.

»Das ist sie!«, schrie Agir plötzlich und wich einige Schritte zurück. Alle Augen wandten sich ihnen zu. Maru ging unbeirrt weiter.

»Das ist die Kaschakku, die Umati verzaubert hat!«, schrie Agir. »Eine Uratherin! Seht ihr nicht? Sie ist eine Kaschakku!«

Maru erstarrte – und die Menge mit ihr.

»Das ist doch nur ein Mädchen«, meinte einer zweifelnd.

»Aber sieh nur, die Kleidung«, ein anderer.

»Eine Uratherin!«, zischte eine Frau.

Agir warf Maru einen Blick zu, der gleichzeitig hasserfüllt und siegessicher war. Maru erwiderte den Blick, und der Kydhier erbleichte. »Lasst nicht zu, dass sie mich verhext«, schrie er in höchster Angst.

»Kaschakku!«, tuschelte es hinter Maru.

Plötzlich war Temu neben Maru und zog sie davon. »Los, komm«, flüsterte er heiser.

Das Wort sprang durch die Straße, es verbreitete sich über die kleinen Plätze und in die Nebengassen: »Kaschakku«, hieß es plötzlich von allen Seiten.

Temu lief schneller, und Maru tat es ihm gleich. »Kaschakku«, flüsterte es in den Schatten. Die Menschen wichen vor ihr zurück. Kaschakku – das Wort verschaffte ihnen freie Bahn. Doch hinter ihnen brodelte die Menge. War sie da, wirklich? Die Kaschakku, die Umati zum Mord an Luban gezwungen hatte? Noch aus der Ferne glaubte Maru die dünne Stimme des Kydhiers zu hören, wie er Verleumdungen ausstieß. Kaschakku – das Wort verfolgte sie und flog ihnen voran. Temu zog Maru um eine Ecke. Und als sie in die Gasse einbogen, hörte Maru zum ersten Mal den Ruf: »Erschlagt sie!«

Sie rannten schneller. Maru brauchte das immer stärker werdende warnende Gefühl nicht, um zu wissen, dass sie in Lebensgefahr schwebte. Und Temu mit ihr. Der Tod des Kaidhans hatte die Menschen zutiefst erschüttert. Das Gefühl der Verunsicherung war mächtig, die Trauer noch größer – und jetzt war beides in Wut umgeschlagen. Und die hatte endlich ein Ziel: Die Kaschakku, die Böse Frau, die das Verhängnis in die Stadt gebracht hatte.

»Wo rennen wir eigentlich hin?«, keuchte Maru.

»Vertrau mir«, antwortete Temu schnaufend.

Hinter ihnen schwoll der Lärm an. Es war lautes Geschrei und das dumpfe Getrampel zahlloser Füße, die ihnen über das Pflaster hinterherjagten. »Kaschakku«, hallte es von den Wänden. Noch waren sie schneller als die Wut. Die Menschen starrten sie an, wenn sie vorbeirannten, doch noch verstanden sie nicht, was das zu bedeuten hatte. Es konnte aber nicht mehr lange dauern, bis sie nichts mehr verstehen mussten, sondern sich einfach der tobenden Menge anschlossen. Das Bet Schefir tauchte vor ihnen auf.

»Glaubst du, da sind wir sicher?«, rief Maru.

Das Bet Schefir hatte nur einen Eingang. Das war eine Mausefalle.

»Vertrau mir«, schnaufte Temu noch einmal.

Sie rannten um die Ecke, zur Pforte und hinein. Temu warf die schwere Holztür zu und schob den Riegel vor. Kreidebleich lehnte er sich mit dem Rücken dagegen. »Kaschakku«, brüllte es draußen.

»Das wird sie nicht lange aufhalten«, keuchte Maru.

»Nein, wird es nicht«, antwortete der Schreiber, nach Luft ringend. Die Menge war jetzt vor dem Bet Schefir. Jemand brüllte nach Fackeln. Ein Stoß erschütterte die Tür. Temu rappelte sich auf. »Komm schnell.«

Maru folgte dem rennenden Temu. Wütende Faustschläge ließen die Tür hinter ihnen erzittern. Der Lärm der Schreie und Flüche erfüllte die hohe Halle. »Kaschakku« und »Erschlagt sie!«, klang es immer wieder. Sie erreichten die Flucht der hinteren Kammern, und Temu schloss jede einzelne von ihnen hinter sich ab. »Das wird sie vielleicht ein wenig bremsen«, sagte er.

Marus Herz klopfte wild. Sie hörte die Pforte draußen splittern. Das Gebrüll der eindringenden Menschenmasse erschütterte die Wände. Wenn sie der Menge in die Hände fiel, würde man sie auf der Stelle zerreißen.

»Temu, auch das wird uns nicht retten«, rief Maru verzweifelt.

»Das vielleicht nicht, aber etwas anderes«, antwortete der Schreiber.

Sie waren in der letzten Kammer, aber die Falltür war verschwunden. Ein schwerer Tisch war darübergerückt worden.

»Wie du weißt, haben wir Akkesch eine Schwäche für geheime Kammern und Gänge«, erklärte Temu. Er nahm dabei einen kleinen Bronzeschlüssel aus der Tasche und steckte seine Hand zwischen zwei hölzerne Regale. Es klickte, und der schwere Tisch drehte sich wie von Zauberhand zur Seite. Maru starrte Temu verblüfft an. Draußen zerbarst eine weitere Tür, und durch die Kammern drang der Lärm von schreienden Menschen. Offenbar richteten sie ihre Wut gegen die Holzgestelle und Schrifttafeln. Temu seufzte bekümmert. Dann öffnete er die Falltür. »Du zuerst, Maru«, befahl er.

Maru kletterte eilig nach unten. Temu folgte ihr und schloss die Klappe wieder. Es wurde stockdunkel.

»Irgendwo hier liegt eine Lampe, ah, hier«, murmelte Temu. Ein Funke glomm auf, dann verbreitete eine Öllampe Licht. »Du erlaubst?«, fragte der Schreiber und drückte sich an Maru vorbei in einen schmalen Gang. »Was taugt eine geheime Tür, wenn man sie nur von einer Seite öffnen oder schließen kann?«, fragte er mit einem verschmitzten Lächeln, aber sein Gesicht war kreidebleich. Er steckte den Schlüssel in ein kleines Loch und drehte ihn. Oben antwortete ein schabendes Geräusch.

»Ah, hier sind wir erst einmal sicher, glaube ich«, sagte Temu mit einem Seufzer der Erleichterung.

Staub rieselte von der Decke. Gepolter und Geschrei klangen gedämpft von oben herab. Offenbar entlud sich die Wut der Menge jetzt ungehemmt im Bet Schefir. Maru holte erst einmal tief Luft. Dann sah sie sich um. Der Gang war kurz, mehrere verschlossene Türen hüteten die Geheimnisse der Stadt.

Plötzlich jammerte Temu laut auf: »Meine Tafeln – sie zerstören meine Tafeln!« Offenbar wurde ihm erst jetzt bewusst, was die rasende Menge dort oben anrichtete. Er nahm mit zitternden Fingern seinen Schlüssel zur Hand.

Maru hielt ihn auf, bevor er ihn ins Schloss stecken konnte. »Temu, nicht, sie würden dich umbringen.«

»Aber was habe ich ihnen denn getan?«

»Nichts, außer dass du mit mir zusammen geflüchtet bist. Du hast mich gerettet, ich stehe tief in deiner Schuld.«

»Aber sie zerstören das Wissen der Stadt«, rief Temu. Er hatte vermutlich gar nicht gehört, was sie gesagt hatte.

»Sie werden sich nicht die Mühe machen, die Tafeln zu zerstören. Sie werfen die Regale um. Aber ich bin sicher, dass die meisten deiner Tafeln das gut überstehen werden«, versuchte sie ihn zu trösten.

»Sie werden zerbrechen. Tausende von Tafeln, Jahre der Arbeit von vielen Schreibern, vernichtet von diesen ... *dummen* Menschen«, murmelte Temu verzweifelt.

»Ich weiß, es ist furchtbar. Hoffen wir nur, dass sie diese Kammer nicht finden.«

Temu seufzte, dann straffte er sich. »Du hast recht. Es ist, wie es ist, wie man so sagt. Ich werde später darüber klagen. Jetzt müssen wir erst einmal hier weg.« Er blinzelte, seufzte, und dann fuhr er fort: »Damit kommen wir jetzt zu dem eigentlichen Grund, warum ich dich bisher nicht hier hereinlassen durfte.«

Temu drückte sich wieder an Maru vorbei, ging zu einer der fünf Türen und öffnete sie. Es war keine Kammer.

»Ein Geheimgang?«, fragte Maru verblüfft. »Wo führt der hin?«

»Ich bin noch nicht dazu gekommen, das herauszufinden, Maru, aber ich denke, jetzt wäre ein geeigneter Zeitpunkt.«

»Ich danke den Akkesch für ihre Geheimniskrämerei«, entschlüpfte es Maru, und sie folgte dem Schreiber in den schmalen und niedrigen Gang. Und auch diese Tür verschloss Temu wieder. Dieses Haus der Schrift steckte voller Überraschungen, und Temu war nicht die geringste davon. Der Gang lief eine Zeit lang geradeaus, dann bog er einmal scharf links ab, dann, vielleicht hundert Schritte weiter, schwenkte er wieder nach rechts. Maru hatte keine Ahnung, wo er sie hinführen mochte. Sie stießen auf ein Hindernis. Eine weitere Pforte. Alt, staubig und ganz offensichtlich lange nicht benutzt. Sie suchten den Mechanismus, der sie öffnen würde, aber sie fanden ihn nicht.

»Das wäre zu ärgerlich, wenn wir hier nicht weiterkämen«, murmelte Temu.

Das war untertrieben. Maru war sich inzwischen darüber klar geworden, dass die Menge vielleicht noch lange im Bet Schefir nach ihr suchen würde. Und danach vermutlich in der ganzen Stadt. Aber sie konnte sich nicht verstecken, sie konnte nicht warten. Sie hatte Aufgaben zu erledigen, wichtige Aufgaben, um diese Menschen vor ihrem Verhängnis zu retten. Tasil hegte finstere Pläne. Der Frieden, den alle so ersehnten, war noch lange nicht erreicht. Und dann wartete irgendwo im Fluss noch ein Daimon auf sie und ihr Blut. Eine unbestimmte Ahnung sagte Maru, dass er sich noch an diesem Tag zeigen würde. An diesem Tag würde sich ihr Schicksal entscheiden und das der ganzen Stadt, ja, aller Akkesch. Und sie steckte hinter einer armseligen Holztür fest. Sie schob Temu zur Seite und prüfte die Tür. Sie war alt, der Gang feucht. Das Holz wirkte mürbe. Maru schob Temu sanft ein Stück zurück und gab dann der Tür einen kräftigen Tritt mit der Schuhsohle. Das Holz ächzte.

»Zu zweit«, schlug Temu vor.

Sie brauchten drei weitere Tritte, und dann brachen die Bretter aus ihrer Verankerung. Der Weg war frei. Als sie sich durch den Rahmen zwängte, trat Maru auf die Schwelle. Es gab ein hörbares Klicken, und das Schloss sprang auf. Die Holztür fiel ächzend zusammen. Auf der linken Seite schob sich scharrend eine Steintafel zur Seite. Dort war also der Ausgang.

»Akkesch«, murmelte Maru kopfschüttelnd.

»Auf das Einfachste kommt man oft nicht«, meinte Temu mit einem erleichterten Seufzen. Sie betraten eine gemauerte Kammer. Eine Treppe führte nach oben. Gedämpftes Stimmengemurmel wehte von dort herab.

»Wo sind wir hier?«, fragte Maru.

»Das werden wir gleich erfahren. Ich hoffe nur, wir sind weit genug entfernt von diesen Verrückten.«

Die Treppe mündete in eine hohe Halle. Es war ein Tempel.

»Ah, ich glaube, das ist der Fischertempel der Weißen Seite. Er ist Alwa gewidmet. Hier beten nur die, die vom Fluss leben. Das ist gut, sehr gut«, flüsterte Temu.

»Und wie kommen wir hier ungesehen heraus?«

Temu spähte um die Ecke. »Gar nicht, fürchte ich. Am besten, wir gehen einfach mitten hindurch und tun so, als wenn nichts wäre«, schlug er leise vor.

»Ganz einfach«, murmelte Maru. Aber da auch sie keinen besseren Weg sah, versuchten sie es. Sie traten in die Halle, vorbei an einem alten Priester, dem vor Verblüffung der Mund offen stehen blieb, und mitten durch die kleine Schar der Betenden. Sie verließen den Tempel, bevor noch irgendjemand eine Frage stellen konnte, sprangen die Stufen hinab und hasteten über einen kleinen, menschenleeren Platz in die nächste Seitenstraße.

»Komm schnell, bevor sie Verdacht schöpfen«, rief Temu und bog in eine weitere Gasse ein.

»Du weißt, wo wir sind, Temu?«

»Gar nicht weit von meinem Haus entfernt. Die Götter meinen es gut mit uns.«

»Glaubst du, dass wir deinen Schwager dort treffen?«

»Das vermag ich nicht zu sagen, aber ich glaube, es wäre gut, wenn du deine Kleidung wechselst, Maru. Du fällst zu sehr auf. Meine Schwester wird hoffentlich irgendetwas für dich haben.«

Maru nickte. Temu erwies sich als erstaunlich umsichtig. Sie blickte zurück. Über der Oberstadt stieg grauer Rauch auf. Einen Augenblick war sie versucht, es für sich zu behalten. So hätte es Tasil gehalten. Er hätte alles zur Seite gedrückt, was seine Pläne gefährden konnte. Aber sie war nicht Tasil. »Temu, schau!«, rief sie.

Der Schreiber blickte in die angegebene Richtung. »Ist das …? Ist das … nein!«, entfuhr es ihm.

»Ich fürchte doch, Temu. Das kommt aus dem Bet Schefir.«

»Diese Narren!«, flüsterte er und stand wie vom Donner gerührt.

Maru ließ ihm einen Augenblick Zeit. Offenbar hatte sich im Tempel der Fischer niemand so sehr über ihr Auftauchen gewundert, dass er der Sache nachgehen wollte. Sie wurden nicht verfolgt. »Haben die keine Angst, dass noch andere Häuser Feuer fangen?«, fragte sie nach einer Weile.

»Wie? Das fehlte noch, auch wenn es ihnen recht geschähe. Aber nein, es ist nicht viel Holz im Bet Schefir. Die Decke, die Tische und die Lagergestelle. Die Mauern sind aus Stein. Ich denke, sie werden dem widerstehen. Und ich hoffe doch, dass irgendjemand dort oben in der Lage ist, wieder Ordnung zu schaffen und den Brand zu löschen. Man sollte sie allesamt in den Kerker werfen!«

»Wir müssen weiter, Temu«, drängte Maru.

»Ja, natürlich«, murmelte er, »immer weiter.«

Sie liefen weiter, aber immer wieder warf Temu einen Blick zurück. Er war bekümmert, das konnte er nicht verbergen. Doch er schien das Verhängnis, das über seine Schrifttafeln hereinbrach, weit besser zu verkraften, als Maru gedacht hatte.

Temus Schwester hieß Subali und war ein Mensch von bemerkenswerter Schwerfälligkeit. Sie schien nicht begriffen zu haben, welche großen Ereignisse in der Stadt vorgingen, und als Temu versuchte, es ihr zu erklären, behauptete sie allen Ernstes, das ginge sie nichts an. Dann schalt sie Temu, weil er zwei Nächte nicht zu Hause gewesen war und, viel schlimmer, ihr vorher nicht Bescheid gesagt hatte. Sie schalt ihn, weil er eine schmutzige Fremde mit ins Haus brachte, und sie schalt ihn, weil er ernsthaft verlangte, sie solle dieser Halbwilden auch noch von ihren Kleidern geben. Subali war viel größer als Maru, sogar größer als Temu. Vor der Belagerung dürfte sie auch von sehr kräftiger Statur gewesen sein, denn jetzt schlotterte ihr Garwan um ihre abgemagerte Gestalt wie ein übergroßer Sack. Maru war längst klar, dass sie hier nichts Passendes finden würde. Aber immerhin schaffte es der Schreiber, seiner Schwester zwei abgelegte alte Umhänge abzuringen. »Ich nehme an«, sagte er, als Subali in einen Nebenraum schlurfte, um das Verlangte zu holen, »dass ich auch einen brauchen werde. Man hat mich schließlich mit dir zusammen gesehen.«

Die Umhänge waren aus grober Wolle und alt, aber sie konnten ihre Gesichter im Schatten der Kapuze verbergen, und das war es, worauf es ankam. Kullu, Subalis Mann, war natürlich nicht im Haus.

»Ich nehme an, er sitzt bei den anderen Schmieden«, meinte Subali mürrisch. »Hier gäbe es genug zu tun, aber er treibt sich lieber in der Schmiede oder irgendeiner Schenke herum. Er würde vermutlich unsere letzten Segel Kupfer vertrinken, wenn es noch Brotbier in der Stadt gäbe.«

»Und du bist sicher, dass er nicht im Tempel ist?«, fragte Temu.

»Ach was, Tempel! Er ist viel zu faul, um sich den Weg zu machen. Ich denke, wir werden heute Abend am Hausaltar opfern, und ich finde, das muss auch genügen. Aber warum suchst du ihn überhaupt?«

»Ich habe einen Auftrag für ihn, liebe Schwester.«

»Einen Auftrag? Du? Ich hoffe, du ziehst ihn nicht in irgendetwas hinein, du und diese Fremde da.«

»Hineinziehen? Nein, ich tue ihm sogar einen Gefallen. Er klagt doch immer, dass sein Schmiedehammer nichts zu tun hat.«

»Und eben das wundert mich, du hast ja sonst kaum ein gutes Wort für ihn.« Und dann setzte Subali zu einem langen Klagelied an, das Temu abkürzte, indem er ihr einen freundlichen Abschiedsgruß zurief und Maru einfach aus der Tür schob. Als die Pforte hinter ihm zufiel, atmete er erleichtert auf.

Sie warfen die Umhänge über und machten sich auf den Weg. Temus Haus lag in einer ruhigen Straße unweit der äußeren Mauer. Es reihte sich ein in eine Vielzahl weiß getünchter Lehmhäuser. Auch ein Grund, warum dieses Viertel die Weiße Seite genannt wurde. Sie waren sich einig, dass es unklug wäre, den kurzen Weg über die Oberstadt zu wählen. Stattdessen schlugen sie einen Weg ein, der sie am Fuß der Oberen Mauer entlangführte. Das war ein beträchtlicher, aber unvermeidlicher Umweg. Maru dachte mit Sorge daran, dass sie dieser Weg auch durch das Hafenviertel führen musste. Es war möglich, dass sich dort Tagor Xonaibor und seine Leute herumtrieben oder auch Agir. Sie begegneten unterwegs nur wenigen Menschen. Brodelnde Unruhe wehte von der Oberstadt herab. Wenn Maru hinaufblickte, sah sie immer noch Rauch aufsteigen, aber er war schwächer geworden. Offenbar hatte wirklich jemand für Ordnung gesorgt und das Feuer gelöscht oder zumindest eingedämmt. Maru richtete ihre Gedanken nach vorn, auf den Schmied. Sie hoffte, er konnte vollbringen, was sie von ihm erwartete. Sie verstand nicht viel von der Schmiedekunst. Die Zweifel kehrten zurück. Was, wenn das, was ihr vorschwebte, gar nicht machbar war? Was, wenn Kullu sich weigerte, seinem Schwager zu helfen? Und was, wenn das, was Biredh erzählt hatte, sie nur in die Irre führte? Dann wäre ihr ganzer Plan hinfällig. Biredh. Der blinde Erzähler schien immer in der Nähe zu sein, wenn etwas Wichtiges geschah. Das war in Serkesch so gewesen, im Isberfenn und nun in Ulbai wieder. Sie beschloss, Temu nach ihm zu fragen.

»Biredh?«, antwortete der Schreiber. »Natürlich kenne ich ihn, warum fragst du nach ihm?«

»Ich habe ihn vorhin bei den Tempeln getroffen.«

»In der Stadt? Ich hätte nicht gedacht, dass er Ulbai jemals wieder betritt.«

»Warum sollte er die Stadt nicht mehr betreten wollen?«, fragte Maru neugierig.

»Kennst du seine Geschichte nicht?«, fragte der Schreiber und ging langsamer. Er war außer Atem geraten.

Maru verlangsamte ihre Schritte ebenfalls. »Nein«, antwortete sie, nicht ganz wahrheitsgemäß. Im Fenn hatte man ihr erzählt, Biredh habe als hoher Abeq Strydh gedient und deshalb, wie es der Brauch verlangte, ein Auge geopfert. Aber dann sollte er sich eines Besseren besonnen und sich vom Kriegsgott abgewandt haben. Um sein Priesteramt aber niederlegen zu dürfen, habe er sein zweites Auge opfern müssen.

»Es ist lange her, vor meiner Geburt«, begann Temu. »Biredh war damals ein junger und hoffnungsvoller Verwalter am Hofe Labar-Etellus. Er soll ein sehr begabter Jüngling gewesen sein, doch liebte er das Schöne zu sehr. Sein Auge fiel auf die Frau Labars, und er entbrannte in Liebe zu ihr. Er wurde gefasst, als er sich ihr im Garten nähern wollte. Diese Geschichte wird sehr oft erzählt, und ich habe mir schon mehrfach vorgenommen, einmal in die Gerichtsberichte dieses berühmten Falles zu schauen. Doch bin ich bisher noch nicht dazu gekommen. Vor seinen Richtern sagte Biredh, so die Geschichte, er habe ihrem Anblick einfach nicht widerstehen können, und Labar, der ihn liebte wie einen Sohn, nahm ihm nicht das Leben. Nur seine Augen hätten ihn zu dem Verbrechen verführt – und wurden als die wahren Schuldigen durch Auslöschung bestraft. Labar war ein harter, aber weiser Herrscher«, schloss Temu seine Erzählung.

»Aber das war grausam!«, rief Maru aufgebracht.

»War es das? Als ich zum ersten Mal diese Geschichte hörte, hätte ich dir wohl recht gegeben. Aber inzwischen kenne ich die Gesetze. Labar hätte Biredh auch töten dürfen, eigentlich sogar müssen. Aber er tat es nicht, sondern schenkte ihm eine Möglichkeit, seinem Leben eine bessere Richtung zu geben. Wie ich höre, soll er ein außerordentlicher Erzähler geworden sein. Ich weiß, es ist in gewisser Weise furchtbar, doch frage ich mich, ob er es in dieser Kunst ebenso weit gebracht hätte, wenn er seine Augen hätte behalten dürfen.«

Maru erwiderte daraufhin nichts. Aber sie fragte sich, welche von den Geschichten, die sie über Biredh gehört hatte, die wahre war. Sie waren inzwischen unterhalb der Festung angekommen. Sie umrundeten sie und erreichten das Hafenviertel. Hier war mehr Leben auf den Straßen. Maru ermahnte Temu, langsam zu gehen, denn es galt, nicht aufzufallen. Die Erschütterung der Menschen über den Tod ihres Fürsten war auch hier am Hafen, im dunkelsten Viertel der Stadt, deutlich spürbar. Und nun hatte es in der Oberstadt noch einen verheerenden Brand gegeben. Zum Glück habe es *nur* das Bet Schefir getroffen und nicht die Wohnhäuser oder gar die Tempel, wie man sich zuraunte. Temu lief rot an, als er das hörte, und Maru drückte seinen Arm, um ihn daran zu erinnern, dass sie nicht auffallen durften. Jeder Gesprächsfetzen, den Maru aufschnappte, sprach von Sorgen und Gefahren: Wer würde jetzt für sie zu den Göttern sprechen? Wer würde Luban nachfolgen? Malk Gerru war am Fieber erkrankt und Danami, seine Großmutter, ebenso. Ob auch dahinter diese verfluchte Kaschakku stand? Sie hatte Umati verhext und das Bet Schefir in Brand gesteckt. Das galt inzwischen als sicher. Und mehr als einmal hörte Maru jemanden sagen, dass er hoffte, die Elende sei mit verbrannt. Es fiel Maru schwer, nicht einfach loszurennen, um diesen Gerüchten zu entfliehen, und sie war sehr froh, als sie endlich die Straße der Schmiede erreichten.

Kullus Schmiede fand sich in einem Hinterhof. Der kleine Platz war mit allerlei, zerbrochenen Fässern und Kisten vollgestellt. Beherrscht wurde er aber von einem großen Schmiedeofen, der von vielen Luftschächten versorgt wurde. »Was ist das?«, fragte Maru.

»Weißt du es nicht? Alles Land gehört dem Kaidhan, wie man so sagt. Und nicht nur das Land, auch die Essen sind sein. Nur, wenn das Bet Kaidhan keine Arbeit für sie hat, dürfen die Schmiede auf eigene Rechnung arbeiten.«

Doch jetzt gab es gar keine Arbeit, Blasebälge und Hämmer ruhten, denn es war schon lange weder Kupfer noch Zinn oder gar Eisen in die Stadt gekommen. Kullus Schmiede war ein niedriger Kalksteinbau. Vielleicht war er einmal weiß gewesen, doch der Ruß, den das Handwerk mit sich brachte, hatte seine Mauern mit einem schwarzen Schleier überzogen. Temu pochte an die Pforte. Nichts geschah. Er klopfte lauter. Schließlich näherten sich auf der anderen Seite schlurfende Schritte der Tür. Ein Riegel wurde zurückgeschoben, und die Pforte öffnete sich einen Spalt breit.

»Ja?«, fragte eine mürrische Stimme.

»Ich bin es, Temu«, sagte der Schreiber und schlug seine Kapuze zurück.

Die Tür öffnete sich eine weitere Handbreit. »Du? Hier? Was ist, hast du nichts zu schreiben, da oben, in der Oberstadt?«, fragte die Stimme und kämpfte mit einem Gähnen.

Offenbar hatte der Mann das Feuer des Bet Schefir verschlafen.

»Im Augenblick nicht«, beantwortete Temu die abweisende Frage, »aber ich habe einen Auftrag für dich.«

»Einen Auftrag? Du?«

»Eigentlich diese junge Frau an meiner Seite. Schmiedearbeit, sagt sie.«

Die Tür ging jetzt so weit auf, dass der Schmied den Kopf hinausstrecken konnte. Er betrachtete Maru von oben bis unten mit missmutiger Miene: »Zahlt sie gut?«

Das war nun eine Frage, auf die Maru nicht vorbereitet war. Sie hatte an alles Mögliche gedacht, aber nicht daran, dass der Schmied für seine Arbeit bezahlt werden wollte. Zum Glück war Temu geistesgegenwärtig genug, an ihrer Stelle zu antworten: »Sie zahlt sogar sehr gut.«

»So sieht sie eigentlich gar nicht aus«, meinte Kullu mürrisch. »Was will sie überhaupt? Einen Ring für ihren Liebsten? Oder soll ich etwas in Ordnung bringen, das sie zerbrochen hat? Es tut mir leid, aber ich habe kein Stück Bronze oder Kupfer mehr, dass dazu dienen könnte.« Kullu machte immer noch keine Anstalten, sie hineinzubitten.

Temu sah Maru fragend an – sie hatte ihm ja nicht gesagt, was genau sie vorhatte.

»Es geht um einen Dolch, eine Verzierung, wenn du so willst, Meister Kullu.«

»Dolch?«, fragte Kullu misstrauisch, »für ein Mädchen?«

Maru trat ein Stück näher heran und flüsterte: »Es ist nicht nur einfach ein Dolch, ehrbarer Meister, es ist eine Klinge der Hakul.«

Der Schmied starrte sie einen Augenblick ungläubig an. »Kann ich sie sehen?«, fragte er heiser. Etwas schien ihm auf die Stimme geschlagen zu sein.

»Drinnen, Meister Kullu, drinnen«, antwortete Maru ruhig. Sie dachte kurz daran, ihre Zauberstimme einzusetzen, aber der Schmied war der Verwandte eines Freundes, und Maru fand, dass es sich einfach nicht gehörte – wenn es auch anders ging. Kullu schien noch einen Augenblick mit sich zu kämpfen, dann trat er zur Seite und bat sie mit knapper Geste in sein Reich. Es war drinnen ähnlich unordentlich wie draußen.

»Hier arbeitest du also?«, fragte Temu gedehnt.

Kullu war drahtig, und seine Arme waren sehr kräftig, aber er war sicher einen ganzen Kopf kleiner als seine Frau. Sein Gesicht schien von fortwährendem Missmut geprägt, und den herablassenden Unterton in Temus Stimme hatte er gehört. »Ja, hier arbeite ich, Schwager. Es ist nicht das Bet Schefir, doch es gehört mir allein. Und kein Erster Schreiber sagt mir, was ich zu tun habe.«

Temu setzte zu einer Antwort an, doch Maru kam ihm zuvor: »Willst du die Waffe nun sehen, Meister Kullu?«

Natürlich wollte er das. Kullu sorgte für mehr Licht und räumte einen Tisch frei, indem er einfach alles, was darauf lag, mit dem Arm hinunterfegte. Maru legte den Dolch auf die Tischplatte. In Kullus Augen zeigte sich ein leichter Glanz. Dann zog sie die Klinge aus der Scheide.

»Hakul«, flüsterte Kullu ehrfürchtig, während Temu den Vorgang mit einem gewissen Unverständnis beobachtete.

»Darf ich sie berühren?«, fragte der Schmied mit einem unsicheren Zucken um die Mundwinkel.

»Natürlich«, antwortete Maru knapp. Der Schmied mochte ein Verwandter Temus sein, besonders einnehmend fand sie ihn aber nicht.

Kullu nahm die Klinge in die Hand. Seine Augen strahlten fiebrig. »Wunderbar«, murmelte er immer wieder, »wunderbar. Aus Eisen. Was für eine Waffe. Sie muss ein Vermögen wert sein.«

»Es ist doch nur ein Dolch, was ist daran so besonders?«, fragte Temu.

»Nur ein Dolch? Er stammt von den Schmieden der Hakul, Schwager!«, belehrte ihn Kullu. »Sieh nur, wie vollkommen die Form ist, wie meisterhaft die Klinge in den Schaft gefügt wurde. Er liegt in der Hand, als wäre er dort festgewachsen, dabei ist er nicht einmal für mich gefertigt worden. Es heißt, die Schmiede dieses wilden Volkes verfügten über Zauberkräfte. Ihre Dolche zerbrechen nie, werden niemals stumpf, und sie verleihen ihrem Eigentümer Stärke, wenn, ja, wenn sie für diesen gefertigt wurden. Diese Klinge ist mehr wert als meine ganze Schmiede, Schwager.« Zum ersten Mal schien der Missmut Kullu verlassen zu haben.

»Für mich sieht das aus wie ein gewöhnliches Messer«, murrte Temu, dem offenbar nicht gefiel, dass sein Schwager mehr darüber zu sagen wusste als er selbst.

»Aber du bist keine Hakul, Mädchen, oder?«, fragte der Schmied, der die Augen nicht von der Klinge wenden konnte.

»Nein, ich habe diese Waffe geschenkt bekommen, von Upnu, dem Schab-ut-Schabai.« Upnu hatte in der Waffenkammer zwar gar nicht gesagt, dass sie den Dolch behalten durfte, aber Maru wollte Eindruck machen. Wann hatte sie ihn bekommen? Es schien eine Ewigkeit her zu sein, dabei war das gerade erst am Vorabend geschehen.

»Der Schab-ut-Schabai«, wiederholte Kullu geistesabwesend. Dann sammelte er sich. »Sag, Fremde, was kann ich für dich tun? Du sagtest, du willst diesen Dolch verzieren? Ich bin ein Schmied, und sicher nicht der schlechteste, doch kann ich mir nicht vorstellen, dass ich dieser Hakul-Klinge irgendetwas hinzufügen kann, das sie besser machte, als sie schon ist.«

Maru wusste nicht, wie sie dem Schmied erklären konnte, was sie brauchte, denn es berührte den Bann, den Utukku über sie verhängt hatte. Sie griff in ihre Tasche, zog die kleine goldene Scheibe hervor und legte sie auf den Tisch. Sie versuchte, nur an Tiuf und seine geheimnisvolle Waffe zu denken. Temu und Kullu starrten auf das blinkende Stück Gold.

»Woher …?«, fragte der eine.

»Wie …?«, begann der andere.

»Die Klinge, du musst das Gold darauf bringen, Meister Kullu. Kannst du das?« Genau das war es, was sie aus Biredhs Erzählung herausgehört hatte: Das geheimnisvolle Erz, aus dem die Waffe für Tiuf geschmiedet worden war – es konnte nur Gold gewesen sein. Wenn diese Geschichte genug Wahrheit enthielt, würde sie damit den Daimon töten können. Sie versuchte zu verdrängen, wie diese Geschichte für Tiuf ausgegangen war.

»Vergolden?«, fragte Kullu schwach.

»Das Gold muss auf die Klinge, irgendwie.«

»Gold. Ich habe noch nie mit Gold gearbeitet«, sagte der Schmied langsam. Er befühlte die Scheibe mit unruhigen Fingern.

»Aber du kannst es?«, drängte Maru.

Der Schmied nickte. »Ich kann es«, krächzte er, dann räusperte er sich und fuhr fort: »Doch verstehe ich den Sinn nicht. Ich muss die Klinge erhitzen, das wird sie stumpfer machen, Hakul-Zauber hin oder her. Und ich muss die Blutrinne vertiefen, um das Gold aufzubringen. Das nimmt ihr die Festigkeit. Die Waffe wird vielleicht schöner, aber schlechter. Ich verstehe deinen Auftrag nicht, Mädchen.«

»Ich kann dich nur bitten, es zu tun.«

Kullu nickte. Seine Augen wanderten zwischen dem Goldstück und der Klinge hin und her. »Wenn es gut werden soll, werde ich mehrere Tage sorgfältiger Arbeit dafür benötigen. Am besten, du lässt ihn mir da. Dann werde ich nach meinen Gehilfen schicken und …«

»Diese Zeit habe ich nicht. Heute, jetzt! Ich brauche diese Waffe sofort, Meister, bitte. Und niemand sollte es erfahren.«

Kullu zögerte. Seine Zunge wanderte über die Lippen. Er schien nachzudenken. Schließlich sagte er: »Es ist deine Waffe, doch möchte ich später keine Klagen hören, dass sie verdorben ist.«

»Das wirst du nicht, ehrbarer Kullu«, versicherte Maru.

Der Schmied stimmte schließlich zu. Und als seine Bewunderung für die Waffe ein wenig abgeklungen war, erwachte der Geschäftsmann in ihm. Er verlangte fünf Segel Silber für die Arbeit. Das waren genau fünf mehr, als Maru besaß, aber zu ihrer Überraschung bot Temu an, die Summe vorzustrecken. Sie zog ihn zur Seite. »Ich weiß nicht, ob ich dir das Geld je zurückzahlen kann«, flüsterte sie.

»Ich nehme an, wenn du es kannst, wirst du es tun«, antwortete Temu mit leuchtenden Augen, »wenn nicht, ist es auch nicht schlimm, denn …« Er vollendete den Satz nicht.

»Ja?«, fragte Maru. Dem Schreiber schien etwas auf dem Herzen zu liegen.

»Du weißt, dass ich seit vielen Jahren Schreiber bin. Ich habe meine Kindheit und Jugend und die Jahre danach dieser Kunst gewidmet. Denn es ist eine Kunst, wertvoll und ungeheuer wichtig! Aber ich habe über all den Tontafeln und Schriftzeichen vergessen, wie es außerhalb des Bet Schefir ist. Der heutige Tag, ... nun, wir waren in Lebensgefahr, nicht wahr?«

Maru nickte. Was wollte er ihr sagen?

»Ich bin gerannt wie seit Jahren nicht mehr. Ich hatte große Angst und dachte mehr als einmal, dass ich vielleicht heute sterben muss, aber gleichzeitig ... es ist eigenartig, mir fehlen die Worte, dabei sind Worte doch mein Beruf, nicht wahr? Es war ... großartig!«

Maru wurde fast ein bisschen rot, als sie den strahlenden Blick des Schreibers bemerkte. »Weißt du, Temu, ich werde nicht jeden Tag durch die Straßen gejagt«, antwortete sie vorsichtig.

»Widersprich mir nicht, Mädchen!«, befahl Temu lächelnd. »Seit Jahren habe ich mich nicht mehr so ... großartig ... gefühlt. Und dafür bin ich dir dankbar. Mach dir also um das bisschen Silber keine Sorgen. Auch wenn es ein unverschämt hoher Preis ist.«

Kullu lehnte es aber ab, darüber zu verhandeln: »Willst du sie heute, dann kann ich nur diesen Preis machen, willst du sie morgen, verlange ich nur viereinhalb.«

»Und wie lange wird es nun dauern?«, fragte Temu verärgert.

Kullu grinste. »Das hängt davon ab, ob ihr als Schmiedegesellen taugt oder nicht. Das Feuer muss geschürt und die Glut heiß gehalten werden. Ich muss das Eisen erhitzen und das Gold schmelzen. Das vermag ich nicht alleine. Und da meine Gehilfen nicht da sind und diese junge Frau sicher nicht will, dass ich einen Nachbarn um Hilfe bitte, ist es an dir, hochgeachteter Schreiber Temu, die Kohlen aus dem Lager herbeizuschaffen.«

Auch für Maru gab es zu tun. Der Schmied schürte das Feuer, und sie und der Schreiber bedienten die Blasebälge, um die Glut anzuheizen und die Hitze immer weiter zu steigern. Sie gerieten ordentlich ins Schwitzen. »Ich muss sagen, Schwager«, schnaufte Temu, »dass ich nicht für möglich gehalten hätte, dass deine Arbeit so anstrengend ist.«

»Du sollst nicht reden, sondern den Blasebalg treten«, antwortete Kullu grinsend, während er die verzierten Bronzenägel aus dem Heft löste und schließlich das nackte Eisen in der Hand hielt. »Nicht nachlassen«, mahnte er, und dann griff er zum Hammer. Laut hallten seine Schläge durch die Hütte. Er vertiefte die Blutrinne mit einem Meißel und füllte sie mit geschmolzenem Gold. Dabei durchbohrte er die Klinge, damit das Gold sich verbinden konnte. Er trieb weitere feine Kerben ins Eisen und füllte auch diese mit dem gelben Metall auf. Schließlich verwendete er den Rest des Goldes, um ein dünnes Blech dicht am Heft über die Klinge zu ziehen. Maru verlor irgendwann das Zeitgefühl. Ihre Beine schmerzten von der ungewohnten Tätigkeit. Sie schwitzte, und das Atmen fiel in der stickigen Hütte schwer. Aber schließlich, es war schon später Nachmittag, war es vollbracht. Kullu steckte die Klinge in einen Eimer Wasser, wo sie zischend abkühlte.

»Es ist gut. Ihr könnt jetzt aufhören«, sagte er. Dampf stieg aus dem Eimer und füllte die niedrige Kammer. »Draußen ist ein Brunnen, dort könnt ihr euch säubern.«

»Ich weiß nicht, ob ich den Weg schaffe«, jammerte Temu, »meine Beine fühlen sich an, als wären sie aus Sand.«

»Du warst ein guter Gehilfe, Schwager, meine eigenen hätten es nicht viel besser gekonnt«, lobte ihn Kullu. Er wischte sich den Schweiß von der Stirn.

»Ist es gelungen?«, fragte Maru.

»Du wirst es gleich sehen, Mädchen«, antwortete der Schmied und nahm das Eisen mit der Zange aus dem Wasser. »Nicht anfassen, es ist immer noch heiß«, mahnte er. Da lag die Klinge, matt glänzend und von hell schimmernden goldenen Bahnen durchzogen.

»Es sieht gut aus«, fand Temu, der sich die Beine massierte.

Kullu und Maru tauschten einen vielsagenden Blick. Der Schreiber verstand wirklich nichts von Waffen.

»Geht euch ruhig waschen, ich werde das Heft wieder befestigen«, sagte der Schmied. Er wirkte mit einem Mal sehr nachdenklich. Und Maru entdeckte in seinem Blick etwas, das ihr nicht gefiel.

»Das ist also dein Schwager«, meinte sie, als sie sich draußen in dem kleinen Hinterhof den Ruß von den Armen wusch.

»Es ist wirklich das erste Mal, dass ich ihn bei der Arbeit erlebe. Er scheint Freude daran zu haben. Zuhause sitzt er meist nur mürrisch auf der Schwelle und lässt sich von meiner Schwester ausschimpfen. Sie sind eigentlich nie einer Meinung, nur, wenn es gegen mich geht, dann halten sie zusammen.«

Von drinnen klangen Hammerschläge. Kullu trieb wohl die verbindenden Nägel durch den Griff.

»Warum suchst du dir nicht ein anderes Haus?«, fragte Maru.

»Aber dieses gehört mir doch!«, rief Temu empört. »Ich habe sie um unserer verstorbenen Mutter willen aufgenommen, und ich habe es oft schon bereut. Ich muss leider sagen, dass sie beide gierig und geizig sind. Ich gebe meiner Schwester genügend Segel Kupfer und Bronze für ein gutes Essen, – wenn die Stadt nicht gerade belagert wird, versteht sich –, aber ich glaube, sie behält die Hälfte für sich und tischt mir nur das Billigste auf«, erzählte Temu und trocknete sich das Gesicht an seinem Umhang ab, weil er nichts anderes hatte.

»Aber als Schmied scheint Kullu doch zu taugen«, meinte Maru.

»Ja, er arbeitet gut, aber sein Preis ist recht hoch, wenn ich das sagen darf. Und leider hat er nicht den Ruf, der Ehrlichste zu sein.«

Maru sah ihn fragend an.

Er beugte sich zu ihr und flüsterte: »Hast du nicht gesehen, dass ihm an jeder Hand ein Finger fehlt? Er hat Kupferbarren gefälscht, sie mit Schlacke gestreckt. Doch das ist schon viele Jahre her und soll heute nicht meine Sorge sein. Komm, ich will doch sehen, wie diese Wunderwaffe aussieht, wenn sie fertig ist.«

Sie gingen gemeinsam zum Haus, als Maru plötzlich wieder das Gefühl der Unruhe spürte. Sie drehte sich um. Wurden sie etwa beobachtet? Hof und Gasse lagen verlassen. Temu war schon fast an der Tür, als sie bemerkte, dass die Gefahr von der anderen Seite der Pforte drohte!

»Warte!«, rief sie.

Temu hatte den warnenden Ton in ihrer Stimme gehört und blieb verwundert stehen. Maru zog ihn zur Seite, öffnete die Tür mit einem Ruck, streckte den Kopf hinein und sprang gleich wieder zurück. Etwas Schweres donnerte gegen das Holz und fiel polternd zu Boden. Es war ein Schmiedehammer. Ein Fluch folgte ihm. Maru sprang in die Stube. Der Schmied stand hinter der Esse. Er hielt den Dolch in der Linken und stieß mit der Rechten gerade seine Kohlenschaufel in die Glut. Maru ahnte, was er vorhatte: Der Schmied wollte ihr die glühenden Kohlen als Wurfgeschosse entgegenschleudern. »Halt!«, rief sie. Sie war sich nicht einmal selbst sicher, ob sie die Zweite Stimme eingesetzt hatte, aber Kullu hielt plötzlich inne. Temu war hinter ihr in die Schmiede eingetreten. »Du willst mir doch gar nichts tun, Kullu. Und deinem Schwager erst recht nicht«, sagte Maru langsam. Und wie heißer Atem flüsterte dem Schmied die Zauberstimme zu, dass Brond dieses undenkbare Verbrechen verabscheuen und ihn dafür schreckliche Qualen leiden lassen würde. Kullu starrte sie mit weit aufgerissenen Augen an. *Du musst es sehen.* Es war gefährlich, aber sie versuchte, Tasils Lehrweisheit anzuwenden. Vor ihrem inneren Auge sah sie den Schmied, der an der riesigen Esse seines Gottes stand und diese mit seiner rechten Hand leicht berührte. »Lass ab«, sagte sie leise.

Mit einem Schrei ließ Kullu seine Kohlenschaufel fallen und glotzte ungläubig auf seine vier Finger. Sie waren mit Brandblasen überzogen.

»Was hast du getan?«, schrie Temu seinen Schwager aufgebracht an.

Der stammelte unverständliches Zeug. Nur etwas, das klang wie *Kaschakku*, war zu verstehen.

»Der Wassereimer steht dort, Schmied«, sagte Maru. Sie fühlte sich plötzlich müde und leer. Es kostete Kraft, die Gabe anzuwenden.

Der Mann ging stöhnend in die Knie und hielt seine Hand ins Wasser. Er wimmerte und warf Maru hasserfüllte Blicke zu.

»Mein Schwager, der Mann meiner einzigen Schwester, ich kann es nicht begreifen!«, rief ein erschütterter Temu.

Maru versuchte, ihn zu beruhigen. »Vielleicht war es unsere Schuld. Wir hätten ihn nicht alleine lassen dürfen. Das Gold, das Eisen. Eine große Versuchung für einen so schwachen Menschen«, sagte sie ruhig.

»Man sollte ihm dafür die Hand abhacken, nicht bloß einen Finger«, zürnte der Schreiber. »Er wollte dich bestehlen!«

Maru wusste, dass der Schmied nicht nur vorgehabt hatte, sie zu bestehlen. Kullu hatte es gesagt: Der Dolch war mehr wert als seine ganze armselige Schmiede.

»Ich glaube, es genügt, wenn er für immer die Stadt verlässt, nicht wahr?«, meinte sie nur. Der Schmied blickte verängstigt zu ihr auf und nickte eifrig.

»Am besten sofort«, rief Temu. »Er soll mir aus den Augen gehen! Und nicht wagen, noch einmal mit meiner Schwester zu sprechen.«

»Das wird er nicht, oder?«

Der Schmied schüttelte den Kopf, die Augen zu Boden gerichtet.

Maru hielt inne. Von draußen wehte der Klang vieler Hörner über die Stadt.

»Was bedeutet das?«, fragte sie.

Temu lauschte, dann antwortete er: »Es ist das Zeichen Uschparus. Der Immit verlässt die Stadt.«

Die Pläne der Mächtigen

Es gibt mehr kluge Pläne als Füchse auf dieser Welt.

Kydhisches Sprichwort

Maru nahm den Dolch an sich und verließ die Schmiede, ohne den völlig verstörten Kullu noch eines Blickes zu würdigen. Sie fragte sich, ob das nicht vielleicht ein Fehler war. Jetzt war er verletzt und verängstigt, aber später? Was würde er tun, wenn er den Schock überwunden hatte? Wenn er die Stadt nicht verließ, würde ihm das eine oder andere zu Ohren kommen. *Kaschakku.* Der Klang dieses Wortes verfolgte sie immer noch. Der Schmied konnte gefährliche Schlussfolgerungen daraus ziehen. Und so, wie die Stimmung in der Stadt war, würde man ihm jede Lüge glauben, die er über die Fremde erzählen mochte. Das konnte übel für sie enden. Und für Temu auch.

»Wie hast du das eben gemacht?«, fragte der Schreiber, als sie durch die Straße der Schmiede liefen. Sie folgten dem Strom der Menschen, die alle sehen wollten, wie Immit Uschparu aus der Stadt zog, um endlich Frieden zu schließen.

Maru zuckte mit den Achseln. »Es war wie bei dem Wächter am Kydhischen Tor, vielleicht etwas stärker«, antwortete sie.

Temu hielt sie an. Er war schon wieder außer Atem. »Etwas? Weißt du«, flüsterte er, »wenn ich nicht von dieser Geschichte mit deinem Vater wüsste, dann würde ich auch glauben, du seist eine …«

»Sprich es bitte nicht aus«, unterbrach ihn Maru. »Ich bin nicht, was sie sagen. Soweit ich weiß, besitzen die … Bösen Frauen solche Kräfte gar nicht. Und ich hoffe, du weißt, dass ich meine Gabe nicht einsetze, um Böses zu tun.«

»Ja, das sehe ich jetzt«, murmelte ein nachdenklicher Temu. »Du warst viel zu nachsichtig mit diesem ehrlosen Schuft. Aber sag, wo gehen wir jetzt eigentlich hin?«

Eine berechtigte Frage. Maru hatte sich ihre Gedanken gemacht, vorhin, als sie endlos lang den Blasebalg getreten hatte. Sie hatte immer noch keine Ahnung, was der Daimon vorhatte und warum er sich den ganzen Tag nicht gezeigt hatte. Sie war zu dem Schluss gekommen, dass es vorerst sinnlos war, sich weiter damit zu beschäftigen. Es war etwas, das nicht in ihrer Hand lag. Utukku würde sich zeigen, wenn er wollte – nicht, wenn sie ihn suchte oder dafür bereit war. Es wartete aber noch eine andere Aufgabe auf sie, kaum weniger schwierig: Tasil. Immerhin hatte sie bei ihm eine ungefähre Vorstellung, wo sie ihn finden würde, nämlich am Fluss. Er würde in der Nähe des Schatzes sein, den der Immit gerade vor die Stadt brachte. Sie seufzte. Tasil war unberechenbar. Er hatte einen Plan, vermutlich hatte er sogar mehrere Pläne. Und alle würden sich darum drehen, wie er an die Kisten mit Gold, Silber, Eisen, und Bernstein gelangen könne. So viel war ihr klar, aber mehr auch nicht. Was sollte sie also tun? Sie musste Tasil finden und in Erfahrung bringen, was er vorhatte. Was immer es war, er durfte diesen Frieden nicht verhindern. Noch eine Entscheidung hatte sie in der Schmiede getroffen. Sie wollte Temu nicht noch weiter mit hineinziehen.

»Höre, Temu. Ich weiß nicht genau, was mich heute noch erwartet, doch zunächst werde ich Ausschau nach meinem Onkel halten müssen.« Das war weniger als die halbe Wahrheit, aber sie wollte den Schreiber nicht bei den Geschehnissen am Fluss dabei haben. Es war einfach zu gefährlich, und er hatte schon mehr als genug für sie getan.

Temu nickte eifrig. »Kann ich dir dabei helfen?«

Maru überlegte. Sie wollte ihn auch nicht vor den Kopf stoßen. Schließlich kam ihr ein Gedanke. »Sag, Temu, in der bewussten Kammer im Bet Schefir, war dort auch etwas über Kräuter zu finden?«

»Kräuter? Welcher Art?«

»Der Art, wie sie die Maghai und Kräuterfrauen verwenden.«

»Nun, das weiß ich nicht. Ist das denn wichtig? Denn wenn es wichtig ist, ist es durchaus möglich, dass es in dieser Kammer festgehalten ist«, meinte Temu nachdenklich.

»Es ist sehr wichtig. Ich muss etwas über eine Pflanze wissen, die man Treublatt nennt.«

»Ach, das Liebeskraut?«, fragte Temu verwundert.

»Du kennst es?«

»Es ist recht beliebt bei jungen Leuten, soweit ich weiß. Aber warum fragst du danach?«

»Ich suche ein Gegenmittel.«

Und als sie Temus fragendes Gesicht sah, setzte sie hinzu: »Es ist eine lange Geschichte, aber auch die kann ich dir erst später erzählen.«

»Treublatt«, murmelte der Schreiber nachdenklich.

»Am besten, du nimmst den Gang, durch den wir entflohen sind, es könnte sonst schwierig werden, dorthin zu gelangen, Temu.«

Schwierig war eine Untertreibung. Er war zusammen mit einer Kaschakku gesehen worden. Wenn ihn jemand wiedererkannte, konnte es sehr gefährlich für ihn werden. Es war besser, er ließ sich erst einmal nicht in der Oberstadt und schon gar nicht im Bet Schefir blicken.

Der Schreiber nickte. »Ich hoffe, er steht mir noch offen. Der Priester im Tempel der Alwa könnte den Gedanken gehabt haben nachzuforschen, woher wir gekommen sind, als wir seinen Opferdienst störten.«

Daran hatte Maru nicht gedacht. Hielt sie ihn etwa aus einer Gefahr heraus und brachte ihn in eine andere? »Du hast recht, Temu. Du musst vorsichtig sein.«

»Andererseits, ich bin ein Schreiber, der oberste der Stadt, jedenfalls zurzeit«, fuhr Temu fort. »Wenn einer das Recht hat, diesen Gang zu benutzen, dann doch wohl ich!« Es klang selbstbewusst, aber er blinzelte unsicher, als er das sagte.

»Sehr gut. Ich bin sicher, damit kannst du den Abeq überzeugen, falls er Fragen stellen sollte. Und jeden anderen auch.«

Temu seufzte. »Vielleicht kann ich auch einen Blick in die Hallen werfen. Ich will sehen, was diese Narren für einen Schaden unter meinen Tafeln angerichtet haben.«

Maru widersprach: »Bitte, Temu, das ist zu gefährlich.«

»Aber das Feuer ist doch gelöscht«, sagte der Schreiber verwundert.

»Das Feuer, ja, aber der Hass auf die Kaschakku und ihren Freund sicher nicht. Und überhaupt, wie wird das aussehen, wenn da plötzlich jemand aus der Erde emporsteigt?«

Der Schreiber sah sie betreten an. Dann nickte er bekümmert. »Wahrscheinlich hast du recht«, gab er zögernd zu.

»Es tut mir wirklich leid, Temu, aber du solltest einfach warten, bis die Lage sich beruhigt hat, bevor du dich dort oben zeigst. Wenn du aber in der geheimen Kammer etwas findest, komm zum Dhanischen Tor und erwarte mich dort.«

»Ah, ich verstehe, du willst hinunter an den Fluss!«, rief der Schreiber, eine Spur zu laut. Zwei vorbeihastende Männer schielten kurz zu ihnen herüber.

Maru stellte fest, dass sie Temu unterschätzt hatte. Er war vielleicht leicht abzulenken, wenn er in seine Tontafeln versunken war, aber er war ohne Frage ein heller Kopf.

»Vermutlich ja«, antwortete sie leise.

»Aber wird es denn offen stehen, wenn Uschparu es durchquert hat?«, fragte der Schreiber zweifelnd.

»Wenn nicht, werde ich die Wachen überzeugen, dass sie es für uns öffnen. Du weißt, dass ich so etwas kann«, antwortete Maru und schenkte dem Schreiber ein Lächeln.

»Oh, ich zweifle nicht daran«, erwiderte Temu. Er wirkte auf einmal wieder unschlüssig. Vielleicht spürte er, dass sie ihm nicht alles sagte.

»Bitte, Temu, es kann wirklich sehr viel davon abhängen«, bat sie.

Er seufzte. »Gut, dir zuliebe. Und weil es wichtig ist.«

Als der Schreiber sich endlich auf den Weg machte, sah ihm Maru lange nach. Sie bekam plötzlich Zweifel, ob es ein guter Einfall war, ihn zurück in die Kammer zu schicken. Konnte er wirklich der Versuchung widerstehen, ins Bet Schefir hinaufzusteigen? Sie machte sich Sorgen. Er war ein Freund, vielleicht der einzige, den sie in der Stadt hatte. Und sie war sich nicht sicher, ob sie ihn je wiedersehen würde.

Der Lärm der Hörner rückte näher. Maru zog die Kapuze tiefer in die Stirn. Sie wollte zum Tor, aber sie mied die Große Straße, in der sich nun die Menschenmenge staute, um den Auszug des Immits zu begaffen, denn es mochte der eine oder andere darunter sein, der sie am Mittag durch die Straßen gejagt hatte. Sie nahm den Weg über die kleinen Seitenstraßen, die sich so zahllos durch die Stadt wanden. Es genügte völlig, wenn sie den Zug am Tor einholte. Wenn sie etwas Glück hatte, würden die mächtigen Torflügel schon offen stehen, und sie könnte sogar noch vor dem Zug hindurchschlüpfen. Das würde ihr vielleicht die nötige Zeit geben, um sich einen Überblick zu verschaffen. Wenn die Brücke fertig war, dann konnte sie vielleicht sogar auf die andere Seite gelangen. Als sie Temu seinen Auftrag gegeben hatte, war es eigentlich nur aus Fürsorge geschehen, aber natürlich war der Gedanke gut: Wenn Tasil sie mit einem Zauber band, dann gab es vielleicht ein Gegenmittel oder jemanden, der ihn mit einem Gegenzauber lösen konnte. Wika kam ihr plötzlich in den Sinn. Sie hatte endlich das Rätsel gelöst, das ihr die Alte immer wieder gestellt hatte. Sie wusste, warum sie bei Tasil blieb. Vielleicht würde Wika ihr verraten, wie man diesen Zauber brach. Und wenn sie sich wieder bockig zeigen sollte, dann war da noch Velne. Ein starker Maghai. Er konnte ihr sicher helfen. Aber ob er das auch wollte? Sein Freund Klias hätte sie gerne getötet, aber Velne war dagegen gewesen. Warum eigentlich? Er hatte davon gesprochen, dass es besser sei, wenn sich die Maghai nicht einmischten. War es das? Oder war er nur begierig, zunächst ihre Geheimnisse zu lüften, um sie dann, wenn er sie enträtselt hatte, doch zu töten? Er war stark, viel stärker als sie. Einen Kampf mit ihm konnte sie nicht gewinnen. Maru erreichte das Tor. Es war noch verschlossen. Also musste sie doch auf den Zug des Immits warten. Sie war beileibe nicht die Einzige. Hunderte von Ulbaitai hatten sich im Schatten der Mauer versammelt, hungrig, ausgemergelt, fieberkrank, aber doch voller Hoffnung. Maru durfte nicht zulassen, dass Tasil diese Hoffnung zerstörte. Wenn sie nur gewusst hätte, was er vorhatte und wo er steckte!

Eine Hand packte sie plötzlich an der Schulter. »Hier treibst du dich also herum, Kröte. Ich suche dich schon überall.« Tasil. Er zog sie am Kragen aus der Menge in eine Seitengasse. »Wo hast du gesteckt?«, herrschte er sie an. »Habe ich dir nicht gesagt, du sollst im Haus auf mich warten?«

»Du hast mir gar nichts gesagt, Onkel«, widersprach sie aufgebracht, »du hast mich vor die Tür geschickt.«

Tasil lächelte plötzlich auf die ihm eigene Art. »Ist die Kröte etwa beleidigt?«

Maru lag eine scharfe Antwort auf der Zunge, aber sie schluckte sie hinunter. Es war unklug, sich auf einen Streit mit Tasil einzulassen. Er war ein Meister darin, andere zu unbedachten Äußerungen zu reizen. Sie zwang sich also, ruhig zu bleiben, und sagte mit einem Achselzucken: »Ich habe dich gesucht, Onkel.«

»Das ist wohl der Unterschied, Kröte, du suchst – ich finde, auch wenn du versuchst, dich unter dieser Kapuze zu verstecken«, meinte Tasil breit grinsend.

Aber auch davon ließ sich Maru nicht aus der Ruhe bringen. »Und jetzt, da du mich gefunden hast?«, fragte sie. Sie hörte die Hörner näher kommen. Der Zug musste das Tor gleich erreicht haben. Maru hörte, wie die schweren Bronzetore aufschwangen. Tasils aufreizendes Grinsen blieb, aber Maru vermeinte, unter dieser zur Schau gestellten guten Laune große Anspannung zu spüren. Natürlich, der Schatz. Tasil pflegte zu sagen, dass in Zeiten großer Gefahren auch immer gute Gelegenheiten zu finden waren. Maru wurde jetzt erst bewusst, dass das auch umgekehrt galt: Je höher der Gewinn, desto größer das Wagnis. Und nur wenige Schritte weiter verließ gerade ein ganzer Berg aus Gold, Bernstein, Silber und Eisen die Mauern der Stadt. Tasil würde dafür alles wagen.

Er spähte um die Ecke. »Sie sind am Tor. Also gut, lass uns nicht länger hier herumstehen, sondern komm mit. Wir haben zu tun.«

Er hielt sie am Arm fest und zog sie, zu ihrer Überraschung, nicht zum Tor, sondern in die andere Richtung.

»Wo gehen wir denn hin, Onkel?«, fragte sie.

»Zum Hafen. Hardis dürfte bereits auf uns warten.«

Hardis? Das hieß, auch Agir würde nicht weit sein. Maru sträubte sich gegen den festen Griff Tasils. »Ich kann nicht in den Hafen,

Onkel«, sagte sie und schalt sich selbst, weil sie es nicht schaffte, sich das Wort »Onkel« abzugewöhnen.

»Bist du plötzlich wasserscheu geworden, Kröte?«

»Nein, aber ich hatte … Schwierigkeiten«, erwiderte sie vorsichtig.

Tasil blieb stehen und musterte sie durchdringend. »Welcher Art?«, fragte er.

Maru berichtete kurz, wie Agir sie verfolgt und verleumdet hatte und wie sie vor der wütenden Menge hatte flüchten müssen. Den Zwischenfall mit Agir vor dem Haus des Richters erwähnte sie nicht, und auch darüber, mit wem und auf welchen Wegen sie entkommen war, schwieg sie sich aus.

»Also deshalb dieser alberne Mantel. Du bist die Kaschakku, von der alle reden.«

»Ich bin keine Kaschakku«, verteidigte sich Maru.

»Ich habe das Gefühl, dass du mir gerade ein oder zwei Dinge verschweigst, Kröte, aber das hat Zeit. Wir werden im Hafen erwartet.«

»Aber Agir wird dort sein!«

Tasil blickte ihr fest in die Augen. »Ich werde mit diesem Kydhier ein ernstes Wort reden, Maru. Glaube mir, danach wird er dich nie wieder verleumden. Und mich wird er auch nie wieder verraten, weder an Tagor Xonaibor noch an sonst jemanden, das schwöre ich dir, bei Fahs.«

Maru schluckte. Tasil wirkte finster entschlossen. Wenn Agir ihm dumm kam, würde der schmächtige Kydhier diese Aussprache vielleicht nicht überleben. Sie eilten durch die Stadt. Es ging schon auf den Abend zu. Abseits der großen Straßen waren kaum Menschen zu sehen. Die meisten drängten sich wohl am Dhanischen Tor. Maru fragte sich, ob die Ulbaitai die Stadt verlassen würden, um dem Friedensschluss am Strom beizuwohnen. Sie hoffte, dass der Immit das nicht zulassen würde. Die ganze Stadt fieberte dem

Frieden entgegen, aber wenn dort irgendetwas schiefging, wäre es besser, es wäre niemand vor den Mauern. Die Serkesch hatten jetzt eine Brücke über den Fluss. Wenn sie es nicht ernst meinten mit dem Frieden oder wenn irgendetwas – oder jemand – den Abschluss des Vertrages verhinderte, dann war die Stadt in großer Gefahr. Unbewaffnete Ulbaitai wären wie Schafe unter Wölfen, wenn Numur den Angriff befehlen würde. Oder lag das in der Hand von Abeq Mahas? Wenn eingetreten war, was Klias angekündigt hatte, war Numur nur noch ein gefügiges Werkzeug in der Hand des Priesters. Aber war das wirklich besser?

»Onkel«, fragte Maru, als sie nebeneinander durch die Gassen trabten, »was hast du vor?«

Sie rechnete nicht mit einer ernsthaften Antwort, aber Tasil blieb stehen und packte sie am Arm. »Was ich vorhabe, Kröte? Eine kühne Tat. Dein Freund Biredh wird später Geschichten darüber erzählen können – wenn es gutgeht. Das ist aber noch lange nicht gesagt, denn es sind viele Männer an diesem Spiel beteiligt, jeder strebt ein Ziel an, und jeder glaubt mich an seiner Seite.« Er sagte das ohne Spott. Er wirkte nachdenklich und schien mehr zu sich als zu Maru zu sprechen. »Mahas will Numur beherrschen, und nach dem, was ich gesehen habe, ist ihm das mit Hilfe der fremden Zauberer schon gelungen. Du kennst den alten Priester, misstrauisch und geheimniskrämerisch ist er. Und ich denke, er hat dir und mir auch noch einen Platz zugedacht in seinem Plan, später, wenn der Frieden erst einmal besiegelt ist. Selbst wenn diese Zauberer Numurs Geist heilen können, glaube ich nicht, dass sich der Alldhan lange an seiner Herrschaft erfreuen wird. Mahas bereitet etwas vor. Er weiht viele Priester für den neuen Gott. Es sind Krieger, Verwalter, sogar Schreiber darunter. Der alte Fuchs hat schon begonnen, sie in alle Teile des Reiches zu entsenden. Sie werden seine Herrschaft sichern, wenn Numur einmal tot ist. Doch wer kann Hand an den Sohn eines Gottes legen? Doch nur ein Fremder wie ich, Kröte. Ein Fremder, der diese Tat vermutlich mit dem Leben bezahlen würde. Seine Nichte übrigens auch.« Maru schluckte. Sie hatte nicht weiter gedacht als bis zu diesem Abend, aber Tasil schon. Er war gut darin, die Gedanken seiner Feinde zu erraten, und ihnen auch deshalb meist einen Schritt voraus. Maru fiel ein, dass auch Velne dunkle Andeutungen über die Zukunft Numurs gemacht hatte. Wie weit waren die Maghai in Mahas' Pläne eingeweiht? Tasils Blick ging ins Leere, als er fortfuhr: »Und Immit Uschparu? Umati und Luban ist er schon losgeworden. Malk Gerru und die alte Danami werden folgen. Schon bald wird er sich selbst zum Kaidhan ernennen, auch wenn er nicht mehr als diese Stadt beherrschen wird. Ist es nicht günstig für ihn, dass man jetzt eine Kaschakku seiner bösen Taten beschuldigt? Ich habe die Geschichten gehört von dem Weib, das Luban verführt, Umati behext und die Oberstadt in Brand gesteckt hat. Die Böse Frau, die alte Kaschakku, die in der Hülle eines Mädchens erscheint und die mit üblen Kräutern den Malk erkranken ließ. Sei froh, dass du nicht am Tor bist. Hätte dich dort einer erkannt – es wäre dein Ende gewesen.«

»Aber wäre es für den Immit nicht gefährlich, wenn man mich verhaftet? Ich könnte doch vieles verraten«, widersprach Maru leise.

Tasil lachte bitter. »Wie einfältig du manchmal bist, Kröte. Uschparu würde dich nicht verhaften, sondern einfach der wütenden Menge überlassen. Und wem wolltest du dann noch etwas erklären? Ich glaube wirklich nicht, dass du lange genug leben würdest, um noch einen Richter zu sehen. Und ich vermutlich auch nicht.«

Tasil hatte recht, das musste sich Maru eingestehen: Sie war verstrickt in ein finsteres Netz von Verschwörungen, das an beiden Ufern des Flusses gesponnen wurde. Und da waren nicht nur der Immit und der Abeq, da war noch die Bruderschaft der Maghai und, am schlimmsten und unberechenbarsten von allen, Utukku, der vorhatte, die Akkesch auszulöschen. Tasils Blick schweifte ins Leere. Maru begriff, dass er ihr das alles nicht erzählte, um sie einzuweihen, sondern um sich selbst noch einmal die Lage zu vergegenwärtigen. Er hatte einen Plan, aber er war wohl selbst noch nicht sicher, ob er ihn durchführen konnte. Er fuhr leise fort: »Tagor Xonaibor und seine Iaunier dürfen wir nicht außer Acht lassen. Du kennst sie, sie sind zu allem fähig, außer vielleicht zu teilen. Der Tagor glaubt, ich arbeite für ihn, aber wenn du sein Schiff siehst, solltest du dafür sorgen, dass wir schneller sind als er.«

»Wir fahren auf den Fluss?«

»Natürlich. Die Awathani hat noch kein Boot angegriffen, wenn du an Bord warst. Das ist ein Vorteil, den wir nutzen müssen.«

»Aber du weißt doch gar nicht, ob sie erscheint. Und du hast gesagt, du seist nicht sicher, was die Erwachte und mich betrifft.«

Tasils nachdenkliche Miene erstarrte für einen Augenblick. Dann sagte er sehr langsam: »Du bist Fleisch von ihrem Fleisch. Das weiß ich. Aber du hast recht, wir können uns nicht auf sie verlassen. Und deshalb müssen wir schnell sein.«

»Also willst du Tagor Xonaibor hintergehen?« Es war mehr eine Feststellung als eine Frage.

»Ich muss, Maru, denn er traut mir ebenso wenig wie ich ihm. Er hat viele Männer und Schwerter und einen unstillbaren Hunger nach Reichtum.«

»Aber was wird Hardis dazu sagen?«

»Das werden wir dann sehen, Kröte, das werden wir sehen. Doch jetzt komm. Ich will diesen Friedensvertrag nicht verpassen.«

»Du willst also den Tribut, oder?«, fragte Maru unvermittelt. Tasil war ungewohnt mitteilsam, das musste sie ausnutzen.

Der Urather blieb wieder stehen, lächelte auf die ihm eigene, wölfische Weise und sagte: »Lass dich überraschen, Kröte.«

Dieses grimmige Lächeln beantwortete Marus Frage endgültig. Er wollte also wirklich den Schatz rauben. Aber wie? Und vor allem – wann?

Als sie den Hafen erreichten, sahen sie, dass der *Fisch* schon zum Auslaufen bereit war. Hardis stand auf der Kaimauer und schien auf sie zu warten. Der starke Gybad saß neben ihm und ließ die Beine über dem Wasser baumeln, und der schmächtige Agir war dabei, irgendetwas im Boot zu richten. Tasil zog Maru hinter eine Reihe mächtiger Tonkrüge. »Warte hier, Kröte, wir wollen doch nicht, dass uns dieser Feigling den ganzen Hafen zusammenschreit.«

Also sah sie zu, wie Tasil den Kai entlangschlenderte. Sollte sie die Gelegenheit nutzen, um davonzulaufen? Sie schüttelte den Gedanken als unsinnig ab. Wo sollte sie schon hin? Und was würde sie dann machen? Zu wem sollte sie gehen? Zum Immit? Zu Abeq Mahas? Nein, sie musste bei Tasil bleiben und herausfinden, was genau er vorhatte. Und dann fragte sie sich, ob sie nur so dachte, weil Tasils Zauber bei ihr wirkte. Der Mann, den sie Onkel nannte, war inzwischen beim Kahn der Schmuggler angelangt. Er wechselte ein paar Worte mit Hardis, schlug Gybad freundschaftlich auf die Schulter, sprang hinab ins Boot – und packte Agir plötzlich hart am Kragen. Der Kydhier schrie ängstlich auf. Maru verstand nicht, was gesprochen wurde, aber sie sah, dass Gybad eingreifen wollte, es dann jedoch nicht tat, weil Hardis ihn daran hinderte. Tasil redete eindringlich auf Agir ein, der schlaff zwischen seinen Fäusten hing. Der Mann wurde bleich wie der Tod. Schließlich nickte er mehrfach schwach. Tasil ließ ihn los und winkte Maru heran. Offensichtlich hatte er die Angelegenheit geklärt.

»Du also bist die Kaschakku, von der hier alle reden«, begrüßte sie Hardis mit einem Grinsen.

»Der Einzige, der mich so nennt, ist Agir«, antwortete Maru finster. Sie bemerkte, dass der große Gybad sie beinahe ängstlich anschaute. »Ich bin keine Kaschakku, Gybad, ganz sicher nicht«, versuchte sie ihn zu beruhigen.

»So ist es, nicht wahr, Agir?«, meinte Tasil im Boot.

»Natürlich, so ist es«, beeilte sich der Kydhier zu versichern, »ich habe mich geirrt, in allem.«

»Wirklich?«, fragte Gybad unsicher.

»Ja doch, wenn ich es dir sage«, rief Agir ärgerlich hinauf.

»Dann ist es gut«, meinte der Hüne zufrieden und half Maru hinab in den Kahn.

»Und wohin soll die Reise nun gehen, Tasil?«, fragte Hardis, der die Leinen losmachte.

»Aus dem Hafen und dann den Fluss hinauf, mein Freund.«

»Es werden viele Serkesch dort sein«, meinte Hardis, als er das Boot von der Kaimauer abstieß.

»Und auch viele Ulbaitai, aber das soll uns nicht stören. Ich habe das Siegel Uschparus und auch eines von Abeq Mahas. Wenn uns jemand fragt, werden wir einfach sagen, dass wir in wichtigem Auftrag unterwegs sind. Und das sind wir ja auch.«

Die Männer griffen zu den Rudern und brachten das Boot zur Ausfahrt. Maru steuerte. »Nun, Mädchen, sag an!«, rief Hardis, als sie die Durchfahrt erreichten.

»Sie ist nicht in der Nähe«, antwortete Maru.

Der *Fisch* schob sich auf den Schwarzen Dhanis hinaus. Mit Erstaunen bemerkte Maru, dass sie nicht die Einzigen auf dem Strom waren. Die Ulbaitai hatten zwei Schiffe hinausgeschickt. Sie ruderten langsam den Strom hinauf. Maru sah außerdem, dass am Ufer auch ungewöhnlich viele Posten aufgestellt waren, und zwar auf beiden Seiten. Was hatte das zu bedeuten? Tasil sah ihren Blick: »Doppelte und dreifache Wachposten, Kröte. Mahas und Uschparu glauben zwar, dass die Zermalmerin sich nicht zeigen wird, solange sie auf festem Boden stehen, aber sie wollen doch gewarnt werden, falls sie sich irren sollten.«

»Und die Schiffe?«

»Es werden viele Krieger auf beiden Seiten der Brücke sein. Und viel Misstrauen. Ich nehme an, die Schiffe sollen die Serkesch von einer unbedachten Handlung abhalten. Wenn Krieger über die Brücke vorrücken, könnten ihnen die Schiffsbesatzungen in die Flanke fallen, vielleicht sogar das Bauwerk einreißen.«

»Aber was ist denn mit der Erwachten? Es sind doch Männer auf den Schiffen«, fragte Maru.

»Tapfere Männer«, antwortete Tasil mit einem dünnen Grinsen, »und Uschparu hat in der Stadt verbreiten lassen, dass jetzt, wo der Krieg zu Ende sei, auch die Zermalmerin verschwände.«

»Und das glauben sie?«, fragte Maru.

»Es ist doch möglich, oder?«, fragte Gybad unsicher. »Sie kam doch erst, als der Krieg begann.«

Agir neben ihm schnaubte verächtlich, und Tasil sagte trocken: »Darauf würde ich mich nicht verlassen, Gybad. Auf jeden Fall würde ich in kein Boot steigen, in dem nicht auch meine Nichte sitzt.«

Maru fragte sich, warum Mahas und Uschparu noch einmal so ein Wagnis eingingen. Sie hätten sich doch auch vor dem Tor treffen können. Weitab vom Fluss. Es mochte ja sein, dass die Zermalmerin weder Damm noch Brücke angriff, aber was war mit den armen Kriegern auf den Schiffen? Sie nahm sich vor, Tasil bei Gelegenheit nach einer Erklärung zu fragen. Die vier Männer brachten den *Fisch* schnell voran. In der Ferne sah Maru schon die Reste der Brückenpfeiler über den Fluss ragen. Dort waren Menschen zugange, auf der neuen Brücke, diesem Wunderwerk der Serkesch, das sie in einem einzigen Tag errichtet hatten. Auch am Ufer herrschte reges Treiben: Zelte waren aus dem Boden gewachsen und Banner wehten im leichten Abendwind. Große Feuerstellen wurden vorbereitet. Der Tag ging zu Ende. Bald schon würden die ersten Sterne aufgehen. Maru entdeckte auf dem Serkesch-Ufer plötzlich die riesige Statue Utus, die dort zwischen den Weiden in den Himmel ragte. »Seht nur, sie haben ihren Gott mitgebracht«, rief sie.

»Was will der denn hier?«, fragte Hardis missmutig. Er teilte die Abneigung der meisten Ulbaitai gegen diese neue Gottheit, die ihr Feind ins Land geschleppt hatte.

Tasil lachte. »Hast du es nicht gehört? Der heldenhafte Uschparu muss sich nicht nur Numur, sondern auch Gott Utu unterwerfen.«

Hardis starrte ihn finster an. »Uschparu muss wissen, was er tut, aber er wird sich damit nicht viele Freunde schaffen.«

»Als Kaidhan braucht er keine Freunde mehr, nur gehorsame Diener«, entgegnete Tasil trocken.

»Das mögen die Götter verhüten, dass dieser Mann wirklich Herr des Reiches wird«, knurrte Hardis.

»Des Reiches? Er muss doch froh sein, wenn er sich noch die Nase putzen darf, ohne den Alldhan um Erlaubnis zu bitten«, spottete Tasil.

Hardis starrte ihn finster an, und Maru staunte. Offenbar wusste Hardis nicht, dass dieser so genannte Friedensvertrag einer Unterwerfung gleichkam. Und wer außer Uschparu sollte Kaidhan werden? Hatte Tasil ihm gar nichts gesagt?

»Bring uns dort drüben an Land, Kröte«, rief Tasil und deutete auf eine Stelle am Ufer. Gehorsam lenkte Maru das Schiff zu einer kleinen Landzunge, einen guten Steinwurf von Damm und Brücke entfernt. Dahinter lagen einige große Schilfboote, und am Ufer lungerten Speerträger, Axtkämpfer und Bogenschützen herum, die offenbar auf Befehle warteten. Also hatten auch die Serkesch daran gedacht, den Übergang mit Schiffen zu sichern. Als sie anlegen wollten, hielt ein Schab sie auf: »Halt, ihr Männer! Wer seid ihr, und was wollt ihr hier? Dies ist das Ufer der Serkesch, nicht der Ulbaitai.«

Tasil hob ein Tonsiegel empor. »Ich komme unter dem Siegel von Abeq Mahas. Und ich muss zu ihm, denn er erwartet mich.«

Das kleine Tonstückchen wirkte Wunder. Der Schab ließ sie landen und bot sich an, Tasil zum Hohepriester zu führen.

»Ich danke dir, tapferer Schab, doch wird es reichen, wenn du mir sagst, wo ich ihn finde. Ich will dich nicht von deinen sicher sehr wichtigen Aufgaben hier abhalten.«

Der Schab schien darüber nicht unglücklich zu sein: »Folge einfach nur dem Pfad durch das Schilf. Du kannst es nicht verfehlen, es ist das kleinere der beiden Zelte.«

Tasil dankte knapp und gab Maru mit einem Wink des Kopfes das Zeichen, ihm zu folgen. »Trödle nicht, Kröte, wir sind in Eile. Ihr anderen wartet hier, wir sind bald zurück.«

Maru hatte nicht damit gerechnet, dass er sie dieses Mal wieder mitnehmen wollte, aber sie kletterte eilig aus dem Boot und folgte ihm. Da zeigte sich plötzlich eine Möglichkeit, mit der sie gar nicht gerechnet hatte. Die Maghai – wenn sie auch am Fluss waren, würde sich vielleicht eine Gelegenheit ergeben, mit ihnen zu reden. Maru unterdrückte einen Seufzer. Sie war so damit beschäftigt, Tasils Plan zu enträtseln, dass sie Utukku für einen Augenblick fast vergessen hatte. Aber durch den Gedanken an die Zauberer war ihr schlagartig wieder bewusst geworden, was für eine Aufgabe noch auf sie wartete. Sie fühlte sich auf einmal sehr müde.

Ein schmaler Trampelpfad schlängelte sich von der Landzunge zwischen Weiden und Schilf hindurch Richtung Brücke. Als sie die Krieger hinter sich gelassen hatten, fragte Maru: »Wo gehen wir jetzt hin?«

»Zu Abeq Mahas, wie ich sagte. Ich habe ihm schließlich versprochen, ihm zu berichten, wie es um Ulbai bestellt ist.«

»Du hast die Stadt für ihn ausgekundschaftet?«

Tasil nickte flüchtig.

»Und dann willst du ihm den Schatz rauben?«

Tasil blieb stehen. »Nicht so laut, Kröte, hier wimmelt es doch nur so von Serkesch.« Er sah sich um, aber da war nur Schilf, das im leichten Wind raschelte. »Pass auf, ich werde es dir erklären, denn ich will, dass du etwas lernst. Abeq Mahas hat mir Silber für ein paar Auskünfte geboten. Hätte ich es vielleicht ablehnen sollen? Er hätte doch sofort Verdacht geschöpft. Also werde ich ihm gehorsam berichten, was ich weiß. Und zwar die Wahrheit, denn er verfügt sicher über mehr als einen Späher in der Stadt und wird schon längst wissen, was drüben vor sich geht.«

»Aber ich denke, er will Frieden.«

»Natürlich will er den, er braucht ihn, denn die Serkesch sind von der Belagerung ebenso erschöpft wie die Ulbaitai. Doch er hält es auch für möglich, dass Uschparu versuchen könnte, ihn zu hintergehen. Ebenso, wie der Immit glaubt, dass der Abeq vielleicht auf Betrug aus ist. Und deshalb treffen sie sich hier, in der Mitte zwischen beiden Lagern, und nicht drüben, vor dem Tor, wie es der Immit ursprünglich einmal vorgeschlagen hatte, oder auf dieser Seite, wie Mahas es wollte.« Und dann setzte Tasil mit einem selbstgefälligen Lächeln hinzu: »Ich weiß gar nicht, woher dieses Misstrauen kommt.«

Maru klappte die Kinnlade herunter. Tasil hatte diese Zweifel gesät? Er hatte dafür gesorgt, dass sie sich hier am Fluss trafen? Dass sie mehr Angst voreinander als vor der Zermalmerin hatten?

»Du kannst den Mund wieder schließen, Kröte. Ich werde dem Abeq also sagen, was er hören will, ein wenig Silber entgegennehmen und dann zusehen, wie sie dort drüben auf dem Damm ihren Frieden schließen.«

»Und dann?«

Aber Tasil beantwortete die Frage nicht, denn es kam ihnen eine Gruppe Krieger im Marschtritt entgegen. Der Schab beäugte sie misstrauisch, aber auch hier beantwortete das Siegel des Abeq alle Fragen. Am Fuß der Brücke waren zwei große Zelte errichtet. Lagerfeuer brannten, und eine große Zahl Krieger harrte der Ereignisse, die da kommen würden. Dicht am Ufer, genau dort, wo der Damm begann, stand die Bronzefigur Utus auf einem Ochsenkarren. Eine ganze Schar von kahlköpfigen Priesterkriegern schien sie beschützen zu wollen. Tasil fragte nach Mahas und erhielt zur Auskunft, dass er sich in Numurs Zelt befände.

»Du kannst hier warten, Kröte, dafür brauche ich dich nicht.«

»Aber warum hast du mich dann mitgenommen?«, erhob Maru Einspruch. Sie hätte schon gern gewusst, was Tasil mit dem Hohepriester zu besprechen hatte.

Tasil grinste breit und sagte: »Glaubst du, ich lasse dich mit Agir und den anderen alleine? Das gäbe Mord und Totschlag, fürchte ich. Und noch brauche ich euch, und zwar alle.« Dann verdüsterte sich seine Miene, und er fuhr fort: »Du wartest hier, und lass dir nicht einfallen zu verschwinden. Es würde dir nicht bekommen, wenn ich dich noch einmal suchen müsste.« Und mit diesen Worten ließ er sie stehen.

Maru sah ihm nach, bis er im Zelt des Alldhans verschwand. Es war gut bewacht. Dennoch konnte sie nicht widerstehen und schlenderte einige Schritte näher heran. Vielleicht ließ sich ja etwas belauschen. Doch sie wurde enttäuscht. Zwar hörte sie Stimmen, aber sie verstand kein Wort. Und noch etwas hörte sie. Ein beständiges Gemurmel. Es war, als würde im Zelt jemand fortwährend beten.

»Sieh an, sieh an, das Küken im neuen Federkleid«, rief eine Stimme.

»Wika! Was machst du denn hier?«

Die alte Kräuterfrau beantwortete die Frage nicht, sondern fragte ihrerseits, während sie gemächlich heranschlenderte: »Wieder im Auftrag des Onkels unterwegs? Bist du das?«

»Er ist nicht mein Onkel, Wika.«

Die Alte trat noch näher an sie heran und sah ihr in die Augen. Dabei kam sie ihr wieder eine Spur zu nah, wie es eben ihre Art war. Sie roch nach Sauerampfer. »Ist er nicht, ich weiß, ich weiß«, murmelte sie. »Und du, Nehis? Wusstest es auch, aber jetzt weißt du es noch besser?«

Maru seufzte, dann nickte sie. »Treublatt«, sagte sie nur.

Wika kicherte. »Also wirklich? Hab es gerochen, im Fenn schon. Aber sicher? Sicher war ich nicht, dass es das Treublatt ist. Einfallsreich ist er, der Onkel, das schon. Und jetzt, wo du mein Rätsel gelöst hast, was machst du jetzt, Nehis? Immer noch streifst du mit ihm umher. Von Gefahr zu Gefahr.«

Maru senkte ihre Stimme: »Ich muss bei ihm bleiben, Wika, denn er hat gefährliche Pläne. So gefährlich, dass sie sogar den Frieden noch verhindern könnten.«

Wika sah sie mit zusammengekniffenen Augen an. »Ein Meister ist er, doch nur der Täuschung, sonst in nichts. Was hat er vor, der Verschlagene?«

»Das weiß ich noch nicht, Wika.«

»Und wie willst du das Rad aufhalten, wenn du nicht weißt, wohin es läuft, Nehis, wie?«

»Indem ich hinterherlaufe, wie sonst, Wika?«, antwortete Maru verdrossen. »Sag mir lieber, wie ich den Zauber aufheben kann, den Tasil über mich verhängt hat.«

»Treublatt? Einfacher Zauber, schlicht und nicht stark. Sag, wer hat gekocht, wenn gekocht wurde? Auf euren Reisen, und jetzt, in der Stadt?«

»Tasil. Er sagte, es sei eine zu schwierige Kunst für mich.«

Wika kicherte. »Recht hat er, der Urather. Schwierig ist die Kunst. Doch einfach ist der Zauber des Treublatts zu brechen. Iss nichts, was aus seiner Hand kommt. Eine Woche, vielleicht zwei, und der Zauber ist verflogen, aber …«, Wika winkte sie näher heran, »du musst wissen, dass diese Beere Gefühle nicht erschafft. Von nichts kommt nichts. Verstehst du?«

Maru atmete den Duft von Sauerampfer. »Nein, ich verstehe das nicht, Wika.«

»Doch, tust du«, behauptete die Kräuterfrau kichernd und schlug ihr mit der knochigen Hand gegen die Brust. »Wenn nicht jetzt, dann später. Doch ich muss weiter. Velne wartet.«

»Velne? Der *Maghai*?«, fragte Maru. Sie war mehr als erstaunt.

»Kennst du noch einen anderen Velne?«, fragte Wika mit einem leicht verärgerten Stirnrunzeln.

»Verzeih, Wika, aber warst du nicht der Meinung, dass diese Zauberer Narren seien, die sich einmischten in Dinge, die sie nichts angingen? Oder irre ich mich da?«, fragte Maru und konnte ein Lächeln nicht unterdrücken.

»Es stimmt. Unbedingt!«, knurrte Wika. »Narren sind sie. Die meisten jedenfalls. Klias. Hörst du ihn? Sitzt bei Numur und murmelt Beschwörungen. Mit seinem Gemurmel weckt er das Unheil. Sieht es nicht, wie auch? Närrischer Maghai. Aber Velne ist anders. Ist klug, für einen Zauberer. Hört auf das, was die Kräuter sagen. Die Bäume, die Tiere. Versteht sogar den Wind.«

Maru hätte nicht für möglich gehalten, dass sie jemals so freundliche Worte über einen Zauberer aus Wikas Mund hören würde. Aber natürlich war das die Gelegenheit, auf die sie gewartet hatte: »Darf ich dich begleiten, Wika?«, fragte sie schnell.

»Du willst zu Velne? Was willst du bei ihm?«, fragte die Alte mit Argwohn.

»Nichts, ich meine, ich habe Fragen, und vielleicht kann er …«

Wika schlug mit ihrer Faust wieder gegen Marus Brustbein: »Und hast keine Angst vor dem Maghai?«

»Du doch auch nicht«, entgegnete Maru.

Wika lachte heiser. »Ich bin eine Kräuterfrau. Mich fürchtet sie nicht, die Bruderschaft. Aber du? Dein Auftauchen durchkreuzt alles, was sie lehren, alles, was sie vorhaben. Halte dich lieber fern.«

»Wika, bitte, es ist wichtig!«

»Immer ist wichtig, was die Jugend will«, rief Wika abschätzig.

»Es geht, es geht um das … worüber ich nicht reden kann.«

Die Kräuterfrau sah sie mit ihren zusammengekniffenen Augen lange an. Dann sagte sie: »Das ist ernst, ich sehe es.« Sie senkte ihre Stimme zu einem Flüstern. »Ist der Schatten wieder da?«

Maru nickte. Sie musste zu Velne, dringender als je zuvor. Sie hatte gar nicht genau gewusst, was sie von ihm erwarten konnte, hatte schwach auf Hilfe oder einen Hinweis gehofft, sich ganz insgeheim sogar gewünscht, gemeinsam mit Velne dem Daimon gegenübertreten zu können. Ein Gedanke, der abwegig war, denn sie konnte nicht vorhersagen, wann sie Utukku begegnen würde. Es war der Daimon, der Ort und Zeit bestimmte. Doch das war plötzlich nebensächlich. Denn während sie hier am Ufer mit der alten Kräuterfrau sprach, war ihr etwas in den Sinn geschossen, das sie einfach nicht bedacht hatte. In ihrem Glücksgefühl, nun über eine Waffe zu verfügen, mit der sie den Daimon – vielleicht – vernichten konnte, hatte sie etwas Wichtiges völlig verdrängt: den Bann. Sie konnte kaum über Utukku reden. Wie sollte sie da gegen ihn kämpfen?

Die Alte zog Maru zu sich heran und flüsterte: »So blass auf einmal, Nehis? Ist das Angst? Die solltest du haben, denn böse kann das enden. Alt ist der Schatten, stark und mächtig. Doch du auch, Nehis. Weißt es vielleicht nicht, aber auch du hast Kraft. Zweifach gesegnet bist du mit der Gabe. Wehre dich gegen ihn!«

»Aber wie?«, fragte Maru leise.

Wika hob die Hand mit abwehrender Geste. »Frage nicht mich. Ich bin von anderer Art. Meine Kraft ist verschieden von deiner. Bin Heilerin, keine Täuscherin. Vielleicht hast du recht. Mit Velne musst du reden. Also schnell!«

»Sieh an, das Kräuterweib«, fuhr eine Stimme dazwischen. Es war Tasil.

»Sieh dich selbst an, Urather. Erkennst du dich noch?«, gab Wika scharf zurück.

»Hüte deine Zunge, Weib, und verdirb mir meine Nichte nicht.«

Wika lachte heiser. »Das kann ich gar nicht, und du, Urather, vermagst es auch nicht! Und entschuldige uns nun, wir haben etwas zu besprechen.«

»Nichts da. Sie ist meine Nichte, und sie soll mir nicht von der Seite weichen. Schon gar nicht mit einer Sumpfhexe wie dir, altes Weib.«

Wika sah Tasil kurz, aber fest in die Augen. »Sie wird gehen, wohin sie will, Urather, wenn nicht jetzt, dann später.« Und damit drehte sie sich um und stapfte davon.

Maru sah ihr nach. Aus – sie hatte die Möglichkeit verpasst, zu Velne zu gehen. Was sollte sie jetzt nur tun? Aus dem Zelt des Alldhans trat eine Gruppe von Männern. Der Hüne Fakyn schritt vorneweg, die Leibwächter mit ihren schweren Doppeläxten folgten, dann erschien Numur selbst. Ein Krieger musste ihn stützen. Er war leichenblass. Abeq Mahas war dicht hinter ihm, und dahinter wiederum folgten Klias und Belk. Wika stapfte mitten durch die Gruppe hindurch. Die Krieger wichen überrascht vor ihr zur Seite.

»Verdammtes Weib«, brummte Tasil. Er packte Maru grob am Arm und wollte mit ihr davon. Da rief eine Stimme: »Urather, auf ein Wort!«

Tasil blieb stehen. Fakyn schritt langsam heran. Der Kydhier überragte Tasil um mehr als eine Haupteslänge und nutzte das, um abschätzig auf ihn herabzublicken, dann sagte er: »Heute gilt das Gesetz des Waffenstillstandes, aber schon morgen ist ein neuer Tag.«

»Aber ab morgen ist doch Friede, edler Schab«, spottete Tasil.

»Ein Friede, der für das Reich gilt, für Akkesch und Kydhier, für Ulbaitai und Serkesch – aber nicht für Urather. Ich hoffe, wir sehen uns dann wieder, Tasil aus Urath – oder wird dich die Angst heute Nacht davontreiben, so wie der Wind ein Blatt davonträgt?«

»Angst, Kydhier? Weder vor dir noch vor dem Wind, den du hier machst. Meine Klinge und ich werden dir jederzeit Rede und Antwort stehen.«

»Ich kann es kaum erwarten. Und nun geh mir aus den Augen, bevor ich vergesse, dass die Waffen heute schweigen müssen.«

»Mit deiner gütigen Erlaubnis, edler Schab«, antwortete Tasil spöttisch grinsend. Dann drehte er sich um und zog Maru am Arm hinter sich her.

»Er scheint dich wirklich zu hassen, Onkel«, stellte Maru fest.

»Und von all meinen Feinden ist er mir der liebste«, antwortete Tasil, und da war kein Spott mehr in seiner Stimme. »Und jetzt beeil dich, Kröte. Hör nur, sie blasen die Hörner. Es geht los.«

Wirklich, einer der Kriegerpriester blies in ein langes Horn, und ein einzelner, tiefer Ton klang durch die Abendluft. Von der anderen Seite des Flusses antwortete ein ebenso dunkler Hörnerklang. Tasil zog Maru hinter sich her. Sie gab ihren Widerstand auf. Er hatte recht, es begann, die Hörner gaben das Signal. Sehr bald würden sich Abeq Mahas und Immit Uschparu auf dem Damm treffen, um den Frieden zu besiegeln. Und dann würde Tasil zuschlagen. Maru bemerkte seine Anspannung. Er hatte schon oft verwegene Pläne ausgeheckt, doch dieses Mal war etwas anders. Maru las eine finstere Entschlossenheit in seinem Blick. Es sah so aus, als würde er dieses Mal noch mehr wagen als sonst. Ja, er würde sich den Schatz der Akkesch unter den Nagel reißen oder bei dem Versuch umkommen. Das war es, was sie in seinem Gesicht las. Und erst, als sie schon wieder fast an der Landzunge waren, wurde Maru klar, dass er nicht nur sein, sondern auch ihr Leben und das von Hardis und seinen Leuten dafür aufs Spiel setzte. Plötzlich war sie unsagbar wütend auf ihn. Sie blieb stehen.

»Was ist denn jetzt wieder los, Kröte?«

Maru blickte ihn schweigend an. *Er* hatte vor, aus der Mitte zweier verfeindeter Heere einen Schatz zu stehlen, belog Herrscher, Hohepriester und auch seine Waffengefährten, betrog selbst sie mit einem Zauber – und dann stellte er *diese* Frage? Sie wäre ihm am liebsten an die Kehle gesprungen. Aber in einem anderen, kälteren Bereich ihres Geistes war ihr ebenso klar, dass Zorn hier ein schlechter Ratgeber war. Tasil war ein Meister darin, andere zu reizen und dann ihre Wut gegen sie zu wenden. Und dann tat sich plötzlich ein neuer Weg für sie auf. Sie erkannte, dass sie in diesem Gewirr von Lügen, Halbwahrheiten und Täuschungen ihr Ziel am ehesten mit der Wahrheit erreichen konnte. »Du hast etwas vergessen«, erklärte sie ganz ruhig.

Sie waren bereits am Rand des Schilfgürtels. Die Landzunge lag vor ihnen. Ein paar Krieger der Serkesch hatten sie schon kommen sehen. Jetzt reckten sie ihre Hälse, um herauszufinden, warum die beiden Fremden stehen geblieben waren.

Tasil runzelte die Stirn. »Vergessen?«

»Die Maghai«, erklärte Maru leise, »sie haben ihre eigenen Pläne.«

»Und was gehen mich diese Bergzauberer an?«, fragte Tasil unwillig.

»Viel, denn sie sind es, die Numur in der Hand haben und lenken. Hast du es nicht bemerkt?«

»Lenken? Ich dachte, sie sind da, um seinen Geist zu heilen«, entgegnete Tasil ärgerlich.

»Hat Abeq Mahas das gesagt, Onkel?« Immer noch konnte sie es sich nicht abgewöhnen, ihn so zu nennen.

Tasil starrte sie nachdenklich an. Es war halb geraten, aber ganz offensichtlich war sie wirklich auf eine Lücke in seinem Plan gestoßen. »Die Maghai«, murmelte er langsam. »Was weißt du über die Maghai?«

»Ich habe mit ihrem Anführer Velne gesprochen. Ich glaube, der andere, Klias, hat große, ehrgeizige Pläne.«

Tasil biss sich auf die Lippen. »Welcher Art?«, fragte er knapp.

»Ich glaube, Klias ist derjenige, der heute entscheidet, ob dieser Frieden geschlossen wird oder nicht – und ob der Schatz über den Damm gebracht wird oder nicht. Und er wird entscheiden, was später geschieht. Mit Numur, mit Mahas, vielleicht sogar mit dem ganzen Reich.« Das war dick aufgetragen, aber im Kern wahr.

»Ich muss das wissen!«, presste Tasil knapp hervor.

»Wenn du willst, kann ich es in Erfahrung bringen. Velne vertraut mir.«

Wieder klang ein Horn über den Fluss, und vom anderen Ufer kam eine getragene Antwort.

»Nun gut, sie werden Zeit brauchen«, meinte Tasil langsam. »Sie werden reichhaltige Opfer bringen, die heilige Flamme entzünden und den Segen der Götter erflehen. Es sind Akkesch. Nichts tun sie, ohne umständliche Rituale abzuhalten. Also wird es dauern. Gut, ich muss es wissen. Du hast die Hälfte einer Stunde, Kröte. Dann musst du zurück sein. Glaube mir, du würdest es sehr bedauern, wenn du nicht rechtzeitig wieder hier wärst.« Und mit diesen Worten drückte Tasil ihr Abeq Mahas' Siegel in die Hand. Maru konnte es kaum fassen. Sie hatte ihn überlistet. Mit der Wahrheit.

Tasils Plan

Alle wichtigen Entscheidungen fallen in der Nacht.

Etellu-Kaidhan

Maru musste sich beeilen. Eine halbe Stunde war schnell vorüber. Sie hastete durch das Schilf ins Lager der Serkesch und versuchte sich zu erinnern, in welcher Richtung Wika verschwunden war. Inzwischen war Bewegung in das Lager gekommen. Zahlreiche Fackeln und Feuer erhellten die Nacht. Die Krieger hatten Aufstellung genommen, Eschet für Eschet in Reih und Glied, und dort, wo Utus mächtiges Bronzebildnis über den Damm wachte, stand Abeq Mahas und brachte feierlich Rauchopfer für den Neuen Gott. Niemand achtete auf das Mädchen, das sich unauffällig durch die Schatten bewegte. Schließlich stieß sie auf einen einsamen Wachposten am anderen Ende des Lagers.

»Wo willst du hin, Mädchen?«, rief er sie an. »Weißt du nicht, dass nun die Zeit des Opfers ist und alle die Kraft ihrer Gebete für ein gutes Ende des Tages zu sammeln haben?«

»Das weiß ich wohl, edler Krieger«, antwortete Maru, »jedoch schickte mich Abeq Mahas mit einem eiligen Auftrag.« Zum Beweis hielt sie die kleine Tontafel mit seinem Siegel empor. »Ein Auftrag, jetzt noch?«, fragte der Speerträger verwundert.

»Ich suche Velne, den Tochar, hast du ihn gesehen?«

»Den Maghai? Du hast Glück. Siehst du die drei Weiden, die dort unten dicht am Ufer stehen? Eine von ihnen ist wohl einmal vom Blitz getroffen worden. Dort sah ich ihn zuletzt. Die Heilerin hat auch nach ihm gesucht, aber«, und jetzt grinste der Krieger, »ich glaube nicht, dass sie es im Auftrag des Abeqs tat.«

Maru dankte dem Posten und lief zu der Baumgruppe, die sich in der Dunkelheit vor dem schimmernden Wasser des Flusses abzeichnete. Der Platz war gut gewählt, falls man beobachten wollte, was auf dem Fluss vor sich gehen würde. Maru reckte sich und sah über das Schilf hinweg, dass Männer auf dem Damm und der Brücke zahlreiche Fackeln entzündeten. Vom Lager her drang salbungsvoll die Stimme des Abeq durch die Nacht. Von Velne oder Wika war allerdings keine Spur zu entdecken. Was nun? Maru sah sich um. Sie spürte auf einmal wieder eine leichte, warnende Unruhe. Dann fiel ihr etwas auf den Kopf. Es war eine Nuss. Sie unterdrückte einen Fluch und starrte nach oben. Sie stand genau unter der Weide, die einst ein Blitz getroffen haben musste. Ihre unteren Äste waren gesund und dicht belaubt, aber etwa ab doppelter Mannshöhe war der Stamm nackt und völlig kahl. Von oben war leises Lachen zu hören. Maru entdeckte zwei dunkle Umrisse im Blattwerk.

»Wika?«, rief Maru ungläubig hinauf.

»Ich war es nicht«, antwortete die Kräuterfrau kichernd.

»Verzeih, Nehis, aber ich konnte einfach nicht widerstehen«, sagte die Stimme von Velne.

»Was macht ihr da oben?«, fragte Maru.

»Wir genießen die Aussicht, Nehis«, krächzte Wika. »Komm doch herauf.«

»Ich muss mit Velne reden«, antwortete Maru.

»Und kannst du das nicht hier oben?«, fragte der Tochar heiter.

Was machten die beiden bloß da oben? Spielten sie Turteltäubchen? Maru spürte wenig Lust, sich dazuzugesellen. Die Lage war viel zu ernst. »Es wäre mir lieber, wir könnten das hier unten tun, Velne, bitte«, antwortete sie.

»Die Jugend wird immer fauler«, seufzte der Zauberer.

Ein Ast knarrte, dann knackte es in den Zweigen, und mit einem Sprung landete der Maghai vor Maru. Er zupfte sich ein paar

Blätter aus dem Gewand. »Ich grüße dich, Nehis«, sagte er freundlich.

»Und ich grüße dich, ehrwürdiger Velne. Ich brauche deine Hilfe.«

Der Maghai schwieg. Es war zu dunkel, um in seinen Gesichtszügen zu lesen, was er dachte. »Was bringt dich auf den Gedanken, dass ich dir helfen könnte, Mädchen?«, fragte er schließlich.

Maru seufzte. »Du bist der Einzige, der das kann«, erwiderte sie.

Der Tochar nickte und sagte dann leise: »Du schmeichelst mir, Nehis, aber ich habe entschieden, dass ich mich in diese Angelegenheit nicht einmischen werde. Die Menschen hier sollen ihren Zwist alleine beilegen. Ich bin nicht Klias. Und darüber solltest du froh sein.«

»Das bin ich auch, Velne, wirklich«, erwiderte Maru. Klias hatte schließlich unverhohlen ihren Tod verlangt. Aber hätte er das auch, wenn er gewusst hätte, was ihr bevorstand? »Es geht aber nicht um einen Streit zwischen Menschen«, erklärte sie, einer plötzlichen Eingebung folgend. »Hat Wika dir nichts gesagt?«

Velne starrte hinaus auf den Fluss. Auf der anderen Seite brannten große Opferfeuer. Maru zählte fünf. Vier für die Hüter, eines für den Ahngott Etellu. Das nahm sie jedenfalls an. Oder jemand war so klug gewesen, auch den Kriegsgott um Gnade und Zustimmung zu bitten.

»Es geht um den Schatten?«, fragte der Tochar.

Maru nickte. Schon der Versuch, über Utukku zu sprechen, schnürte ihr die Kehle zu.

»Wika hat mir vom Treublatt erzählt, dass der Urather auf dich anwendet. Weißt du, wie du diesen Zauber brechen kannst?«

Maru war verwirrt. Warum wechselte der Maghai das Thema? »Er wird verfliegen, wenn ich die Nahrung meide, die diese Beere enthält«, antwortete sie.

»Nun, das ist, was dir eine Kräuterfrau wie Wika raten kann.«

»Sprecht ihr von mir?«, tönte es von oben herab. Die Alte musste gute Ohren haben.

»Nein, von der Kraft der Liebe«, rief Velne hinauf. Dann senkte er die Stimme wieder und sagte: »Als Maghai rate ich dir, nicht so lange zu warten. Dieser Zauber ist eine Fessel des Willens. Und der Wille kann sie sprengen, wenn er stark genug ist, verstehst du? Es kann allerdings schwer und schmerzhaft sein, das sollte ich dir nicht verschweigen.«

»Das verstehe ich, ehrwürdiger Velne, und ich danke für diesen Rat, auch wenn es nicht der ist, um den ich nachsuchte.«

»Ist er das nicht? Schade. Einen anderen habe ich nicht für dich, Nehis. Ich habe dir schon zu viel gesagt, denn ich muss und ich will den Dingen ihren Lauf lassen. Dies habe ich für heute entschieden, denn die Zeichen sind zahlreich und widersprüchlich. Morgen mag es anders aussehen, aber heute werde ich dir nicht mehr sagen. Und jetzt entschuldige mich. Diese Nacht ist jung und schön. Ich will sie genießen, solange sie so bleibt.« Eine tiefe Nachdenklichkeit lag in seiner Stimme. Er wusste ganz sicher mehr, als er sagte. Er griff nach einem Ast und begann hinaufzuklettern.

»Eines noch, Velne, bitte«, rief Maru leise.

Der Maghai hielt inne.

»Der Frieden – wird Klias zulassen, dass er geschlossen wird?«, fragte Maru.

»Mein Freund Klias wird tun, was Mahas will«, antwortete Velne seufzend. »Er erwartet, dass der Abeq diesen Ort als Stärkster verlassen wird, und er hofft, dass dies unserer Bruderschaft nutzen wird. Ich bezweifle, dass viel Gutes daraus folgt. Doch was der Hohepriester will, das fragst du ihn am besten selbst. Ich glaube, du findest ihn zu Füßen dieses bronzenen Gottes.« Und dann verschwand der Tochar, keuchend vor Anstrengung, im Geäst der

Weide. Oben kicherte Wika und spottete über die Trägheit alter Knochen. Maru blieb enttäuscht zurück. Sie hatte auf Hilfe gehofft, aber Velne hielt sich heraus und gefiel sich in geheimnisvollen Andeutungen.

Als Maru zurücklief, war Abeq Mahas immer noch damit beschäftigt, die heiligen Riten für Gott Utu abzuhalten. Seine Kriegerpriester besprengten die Statue mit Wasser aus dem Fluss, um sie vom Staub der Vergangenheit zu reinigen. Maru dachte fieberhaft nach. Sie hatte fast nichts erreicht. Immerhin konnte sie Tasil sagen, dass Klias den Frieden nur verhindern würde, wenn Mahas das wollte. Damit konnte sie vielleicht auch sein Vertrauen gewinnen und würde – wieder nur vielleicht – doch noch rechtzeitig erfahren, wie und wann er den großen Schatz in seinen Besitz bringen wollte. Und sie wusste immerhin, wie sie den Bann brechen konnte, den er über sie … ihr stockte der Atem: Natürlich – wenn sie Tasils Zauber mit Willensstärke brechen konnte – dann galt das sicher auch für jeden anderen Bann! Auch für den, den der Daimon über sie verhängt hatte! Sie biss sich vor Aufregung auf die Lippen. War es das, was ihr Velne eigentlich hatte sagen wollen? Es war so einfach! Oder doch nicht? Das Gefühl der Erleichterung währte nicht einmal eine Sekunde. Velne hatte bei den Hügelgräbern beinahe mit Bewunderung gesagt, dass der Bann des Daimons sehr stark war. Sollte sie etwa stärker sein? Wika hatte Andeutungen in diese Richtung gemacht. Andeutungen! Warum konnten die beiden nicht einfach sagen, was sie wussten oder glaubten? Als sie das dunkle Schilf durcheilte, schlich sich plötzlich noch ein weiterer Gedanke in ihren Kopf: Tasil würde sie, auf welchem Weg auch immer, in große Gefahr bringen. Es bestand die Möglichkeit, dass sie dabei sterben würde. Dann würde ihr der Kampf mit Utukku erspart bleiben. Sie hätte beinahe laut gelacht, weil sie das auf eine sehr seltsame Weise tröstlich fand. Sie schüttelte den Kopf. Das war nur die Müdigkeit. Sie hatte sehr lange Zeit nur sehr wenig geschlafen. Sie durfte jetzt nicht die Nerven verlieren.

»Schon zurück?«, begrüßte sie Tasil, als sie den *Fisch* wieder erreicht hatte. Auf der Landzunge brannten Wachfeuer, aber ihr Schein tauchte den Kahn der Schmuggler nur in ungewisses Zwielicht. Es lagen drei plumpe Schilfkähne auf der anderen Seite, und die Krieger schickten sich an, sie zu besteigen. Sehr eilig schienen sie es damit nicht zu haben. Maru schloss daraus, dass es wohl noch dauern würde, bis sie auf dem Fluss gebraucht würden. Die Männer sahen aber auch nicht so aus, als seien sie sehr erpicht darauf, sich in das Reich der Awathani zu begeben. Sie stiegen nur sehr langsam ein.

Tasil zog Maru zur Seite, soweit das in einem Kahn möglich war. »Und?«, fragte er leise.

»Schon wieder Geheimnisse, Tasil?«, fragte Hardis misstrauisch.

»Nur eine Kleinigkeit, mein Freund«, erwiderte Tasil.

»Klias wird tun, was Mahas will, Onkel«, berichtete Maru leise. Und schon wieder hatte sie ihn Onkel genannt.

»Dann war die ganze Aufregung also umsonst«, stellte Tasil befriedigt fest.

»Der Urather soll uns endlich sagen, was er vorhat«, meinte Agir, der sich hinter Gybad und Hardis zurückgezogen hatte.

»Das wirst du bald erfahren. Und bis dahin empfehle ich dir, deine Stimme zu dämpfen, Agir von den Kydhiern. Wir sind hier nicht allein«, beschied ihm Tasil.

Auf der Brücke tat sich etwas. »Seht nur«, rief Maru leise.

Die Köpfe der Männer wandten sich flussaufwärts. Dort schritten, von der Ulbai-Seite aus, einige Würdenträger langsam über das hölzerne Bauwerk. Maru glaubte, unter ihnen den Verwalter zu erkennen, der sie im Bet Kaidhan hatte verhaften lassen. Er trug ein Lamm auf den ausgestreckten Unterarmen.

»Was tun sie da?«, fragte Gybad.

»Es wird das Friedensopfer sein«, meinte Hardis. »Ulbai schickt ein Tier, und Serkesch wird sein Leben nehmen. Ein gemeinsam gebrachtes Opfer. Damit bekunden beide Seiten den Göttern ihren guten Willen.«

»Wo haben sie nur das Lamm her?«, wollte Gybad wissen.

Eine berechtigte Frage, fand Maru. Die Ulbaitai waren so ausgehungert, dass sie schon Mäuse und Krähen als Leckerbissen verspeisten. Wie war das Lamm dem nur entgangen? Doch jetzt schien das Glück des armen Tieres zu Ende zu gehen. Auf dem Damm zeigten sich vier Priester. Sie trugen das Blau und Schwarz Utus. Gemessenen Schrittes gingen sie den Ulbaitai entgegen, die sie fast in der Mitte des Stromes erwarteten, gerade dort, wo der lange Damm endete und die Brücke begann. Sie waren viel zu weit entfernt, als dass Maru hätte hören können, was dort gesagt wurde, aber die Gesten sprachen für sich. Die Abgesandten begrüßten einander mit steifen Verbeugungen. Dann übergab der Verwalter das Lamm. Einer der Priester nahm es entgegen, drehte sich um und reckte die Arme mit dem blökenden Tier in die Höhe. Auf der Serkesch-Seite brandete Jubel auf. Ein zweiter Priester stellte ein kupfernes Becken ab, der erste hielt das Tier darüber, und ein dritter schnitt ihm rasch die Kehle durch. Es dauerte eine Weile, bis das Opfer ausgeblutet war. Der zweite Priester hob das Becken an und schüttete das Blut in den Fluss. Dann trennten sich die Abordnungen wieder.

»War das jetzt der Frieden?«, fragte Gybad.

»Noch lange nicht«, antwortete Hardis.

Er sollte recht behalten. Es wurden Siegel ausgetauscht und große Tontafeln hin- und hergetragen, auf denen die Bedingungen des Friedens festgehalten waren. Sie wurden geprüft, und, die fünf im Boot konnten es hören, vollständig laut verlesen. Es waren lange Texte. Von Zeit zu Zeit wurde auf der Serkesch-Seite gejubelt. Am Ufer der Ulbaitai blieb es dagegen still. Schließlich aber verstummten auch Numurs Krieger. Hörner gaben das Zeichen, und von beiden Seiten setzten sich langsame Prozessionen in Gang.

»Seht nur, dort kommt Uschparu«, sagte Tasil, »ihr erkennt ihn an dem Gold, das er um den Hals trägt.« Wirklich, die festlich geschmückte Gestalt des Immits stach deutlich aus der Gruppe der Ulbaitai hervor. Maru entdeckte Upnu, den Schab-ut-Schabai. Er trug die Eisenrüstung, die sie in der Waffenkammer schon bewundert hatte – und er führte den Speer mit der langen eisernen Spitze, den er sich für den Kampf gegen die Awathani hatte schmieden lassen. Auch bei den Serkesch entstand Bewegung. Feierlich schritten der Alldhan und sein Gefolge auf den Damm hinaus. Maru bemerkte die hagere Gestalt von Abeq Mahas und daneben Numur, der von einem seiner Leibwächter gestützt werden musste. Klias und Belk waren dort, ebenso wie Fakyn mit einer Eschet von Numurs Leibwache, dann folgten einige der Kriegerpriester und einige Männer, die Maru für Verwalter oder Schreiber hielt. Noch etwas geschah. Auf beiden Seiten des Flusses lösten sich Gefährte vom Ufer. Die beiden hölzernen Schiffe der Ulbaitai und die drei großen Schilfkähne der Serkesch verließen die Sicherheit des flachen Wassers und steuerten hinaus auf den offenen Strom. Maru lauschte in sich hinein. Es war ruhig, die Erwachte war nicht in der Nähe. Aber ob das so bleiben würde? Sie sah den Ruderern der Serkesch hinterher, die das Wasser weiß aufschäumen ließen. Fackeln brannten im Bug und im Heck ihrer Boote. Die Landzunge war verlassen, die Feuer dort fast niedergebrannt.

»Wird es nicht allmählich Zeit, dass du uns in deinen Plan einweihst, Tasil, mein Freund?«, fragte Hardis jetzt.

Der Zug der Serkesch hatte fast das Ende des Dammes erreicht. Dort hielten sie an. Das war beinahe die Mitte des Flusses. Die Sieger ließen die Besiegten kommen.

»Gut, ihr Männer. Ich werde euch nun verraten, was ich vorhabe, doch zuvor muss ich etwas wissen.«

»Was denn noch?«, murrte Agir.

»Ich muss wissen, wie tapfer ihr seid und wie sehr ihr dieses Gold, das Silber, den Bernstein und das Eisen begehrt.«

»Wir wollen es«, antwortete Hardis schlicht.

»Mein Vorhaben ist gefährlich, und ich kann nicht versprechen, dass wir alle es überleben werden. Aber der Lohn ist reichhaltiger, als ihr es euch vorstellen könnt«, begann Tasil. Und dann zählte er auf: »Dreihundert Barren Silber, sechzig Barren Eisen, dreißig Barren Gold und zwanzig Limi Bernstein hat der Immit den Serkesch für den Frieden geboten.«

»Bei Brond!«, entfuhr es Agir.

»Und dank meines Verhandlungsgeschickes«, fuhr Tasil selbstzufrieden fort, »hat Mahas fünfhundert Barren von Silber, hundert von Eisen, fünfzig von Gold und dreißig Limi Bernstein verlangt – und wird das alles nun bekommen.«

Es war einen Augenblick still im Boot. Maru konnte den Männern selbst im Dunkeln ansehen, dass sie sich ihren Teil der Beute ausmalten. Von der Brücke wehten Gesprächsfetzen herüber. Maru sah die Schiffe auf dem Fluss, die sich aneinander vorbeischoben. Sie waren vollbesetzt mit Kriegern, und sie kamen einander gefährlich nahe. Noch war der Vertrag nicht besiegelt. Aber die eigentliche Gefahr für diesen Frieden lauerte hier, in einem kleinen Kahn am Ufer des Schwarzen Dhanis. Der Hunger nach Gold war in den Männern geweckt, und sie waren nicht von der Art, die sich viele Gedanken über das Wohl und Wehe ihres Volkes machte. Nicht angesichts eines solchen Reichtums.

»Es ist ebenfalls meinem Einfluss zu verdanken«, fuhr Tasil fort, »dass die Ulbaitai den Schatz nicht morgen oder nächste Woche übergeben müssen, sondern hier und heute, auf dem Damm, den ihr da vor uns seht, ihr Männer.«

»Hier und heute? Du bist erstaunlich gut unterrichtet, Tasil aus Urath«, sagte Hardis mit einer Mischung aus Misstrauen und Bewunderung.

»Ich habe schon vor längerer Zeit einige der unteren Verwalter bestochen. Das war leicht, denn auch diese Männer haben Frauen und Kinder, die essen wollen. Du wärst überrascht, Hardis, wenn du wüsstest, wie viele Geheimnisse du einer hungernden Stadt für eine warme Mahlzeit entlocken kannst.«

Marus Magen zog sich zusammen. Sie dachte an die verhüllten Frauen, die Yalu im Haus des Richters heimlich mit Essen versorgt hatte. Also deshalb hatte Tasil sich so ungewohnt großherzig gezeigt. Es waren Frauen von Verwaltern aus dem Bet Kaidhan, von Verwaltern, die Tasil nützlich sein konnten. Wie hatte sie nur annehmen können, dass er aus Mitleid handelte?

»Ich sehe da auch ziemlich viele Krieger auf dem Damm, Urather«, warf Agir ein. Sein Widerspruch klang halbherzig.

»Diese Krieger sind für uns kein Hindernis, ihr Männer, wenn ihr mutig und schnell seid«, erklärte Tasil bestimmt.

»Du weißt, dass wir das sind, mein Freund, aber das allein wird diese Bewaffneten da drüben nicht beeindrucken. Oder glaubst du, sie sehen zu, wie wir in aller Ruhe Kiste auf Kiste in unseren Kahn laden?«, wollte Hardis wissen.

»Nein, du hast natürlich recht, mein Freund. Aber ich denke, ich kann euch versprechen, dass sie … abgelenkt sein werden.«

»Und sicher verrätst du uns auch, wodurch«, meinte Hardis. Maru hörte ihm an, dass seine Zweifel vorhanden, aber schwach waren. Hardis hoffte wohl inständig, dass Tasils Vorhaben durchdacht war, dass sie diesen Schatz, der bald in ihre Reichweite geriet, wirklich erlangen könnten.

Tasil ließ einige Sekunden verstreichen, ehe er, aufreizend gelassen, verkündete: »Die Zermalmerin wird über sie kommen.«

Maru verschlug es den Atem. Hatte sie richtig gehört? Tasil

wollte einen Angriff der Awathani als *Ablenkung* nutzen? Das konnte nicht sein Ernst sein. Die Schmuggler nahmen seine Ankündigung mit tiefem Schweigen entgegen. Sie waren offensichtlich ebenso verblüfft wie sie selbst.

Nach einer sich schier endlos dehnenden Pause räusperte sich Hardis. Er erklärte kühl: »Ich weiß, dass du ein kühner Mann bist, Urather, doch dies ist… verrückt!«

»Willst du uns der Schlange zum Fraß vorwerfen?«, zischte Agir.

Tasil lachte leise. »Ihr kennt mich. Ich bin tapfer, jedoch nicht lebensmüde. Die Erwachte wird uns kein Haar krümmen«, behauptete er.

»Woher willst du das wissen? Glaubst du wirklich, dass sie uns verschont, nur weil deine Nichte mit uns in diesem Boot sitzt?«

»Natürlich«, antwortete Tasil ruhig.

»So? Dann müssen wir also nur noch Numurs Krieger überreden, dass sie uns das Gold zuwerfen? Wirklich, Tasil, ich zweifle an deinem Verstand!«, rief Hardis. »Dein Plan ist so voller Löcher, dass ich mich wundere, dass du ihn uns überhaupt unterbreitest!«

»Und welche Löcher wären das?«, fragte Tasil gelassen.

Die Ulbaitai hatten inzwischen das Ende der Brücke erreicht, und Uschparu betrat zuerst den Damm, auf dem ihn Mahas und Numur erwarteten. Maru sah, wie der Immit sich zunächst tief und demütig verbeugte, dann ging er auf die Knie und berührte mit der Stirn den Boden. Der Immit des Reiches der Akkesch unterwarf sich dem Alldhan. Das Gold um seinen Hals schimmerte dabei im Fackelschein. Aber das alles drang nur am Rande in ihr Bewusstsein. Sie war ebenso fassungslos wie die anderen über Tasils Vorhaben. Das konnte nie und nimmer gut gehen.

»Welche?«, rief Hardis aufgebracht. »Die Löcher sind so groß, dass die Erwachte bequem hindurchschwimmen könnte! Du sagst, sie wird die Krieger ablenken – aber dazu muss sie überhaupt erst einmal erscheinen. Unberechenbar ist sie, und ich vermag nicht zu glauben, dass du weißt, ob oder wann sie ihr Haupt über den Strom erhebt. Und wenn sie sich wirklich zeigt, werden das die armen Kerle auf den Schiffen auszuhalten haben, nicht die Männer an Land. Und, falls du es vergessen hast, wir werden dann auch auf dem Fluss sein, wenn ich deinen Plan richtig verstehe. Es mag ja sein, dass sie uns nicht angreift, doch wenn sie mit ihrer Gewalt durch dieses Flussbett wütet, dann möchte ich nicht in dieser Nussschale sitzen, nicht für alles Gold der Welt!«

»Ich kann dich gut verstehen, Hardis, denn so würde ich an deiner Stelle wohl auch denken. Jeder Mann von Verstand würde das. Es sei denn, er wüsste, was ich weiß.«

Maru folgte dem Wortgefecht mit offenem Mund. Sie war eigentlich vollständig auf Hardis' Seite, aber sie kannte Tasil zu gut, um nicht noch mit einer Überraschung zu rechnen. Und die deutete er gerade an.

»Ich vermag mir nicht vorzustellen, was das sein könnte«, rief Hardis unwirsch.

»Du weißt zum Beispiel nicht, dass einige Maghai im Lager Numurs sind.«

Jetzt war Maru wirklich überrascht. Was sollten die Maghai mit der Erwachten zu tun haben?

»Zauberer?«, fragte Hardis zweifelnd.

»Ich habe mit Velne, ihrem Anführer, eine Übereinkunft getroffen.«

Maru schnappte nach Luft. Tasil? Mit Velne? Dem Tochar, der sich aus allem heraushalten wollte?

»Und welcher Art soll diese Vereinbarung sein? Hat er vor, den Schatz auf unser Boot zu zaubern?«

»Das wohl nicht, mein Freund, aber er vermag die Erwachte zu lenken.«

»Er *beherrscht* dieses Untier?«, entfuhr es Hardis.

Lüge, dachte Maru. So stark war selbst Velne nicht.

»Oh, ich verstehe deine Zweifel, Hardis, doch er vermag es. Nicht für lange, doch lange genug, um sie auf dem Fluss und gegen die Brücke wüten zu lassen. Selbst den Damm wird sie angreifen. Und wenn ihr erster Angriff vorüber ist – dann ist unsere Stunde gekommen.«

»Ich glaube dir kein Wort!«, rief Hardis.

»Das verstehe ich gut, doch höre meine Worte. Es sind viele Wachen am Dhanis, doch wird die Erwachte nicht von dort, sondern aus dem Kanal kommen und die Brücke also von jener Seite aus angreifen.«

»Aus dem Kanal? Soweit ich weiß, meidet sie diesen schmalen Wasserarm.«

»So ist es auch, mein Freund. Und daher mein Angebot. Behalte deine Zweifel, bis sie kommt. Kommt sie nicht oder von stromabwärts, dann werden wir uns still und ohne Beute davonmachen. Erscheint sie aber zuerst flussaufwärts, dann müssen eure Zweifel verstummen, und ihr müsst mir folgen, zum größten Schatz, den Männer je erbeutet haben.«

Hardis schwieg eine Weile, dann antwortete er: »So soll es sein, Tasil aus Urath. Ich bin begierig zu sehen, ob es wirklich einen Zauberer gibt, der dieses Wunder, das du beschrieben hast, zu vollbringen vermag.«

Den gab es nicht, da war sich Maru sicher. Es gab nur einen, der die Awathani lenken konnte, und das war Utukku. Aber Tasil wirkte so sicher. Sie kannte ihn. Er schien nicht zu lügen, oder er hatte diese Kunst vervollkommnet. Sollte er wirklich mit Velne …? Undenkbar. Oder war es der Maghai, der sie getäuscht hatte? Hatte er den Platz auf der Weide oberhalb des Damms etwa gewählt, weil er wusste, dass die Awathani von dort erscheinen würde? Sollte sie sich so in ihm geirrt haben? Aber wie und womit hätte Tasil ihn dazu bringen sollen? War der riesige Schatz etwa auch für einen Zauberer eine Versuchung? Vorhin, als sie Tasil von den Maghai erzählt hatte, da hatte er doch überrascht gewirkt. Wenn er mit Velne einig war, warum hatte er sie dann noch einmal losgeschickt, ihn auszuhorchen? Das alles stimmte hinten und vorne nicht. Es passte nicht zusammen. Irgendetwas Wichtiges übersah sie. Aber sie konnte ihr Hirn noch so sehr zermartern, sie kam einfach nicht darauf, was es war.

Auf der Brücke erschien eine neue Abordnung. Sie war klein, vier Krieger, die eine Bahre trugen. Es schien jemand darauf zu liegen. Auch diese Männer bemühten sich um würdevolles Auftreten, was bedeutete, dass sie sehr langsam gingen. Maru verfluchte die Akkesch und ihre Umständlichkeit. Erst wenn der Schatz auf der Brücke war, würde sie wissen, ob Tasil sie alle belogen hatte. Sie hielt die Anspannung kaum noch aus. Die vier Krieger erreichten endlich den Damm und richteten die Bahre auf. Maru entfuhr ein leiser Schrei: Es war Umati, mit groben Stricken an die Bahre gebunden und mit einem grauen Tuch notdürftig verhüllt. Auf der Serkesch-Seite brandete wieder Jubel auf. Offenbar wussten die Krieger also, dass ihnen gerade der Leichnam von Schaduks Fluch gezeigt wurde. Die Träger stellten die Bahre ab. Maru fühlte sich elend. Schließlich war sie es gewesen, die die Frau in die Stadt geführt hatte, mit bester Absicht zwar, doch zu einem bösen Ende. Und Uschparu stand neben ihrem toten Körper und erntete die Früchte seines Verrats. Noch war er Immit. Aber schon bald würde er sich Kaidhan nennen, Herr der größten Stadt des Reiches. Und es gab nichts, was sie dagegen tun konnte. Auf dem Damm stellten die Kriegerpriester ein dreifüßiges Becken auf. Als die heilige Flamme brannte, warf der Immit einige Opfergaben hinein. Es waren Feldfrüchte und kostbarer Weihrauch. Maru vermeinte, ihn noch im Kahn riechen zu können. Es war eine ruhige Nacht, doch der weiße Rauch stieg nicht steil auf, sondern zog flach flussabwärts.

Auch Numur streute jetzt mit fahriger Geste einige Gegenstände in das Feuer, dann beugte er sich zur Bahre hinab, schnitt mit einem Messer Umati eine dicke Locke ihres Haares ab und warf diese ebenfalls in die Flamme.

»Er muss diese Frau wirklich gehasst haben«, murmelte Hardis.

Maru dachte, dass das Wort *gefürchtet* es wohl besser getroffen hätte. Wenn stimmte, was Umati ihr erzählt hatte, dann hatte der Alldhan sie auch begehrt, sonst wäre sie vermutlich schon viel früher gestorben. Auf dem Damm sahen die Großen des Reiches zu, wie das Feuer ihre Opfergaben verzehrte. Der Rauch blieb unstet und flach.

»Die Götter nehmen das Opfer nicht an«, flüsterte Gybad plötzlich. Er hatte seit Stunden nichts gesagt, doch jetzt sprach er aus, was alle dachten.

Jedenfalls fast alle: »Das ist doch nur der Wind, der immer über den Fluss zieht«, meinte Tasil abschätzig. »Sie hätten das Becken wohl besser am Ufer aufgestellt.«

Maru war nicht überzeugt. So viel Blut klebte an den Händen von Uschparu und Numur, dass die Götter alles Recht hatten, das Opfer abzulehnen. Sie wurde immer unruhiger. Es musste bald Mitternacht sein. Die Männer auf dem Damm schienen alle Zeit der Welt zur Verfügung zu haben. Hatten sie denn gar keine Angst vor dem, was im tiefen Wasser des Dhanis lauern konnte? Ein Hauch von Kälte kroch ihr über den Rücken. Sie schluckte. Das Zeichen war nicht misszuverstehen. »*Sie* ist in der Nähe«, flüsterte sie leise.

Die Männer hatten sie trotzdem gehört.

»Wo? Wo ist sie?«, fragte Hardis schnell.

Maru zuckte hilflos mit den Achseln. »Ich weiß es nicht, sie ist da, nicht allzu weit, denke ich.«

»Dann an die Ruder, Männer, und haltet uns am Ufer. Ich will keine Überraschungen erleben«, befahl Hardis.

»Auf die andere Seite der Landzunge«, flüsterte Tasil. »Dort sind wir sicher und dem Damm näher.«

Maru übernahm das Steuerblatt, und die Männer legten sich in die Riemen. Drei, vier Schläge nur, und sie waren ein Stück oberhalb der schmalen Landzunge. Sie zogen die Ruder ein und ließen sich ans Ufer treiben. Eines der Schilfboote der Akkesch hatte ihr Manöver bemerkt und näherte sich. Ein Schab stand im Bug, hinter ihm konnte Maru einige Bogenschützen ausmachen.

»Was habt ihr dort zu suchen?«, rief der Schab leise, als sie nahe genug waren. Er wollte die Zeremonie offensichtlich nicht stören.

Tasil hielt das Siegel hoch. »Ich warte auf Anweisungen von Mahas«, rief er leise zurück.

Maru bezweifelte, dass der Schab, der immer noch einige Ruderschläge entfernt war, mehr als ein Stück Ton in Tasils Hand sehen konnte. Aber vielleicht erkannte er Tasil wieder. Er gab dem Steuermann mit einer Kopfbewegung ein Zeichen, und das Schilfboot wendete schwerfällig. Auf dem Damm war das Opferfeuer nur noch ein schwaches Glimmen. Abeq Mahas trat vor, öffnete ein Gefäß und goss eine dunkle Flüssigkeit in die Flamme. Sie flackerte noch einmal auf und verlosch dann ganz. Immit Uschparu verbeugte sich noch einmal tief, drehte sich um und nickte einem seiner Begleiter zu. Der winkte einen der Träger heran, die Umatis Leiche gebracht hatten, und flüsterte ihm etwas zu. Der Mann nickte zweimal und rannte dann über die Brücke zurück zum Ulbai-Ufer. Die eiligen Schritte des Mannes auf den Bohlen dröhnten bis zu den Schmugglern. Sonst war es still. Nur der Strom floss leise plätschernd nach Süden. Die Anspannung war fast mit Händen zu greifen. Der Läufer verschwand in einer großen Gruppe von Männern. Es dauerte nur einige wenige Augenblicke, und diese Gruppe setzte sich in Bewegung. Es waren immer zwei Männer, die einen großen Kasten trugen. Ihnen folgten weitere Träger. Sie brachten sehr viele Kästen und Kisten.

»Endlich«, flüsterte Tasil heiser.

»Macht euch bereit, Brüder«, sagte Hardis leise. Aber Agir und Gybad griffen nicht zu den Rudern. Keiner von ihnen konnte ein Auge von dieser Karawane wenden. Die Kästen mussten schwer sein, denn die Rücken der Männer waren gebeugt, und ihr Stöhnen verband sich mit dem Ächzen des hölzernen Bauwerks. Kasten auf Kasten schafften sie zum Damm. Als sie den ersten abstellten, hatte der letzte das Ufer noch nicht verlassen.

»Gut, Männer, wenn es so weit ist, dann lasst das Silber stehen. Wir können nicht alles nehmen, aber Bernstein und Gold allein werden uns reich machen«, flüsterte Tasil. Seine Stimme klang immer noch belegt.

»Weißt du, wie viel …?«, begann Hardis, aber er beendete seine Frage nicht.

Tasil hatte sich das alles wohl schon oft genug durchgerechnet: »Es sollten vier Kisten mit Gold, acht mit Eisen und drei mit Bernstein sein, wenn sie das Maß nicht geändert haben. Fällt euch Eisen in die Hände, so müsst ihr es auch nicht stehen lassen. Aber haltet zuerst Ausschau nach Gold und Bernstein!«, mahnte er.

»Und die Erwachte? Wann wird sie nun erscheinen?«, fragte Hardis leise.

Tasil kam nicht zu einer Antwort.

»Sie ist da«, flüsterte Maru. Die Kälte, die sie immer spürte, wenn die Erwachte in der Nähe war, griff eisig nach ihrem Rückgrat.

Am Ulbaitai-Ufer stieß jemand einen Schrei aus. Maru spürte, wie das Boot unter ihr von einer leichten Welle angehoben wurde. Ein leises Ächzen durchlief die neue Brücke. Und dann erhob die Awathani ihr Haupt aus dem Strom. Es war, wie Tasil es vorhergesagt hatte. Sie erschien oberhalb der Brücke, also musste sie ihren mächtigen Leib wirklich durch den Kanal gezwängt haben. Warum hatte das nur niemand bemerkt? Sie sah, wie die Erwachte ihren schwarzen Kopf höher und höher hob. Das Wasser rann in Strömen von ihrem Haupt. Am Ufer, auf dem Damm und auf der Brücke herrschte lähmendes Entsetzen. Die Awathani bewegte sich langsam, aber niemand nutzte die Zeit, um sich in Sicherheit zu bringen. Sie alle starrten dieses schwarze, turmhohe Geschöpf an – bis es sich wieder in einer beinahe sanften Bewegung fallen ließ. Der mächtige Kiefer öffnete sich gerade weit genug, um mit einer schnellen Bewegung drei der Träger zu erfassen und emporzureißen. Drei gellende Schreie ließen Maru erstarren. Und hunderte entsetzte Rufe folgten. Die Awathani bäumte sich weit auf, und dann zerschmetterte sie mit einem einzigen Kopfstoß die Brücke auf einer Länge vieler Schritte. Männer und Kisten wurden hochgeschleudert, und Maru sah Silberbarren durch die Luft fliegen. Die Brücke zitterte, wankte. Einige der Männer, die noch auf den schwankenden Bohlen standen, ließen die Kisten fallen und versuchten, ans Ufer zu rennen, andere sprangen in den Fluss. Das Wunderwerk der Serkesch, die neue Brücke, gebaut an nur einem Tag, schwankte, ihre Balken ächzten, und dann gaben ihre großen Holzpfeiler nach, und sie fiel in einer trägen Bewegung auf ihrer ganzen Länge in sich zusammen. Die Awathani verschwand unter Wasser.

»Brandpfeile, Brandpfeile, ihr Dummköpfe«, brüllte eine wütende Stimme. Das war Schab Upnu. Die Gruppe auf dem Damm war vor Schreck erstarrt. Die Kriegerpriester hatten ihre Schwerter gezogen, und die Leibwächter Numurs hielten ihre mächtigen Doppeläxte in den zitternden Fäusten, als könnten sie mit diesen Waffen etwas gegen die uralte Seeschlange ausrichten.

»Jetzt?«, fragte Hardis unruhig.

Der *Fisch* schaukelte heftig in den Wellen, die dem Angriff der Erwachten folgten.

»Noch nicht«, antwortete Tasil kaltblütig.

Die Awathani blieb verschwunden. Aber ihr einmaliges Auftauchen hatte genügt, um den meisten Männern am Fluss jeden Mut zu rauben. Ihre Erstarrung hatte sich gelöst, und Maru sah sie davonrennen, die Ulbaitai ebenso wie die Serkesch. Nur die Tapfersten hielten die Stellung am Ufer – oder die, die nicht anders konnten, wie jene Unglücklichen auf den Schiffen. Ihre Schabai brüllten Befehle an die Ruderer, aber auch die waren wie gelähmt, und so trieben Schilfboote und Schiffe langsam flussabwärts, während ihre Besatzungen ängstlich in das schwarze Wasser starrten, um nach ihrem Verhängnis Ausschau zu halten. Und das Verhängnis kam. Agir entdeckte die Welle, die sich stromaufwärts schob, als Erster. »Seht!«, rief er aufgeregt. Und sie sahen. Mit den Augen verfolgten sie die Welle, die schnell den Fluss hinaufschoss, genau auf eines der treibenden Schilfboote zuhielt, wuchs und dann zu einem offenen Maul wurde. Männer schrien auf, warfen ihre Waffen fort und sprangen über Bord. Der Kiefer schnappte zu und zerriss die Schilfbündel. Das Boot wurde zerfetzt. Körper flogen durch die Luft. Maru sah Krieger, die panisch versuchten, ans Ufer zu schwimmen. Unvermittelt verschwand eine ganze Gruppe von ihnen in einem Strudel, der sich plötzlich unter ihnen auftat. Der schwarze Rücken der großen Schlange zeigte sich an der Oberfläche, krümmte sich und tauchte wieder ab.

»Brandpfeile, Brandpfeile, ihre Narren!«, brüllte Upnu wieder, und er schwenkte seinen langen Speer.

Ruhig strömte das Wasser des Stromes flussabwärts, aber auf den dunklen Wellen trieben Holztrümmer, Leichen und ein zerfetztes Schilfboot und kündeten vom Angriff des Ungeheuers.

»Ans Ufer«, schrie plötzlich jemand auf dem Damm. Es war Fakyn. Doch es war zu spät: Die Erwachte tauchte dicht unter dem Damm auf. Wieder hob sie sich turmhoch aus dem Wasser, und Maru wusste, dass dies nur der kleinere Teil ihres riesigen Körpers war. Dann geschah etwas Erstaunliches. Ein Mann in einem hellen Gewand trat der Schlange entgegen und reckte seinen grauen Stab in die Höhe. Klias! Der Maghai rief laut eine kurze Beschwörungsformel – und dann änderte sich alles. Eine blaue Flamme verließ seinen Stab, schoss auf die Erwachte zu und traf sie unter dem hoch erhobenen Haupt. Wie eine Wolke breitete sie sich aus und umhüllte die Erwachte mit ungezählten bläulichen Flammenzungen. Selbst das Wasser um ihren Rumpf brannte. Maru schrie auf. Brennender Schmerz umfing ihren Körper dort, wo das Stück Haut der Awathani sie umspannte. Und Maru schrie nicht allein. Auch die Zermalmerin schrie, nein, sie brüllte, stieß einen markerschütternden Laut aus, wie ihn wohl noch kein Mensch zuvor gehört hatte. Agir warf sich auf den Boden des Kahns und hielt sich die Ohren zu. Maru war einer Ohnmacht nahe. Die blaue Flamme kroch über ihre Haut, verbrannte ihr Fleisch. Niemand bemerkte es. Agir jammerte laut, und die anderen blickten gebannt auf das grausame Schauspiel, das sich ihren Augen darbot. Die Awathani brannte. Für Maru gab es nur noch den Schmerz. Und dann war da plötzlich eine leise innere Stimme, die ihr ein Wort zuflüsterte. Sie verstand es nicht gleich. Doch dann wurde es klarer: *Blendwerk*. Maru fühlte ihre Haut brennen. *Blendwerk*, wiederholte die Stimme. Maru krümmte sich, keuchte, kämpfte dagegen an. Die innere Stimme hatte ja recht: Das war das Handwerk der Maghai. Sie waren keine feuerspeienden Daimonen, sie ließen ihre Feinde nur genau das glauben. Aber der Schmerz war so stark. *Blendwerk.* Maru kämpfte. Sie wusste, dass eigentlich keine blauen Flammen über ihren Leib krochen – aber ihr Körper begriff es nur langsam. Da, der Schmerz ließ nach. Sie keuchte, öffnete ihre Augen. Sie spürte die Tränen, die ihre Wangen hinabliefen. *Blendwerk*, wiederholte sie sich immer wieder. Verschwommen sah sie die Rücken der Männer im Boot und den ungeheuren Leib der brüllenden Awathani, der wie eine Fackel vor dem Himmel loderte. Die Gestalten auf dem Damm bewegten sich nicht. Einige schienen das schreckliche Schauspiel wie erstarrt zu bestaunen, andere hatten sich, wie Agir, auf den Boden geworfen, hielten sich die Ohren zu oder bargen ihr Gesicht in den Händen. Und dann fiel der turmhohe Körper. Maru konnte kaum etwas sehen. Da – jetzt rannten sie. Schemenhaft sah Maru davonhastende Männer und eine einzelne, hell gekleidete Gestalt mit einem grauen Stab, die dort verharrte, wo gleich der Leib der Erwachten den Damm zerschmettern musste. Das alles durchdringende Brüllen endete in einem dumpfen Knirschen und Bersten. Die Erschütterung des Aufpralls lief durch den Fluss. Der Schmerz war fort, das Feuer erloschen. Maru blinzelte schwach und rang nach Luft.

»Ist sie …?«, rief Hardis, aber er vollendete diesen Satz nicht. Nein, die Erwachte war nicht tot. Sie war wütend. Maru spürte diese Wut in ihrem Inneren. Wo eben noch lodernder Schmerz gewesen war, herrschte nun Eiseskälte. Sie sah die Leibwächter, die, halb wahnsinnig vor Angst, mit riesigen Äxten auf das Untier lossprangen und auf seine schwarze Haut einschlugen. Und von den Booten und Schiffen stiegen jetzt endlich die Brandpfeile auf, die Upnu zweimal gefordert hatte, und prasselten auf die Awathani nieder. Maru spürte die Schläge, die Pfeilspitzen auch, aber es waren gemessen an dem verzehrenden Schmerz des Feuers nicht einmal Nadelstiche. Die Zermalmerin zog ihren Kopf ein Stück zurück und wälzte sich zur Seite. Einige Schreie zeigten, dass nicht alle Angreifer rechtzeitig hatten fliehen können. Der schwarze Leib sank wieder ins Wasser. Von Klias war nichts mehr zu sehen. Der Angriff der großen Seeschlange hatte dort, wo er eben noch gestanden hatte, ein riesiges Loch in den Damm geschlagen. Da – ein heller Fleck trieb im Wasser. War das der Leib des Maghai? Oder nur sein Gewand? Für einen Augenblick war es unnatürlich still über dem Strom. Die Awathani war verschwunden. Die Männer auf dem Damm standen wie betäubt. Der lange Erdwall war zwischen der Gruppe um Numur und dem Ufer fast ganz zerstört worden. Ein schmaler Streifen verband die beiden Teile noch. Doch jetzt begann er nachzugeben. Die Erde rutschte, und dann brach der Damm unter dem Druck des Wassers. Der Strom fraß sich immer schneller durch das künstliche Hindernis aus Erde, Holz und Steinen und ließ eine Insel im Fluss zurück. Schließlich klaffte dort ein Graben, beinahe so breit wie der Kopf der Erwachten, durchströmt von reißendem Wasser. Und Numur, Uschparu, Mahas und die Ihren fanden sich abgeschnitten vom Ufer wieder. Die Brücke war eingestürzt, der Erdwall gebrochen. Sie waren gefangen im Strom. Maru sah, wie sie sich ängstlich zusammendrängten.

»Jetzt?«, fragte Hardis.

»Noch nicht«, antwortete Tasil mit gepresstem Atem.

Die Schiffe auf dem Strom taumelten im Wellenschlag ziellos umher. An eines der Schilfboote klammerten sich nun viele der Männer, deren Gefährt eben zerstört worden war. Einige ihrer Waffenbrüder halfen ihnen an Bord. Andere starrten ins Wasser, die Bogensehnen gespannt. Am Ufer waren die meisten geflohen, doch jetzt sammelten sich dort Gruppen tapferer Männer, und von Zeit zu Zeit, wenn einem Schützen eine Welle auffällig erschien, flog ein brennender Pfeil durch die Luft, nur, um dann zischend im Strom zu verschwinden. Ein Schrei zeigte, wo die Erwachte jetzt wirklich war. Ihr Kopf tauchte oberhalb des Dammes auf, strich über die abgeschnittene Insel und riss mit einem einzigen Zuschnappen gleich vier Männer in den Tod. Maru wischte sich die Tränen aus den Augen. Wo war Numur? Sie konnte ihn nicht mehr sehen. Hatte die Erwachte ihn geholt? Seine Leibwächter schienen das zu glauben. Sie warfen ihre großen Äxte fort und rannten davon. Uschparus Verwalter folgten ihnen. Mahas brüllte einen Befehl. Die Priesterkrieger stellten sich den Flüchtenden in den Weg und versuchten, sie aufzuhalten. Aber nicht alle Leibwächter hatten ihre Axt fallen gelassen. Maru sah, wie eine schimmernde Schneide über dem Gerangel der Männer auftauchte und einen Priester niederstreckte. Die Schreie wurden lauter. Männer rangen miteinander, andere warfen sich in den neuen Graben und versuchten, ihn zu durchqueren und den Damm auf der Uferseite zu erreichen. Aber die Strömung war stark dort und riss die Schwächeren von den Beinen. Die, die keinen Stand fanden, versuchten sich an anderen festzuklammern, und jene unternahmen wiederum alles, sich von diesen Verderben bringenden Umarmungen zu befreien. Wer aber den Graben überwand, machte nicht halt, um den anderen zu helfen, sondern rappelte sich auf und rannte weiter. Und auf der neuen Insel im Strom rangen Leibwächter mit Priesterkriegern, mit und ohne Waffen in widersinnigem Kampf. Fakyn brüllte nach Ordnung und Ruhe, doch brüllte er vergeblich.

»Jetzt«, befahl Tasil.

Ihr Kahn schoss aus seiner Deckung hervor und steuerte mit schnellen Ruderschlägen hinaus auf den Fluss, zum abgeschnittenen Ende des Dammes. Eine Art Jagdfieber schien die Männer gepackt zu haben, und auch Maru spürte diese fiebrige Erregung. Vergessen war die Angst, vergessen auch der Schmerz. Das Blut pochte in ihren Schläfen. Sie dachte nicht mehr an den Frieden, an das Schicksal der Stadt, der Männer im Fluss oder auch nur an ihre eigene Sicherheit. Dort vorne wartete er auf sie, der Schatz, den sie nur noch zu holen brauchten. Und es war ein unermesslich großer Schatz. Der erste Angriff der Awathani hatte die meisten Träger noch auf der Brücke erwischt, weshalb viele Kisten verloren waren, doch dort, wo das Opferbecken stand, waren noch genug gestapelt. Einige waren umgeworfen und zersprungen. Gold- und Silberbarren glänzten im Fackelschein.

»Denkt daran, Männer – das Gold und den Bernstein«, mahnte Tasil, während sie mit aller Kraft ruderten. Der *Fisch* erreichte sein Ziel. Mit einem Ruck schob er sich auf die Böschung des Damms.

Einer der Verwalter sah sie kommen und sprang ins Wasser. Hoffte er auf Rettung? Er ging unter und griff nach der Bordwand. Agir schnitt ihm mit seinem Dolch über die Hand. Schreiend ließ der Mann los. Maru sah, wie er jammernd und nach Hilfe schreiend davontrieb. Die Schmuggler sprangen an Land.

»Bleib im Boot, Kröte!«, rief Tasil.

Maru war schon drauf und dran gewesen, ebenfalls an Land zu springen, aber Tasil hatte recht: Einer musste im Kahn bleiben.

»Was hat das …«, begann Upnu. Er sah Tasil, und er sah die anderen, aber er konnte sich offenbar keinen Reim auf ihr Erscheinen machen.

Gybad, der mit einem großen, bronzenen Streitkolben zu kämpfen pflegte, rannte auf ihn zu, und ehe der Schab-ut-Schabai begriff, was geschah, wurde er von einem mächtigen Schlag an der Brust getroffen. Seine eiserne Rüstung knirschte, und er taumelte drei Schritte zurück, bevor er auf dem Boden aufschlug und wie tot liegen blieb. Die Verwalter, die sich ängstlich hinter Upnu zusammengedrängt hatten, schrien in Angst laut auf. Plötzlich war die Awathani wieder da. Sie tauchte hinter dem Damm auf, streifte ihn mit ihrem Leib und drehte wieder ab. Die Erschütterung hätte selbst Maru im Boot beinahe von den Beinen geholt, und sie musste sich an einem Stein festhalten, sonst wäre der Kahn abgetrieben worden. Oben stand fast niemand mehr, und der Kampf der Priesterkrieger und Leibwächter endete so plötzlich, wie er begonnen hatte. Sie rappelten sich auf und beobachteten staunend, wie Tasil und Hardis eilig die leichten Kisten mit Bernstein ins Boot warfen. Agir half ihnen. Immit Uschparu und Abeq Mahas knieten nebeneinander auf der Erde und sahen stumm zu, wie sie beraubt wurden. Gybad ging vor ihnen auf und ab, schwang seinen schweren Streitkolben und brüllte sie von Zeit zu Zeit mit einem Kriegsruf an.

»Halte sie im Zaum, Gybad«, rief Hardis, und es war unklar,

ob er die Männer um Mahas und Uschparu oder jene am Graben meinte.

Dort kämpften sie zwar nicht mehr miteinander, aber sie starrten den keulenschwingenden und brüllenden Kydhier nur verblüfft an oder lagen auf dem Boden, zusammengekauert, von Angst gelähmt. Doch da war noch Fakyn. Er war beim letzten Angriff der Erwachten auch zu Boden gegangen, doch jetzt erhob sich der Hüne. Er war ein erfahrener Kämpfer. Als Schab-ut-Schabai führte er ein Sichelschwert im Gürtel, doch eine andere Waffe war ihm offensichtlich lieber: Er bückte sich und hob die große Axt eines Leibwächters auf. Mit einem Schlachtruf stürzte sich Gybad auf ihn. Doch Fakyn war nicht Upnu. Er duckte sich unter Gybads Schlag weg und hebelte seinen Gegner einfach mit dem Stiel seiner Axt aus. Der Schmuggler stürzte, aber nicht er war Fakyns Ziel. Der Hüne ließ ihn einfach liegen und sprang stattdessen mit wutverzerrtem Gesicht auf Tasil los: »Das ist dein Ende, Urather!«, brüllte er.

»Vorsicht, Onkel!«, schrie Maru.

Tasil hatte sich gerade über eine zerbrochene Kiste gebeugt und zwei Barren Gold aufgehoben. Er sah den Angriff rechtzeitig kommen und wich mit Leichtigkeit aus. Und als sich die fehlgehende Axt des wütenden Fakyn tief in die Erde bohrte, da schlug ihn Tasil mit einem der Barren einfach nieder. Dann warf er das Gold Agir zu.

»Verräter! Verräter!«, brüllte Numur. Er kam gerade die Böschung emporgekrochen. Er musste ins Wasser gerutscht sein, denn sein Gewand war nass. »Gott Utu wird dich strafen!«, schrie er. Schaum stand ihm vorm Mund.

Tasil hielt für einen Augenblick inne. Dann lachte er und rief: »Meinst du jenen dort?«, und wies Richtung Ufer. Numur folgte dem Blick. Dort ragte die Statue Utus empor, aber sie war in Bewegung geraten. Eines der Räder des großen Karrens, auf dem der

Koloss stand, war gebrochen, und er neigte sich nach vorn. Im Augenblick bewegte er sich nicht, aber es sah aus, als würde eine einzige weitere Erschütterung den Gott stürzen lassen.

»Vater!«, schrie Numur entsetzt auf. Er kam unsicher auf die Beine und stolperte Richtung Graben. Ein vielstimmiger Schrei lenkte Maru ab. Er kam vom Fluss. Eines der beiden Schiffe aus Ulbai wurde plötzlich angehoben, und dann krachte und splitterte das Holz. Die Awathani hatte sich vom Damm abgewandt, aber sie war noch lange nicht müde. Maru spürte immer noch ihre kalte Wut im eigenen Inneren. Das Schiff kenterte, und Dutzende Männer gingen über Bord und schwammen um ihr Leben. Vom Ufer und vom zweiten Schiff flogen Pfeile heran. Doch sie trafen die Menschen weit schlimmer als die Zermalmerin. Maru wandte sich ab. Sie entdeckte jemanden auf dem Damm: Belk, der Schüler Klias', er hatte sich auf die Erde gekauert und die Arme über den Kopf geschlagen.

»Belk, Belk!«, rief sie, doch der Tochar zeigte keine Regung.

»Nimm das Gold, Mädchen«, zischte Agir und drückte ihr zwei Barren in die Hand. Sie hatten schon Kisten mit Bernstein und Gold und viele einzelne Barren Gold, Eisen und auch Silber ins Boot geschafft. Oben auf dem Damm wälzte sich Upnu stöhnend auf dem Boden. Seine eiserne Rüstung hatte verhindert, dass der gewaltige Schlag Gybads ihn getötet hatte. Auch Fakyn lebte noch. Er blutete stark und kroch auf allen vieren. Noch auf den Knien versuchte er, Tasil zu fassen zu bekommen, aber der wehrte ihn mit einem Fußtritt ab. Abeq Mahas übernahm jetzt den Befehl. »Bei Utu und bei Strydh! Was ist, ihr Memmen? Ergreift diese Männer! Tötet sie, tötet sie!«

Die Priesterkrieger und die Leibwächter sahen einander an. Dann griffen sie zu den Waffen, die sie noch hatten, und stürmten los. Es waren immer noch acht Männer.

»Gybad, Hardis, Agir, zurück ins Boot!«, rief Tasil.

Agir hatte den Befehl gar nicht erst abgewartet. Er saß schon im Kahn und nahm sein Ruder zur Hand. Maru war unschlüssig. Da war Belk. Sie konnte ihn doch nicht hier im Strom zurücklassen. Er war ein junger Maghai und hatte doch mit all dem nichts zu tun! Sie sprang an Land, am verblüfften Tasil vorbei und lief nach oben. »Belk, Belk! Du musst hier weg!«, rief sie. Weit kam sie nicht.

»Gybad!«, schrie Tasil, und der Hüne verstand ihn. Er packte Maru im Vorüberlaufen, hob sie mit Leichtigkeit hoch und sprang mit ihr ins Boot. »Ablegen, ablegen, schnell!«, rief Tasil.

Agir stieß das Boot vom Ufer ab und drückte es in die Strömung. So sehr die Männer Numurs eben noch gezögert hatten, so entschlossen waren sie jetzt. Zwei der kahlköpfigen Kriegerpriester stürmten heran und sprangen in den Kahn. Gybad hatte Maru einfach im Heck fallen lassen. Jetzt wirbelte er herum und erwischte den ersten der beiden mit seinem Streitkolben in vollem Flug. Der Mann blieb in der Luft förmlich stehen, fiel und versank ohne einen Laut im Wasser. Der andere landete im Boot, aber da waren Hardis und Tasil. Sie packten ihn und beförderten ihn einfach über Bord. Der *Fisch* nahm Fahrt auf. Maru hörte Gebrüll. Sie drehte sich noch einmal um. Fakyn kam wieder auf die Füße. Sein Gesicht war blutüberströmt. »Ein Boot!«, brüllte er. »Ein Boot zu mir!« Mahas war hinter ihm. Der Hohepriester rannte, sein langes Gewand gerafft, den Damm entlang Richtung Ufer. Maru sah, wie er in den Graben hinabsprang und sich auf die andere Seite kämpfte. Wo war Numur abgeblieben? Maru konnte ihn nicht entdecken. Sie griff nach dem Steuer des Kahns.

»Aufpassen, Mädchen!«, rief Hardis.

Gerade noch rechtzeitig. Eines der Schilfboote versuchte, ihnen den Weg abzuschneiden. Vereinzelte, schlecht gezielte Brandpfeile zischten über den Kahn hinweg. Maru gab dem *Fisch* eine scharfe Richtungsänderung, und sie schossen mit schnellen Ruderschlägen am Heck des schwerfälligen Schilfgefährts vorbei. Fakyn brüllte immer noch nach einem Boot. Maru warf einen schnellen Blick über die Schulter. Da war Immit Uschparu, der auf den Knien lag und seine zerrissene goldene Kette anstarrte. Schab Upnu stand neben ihm, von Schmerzen gekrümmt und auf seinen Speer gestützt. Und hinter ihnen erhob sich jetzt die Erwachte aus dem Fluss. Upnu, die Faust der Akkesch, sah sie, reckte seinen langen Speer in die Luft und stieß einen Kampfruf aus. Er stand in eiserner Rüstung vor dem mächtigen Leib der Zermalmerin, sein Speer blinkte. Er sah aus wie ein schimmernder Käfer, der einen Löwen herausfordert. Die Awathani senkte ihr schuppiges Haupt, von dem das Wasser in Bächen strömte. Dann ließ sie sich mit dem ganzen Gewicht ihres schwarzen Leibes auf den Damm fallen. Als sie Upnu niederwalzte, spürte Maru einen jähen Stich, der sie kurz zusammenzucken ließ – aber mehr auch nicht. Und dann sah Maru den langen Leib über den Damm und wieder in den Fluss gleiten. Alles, was dort gewesen war, Upnu, Uschparu, die Krieger, die Schätze, der Leichnam Umatis und die Tafeln mit den Verträgen, nahm die Zermalmerin mit in den Strom.

»Achte auf den Fluss, Kröte«, rief Tasil.

Er hatte recht, sie kamen dem Serkesch-Ufer zu nahe. Einzelne Pfeile flogen von dort heran, schlecht gezielt, doch irgendwann konnte auch ein schlechter Schütze treffen. Maru steuerte die Mitte des Stroms an.

»Werden wir verfolgt?«, fragte Agir keuchend, dabei musste er, während er mit dem Rücken voran ruderte, es doch selbst viel besser sehen als Maru. Aber vielleicht meinte er auch die Awathani.

Maru blickte noch einmal zurück. Sie sah das verbliebene Schiff der Ulbaitai, das versuchte, sich in Ufernähe in Sicherheit zu bringen, und die Schilfboote der Serkesch, die auf den Damm zuhielten. Hatte Fakyn etwa den letzten Angriff überlebt?

»Sie drehen ab!«, rief Maru.

»Weiter, weiter«, rief Tasil.

Die Männer ruderten mit kräftigen Zügen, und der schnell fließende Dhanis brachte sie gut voran. Sie würden bald auf Höhe des Hafens sein.

»Die Erwachte, wo ist die Erwachte?«, rief Agir.

Maru hielt den Atem an und lauschte in sich hinein. Da spürte sie immer noch die kalte Wut, die dieses uralte Wesen antrieb, aber das Gefühl war schwächer geworden. »Sie folgt uns nicht«, beantwortete Maru die Frage schließlich, als sie wirklich sicher war. Die Männer schwiegen.

»Heißt das, wir haben es geschafft?«, wollte Gybad nach einer Weile endlich wissen.

»Noch nicht, nicht solange wir noch nahe der Stadt sind«, meinte Tasil.

»Es ist nicht mehr weit bis zum Grauen Dhanis, dort erwartet uns Tagor Xonaibor mit der *Schwinge*. Und dann brauchen wir kein Schiff der Stadt oder der Serkesch mehr zu fürchten«, meinte Hardis. Er lachte leise.

»Das heißt, wir haben es wirklich geschafft?«, fragte Gybad noch einmal.

»Mann, siehst du das nicht!«, rief Agir und hielt seinem Freund lachend einen Goldbarren unter die Nase. Vielleicht war es auch ein Barren aus Eisen. Das war im schwachen Licht der Mondsichel kaum zu unterscheiden. Der Hüne ließ das Ruder fahren und befühlte den Barren andächtig. »Und sind wir jetzt reich?«, fragte er schließlich.

»Nicht, wenn wir mit dem Tagor und seinen Iauniern teilen«, meinte Tasil trocken.

»Es wird genug für uns übrig bleiben«, entgegnete Hardis scharf, »und mir ist ein Leben mit einem Zehntel des Schatzes lieber als ein Tod mit dem Ganzen. In Ud-Sror brauchst du kein Gold, Urather.«

»Also willst du dich an die Vereinbarung mit dem Iaunier halten?«

»Ich kenne Tagor Xonaibor zu lange und zu gut, um auch nur daran zu denken, sie zu brechen«, erwiderte Hardis.

»Wie schade«, sagte Tasil.

Maru hörte ein kurzes und hässliches Geräusch. Gybad zuckte zusammen. Der Barren glitt ihm aus der Hand und polterte in den Kahn. Ein leichter, erstickter Seufzer entfuhr ihm noch, dann sackte er vornüber zusammen. Tasil hatte ihn rücklings erstochen.

»Du Hund!«, entfuhr es Hardis, der gedankenschnell erfasst hatte, was gerade vorgefallen war. Er riss seinen Dolch aus dem Gürtel. »Kümmere dich um das Mädchen, Agir!«, rief er.

Der schmächtige Kydhier ließ sich das nicht zweimal sagen. Maru hörte, wie er sein Messer zog, und dann sah sie ihn heranstürzen, ein schneller Schatten vor sternklarer Nacht. Hatte er seine Angst vor ihr vergessen? »Du stirbst, Kaschakku!«, zischte er und sprang auf sie los.

Maru ließ das Ruderblatt fahren und fing seinen Angriff mit bloßen Händen ab. Sie hatte keine Zeit, sich irgendetwas zu überlegen. Der Kahn schwankte. Agir war nicht der Stärkste, aber er war nicht so schwach, wie er vielleicht aussah. Sie hielt die Messerhand mit ihrer Linken auf und spürte seine andere Hand an ihrer Kehle. »Kannst du auch zaubern, wenn du keine Luft bekommst, Verfluchte?«

Maru versuchte, mit ihrer Rechten seine Finger von ihrer Kehle zu bekommen, doch sein Griff war fest. Ihre Linke zitterte. Lange würde sie seine Klinge nicht mehr aufhalten können. Sie konnte nicht atmen, und das Blut rauschte in ihren Ohren. Dann schloss sie die Augen. Sie hörte, wie der Kydhier immer wieder »Stirb, Kaschakku« flüsterte. Und dann sah sie es. Sie sah es, wie es eine unbeteiligte Beobachterin sehen würde: Wie der Schmuggler versuchte, sie zu töten, und wie plötzlich seine Hand an ihrem Hals in Flammen stand. Sie konnte die Hitze spüren, die schnell seinen Arm hinaufkroch und dann zum Messerarm übersprang. Agir schrie auf. Maru öffnete die Augen. Der Griff an ihrem Hals lockerte sich. Sein Messer fiel zu Boden. Er ließ sie los, taumelte zurück, hob seine Hände in entsetzter Geste zum Himmel, stammelte sinnlose Worte, und dann sprang er schreiend in den Fluss. Maru kam hoch, hustete und rang nach Luft. Ihre Kehle war immer noch wie zugeschnürt. Vorne im schwankenden Bug rangen die beiden Männer erbittert miteinander.

»Du wirst verlieren«, keuchte Tasil. Und er hatte recht, denn er setzte die Zauberstimme ein. Sie war schwach, kaum zu verstehen, aber gerade stark genug, um Hardis Zweifel an seinem Sieg einzuflößen. Das genügte. Einer der Schatten wurde plötzlich schlaff und schien sich erschöpft an den anderen zu lehnen. Dieser schob ihn mit einer einfachen Bewegung über Bord. Tasil hatte gewonnen.

Für eine Weile versuchten beide nur, wieder zu Atem zu kommen, Tasil im Bug und Maru im Heck des *Fischs*, während der Kahn von der Strömung flussabwärts getrieben wurde und sich dabei langsam um seine eigene Achse drehte.

»Was hast du getan?«, fragte Maru schließlich. Ihr graute vor Tasil.

»Hätte Agir mich nicht an den Tagor verraten, wäre das alles nicht geschehen. Wir oder sie, Kröte, das war hier die Frage.«

»Aber du hast Gybad hinterrücks ermordet«, rief Maru. In ihr war eine große Wut.

Und Tasil? Er lachte leise. »Was verstehst du schon davon, Kröte? Siehst du nicht, was wir erreicht haben? Siehst du nicht, welcher Schatz hier zu unseren Füßen liegt?«

Aber Maru sah dort nur den toten Körper Gybads liegen.

Ein leises Sirren beendete ihren Streit. Maru fühlte, wie sie etwas an der Schulter streifte und dann ins Wasser zischte.

»Bei Fahs! Sie haben uns eingeholt!«, rief Tasil.

Maru fuhr herum. Tatsächlich. Das Schiff der Ulbaitai und die beiden Schilfboote der Serkesch waren als Umrisse auf dem Fluss auszumachen. Sie mussten ihre Fackeln gelöscht haben! Pfeile kamen aus der Dunkelheit geflogen.

»Dreh uns in die Strömung, Kröte!«

»Wir haben kein Steuerblatt mehr«, antwortete Maru. Sie hatte es verloren, als Agir sie angegriffen hatte.

»Närrin! An die Riemen, schnell, schnell«, rief Tasil.

Maru stolperte zur ersten Bank und griff nach den Stangen. Es waren lange Ruder, vier an der Zahl, für jeden Mann eines. Doch sie waren nur noch zu zweit. »Doch nicht beide«, schalt sie Tasil. Er hatte recht, sie war froh, dass ihre Kraft für eines reichte. Tasil saß plötzlich neben ihr. Gemeinsam drehten sie den *Fisch* in die Strömung – und dann ruderten sie, sie ruderten um ihr Leben. Vom Ufer tönte ein Hornsignal, dem ein weiteres leises Signal aus der Ferne antwortete. Es kam von flussabwärts. Wenn Maru nach links blickte, dann sah sie die Lichter der Stadt und die Hafeneinfahrt. Ihre Verfolger schlossen auf. Pfeile bohrten sich federnd in das Holz ihres Kahns.

»Was sollen wir tun, Onkel?«, rief Maru.

»Schneller, Kröte, schneller«, keuchte er.

Sie waren nur zu zweit, und ihre Verfolger hatten viele Ruderer und Bogenschützen. Die Strömung war stark, das war ihr einziger Vorteil, denn ihr Kahn war trotz der Beute leichter als die Gefährte der Serkesch und Ulbaitai. Dennoch schoben sich ihre Feinde unerbittlich näher heran. Ewig würden sie ihnen nicht entkommen. Maru warf einen Blick über die Schulter. Da war die Einmündung des Grauen Dhanis. Und dort zeigte sich ein weiterer schwarzer Umriss auf dem Strom. Ein Schiff. Lichter flammten dort auf.

»Sieh nur!«, rief sie.

Tasil blickte kurz zurück. »Weiter, Kröte.«

»Er kann uns retten!«, keuchte Maru.

»Nur, wenn er will, Kröte«, lautete die knappe Antwort.

Maru blickte wieder flussabwärts. Es war die *Schwinge*, und sie schoss förmlich auf den Schwarzen Dhanis hinaus. Zahlreiche Fackeln loderten dort. Offenbar setzte Tagor Xonaibor nicht auf Heimlichkeit. Er hatte es auch nicht nötig. Der Tagor gebot über fünfzig kampferprobte Männer, und sein Schiff verfügte über vierzig Ruder und einen bronzeverstärkten Rammsporn. Die *Schwinge* war ein Schiff jener Bauart, mit der die Iaunier zum Schrecken der Meere geworden waren. Sie war kein Handelsschiff, das eine hungernde Stadt in ihrer Not mit Kriegern besetzt hatte, oder gar ein träger Kahn aus gebündeltem Schilf. Sie war eine Waffe, gebaut für den Krieg.

»Wir halten auf sie zu, und dann, im letzten Augenblick, an ihrem Heck vorbei«, befahl Tasil. Die Riemen ächzten, und ihre Feinde kamen näher. »Und wir bleiben im Schwarzen Dhanis«, setzte er keuchend hinzu.

Maru ahnte, was er vorhatte. Unterhalb der Stadt lagen Stromschnellen, dort konnte ihnen kein Schiff folgen. Allerdings begannen diese erst mehr als eine Stunde von Ulbai entfernt. Wie sollten sie so lange ihren Verfolgern vorausbleiben? Maru blickte immer wieder über die Schulter. Die *Schwinge* kam ihnen entgegen. Natürlich. Der Tagor wusste noch nicht, was im *Fisch* geschehen war. Er sah nur den Kahn und seine Verfolger. Die Ulbaitai und Serkesch hatten die *Schwinge* erst jetzt entdeckt. Maru konnte das den aufgeregten Rufen entnehmen, die von Schiff zu Boot flogen. Offenbar wusste man dort nicht, was man von dem fremden Gefährt halten sollte. Das iaunische Schiff schlug einen kleinen Bogen, so als wolle es ausweichen. Maru wurde klar, was sie vorhatten. Sie hörte die Trommeln, die den Ruderern den Takt vorgaben. Sie schlugen langsam. Doch das würde sich gleich ändern.

»Sie kümmern sich nicht um uns, Onkel«, rief sie. Ihre Hände schmerzten, und ihre Lungen brannten. Lange würde sie das nicht mehr durchhalten.

Tasil warf einen kurzen Blick über den Bug und nickte grimmig. »Sehr gut«, knurrte er. Der *Fisch* schoss weiter flussabwärts. Sie waren jetzt auf gleicher Höhe mit Xonaibors Schiff. Maru sah den Tagor im Bug stehen, ein Sichelschwert in der Hand. Er starrte zu ihnen herüber und versuchte vermutlich zu erkennen, wie es an Bord ihres Kahns stand. Aber die Dunkelheit schützte sie. Noch konnte er nicht ahnen, dass Hardis und die Seinen tot waren und dass Tasil nicht vorhatte, zum vereinbarten Treffpunkt zu fahren. Maru hörte die Stimme Xonaibors, der einen scharfen Befehl bellte. Ein vielstimmiger Schlachtruf antwortete ihm, und dann erhöhte der Trommler den Takt. Die *Schwinge* ging auf Rammgeschwindigkeit. Der Elepu des Ulbaitai-Schiffes erkannte die Gefahr. Doch er erkannte sie zu spät, und er beging einen verhängnisvollen Fehler. Maru hörte das Geschrei der Besatzung, als das Gefährt auszuweichen versuchte. Es wollte sich von dem drohenden Zusammenstoß wegdrehen, statt darauf zuzuhalten, und bot dem Rammsporn dadurch seine Breitseite an. Die *Schwinge* rauschte heran. Holz splitterte, als sie in voller Fahrt über die Ruder ihres Opfers glitt, und dann bohrte sich der Sporn krachend in die Bordwand. Damit nicht genug, schleuderten die Iaunier Brandsätze auf ihre Gegner. Der schilfgedeckte Unterstand des Händlers fing sofort Feuer. Wieder brüllte Xonaibor einen Befehl, und die *Schwinge* glitt langsam zurück. Der Elepu der Ulbaitai brüllte ebenfalls Befehle, aber niemand befolgte sie noch. Maru erblickte viele Männer, die vom brennenden Schiff sprangen. Die Serkesch sahen, was vor sich ging, aber sie verlangsamten ihre Fahrt nicht. Vielleicht dachten sie, ebenso wie Tasil, dass sie dem großen Schiff in den Stromschnellen des Dhanis entkommen könnten. Vom ersten Boot brüllte eine Stimme, und Maru erkannte sie wieder. Es war Fakyn. Er hatte also überlebt, und seine Männer hörten offenbar noch auf ihn. Feuer flammten auf, und dann sah Maru Brandpfeile aufsteigen und auf die *Schwinge* niederregnen.

»Nicht nachlassen, Kröte«, mahnte Tasil. Und er hatte recht. Ein Schrei kam von der *Schwinge*. Es war Tagor Xonaibor. Es war ein einziges, lang gezogenes »Tasil!«.

Der Iaunier hatte den Betrug endlich erkannt. Langsam drehte sich die *Schwinge* in die Strömung, und dann tönte der Klang ihrer Trommeln den Fluss hinunter. Ihre Ruder griffen ins Wasser, und sie nahm die Verfolgung auf. Maru spürte ihre Hände kaum noch. Sie hatten einen Vorsprung, aber der würde schnell schmelzen. Noch einmal verdoppelten sie ihre Anstrengungen. Und während sie, den Rücken voran, den Schwarzen Dhanis hinabglitten, bot sich hinter ihnen ein bizarres Bild. Brandpfeile schossen hin und her, und auf allen Decks waren Männer damit beschäftigt, die Pfeile aus Holz oder Schilf zu ziehen und die kleinen Feuer zu löschen, die immer wieder aufflackerten. Für Tasil und Maru brachte das eine Atempause, denn nun galten die Geschosse nicht mehr ihnen. Und doch jagten Iaunier und Serkesch gemeinsam hinter ihrem Kahn her. Die *Schwinge* war schneller als ihre Gegner und holte schnell auf, doch sie hatte einen Nachteil: Die meisten ihrer Männer saßen an den Riemen, sie konnten nicht gleichzeitig rudern und kämpfen. Die Schilfkähne waren dagegen überladen mit Kriegern. Hatte Fakyn das auch erkannt? Maru konnte ihn jetzt sehen. Er stand auf dem Bug des vorderen Bootes und hielt eine Fackel in der Hand, mit der er die Pfeile seiner Bogenschützen entzündete. Er brüllte Befehle, winkte, und das zweite Boot wurde plötzlich langsamer. Es drehte ein wenig bei. Wollten sie die *Schwinge* entern? Es sah danach aus, doch Fakyn hatte seinen Gegner unterschätzt. Das schnelle Schiff vollführte eine elegante Wendung, kam hinter das Heck des Schilfbootes, und plötzlich regneten große Brandsätze auf das plumpe Gefährt. Es waren Tonkrüge, mit Öl und Erdpech gefüllt. Die Schilfbündel des Seglers brannten wie Zunder und viele der Krieger ebenso. Schreie hallten über den Fluss, und brennende Menschen stürzten sich ins Wasser. Binnen Sekunden wurde aus dem Verfolger ein loderndes Wrack, das die Nacht taghell erleuchtete. Die *Schwinge* schoss weiter voran, und Xonaibors kampflustiges Lachen schallte über den Fluss. Und er sang einen Namen: »Tasil!« Die Jagd schien ihm Spaß zu machen.

»Weiter, weiter, Männer, wir holen auf«, brüllte Fakyn im Schilfboot. Sie waren jetzt nicht einmal mehr einen Steinwurf entfernt, und die Iaunier waren zurückgefallen. Doch das Vertrauen seiner Männer schien erschüttert. Sie wurden langsamer, und ein Schab trat zu Fakyn und redete auf ihn ein. Der Hüne schüttelte unwillig den Kopf und beförderte den Mann mit einem Fußtritt über Bord. »Wer ist der Nächste?«, donnerte er.

Niemand von seinen Leuten hatte offenbar Lust, das Schicksal des Schabs zu teilen. Das Schilfboot wurde wieder schneller.

»Du wirst mir nicht entkommen, Urather!«, dröhnte Fakyns Stimme über den Fluss. Und es sah so aus, als würde er recht behalten. Sein plumper Kahn kam näher und näher. Pfeile flogen ihnen um die Ohren. Fakyn würde sie vor Xonaibor erreichen. Aber der würde nicht lange auf sich warten lassen. Und dann? Würden Iaunier und Serkesch um den Schatz kämpfen? Wahrscheinlich. Aber vermutlich würde Maru das ebenso wenig noch erleben wie Tasil. Ihr Rücken drohte entzweizubrechen. Sie konnte einfach nicht mehr.

»Lass gut sein, Kröte«, sagte Tasil grimmig. Er ließ sein Ruder fahren und zog seinen Dolch. »Dann endet es eben hier.«

Maru fiel der Riemen aus den verkrampften Fingern. Sie hatte Blasen an den Händen und Schmerzen im ganzen Körper. Vielleicht bemerkte sie es deshalb erst, als sie es schon sah. Da war etwas im Fluss. Noch hinter der *Schwinge*. Eine Welle mit weißer Schaumkrone kam den Fluss hinab, schnell, schneller als ihr Kahn, schneller als das Schilfboot, selbst schneller als das stolze Schiff der Iaunier mit seinen vierzig Rudern und dem tödlichen Rammsporn.

»Sieh nur«, flüsterte Maru. Und jetzt offenbarte sich ihr unter all den Schmerzen das Gefühl, das ihr zuflüsterte, dass die Erwachte kam.

Tasil sah es, und dann entdeckten es die Bogenschützen der Serkesch von ihrem Heck aus. Und auch von den Iauniern hatte einer die verräterische Welle bemerkt. Ein einzelner, entsetzter Ruf erklang. Die Bogenschützen senkten ihre Waffen, die Ruderer gerieten aus dem Takt. Für einen Augenblick schien selbst der Fluss den Atem anzuhalten. Aber das war, weil die ungeheure Masse der Awathani auf sie zuschoss und die Welle, die sie vor sich her schob, den unruhigen Lauf des Flusses glättete. Dann durchbrach ihr Haupt das Wasser. Sie hob es hoch über den Strom und über die Schiffe und schreienden Männer, und dann stürzte sie sich mit einem heiseren Brüllen auf das Schiff der Iaunier und zerschmetterte es mit einem einzigen, gewaltigen Stoß. Holz barst, Männer wurden wie Puppen durch die Luft gewirbelt, und brennendes Öl ergoss sich über das zerbrochene Schiff. Ein vielstimmiger, verzweifelter Schrei aus dem Inneren der *Schwinge* stieg auf in die Nacht, und Maru sah den Tagor, der sich an ein brennendes Seil klammerte und dessen Beine fortgerissen waren. Dem vernichtenden Angriff folgte eine gewaltige Welle. Sie schoss über den Fluss, hob das Schilfboot und den *Fisch* in die Höhe. Maru rutschte vom Sitz und krallte sich an der Bordwand fest. Der hohen Welle folgte ein tiefes Tal. Der Kahn stürzte hinab. Vielleicht hätte er sich gefangen, wenn das Gold nicht gewesen wäre. Die Kisten rutschten, der *Fisch* bekam Schlagseite, fasste Wasser und kenterte. Maru wurde über Bord geschleudert. Wo war Tasil? Sie konnte ihn nicht sehen.

Dafür sah sie, dass auch das Boot der Serkesch sank. Die Seile, die es zusammenhielten, hatten dem Druck nicht standhalten können und waren gerissen. Bündel von Schilf trieben auf dem Fluss und dazwischen verzweifelte Männer, die versuchten, sich an irgendetwas festzuklammern. Sie sah Fakyn, er stand noch aufrecht im Bug, so als wäre nichts geschehen, jeder Zoll ein Krieger, doch der Bug maß nur noch drei Schritte, drehte sich jetzt, kippte zur Seite, und Fakyn in seiner schweren Rüstung ging unter und verschwand im schwarzen Wasser. Maru bekam noch einmal den Rumpf ihres Kahns zu fassen, er trieb kieloben in der Strömung. Eine weitere Welle lief über den Strom und drehte den *Fisch* auf die Seite. Für einen Augenblick sah es so aus, als würde er sich aufrichten, aber dann lief er voll und sank. Maru paddelte panisch umher. Sie konnte kaum schwimmen. Plötzlich packte sie eine Hand am Genick und zog sie zu ein paar Holzbalken, die vorübertrieben. Sie erreichte sie und hielt sich fest. Erst dann sah sie, wer sie gerettet hatte. Es war Tasil. Sie schluckte Wasser und musste husten. Tasil schwieg. Der Strom war voller Krieger. Viele trieben tot auf dem Fluss, andere schwammen um ihr Leben und versuchten, das Ufer zu erreichen. Das Heck der *Schwinge* ragte hoch in den Himmel und brannte lichterloh. Der Rest des Schiffes war verschwunden, aufgelöst in Einzelteile. Bei den vielen schwarzen Köpfen, die dem Ufer zustrebten, vermochte Maru nicht zu sagen, wer Serkesch und wer Iaunier war. Aber es waren nicht nur Menschen im Wasser. *Sie* war auch noch dort. Strudel bildeten sich, und Männer wurden vom Sog erfasst und verschwanden. Dann zeigte sich ihr Rücken vor dem Ufer, und alle, die schon gehofft hatten, bald in Sicherheit zu sein, kehrten schreiend um. Dann zeigte sich ihr Kopf auf der anderen Seite des Stromes, tauchte auf, verschwand wieder und riss Männer mit in den Tod. Sie spielte mit den Kriegern, trieb sie von einem Ufer zum anderen und brachte einem nach dem anderen den Tod. Nur wer wie Maru und Tasil an ein

Stück Holz oder ein Bündel Schilf geklammert flussabwärts trieb, schien dem Blutbad entkommen zu können. Aber war da noch jemand außer ihnen? Der Feuerschein der brennenden *Schwinge* erhellte den Nachthimmel. Maru sah den schweigenden Tasil und sonst nur dunkle Umrisse im Wasser. Das konnten ebenso gut treibende Wrackteile wie Menschen sein. Und wenn es Menschen waren, dann war nicht gesagt, dass sie noch lebten. Die Schreie im Wasser hinter ihr wurden weniger. Schließlich verstummten sie ganz. Maru krallte sich ins Holz und ließ sich treiben. Sie spürte die Nähe der Erwachten, ihre kalte Wut. Es schien beinahe, als würde sie ihr folgen.

Schwarzer Dhanis

Es wird eine Nacht kommen ohne Morgen.

Prophezeiung der Akkesch

Das Stück Holz trug sie flussabwärts. Aus irgendeinem Grund wollte Tasil nicht ans Ufer. Sie hatte ihm ein »Danke« zugeflüstert, aber er hatte nicht geantwortet. Sie ließen sich treiben, und Maru sah schließlich vor sich etwas aus dem Fluss wachsen. Es waren die Schatten hoher Weiden. Eine Insel!

Tasil murmelte so etwas wie einen Befehl und begann, das Stück Treibholz dorthin zu lenken. Maru half mit. Sie spürte Grund unter den Füßen, das Wasser wurde flacher. Sie verständigten sich stumm. Gemeinsam schleppten sie das Stück Holz aus dem Wasser und krochen landeinwärts. Ein breiter Schilfgürtel umgab das Eiland. Maru tastete sich hindurch, bis unter die Weiden. Dort war es stockdunkel. Sie ging weiter. Es kümmerte sie nicht, was Tasil tat. Sie spürte kurzes Gras unter ihren Füßen. Vor ihr wurde es heller. Eine Lichtung. Maru lief hinaus. Über ihr schimmerten die Sterne. Der Mond war bereits untergegangen. Sie ging auf die Knie und schlug die Hände vors Gesicht. Die Bilder der vergangenen Stunden strömten auf sie ein: Die Erwachte, der Kampf am Damm, all die Toten, die brennenden Schiffe. Sie zitterte am ganzen Leib und unterdrückte ein Schluchzen. Plötzlich spürte sie, dass sie nicht allein war. Ein tiefes Summen lag über der Wiese. Es klang böse.

»Ich grüße dich, Maru Nehis«, flüsterte eine silbrige Stimme.

Marus Herz setzte für einen Schlag aus.

Utukku.

»Dein Blut«, hauchte der Daimon.

Maru nahm die Hände vom Gesicht. Da, in der Mitte der Lichtung wartete ein tiefschwarzer Schatten, ein dunkler Kern, der von wirbelnden, summenden Schleiern verhüllt war. Maru wusste, dass dies die unzähligen Fliegen waren, die den Daimon umschwärmten.

»Wie hast du mich gefunden?«, fragte sie tonlos.

»War immer dort«, flüsterte der Daimon.

War das so? Hatte er sie den ganzen Abend beobachtet? Natürlich, die Awathani! Er hatte sie gelenkt, ihren Angriff gesteuert. Er hatte ihr vermutlich zugesehen, wie sie um ihr Leben gerudert war, gekämpft hatte, fast ertrunken wäre. Und jetzt, wo sie erschöpft und zerschlagen an Land gekrochen war, jetzt kam er, um zu fordern, was er nicht bekommen durfte. Sie musste Zeit gewinnen, ihre Gedanken ordnen. Sie stand auf. »Ich werde es dir nicht geben!«, sagte sie ruhig. Der Dolch! Sie fasste an ihren Gürtel. Die Waffe war noch da.

»Du musst«, sagte Utukku.

»Gar nichts muss ich«, entgegnete Maru. Sie versuchte, sich

zu beruhigen. Sie hatte doch einen Plan. Aber sie durfte nicht zu schnell nachgeben. Utukku würde sonst Verdacht schöpfen.

»Er hat es versprochen«, flüsterte die silbrige Stimme. Der Daimon stand plötzlich dicht hinter ihr.

Maru fuhr erschrocken herum. »Wer? Wer hat dir das versprochen?«, rief sie und wich einige Schritte zurück.

»Ich schlage vor, dass wir Feuer machen. Es wäre auch gut, um unsere Gewänder zu trocknen.« Tasil trat aus dem Schatten. Hatte er gehört, was gesprochen wurde? Konnte er den Daimon vielleicht sogar sehen?

»Ich grüße dich, Tasil aus Urath«, schnarrte Utukkus Stimme.

Maru hörte zwei Feuersteine aneinanderschlagen. Gras fing Funken, glomm auf, und eine kleine Flamme leuchtete in Tasils Hand. Er setzte sie in ein Büschel Schilfhalme. Schatten tanzten über sein Gesicht.

Maru sah ihm zu. Sie fühlte sich wie betäubt. Utukku hatte ihn begrüßt.

»Auch ich grüße dich, Daimon aus dem Süden«, sagte Tasil ruhig, als er mit dem Feuer zufrieden war.

Der Daimon stand am Rande des Lichtscheins. Der Schwarm von Fliegen, den sie eben noch gehört hatte, schien sich aufgelöst zu haben. Utukkus Haut war ganz schwarz, von feuerroten Adern durchzogen, und seine kupferfarbenen Augen glühten. Gleichzeitig konnte sie durch ihn hindurch die Schatten der Weiden sehen. Er war ein Daimon, sein Körper war nicht aus Fleisch wie der eines Menschen. Keine Waffe der Welt würde ihn verwunden, solange er diese Gestalt hatte.

»Sie will es nicht geben«, klagte er jetzt mit seiner Stimme, die klang wie fließendes Wasser.

»Ich weiß, sie ist störrisch«, antwortete Tasil.

Maru konnte es immer noch nicht fassen. Die beiden *kannten* einander?

»Der Vertrag«, zischte Utukku. »Der Eid.«

»Sie wird dir geben, was dir zusteht«, antwortete Tasil gelassen.

»Wird sie nicht«, widersprach Maru.

»Hör zu, Kröte. Du musst. Ich habe es geschworen.«

Maru schüttelte ungläubig den Kopf. Es war verrückt. Utukku, der Geheimnisvolle, der sich nie jemandem gezeigt hatte, höchstens von einigen wenigen als Schatten gesehen worden war, stand dort am Rande des Feuerscheins und sprach mit Tasil!

»Ich kann es nicht!«, erklärte Maru. Natürlich konnte sie. Sie war jetzt dort, wo sie hingewollt hatte. Am Ort der Entscheidung. Utukku verlangte ihr Blut. Und sie hatte die Waffe, um ihn zu vernichten, wenn die alte Legende, die Biredh erzählt hatte, stimmte. Und sie würde dabei sterben. Mit ihm verbrennen. Daran hatte sie keine Zweifel. Aber jetzt zögerte sie. Nicht nur, weil sie Angst hatte, auch weil Tasil dort war und mit dem Daimon sprach. Er brachte alles durcheinander.

»Was ist denn schon dabei?«, fragte Tasil. »Es sind doch nur ein paar Tropfen Blut. Du hast Schlimmeres überstanden, wahrlich, ich war dabei.«

»Du verstehst das nicht, Tasil«, antwortete Maru möglichst ruhig.

»Nein, Kröte, du verstehst es nicht!«, fuhr Tasil plötzlich auf. »Hast du schon vergessen, was eben geschah? Der Schatz, der Lohn all meiner Mühen – untergegangen, versunken im Strom! Und was habe ich gerettet? Einen Goldbarren? Ein Limi Bernstein? Nein! Dich habe ich aus dem Wasser gezogen, dich! Und ich sage dir, im Augenblick wäre es mir lieber, ich hätte statt deiner den Schatz gerettet!«

Maru schluckte. Sie konnte es nicht ändern. Tasil war hier. Vielleicht würde er mit ihr sterben. Sie hatte lange überlegt, wie sie vorgehen würde, in der Schmiede, und dann im Boot. Utukku durfte keinen Verdacht schöpfen. Sie musste sich sträuben. Und dann würde sie schon herausfinden, ob der Bann, den der Daimon über sie gelegt hatte, auch verhinderte, dass sie ihn angriff. Auf Tasil konnte sie keine Rücksicht nehmen. Nur war er viel schwerer zu täuschen als der Daimon. Sie musste vorsichtig sein. Sie sagte: »Onkel, es ist ein Daimon, ein Alfskrol. Ich kann ihm mein Blut nicht geben.«

»Du wirst, Kröte, du wirst«, entgegnete Tasil grimmig.

»Aber du weißt nicht, was er vorhat!«, rief Maru. War der Mann, den sie Onkel nennen sollte, so blind, dass er das Böse nicht sah? Er sollte davonlaufen, sich in Sicherheit bringen.

»Du irrst dich, ich weiß es genau, Kröte. Weißt du, wäre das Gold nicht im Strom versunken, wer weiß, welches Ende dieser Tag genommen hätte? Doch jetzt stehe ich hier, beinahe mittellos. Und dein Freund da wird es ändern. Er verschafft mir – nein, uns, Maru – Gold, viel Gold!«

Mittellos? Ihr kam der geraubte Grabschatz in den Sinn, den Tasil in den Himmelsbergen versteckt hatte. Reichte das wirklich nicht? Hatte er sie für noch mehr Silber und Gold an einen Daimon verraten müssen? Maru verstand es noch immer nicht. Und woher kannte Tasil den Daimon?

»Das Blut«, drängte Utukku zischend.

»Welches Gold, Tasil?«, fragte Maru, um Zeit zu gewinnen.

»Das Fenngold, Kröte. Erinnerst du dich nicht an die goldene Schlange aus dem Verborgenen Tempel? Und dein Freund hier sagt, dass sie nur ein kleiner Teil von dem ist, was dort in der Tiefe ruht. Er wird es mir verschaffen. Und dann sind wir frei!«

Maru schluckte. Frei? Das wollte sie genau wissen, jetzt, kurz bevor sie in die Totenstadt Ud-Sror hinabsteigen würde. »Du meinst, du gibst mich frei, Tasil?«, fragte sie.

Tasil starrte sie an. Dann lachte er. »Sei nicht dumm, Kröte. Ich habe dich gekauft. Du bist und bleibst meine Sklavin. Aber dann ist Schluss mit dem Umherkriechen in dreckigen Gräbern,

Schluss mit den Kämpfen und gefährlichen Aufträgen. Vielleicht lasse ich dich sogar einen netten jungen Sklaven heiraten. Irgendwann, wenn du folgsam bleibst. Also gib ihm das Blut, Kröte.«

Und dann versuchte er tatsächlich, die Zauberstimme auf sie anzuwenden. Leicht schwebte sie über die Wiese und erzählte von einem Leben im Überfluss, ohne Mühen und Gefahren. Tasil war einmal in ihren Geist eingedrungen, in Serkesch, vor langer Zeit. Doch hatte er dabei eine Verbindung herstellen müssen, mit einem Stück geteilter Nahrung. Jetzt berührte er sie nicht einmal. Verließ er sich auf die Wirkung des Treublatts? Dachte er, er könne über diese Beere ihren Geist berühren? Seine Stimme schwebte heran und säuselte ihr von einer wahrhaft goldenen Zukunft ins Ohr. Maru schluckte. Sie konnte es beinahe sehen. Ja, das Treublatt wirkte noch. Und dann wurde ihr klar, dass er ihren Widerstand spürte. Also gab sie nach. Es blieb ihr nichts anderes übrig. Dann würde er eben mit ihr sterben, auch wenn sie das wirklich nicht wollte. Sie nickte schwach.

»Freiwillig muss die Gabe sein«, flüsterte Utukku.

»Das ist sie, keine Angst, mein Freund, das ist sie«, versicherte Tasil ihm leise.

Maru nickte noch einmal. Dann nahm sie die lederne Schiene vom Arm und streckte ihn aus. »Nimm es dir, Utukku.«

»Du gibst es?«, hauchte die Stimme.

»Ich gebe es«, bestätigte sie.

Aber Utukku zögerte. Er sog die Luft prüfend ein. »Du gibst es mir?«, fragte er noch einmal.

Maru nickte wieder. Sie warf Tasil einen warnenden Blick zu, aber er verstand ihn nicht.

»Da ist sie, Daimon, nimm sie dir«, sagte er und sah gespannt zu, wie der Daimon langsam näher kam.

Utukku umschlich Maru, sog wieder prüfend die Luft ein, so als wolle er wittern, ob sie die Wahrheit sprach. Aus der Nähe wirkte er unbeschreiblich. Es umgab ihn etwas. Maru hatte kein Wort dafür. Es war eine Art Ausstrahlung, die beinahe körperlicher war als der Daimon selbst. Maru zitterte. Sie hielt ihren linken Unterarm ausgestreckt, aber Utukku umkreiste sie weiter. Und dann, gerade als sie glaubte, er habe Verdacht geschöpft, tauchte er plötzlich an ihrem Arm auf. Seine schwarze Hand strich über ihre Haut. Sie spürte die Berührung, obwohl er immer noch körperlos war. Seine Kupferaugen glühten. »Du gibst es?«, fragte er zum dritten Mal.

»Nimm es«, antwortete sie leise.

Sie konnte Tasil nicht mehr sehen. Hatte er etwa doch etwas geahnt? Der Daimon wechselte unvermittelt die Gestalt. Seine Aura verschwand und wurde zu einem festen Körper. Er seufzte tief, und dann schlug er seine Zähne in ihren Arm. Maru spürte den Biss. Der Schmerz durchzuckte ihren ganzen Körper. Und sie fühlte den Strom der Bilder, der auf sie einstürmte: Das brennende Dorf am See, der lange Zug der Akkesch. Und da war ein Gefühl von Hass, so stark, dass sie davor zurückzuckte. Jetzt! Blitzschnell riss Maru den Dolch aus dem Gürtel. Utukku trank gierig ihr Blut, er spürte die Gefahr nicht, war für diesen kurzen Augenblick, da er auf der Schwelle zu seiner Freiheit stand, blind für die Bedrohung, die in Marus Faust lag. Sie durfte nicht denken! Sie stieß zu. Die Klinge drang leicht in den dunklen Körper ein. Utukku zischte. Er ließ ab von ihrem Arm und blickte hinab zu seinem Leib, aus dem der Griff des Dolches ragte. Er trat einen Schritt zurück. Seine kupferfarbenen Augen brannten. »Maru Nehis«, flüsterte er.

Es klang verwundert. Für einen kurzen Augenblick sah es aus, als würde nichts weiter geschehen. Dann stöhnte der Daimon auf. Risse sprangen über seine Haut. Hitze schlug Maru entgegen, sie wich zurück, unfähig, ein Auge von ihm zu wenden. Er öffnete den Mund. Lachte leise, und dann schlug das Lachen in einen Schrei um, so durchdringend, dass Maru sich die Ohren zuhielt und sich zu Boden warf. Aus dem Augenwinkel sah sie, wie die Haut des Daimons plötzlich gleißend hell aufleuchtete und dann in einer einzigen, grellen Flamme verschwand. Eine Feuerwand raste über Maru hinweg, fegte über die Insel. Weiden und Schilf fingen Feuer, und die ganze Insel verwandelte sich in ein einziges Flammenmeer. Und Maru lag in diesem Meer, auf der Erde, fühlte die glühende Hitze, bekam keine Luft mehr. Das also war es, ihr Ende. Sie war beinahe zufrieden. Sie hatte den Daimon besiegt und tausende Leben gerettet. Was wog da schon ihr eigenes dagegen? Ein zweiter Schrei dröhnte über die Insel. Der Schrei wandelte sich zu einem donnernden Brüllen, das die Erde erschütterte. Es kam aus dem Fluss. Die Awathani! Bedeutete Utukkus Tod etwa auch ihr Ende? Marus Lungen brannten. Da war keine Luft mehr, die sie atmen konnte. Und dann, so plötzlich wie er begonnen hatte, war der Feuersturm zu Ende. Maru blieb liegen. War sie tot? Sie fühlte ihre Glieder noch. Sie sog die Luft gierig ein, hustete. Ascheflocken schwebten zu Boden. Zögernd erhob sie sich. Die Insel. Wo vor Sekunden noch Weiden gestanden hatten, waren jetzt nur noch verkohlte Baumstümpfe zu sehen. Der Schilfgürtel hatte sich in Asche verwandelt. Das Gras war verschwunden, kein Blatt hing mehr an den Bäumen. War das Ud-Sror? War sie im Reich der Toten? Nein. Die Baumstümpfe glühten in der Finsternis und tauchten alles in ein unwirkliches, rotes Licht. Das Feuer hatte alles Leben auf dieser Insel binnen Sekunden getilgt. Ascheflocken trieben durch die Luft. Nur sie war verschont geblieben. Verblüfft befühlte sie ihren Leib. Ihr Garwan hing in Fetzen herunter. Aber selbst ihr Haar war noch so lang, wie es sein sollte.

»Ich nehme an, es ist die Schlangenhaut, Nehis«, sagte eine vertraute Stimme.

»Biredh!«

Es war wirklich der Alte. Er wanderte gemächlich vom Ufer herauf.

»Wo … kommst du her?«, fragte Maru. Ungläubig starrte sie den Alten an.

»Ich bin dem Schlachtlärm gefolgt. Es war unmöglich, ihn zu überhören.« Er klang bekümmert. »Gab es viele Tote?«

»Sehr viele, Biredh. Ich konnte es nicht verhindern.«

»Aber du hast es versucht, Nehis, das zählt.«

»Der Schatten. Ich habe ihn … vernichtet!«, flüsterte sie. Natürlich. Utukku. Sie hatte es geschafft!

»Und du lebst. Das ist mehr, als man erwarten konnte, Nehis«, sagte der Alte mit heiserem Lachen.

»Ja, sieh nur, ich habe deinen Helden Tiuf übertroffen, Biredh«, antwortete Maru und lachte nun selbst ungläubig.

»Übertroffen? Nein, Mädchen, übertroffen hast du ihn noch lange nicht. Er hat die Götter überlistet, unzählige Abenteuer bestanden und noch mehr Helden gezeugt. Du? Du hast doch nur einen armseligen Alfskrol besiegt. Was ist das schon?« Aber er lachte laut, als er das sagte.

Maru musste einfach mitlachen. Ihr liefen Tränen über das Gesicht. Dann wurde sie plötzlich ernst. »Er hat mich zweimal gerettet, Biredh. Und ich? Ich habe ihn betrogen«, sagte sie leise. »Und ich habe ihn ermordet.«

»Nein, Nehis, nicht ermordet. Befreit hast du ihn, von seinem Hass, der ihn schon vor langer Zeit getötet hat.«

»Glaubst du wirklich?«

»Ich weiß es«, erklärte der Blinde sanft.

»Ich möchte wirklich wissen, was es hier zu lachen gibt, Kröte«, sagte eine missmutige Stimme hinter ihr.

Maru fuhr herum. Es war Tasil. Er trat zwischen den Weiden hervor – vielmehr zwischen dem, was der Feuersturm davon übrig gelassen hatte. Er sah furchtbar aus. Sein Gewand war verbrannt, und das Feuer hatte ihm die Haare versengt. Er hustete.

»Du lebst!«, entfuhr es Maru.

»Und das habe ich gewiss nicht dir zu verdanken, Kröte. Was hast du nur getan?«

»Ich habe einen Daimon vernichtet«, antwortete sie schlicht.

»Und wenn der Alfskrol tot ist, mit wem redest du dann?«

»Na, mit Biredh«, meinte Maru und zeigte dorthin, wo der Blinde eben noch gestanden hatte.

Aber er war fort. Nur sein Stock steckte dort in der Erde. Nachtfalter umflatterten ihn.

»Biredh? Hat dir das Feuer den letzten Rest Verstand verbrannt?«

Maru sah sich verblüfft um. Wohin war Biredh nur verschwunden? Und wie war er eigentlich auf die Insel gelangt? Ihr lief ein seltsames Kribbeln über den Rücken. Sie hatte das Gefühl, dass es auf diese Fragen keine Antwort gab, zumindest keine, die sie verstehen würde.

»Rede schon, Kröte, mit wem hast du hier zu schwätzen? Und wie hast du das hier überlebt?« Es regnete Asche. Widerwillig löste sich Maru von den Gedanken an den blinden Erzähler. Sie zuckte mit den Achseln. »Vielleicht die Haut der Erwachten, Tasil«, antwortete sie, obwohl sie selbst daran zweifelte. Biredh hatte das zwar behauptet, aber sie hatte sich schon mehrfach verletzt, ohne dass die Haut irgendetwas für sie getan hätte. Sie hatte heilende Wirkung, das hatte sie am eigenen Leib erfahren, aber verhindern konnte sie Verwundungen nicht.

»Die Haut, mag sein, die Haut«, murmelte Tasil. »Ich habe sie gesehen«, fügte er dann hinzu.

»Wen?«

»Die Erwachte, die Zermalmerin, die Städtezerstörerin. Das Untier, das mir mein Gold geraubt hat, deine Awathani.«

»Ich hörte sie brüllen.«

»Oh ja, gebrüllt hat sie. Ich nehme an, dass noch in Ulbai die Mauern gezittert haben bei diesem Laut.«

»Ist sie tot?«, fragte Maru.

»Tot? Nein, dieses Ungeheuer erfreut sich bester Gesundheit. Ich habe sie vom Ufer aus gesehen. Sie war draußen im Fluss. Aber dann ist sie verschwunden.«

»Du hast recht, Tasil. Sie ist fort.« Jetzt, da sie darauf achtete, spürte Maru die Anwesenheit der großen Seeschlange wieder. Aber sie war weit entfernt und schwach. Und der kalte Zorn, den sie immer gefühlt hatte, war nicht mehr zu spüren.

»Und du hast den Daimon getötet, Kröte?«, fragte Tasil und scharrte mit dem Fuß in der Asche, etwa dort, wo Utukku zuletzt gestanden hatte.

Maru nickte. Und dann kamen ihr plötzlich wieder die Tränen. Sie konnte es nicht verhindern. »Erstaunlich«, murmelte Tasil, und dann trat er wütend gegen einen verkohlten Ast. »Das heißt, wir werden nicht an den Schatz aus dem Fenn gelangen! Und wir werden nicht an das Gold kommen, das mit unserem Kahn im Schwarzen Dhanis versunken ist. Und ich nehme an, dass die, die nicht davongelaufen sind, den Schatz am Damm inzwischen eingesammelt haben. Glaubst du, Immit Uschparu erinnert sich noch an das Silber, das er mir versprochen hat?«

»Er ist doch tot, Tasil«, erwiderte Maru.

»Das weiß ich, Kröte«, sagte Tasil verbittert. »Diese Frage war nicht ernst gemeint. Ich wollte dir nur klarmachen, in welcher Lage wir sind.«

»Wir?«

Tasil starrte sie an. Dann sagte er nachdenklich: »Wenn wir schnell sind, können wir vielleicht zurück in die Stadt. Wir können im Haus des Richters das Wichtigste einpacken und verschwinden. Ich habe dort noch ein oder zwei Dinge versteckt, die ich nicht missen möchte. Oder glaubst du, ich lasse das Silber zurück, das ich hier unter Lebensgefahr gewonnen habe?«

Maru sah etwas zu ihren Füßen liegen. Sie hob es auf. Es war das Heft des Hakul-Dolches. Die Klinge war verschwunden. Sie wischte sich die Tränen aus den Augen. Immer noch segelten Ascheflocken durch die Luft. Ein leichter Wind kündigte den nahenden Morgen an. »Utukku – woher kanntest du ihn?«

»Den Daimon? Er kam zu mir, gestern am Fluss, als ich auf dich und dieses verfluchte Weib gewartet habe. Ist es nicht erstaunlich, dass dies erst gestern war? Es kommt mir vor, als seien viele Wochen seither vergangen.«

»Du hast einen Handel mit ihm geschlossen?«

»Er hat mir viele aufschlussreiche Dinge erzählt. Auch über dich, Kröte. Es scheint, dass du ihn schon eine Weile kanntest. Und das hast du mir verheimlicht.« Er schüttelte den Kopf. »Warum hast du ihm nicht einfach gegeben, was er wollte?«

»Du kanntest seine Absichten nicht«, sagte sie langsam. Konnte sie ihm einen Vorwurf machen? Der Daimon hatte ihm Gold versprochen. Das war eben Tasil. Wenn er nicht wusste, wie hoch der Preis dafür war, warum sollte er so ein Angebot ausschlagen?

»Er hat etwas von Rache gefaselt, davon, die Akkesch zu töten. Aber das meiste musste ich raten. Er hatte eine seltsame Art zu reden«, meinte Tasil.

»Du *wusstest*, was er vorhatte? Und du hast ihm trotzdem geholfen?« Maru schauderte plötzlich vor dem Mann, den sie Onkel nennen sollte.

Tasil zuckte mit den Schultern. »Was gehen mich die Akkesch und ihre Händel an? Der Daimon kam zu mir und bot mir viel Gold. Warum sollte ich das ablehnen? Eine Hand wäscht die andere, wie man so sagt. Selbst wenn es die Hand eines Daimons ist. Er hat sein Wort gehalten, Kröte. Er hat die Erwachte zur Brücke geschickt, und er wollte mir das Fenngold verschaffen. Zwei Schätze für ein paar Tropfen Blut. Du wirst zugeben, dass das ein gutes Geschäft gewesen wäre. Aber jetzt lass uns sehen, wie wir hier fortkommen. Ich glaube, es wird bald Tag. Es wäre gut für uns, vorher in der Stadt zu sein.«

Maru schüttelte den Kopf. In dieser Nacht waren weit mehr als nur ein paar Tropfen Blut geflossen. »Nein, Tasil, ich werde dich nicht begleiten.«

»Das war keine Frage, Kröte.«

»Ich habe einen Namen, Tasil aus Urath. Maru hast du mich genannt, aber Nehis heiße ich von Geburt an.«

Tasil blickte sie an. Dann grinste er plötzlich breit. »Ich glaube wirklich, dein Verstand hat im Feuer ernsthaften Schaden erlitten. Hast du vergessen, dass ich dich gekauft habe? Ich habe einen Dolch für dich hergegeben, der leicht das Zehnfache wert war. Du bist meine Sklavin, und du trägst den Namen, der mir gefällt. Und jetzt setz dich in Bewegung, *Kröte*!«

Maru rührte sich nicht. Sie betrachtete ihn. Ein hagerer Mann in verbrannten Kleidern, dem das Haar vom Kopf gesengt worden war. Dann fragte sie: »Sag, Tasil, hast du noch das Sklavenzeichen? Das Band, das du mir vom Hals geschnitten hast, damals am Ufer des Dhanis?«

Tasil zögerte einen Augenblick. Er betrachtete sie auf einmal mit einem anderen, lauernden Blick. »Natürlich habe ich das noch, Kröte. Ich trage es immer bei mir, für den Fall, dass du eines Tages vergessen solltest, was du bist. Und mir scheint fast, dieser Tag ist heute gekommen.«

Maru schüttelte den Kopf. »Ich weiß, wer ich bin. Gib mir dieses Band.«

Tasil lachte. Maru streckte ihre Hand aus. Und dann sagte sie es noch einmal, langsam und mit Nachdruck in der Stimme: »Tasil, gib mir dieses Band!«

Sie spürte selbst, wie viel Kraft in ihren Worten lag. Sie waren wie eine Hand, die sie Tasil entgegenstreckte. Er konnte das Band hineinlegen und gehen. Würde er das nicht tun, könnte diese Hand sich schließen und ihn mit eisernem Griff zerquetschen.

Tasil öffnete den Mund, aber er brachte kein Wort heraus. Er starrte sie ungläubig an. Dann griff er mit fahriger Bewegung nach seinem Dolch, zog ihn, hielt ihn in unsicheren Fingern – und ließ ihn plötzlich fallen. Er wich zwei Schritte zurück, stöhnte, sein Gesicht verzerrte sich, aber dann wühlte er hastig in seinem verbrannten Garwan und zog das Lederhalsband heraus.

»Lass es fallen«, sagte Maru, beinahe sanft.

Er schleuderte es zu Boden.

»Bin ich also frei?«, fragte Maru.

Tasil schwieg, aber sie hörte ihn keuchen. Er kämpfte. »Ist das der Dank?«, stieß er schließlich hervor.

Maru hätte beinahe gelacht. »Gibst du mich frei, Tasil aus Urath?«, fragte sie noch einmal.

Tasil wehrte sich, sein Gesicht zu einer Maske aus Schmerz und Wut verzerrt, aber dann nickte er.

»Und jetzt geh. Ich will dich nie wieder sehen«, sagte sie ruhig.

»Maru, ich … wir …«

»Geh!«

Tasil öffnete noch einmal seinen Mund, brachte nichts heraus, drehte sich um und stolperte davon. Maru sah ihm nach. Sie dachte an das erste Mal, als sie ihm begegnet war. Er hatte sie dem Händler abgekauft, weil er sie im Dunkeln für einen Jungen gehalten hatte. Sie sah ihn hinab zum Dhanis laufen. Dank? Er hatte sie gerettet. Heute im Fluss, und schon einmal im Verborgenen Tempel. Mit unsicheren Schritten stakste er ins Wasser und drehte sich noch einmal um. Aber er hatte sie auch im Stich gelassen, damals im Grabmal des Raiks von Serkesch, er hatte sie den Awiern im Fenn als Menschenopfer angeboten, und heute hatte er sie nur aus dem Wasser gezogen, weil er sie an Utukku verraten wollte. Sie sah ihn ins Wasser stolpern. Er watete hinaus und begann zu schwimmen. Die Strömung trug ihn schnell flussabwärts. Sie verlor ihn in den tanzenden Wellen aus den Augen. Sie wartete noch eine Weile, aber sie sah nicht, dass er an Land kroch. Ihre Beine waren wachsweich, ihre Hände zitterten. Sie sank auf die Knie. Sie konnte nicht verhindern, dass sie im Inneren plötzlich eine große Leere fühlte. Und wieder standen ihr Tränen in den Augen. Irgendwo sang ein Nachtvogel. Sie war allein. Alles um sie herum war verbrannt. Da war nur noch Biredhs Stock. Falter umschwärmten ihn. Maru war sich nicht sicher, aber es schien, als seien sie gelb.

Einige Tage später

Es roch nach gebratenem Fisch. Ein guter Geruch. Maru hielt die Nase in den Wind. Leichter Rauch stand über der Unterstadt. Es sah aus, als würde wirklich in jedem Haus und in jeder Hütte ein Herdfeuer brennen. Es war Leben in den Straßen, und man konnte sogar gelegentlich Menschen lachen hören. Seit dem Morgen hieß es in den Gassen, aus Esqu sei eine Flotte mit Fleisch, Weizen, lebendem Vieh und allem anderen, was Ulbai benötigte, unterwegs, und es könne nur noch wenige Tage dauern, bis sie einträfe. Die Stadt summte von diesem Gerücht. Bis es so weit war und diese sagenhafte Flotte wirklich im Hafen festmachte, lebten die Ulbaitai von dem Fisch, der aus dem Fenn und von der Küste in die Stadt geliefert wurde. Gerru, der junge Kaidhan, sorgte dafür, dass er gerecht verteilt wurde, und er bezahlte die Fischer und Händler aus dem Schatz der Stadt. Eine weise Entscheidung, die, das wusste Maru zufällig genau, nicht von ihm, sondern von seiner Großmutter getroffen worden war. Danami, sie führte jetzt den Titel Immita, war eine kluge Frau. Das Volk hatte große Umwälzungen zu verdauen. Und die Immita wusste, dass das besser ging, wenn der Magen dabei nicht völlig leer war.

»Ich kann keinen Fisch mehr sehen«, meinte Velne seufzend.

Der Maghai stand neben ihr auf der Oberen Mauer. Maru blickte über die Stadt hinaus ins Vorland, wo die Reste von Numurs Lager zu sehen waren. Arbeiter rissen die Holzmauern ein. Der Stadt fehlte es immer noch an allem, auch an Brennholz. Das Bet Alldhan war verschwunden, aber viele Hütten standen noch, ebenso wie der Tempel, und auch das lange Schilfdach des Krankenlagers war gut zu erkennen.

»Kannst du Wika dort irgendwo sehen?«, fragte Maru mit Seitenblick auf den Zauberer.

»Meine Augen sind nicht mehr so gut, Nehis«, antwortete dieser knapp.

Drei Tage lang hatten sich der Maghai und die Kräuterfrau blendend verstanden. Doch inzwischen gingen sie sich, wenn möglich, aus dem Weg, ohne dass Maru den genauen Grund dafür herausgefunden hätte. Irgendwo dort unten kümmerte Wika sich jetzt um die zurückgelassenen Kranken. Das Fieber wütete immer noch auf beiden Seiten des Flusses, aber es schien, als würde die Seuche täglich weniger Opfer fordern. Abeq Mahas, der den Angriff der Zermalmerin tatsächlich überlebt hatte, war mit dem Heer vor drei Tagen abmarschiert. Der Frieden war bereits besiegelt gewesen, als die Erwachte angegriffen hatte, und Mahas hielt sich an die Vereinbarung. Vielleicht auch, weil ihm nicht viel anderes übrig blieb, denn aus dem ganzen Reich kamen Meldungen über Unruhen und Aufstände. Er hatte nicht nur die Fieberkranken und Verwundeten zurückgelassen, sondern auch viele Söldner, die ihm in Scharen davongelaufen waren. Sie hatten sich in den Sümpfen versteckt gehalten und trieben sich nun im Vorland herum. Maru konnte sie sehen, am Damm und an der notdürftig wiederaufgebauten Brücke. Sie tauchten im Fluss nach Silber und Gold, und der Immita fehlten die Männer, dieses Treiben zu unterbinden. Stattdessen hatte sie mit diesen Söldnern eine Vereinbarung getroffen: Die Hälfte von allem, was sie fanden, durften sie behalten, die andere Hälfte floss in die Schatzkammer der Stadt. Eine Eschet aus Ulbai lagerte auf dem Damm und hatte ein Auge auf die Taucher. Die meisten der Krieger Ulbais waren von Luban zwangsverpflichtet worden und hatten, ohne erst groß nach Erlaubnis zu fragen, die Waffen niedergelegt, als der Krieg endlich zu

Ende war. Danami verfügte gerade noch über genug Männer, um die Ordnung mit Mühe aufrechtzuerhalten. Einen Kampf mit den Söldnern wollte sie vermeiden.

»Was ist das für eine Gruppe dort drüben, am Ende des Dammes?«, fragte Velne und beschattete die Augen.

»Es sind die Schmiede der Stadt. Sie zerlegen die Statue Utus«, antwortete Maru. Sie fragte sich, ob der Maghai überhaupt etwas von dem mitbekam, was in dieser Stadt vor sich ging.

»Ein schmähliches Ende für einen Gott«, meinte der Zauberer nachdenklich.

»Es geht ihm im ganzen Reich nicht viel besser, was man so hört. Es heißt, die meisten Städte hätten sich von Mahas losgesagt und dem neuen Gott Utu abgeschworen. Man erzählt sich, dass der Abeq mit seinem Heer nach Esqu marschiert, um seine Macht wenigstens dort zu behaupten.«

»Gerüchte«, meinte Velne gähnend. »Hat man denn die Leiche Numurs inzwischen gefunden?«

»Nein, immer noch nicht. Ich habe gehört, dass seine Anhänger glauben, er sei gar nicht tot, sondern von seinem Vater zu den Göttern erhoben worden.«

»Er hat noch Anhänger?«

»Ja, selbst hier in der Stadt. Es gab während der Belagerung sogar heimlich genutzte Utu-Tempel in der Unterstadt, wie ich gehört habe. In einem davon soll es wegen Numurs Tod oder Nicht-Tod jetzt sogar eine Schlägerei gegeben haben. Aber Danami hat den Utu-Kult inzwischen ja verboten.«

Velne schüttelte verständnislos den Kopf. »Ich kann mir nicht vorstellen, dass die Götter viel mit Numur zu tun haben wollen. Ich glaube eher, dass der große Alldhan sich drüben im Moor mit den Wölfen um die Kadaver von Kaninchen schlägt, wenn er denn noch lebt, was ich bezweifeln möchte.«

»Hauptsache, dieser Krieg ist zu Ende«, sagte Maru seufzend.

»Mahas ist ein weiser Mann«, meinte Velne.

»Ich weiß nicht – ich glaube, seine Leute hätten ihn umgebracht, wenn er diese Belagerung und diesen Krieg fortgesetzt hätte.«

Der Zauberer nickte bedächtig. »Und – hast du vor, dir dieses Elend dort unten noch lange anzusehen, oder können wir diesem Ort allmählich den Rücken kehren?«, fragte er.

»Ich warte nur noch auf Temu. Er hat mir ausrichten lassen, dass er mich hier treffen will«, antwortete Maru.

»Ach, der Schreiber«, meinte Velne gedehnt.

»Du hältst wohl nicht viel von seiner Kunst, Meister Velne?«

»Wie sollte ich? Er tötet die Worte, wenn er sie in nassen Ton drückt. Alles Leben ist ihnen dann genommen.«

Maru grinste. Sie erinnerte sich nur zu gut an ein sehr lebhaftes Streitgespräch der beiden Männer vor zwei Nächten.

»Jedenfalls werden meine Füße allmählich unruhig. Sie wollen los, Nehis.«

»Nur noch einen Augenblick, ich glaube, da kommt er schon.«

Tatsächlich war es der Schreiber, der jetzt auf der Mauer auftauchte und winkend auf sie zulief. Er war schwer mit Taschen bepackt und hielt etwas in der Hand, ein kleines Paket. Der stumme Yalu war dicht hinter ihm. Auch er hielt etwas in den Fingern, ein gewickeltes Schilfpäckchen.

»Ich hoffe, es ist nicht schon wieder Fisch«, knurrte Velne.

Temu war völlig außer Atem. »Ich grüße dich, Maru Nehis«, rief er.

»Ich grüße dich auch, Temu, mein Freund«, empfing sie ihn lächelnd. Er hatte zwar schon am Vortag angekündigt, dass er etwas für sie habe, aber er war bepackt, als wolle er ihr seinen halben Hausrat schenken.

»Es ist wirklich Fisch«, stellte Velne fest, als er Yalu das Schilfpäckchen abnahm. Er bemühte sich, nicht allzu unzufrieden zu klingen.

Der Stumme nickte und lachte.

»Die Treppen kamen mir beim letzten Mal weniger steil vor«, sagte Temu und schnappte nach Luft, »und ich musste das alles schon von der Weißen Seite in die Oberstadt schleppen.«

»Was ist das denn alles?«, fragte Maru belustigt.

»Oh, nur das Notwendigste, nur das Notwendigste«, schnaufte der Schreiber, »aber viel mehr ist auch nicht mehr da.«

Maru hätte beinahe vergessen, danach zu fragen: »Hast du inzwischen etwas von deiner Schwester gehört?«

Temu schüttelte den Kopf. »Sie ist immer noch verschwunden. Es wird wohl wirklich so sein, dass mein elender Schwager, dieser Schurke von einem Schmied, sie überredet hat, mit ihm zu fliehen, und wahrscheinlich auch, meine letzten Ersparnisse mitzunehmen. Bei Fahs, es war wenig genug.«

»Wenigstens bist du sie los«, versuchte Maru ihn zu trösten.

»Ja, jedes Ding hat zwei Seiten, wie man so sagt. Ich habe jetzt viel Platz zu Hause. Und deshalb frage ich dich noch einmal, ob du dir nicht doch vorstellen kannst, hier in der Stadt zu bleiben. Es gibt Menschen hier, die dir ausgesprochen dankbar sind für das, was du getan hast, auch …« und er senkte die Stimme zu einem bedeutungsschwangeren Flüstern, »… im Bet Kaidhan.«

Maru schüttelte den Kopf. »Ich danke dir für dein Angebot, Temu, aber ich höre es immer noch jeden Tag in den Gassen. *Kaschakku*, flüstern sie einander zu, wenn sie mich sehen. Es mag sein, dass Immita Danami mir glaubt, und ich bin ihr auch dankbar, dass sie mir angeboten hat, im Bet Kaidhan zu bleiben, aber viele glauben eben doch, dass ich es war, die Luban ermordet und die Erwachte hierher gelockt hat.«

»Aber man hat sie doch seit Tagen nicht mehr gesehen«, wandte der Schreiber ein, »ja, die Fischer, die so zahlreich in die Stadt kommen, berichten, man habe sie weit südlich gesichtet, in der Mündung des Dhanis, auf dem Weg ins Meer.«

»Das habe ich auch gehört«, sagte Maru. Das war nicht die ganze Wahrheit. Sie hatte es sogar gesehen, in ihren Träumen. Ein mächtiger schwarzer Leib, der mit ruhigen Bewegungen der Stille des endlos tiefen Meeres zustrebte. Sie seufzte. »Aber wer fragt danach, wenn er gegen eine Kaschakku hetzen kann, Temu? Es gab viel Leid innerhalb dieser Mauern. Offenbar glauben sie lieber, dass eine Fremde daran schuld war, als den eigenen Immit zu beschuldigen, auch wenn er tot ist. Und auch Danami tut wenig, um mich in Schutz zu nehmen, oder hast du gehört, dass sie ihren Vorgänger verdammt hätte?«

»Nein, du hast recht, Maru Nehis«, seufzte Temu. »Ich verstehe das auch nicht.«

»Ein Immit ist immer noch ein Immit«, warf Velne ein.

»Außerdem«, fuhr Maru unbeirrt fort, »weißt du doch, dass ich unbedingt noch etwas erledigen muss. Und das kann ich nicht hier.«

»Also wollt ihr wirklich nach deinem Vater suchen?«, fragte der Schreiber blinzelnd.

Maru nickte. Sie musste nach Norden, den wenigen Hinweisen folgen, die sie hatte.

»Augenblick«, warf Velne ein, »sie will nach ihm suchen, mein Weg führt mich nur zufällig in die gleiche Richtung, und es kann nicht schaden, wenn ich diese Gelegenheit nutze, um sie ein wenig zu unterweisen.«

Temu überhörte den Einwurf. »Das dachte ich mir, Maru Nehis. Deshalb habe ich hier etwas für dich.« Und damit drückte er ihr sein flaches Päckchen in die Hand.

Maru öffnete es neugierig. Es war eine dreiteilige Tontafel, mit ledernen Bändern verbunden und rußgeschwärzt.

»Schriftzeichen«, schnaubte Velne verächtlich.

»Aber – das ist die Liste der Maghai!«, rief Maru überrascht aus.

»Ich dachte, sie kann dir bei deiner Suche vielleicht helfen«, meinte Temu verlegen. »Ich habe zwei Tage gebraucht, sie wieder zu finden. Das Feuer hat sie, Fahs sei Dank, nicht zu sehr beschädigt.«

»Ich danke dir, ich danke dir sehr, mein Freund, aber ich kann das nicht annehmen. Du hast sie aus dem Haus der Schrift, und sicher wird man sie bald vermissen, oder? Außerdem weißt du doch, das ich sie gar nicht lesen kann.«

»Das weiß ich wohl, Maru Nehis, das weiß ich, und deshalb … deshalb dachte ich«, stotterte Temu, »dass es das Beste ist, wenn ich … vielleicht einfach mitkomme.«

Maru starrte ihn verblüfft an. »Du willst Ulbai verlassen?«

Der Schreiber nickte ernst.

»Aber was ist mit dem Bet Schefir? Brauchen sie dich da nicht?«

Temus Miene verdüsterte sich. »Salaschu, der Erste Schreiber, ist seit gestern wieder da. Und natürlich gibt er mir die Schuld am Brand und eigentlich an allem anderen, was in der Stadt geschehen ist. So, als wäre ich und nicht er feige davongerannt, als der Feind über Ulbai kam. Und er hat mir den Schlüssel zur geheimen Kammer weggenommen. Was soll ich also noch dort?«

»Und du willst hinaus, hinaus in die Wildnis?«, fragte Maru noch einmal.

»Wenn du mich mitnimmst, Maru Nehis, dann gerne. Dann will ich sehen, welche Wunder und Abenteuer dort draußen auf mich warten.«

»Oh, es sind meist nur Wölfe, Bären und Berglöwen, weißt du?«, meinte Velne grinsend.

Temu zuckte kurz zusammen, dann blinzelte er und sagte: »Natürlich nur, wenn der ehrwürdige Meister Velne keine Einwände hat.«

»Ich habe mehr Einwände als Haare auf meinem Kopf, aber ich

sehe, dass sich meine Schülerin, Edhil mag wissen warum, sehr über deine Gesellschaft freuen würde. Also werde ich meine Bedenken für eine Weile beiseiteschieben. Der Schreiber mag uns begleiten.«

»Ich kann auch alle deine Taten aufschreiben, ehrwürdiger Velne, so dass sie für die Nachwelt erhalten bleiben.«

»Wenn du auch nur ein einziges Zeichen über mich in Ton drückst, Temu aus Ulbai, verwandle ich dich in einen Frosch, dass das klar ist«, drohte Velne. Aber dabei blitzte der Schalk aus seinen Augen.

»Glaub ihm kein Wort«, rief Maru lachend. »Er freut sich, dass du uns begleitest. Dann hat er jemanden, mit dem er streiten kann. Aber was ist mit dir, Yalu? Willst du wirklich bei deinem Herrn bleiben oder nicht doch lieber mit uns kommen?«

Der Richter Utaschimtu, der vormalige Besitzer des Hauses, in dem Maru so viele Wochen gewohnt hatte, war inzwischen ebenfalls heimlich, still und leise in die Stadt zurückgekehrt. Und obwohl er das letzte halbe Jahr im Lager des Feindes verbracht hatte, hatte die Immita ihn in Gnaden wieder aufgenommen. Es fehlte der Stadt eben an allem, selbst an Richtern. Yalu deutete mit übertriebener Geste fragend hinaus ins Vorland, schüttelte lachend den Kopf und winkte ab. Und dann umarmte er Maru, hob sie hoch und drückte sie innig.

»Brich sie nicht entzwei, mein Freund, sie wird noch gebraucht«, meinte Velne lächelnd.

Der Stumme stellte Maru geradezu vorsichtig wieder ab. Er hatte feuchte Augen.

Maru nickte ihm zu, und dann verstaute sie die Tontafel Temus sorgsam in ihrem Bündel. Ihre Finger tasteten über die Schrift und die kleinen Stücke, die fehlten. Ein ausgemeißelter Name, beinahe das Einzige, was sie über ihren Vater wusste. Sie warf sich das Bündel auf den Rücken und nahm ihren Stab zur Hand.

Es war jener, den Biredh auf der Insel im Schwarzen Dhanis zurückgelassen hatte.

»Können wir endlich?«, fragte Velne.

»Wir können«, antwortete Maru schlicht.

Und dann brachen sie auf.

Glossar

Götter

Edhil – Schöpfer- und Sonnengott
Brond – Hüter des Feuers und der Herdglut
Alwa – Hüterin der Gewässer
Hirth – Hüterin der Erde
Fahs – Hüter der Wolken und Winde
Strydh – Gott des Krieges
Dhanis – Flussgott, »Vater allen Landes« für die Dhanier
Etellu – Ahngott, zu Lebzeiten als Etellu-Kaidhan Reichsgründer des Neuen Akkesch
Utu – Ahngott aus der Stadt Serkesch, zu Lebzeiten Raik und Vater Adddhan Numurs, von seinen Anhängern als einer der oberen Götter verehrt

Menschen

Bet Kaidhan (Haus des Herrschers)

Luban-Etellu – Sechster Kaidhan des Reichs
Gerru – sein Großneffe und Thronfolger
Danami – dessen Großmutter
Uschparu – Immit, Oberster Reichsverwalter
Baschmu – Sterndeuter

Upnu – Schab-ut-Schabai, Oberbefehlshaber, ehemals Befehlshaber der Leibwache

In der Stadt

Temu – ein Schreiber
Kullu – Temus Schwager
Subali – Temus Schwester
Salaschu – verschwundener 1. Schreiber der Stadt
Yalu – Stummer Sklave im Haus des Richters
Hardis – Anführer der Schmuggler
Gybad – Schmuggler
Agir – Schmuggler
Tagor Xonaibor – Anführer der iaunischen Schmuggler, Tagor ist ein Titel
Noitilomor – Steuermann, Rechte Hand des Tagors

Die andere Seite des Flusses

Alldhar Numur – Herrscher der Serkesch
Abeq Mahas – Abeq Abeqai, Hoheprister Strydhs und Utus, Ratgeber Numurs
Fakyn – Schab-ut-Schabai der Serkesch
Fyriska – Brückenbaumeister
Hulqu – Ein Schab
Fandhys – Ein Schab

Velne – Maghai
Klias – Maghai
Belk – Schüler (Sipai)

Gebäude

Bet Kaidhan – Haus des Herschers
Bet Schefir – Haus der Schrift
Bet Immit – Haus des Immits
Schirqu – Stufentempel der Hüter
Bet Nera – »Haus der Genesung« in Numurs Lager

Titel/Ämter/Personenbezeichnungen

Kaidhan – Herscher des Reichs der Akkesch
Alldhan – »Höchster Herrscher«, ein Titel der Nummer von seinen Anhängern verliehen wurde
Raik – Herscher der Stadt
Malk – Erbe eines Herrschers
Immit – »Rechte Hand« Oberster Reichsverwalter
Abeq Abeqai – Hohepriester
Schab – Befehlshaber eines Trupps
Schab-ut-Schabai – »Befehlshaber der Befehlshaber«
Uschabb – Verwalter der Waffenkammer (Amt)
Sipai – Schüler (eines Maghai)
Tagor – Ehrentitel iaunischer Anführer
Maghai – Zauberer
Kaschakku – »Böse Frau« der dunkle Zauberkräfte zugeschrieben werden

Eine Liste der Herrscher des Neuen Akkesch

	Geboren	Kaidhan seit	Sterbejahr	Beiname
Etellu-Kaidhan	-36	0	36	Der Große
Namad-Etellu	-15	36	44	Der Gründer
Labar-Etellu	3	44	65	Der Baumeister
Damaq-Etellu	21	65	67	Der Unglückliche
Enlin-Etellu	38	67	84	Der Händler
Luban-Etellu	62	84	?	

Erstellt im einhundertfünften Jahr des Neuen Reiches von mir, Salaschu, der ich Erster Schreiber der Stadt Ulbai bin.

Etellu-Kaidhan, geboren sechsunddreißig Jahre vor der Gründung des Reiches, gestorben sechsunddreißig Jahre nach Gründung des Reiches. Er herrschte dreimal zwölf Jahre.

Etellu-Kaidhan war der erste Kaidhan des Neuen Reiches. Er führte das Volk auf dem langen Marsch vom Alten Akkesch bis ins Dhanische Land und leitete es durch unzählige Gefahren. Er war geboren als Etellu-Sin, Sohn von König Eri-Sin, doch legte er Namen und Titel ab, als er das Reich gründete, und ließ sich nach dem Brauch der unterworfenen Kydhier Etellu-Kaidhan nennen. So wollte er sie versöhnen, denn die Unterworfenen waren zahlreich und die Akkesch nicht. Dreimal zwölf Jahre herrschte er, und seine Heerführer und Großen des Reiches eroberten von Ulbai aus Awi, Aurica, Kydhien und auch Hyrdien und gründeten Städte und unterwiesen die Bewohner des Landes in der Kunst der Bewässerung und des Mauerbaus. Das Land wurde reich an Gütern, und die Kydhier erkannten, dass sie unter den neuen Herren besser lebten als unter den alten, und sie widersetzten sich nicht. Etellu aber belohnte ihre Treue, indem er die Besten von ihnen an seinen Hof rief, und er machte sie zu Priestern und Schabai, Verwaltern und Handelsherren, und kein Amt war ihnen verschlossen. Das Reich gedieh, aber die Iaunier, die schlimmsten aller Räuber, hörten von dem Wohlstand, der in Ulbai wuchs. Im zehnten Jahr der Herrschaft Etellus erschien eine große Flotte ihrer Schiffe im Dhanis, und sie begannen eine große Belagerung. Doch sie konnten die Stadt nicht nehmen, und Fahs sandte einen Sturm, der ihre Schiffe versenkte, und eine Krankheit, die viele von ihnen dahinraffte. Selbst Dhanis erhob sich gegen sie. Er trat über die Ufer und überschwemmte ihr Lager mit reißenden Fluten. Viele ertranken, andere irrten durch das Fenn, bis sie starben. Nur wenige retteten sich vor dem Verhängnis, und nie wieder wagten die Iaunier, die Akkesch anzugreifen.

Im vierundzwanzigsten Jahr seiner Herrschaft erinnerte sich Etellu-Kaidhan an seinen alten Auftrag, denn er war nicht nach Norden gekommen, um ein Neues Reich zu gründen, sondern um nach dem verschollenen Horn des Großen Jägers Boga zu suchen. Denn im Norden sollte es liegen, und die Akkesch wollten mit seiner Hilfe die Hüter wecken und die Herrschaft Strydhs über die Welt beenden. Also sandte Etellu seinen ältesten Sohn Lamaq mit einer Streitmacht nach Norden. Groß war das Heer, viele Streitwagen und Männer befehligte er, und nicht eher sollte er ruhen, keine Stadt erobern und kein Land nehmen, bis er das Horn gefunden hatte. Also zog Lamaq am Ostufer den Dhanis hinauf nach

Norden. So mied er das Kupferland, in dem die Budinier leben, denn er wollte sie nicht bekämpfen. Da geschah es, dass sie auf einen großen Raubzug der Hakul stießen. Und die Hakul umkreisten das Heer, und ihre Reiter sandten unentwegt Pfeile in die Reihen der Akkesch. Lamaq wollte dies nicht hinnehmen, und er befahl den Seinen den Angriff. Aber die Hakul zogen sich zurück in die Slahan, die große Wüste, und Lamaqs Männer waren weder zu Fuß noch in den Streitwagen schnell genug, sie einzuholen. Seine Schabai warnten Lamaq davor, den Feind zu verfolgen, doch er hörte nicht auf sie, denn er gedachte, Ruhm zu gewinnen, indem er die Hakul unterwarf. So zog sein Heer tief in die Slahan hinein, einem Feind hinterher, der verschwand wie ein Geist, den ein Mensch nicht greifen kann. Es wird berichtet, dass sich am dritten Tag der Jagd ein großer Sandsturm über der Wüste erhob, größer und stärker, als je ein Sturm zuvor. Und die Weisen sagen, dass dieser Sturm von einem Diener Strydhs oder vielleicht sogar vom Kriegsgott selbst gesandt worden war, denn Strydh wollte nicht, dass das Horn gefunden wurde. Das Heer Lamaqs verschwand spurlos im Sand, und lange hörte man nichts von dem, was geschehen war. Doch gerieten einige Krieger in die Hände der Hakul, die sie als Sklaven mit in ihre Zelte nahmen. Auch die Hakul hatten viele Reiter in diesem Sturm verloren. Nach einigen Jahren der Gefangenschaft gelang es einem der Sklaven, zu entfliehen. Und so kam die Nachricht von Lamaqs Verhängnis viele Jahre später auch nach Ulbai. Und Etellu-Kaidhan weinte, als er davon hörte. Nie wieder ließ er Männer nach dem Horn des Jägers suchen, und die, die nach ihm kamen, taten es ebenfalls nicht. Etellu zog sich zurück ins Bet Schefir der Stadt, wo er viele Schriften verfasste. Seine Herrschaft aber übte sein zweiter Sohn Namad für ihn aus. Als Etellu einige Jahre später starb, wurde Namad Kaidhan.

Kaidhan Namad-Etellu, geboren fünfzehn Jahre vor Reichsgründung, gestorben vierundvierzig Jahre nach Gründung des Reiches. Er herrschte acht Jahre.

Als Namad die Herrschaft des Reiches antrat, übernahm er den Titel Kaidhan, doch wollte er ihn nicht im Namen führen, sondern nannte sich fortan Namad-Etellu, nach seinem Vater. Dies jedoch wurde nicht von allen gerne gesehen, denn die Priester fürchteten, die Ahnen könnten zürnen, wenn der ruhmreiche Name Sin in Vergessenheit geriete. Doch Namad lachte über sie und vertraute auf den Schutz des Großen Etellu-Kaidhan, dem zu Ehren er die Errichtung eines eigenen Tempels anordnete. Auch befahl er, im fruchtbaren Tal des Hyrd Siedlungen und Felder anzulegen, Dämme zu errichten und die sumpfigen Ebenen trockenzulegen. Inmitten des grünen Landes gründete er eine große Stadt, die er nach seinem Bruder Lamaqu nannte, und er gedachte, sie zur Hauptstadt des Reiches zu machen. Er hörte aber nicht auf die Warnungen der Hyrdier, die ihren Fluss den Treulosen nennen, denn oft wechselte er sein Bett. Und so geschah es auch dieses Mal. Der Strom widersetzte sich den Akkesch. Er erhob sich zu einer Flut, wie sie selbst die Hyrdier nie gesehen hatten, spülte die Dämme fort und grub sich einen neuen Lauf, gerade durch die Stadt Lamaqu hindurch. Ihre jungen Mauern fielen, und die Häuser wurden zerstört. Viele ertranken. Da packte Namad-Etellu das Grauen. Er gab die Stadt auf, und er verbot den Seinen, weiterhin in Hyrdien zu siedeln. Die Akkesch verließen ihre Festungen und Felder im grünen Land und zählten es fortan nicht mehr zu ihrem Reich.

Kaidhan Labar-Etellu, geboren drei Jahre nach Reichsgründung, gestorben im Jahr fünfundsechzig. Er herrschte einundzwanzig Jahre.

Labar-Etellu wurde der Baumeister genannt. Er ließ das Bet Kaidhan von Ulbai weiter ausbauen und vollendete den Etellu-Tempel, den sein Vater begonnen hatte. Auch waren seine Wassermeister ohne Unterlass damit beschäftigt, den Dhanis zu zähmen. Sie bauten Dämme und gruben Kanäle, denn Labar wollte den Strom nutzen, um in seinem Reich Handel zu treiben. Zu seiner Zeit begann es, dass die Akkesch wieder mehr Bevorzugung erfuhren. Dhanier und Kydhier wurden nicht mehr an den Hof gerufen, und auch die hohen Ämter im Heer und in den Tempeln waren ihnen verschlossen. Auch wurde nun nicht mehr gern gesehen, wenn Akkesch sich in Ehen mit anderen mischten. Labar erlebte eine Zeit ständiger Unruhe, denn zu seiner Zeit kamen die Imricier oft von ihren Bergen herunter und raubten und plünderten in Aurica. Wenn der Kaidhan aber mit seinem Heer heranrückte, zogen sie sich stets in die unwegsamen Berge zurück, und so konnte er ihrer nicht habhaft werden. Zur gleichen Zeit lebte auch der alte Streit zwischen den Kydhiern und den Budiniern um das Weideland der Fal-Haid wieder auf. Labar schickte ein Heer, doch die Kydhier kämpften schlecht, da sie nicht von ihresgleichen befehligt wurden. Auch war der Kampf mühsam, denn westlich des Dhanis hatten die Akkesch keine Stadt, von der aus sie ins Feld ziehen konnten, und es fehlte an Nahrung, das Heer zu nähren, und an Silber, die Krieger zu bezahlen. So konnte Labar keinen großen Sieg verzeichnen, und der Krieg dauerte viele Jahre, ohne dass Entscheidendes geschah.

Kaidhan Damaq-Etellu, geboren einundzwanzig Jahre nach Reichsgründung, gestorben im Jahre siebenundsechzig. Er herrschte zwei Jahre.

Damaq der Unglückliche musste lange warten, ehe er sein Erbe antreten konnte. Er war bereits vierundvierzig, als sein Vater starb, und er erlag nur zwei Jahre später dem Sumpffieber. Die Kydhier loben ihn, denn es heißt, er hatte vor, sie in ihre alten Rechte wieder einzusetzen, doch starb er, bevor er diesen Plan in die Tat umsetzen konnte.

Kaidhan Enlin-Etellu, geboren im Jahre achtunddreißig nach Reichsgründung, gestorben im Jahre vierundachtzig. Er herrschte zehn Jahre.

Enlin der Händler war ein Herrscher, der mehr an Handel als an Krieg dachte. Da er, genau wie sein Vater und dessen Vater, die Budinier und Imricier nicht besiegen konnte, bestach er ihre Fürsten und gewann so den Frieden. Er schickte Boten und kühne Händler in alle Richtungen und schloss Verträge mit vielen Völkern. Es war während seiner Herrschaft, dass die Viramatai begannen, ihr kostbares Eisen bei den Akkesch einzutauschen. Die Budinier brachten Kupfer, die Iaunier Zinn, die Romadh Salz und die Hattu Silber. Aber auch aus fernen Ländern gelangten Waren nach Ulbai, der Stadt, die man nun als das schimmernde Haupt des Reiches bezeichnete. Die Farwier brachten große Mengen Holz den Hyrd hinunter, und selbst der kostbare Bernstein aus Akradai fand seinen Weg in die Schatzkammern des Kaidhans. Eine lange Zeit des Friedens brach an, und die Tempel Strydhs wurden nur noch wenig besucht. Sah es nicht so aus, als befände sich seine Macht im Niedergang? Die Feinde des Reiches trieben nun lieber Handel mit den Akkesch, als auf Raub auszugehen, und nur die Hakul stifteten Unruhe an der Grenze im Norden und bedrohten die Karawanen der Viramatai. Und wann immer die Akkesch zur Vergeltung mit Heeresmacht in die weite Steppe der Hakul zogen, fanden sie nichts außer verlassenen Lagerplätzen. Gemeinsam mit dem Herrscher der Romadh ließ Enlin daher die Quellen entlang der Eisenstraße befestigen und baute Wachtürme entlang des

Weges. So sorgte er für Sicherheit, und die Hakul wandten sich lieber anderen Feinden zu, als den gefährlichen Kampf im Schatten der Türme zu wagen. Enlins Herrschaft war glücklich, doch währte sie nur zehn Jahre. Er starb, wie sein Vater, als er sechsundvierzig war.

Kaidhan Luban-Etellu, geboren im Jahre zweiundsechzig nach Reichsgründung. Nun im dreiundvierzigsten Jahr seines Lebens und im einundzwanzigsten Jahr seiner Herrschaft.

Luban folgt in vielem den klugen Wegen seines Vaters. Er ist freundlich zu jedermann und hegt die Freundschaften zu den Herrschern anderer Reiche. Die Götter scheinen Luban zu lieben, und sein Reichtum wächst von Jahr zu Jahr. Er ist ein frommer Nachfahre Etellus und wissbegierig. Er befragt oft die Sterne nach seiner Zukunft, und noch nie erfreuten sich Sterndeuter solcher Anerkennung im Reich. Er nahm früh ein Weib, doch verstarb sie bei der Geburt ihres Sohnes, der ihr noch am selben Tag ins Grab folgte. Und obwohl der Hof ihn drängt, hat er bis heute keine Nachfolgerin gewählt. Doch hat er einen Neffen, Gerru, einen anderen, hoffnungsvollen Spross aus dem fruchtbaren Stamm des Etellu, der ihm eines Tages nachfolgen kann. Mögen noch viele Jahre bis dahin vergehen.

Über Udu

Worte aus dem Alten Akkesch. Übertragen auf eine neue Tafel zur Bewahrung für die Nachfolgenden, von mir, Temu, dem Vierten Schreiber der Stadt Ulbai. Zugeeignet Luban-Etellu, dem Sechsten Kaidhan des Reiches, im einhundertsten Jahr des Neuen Reiches.

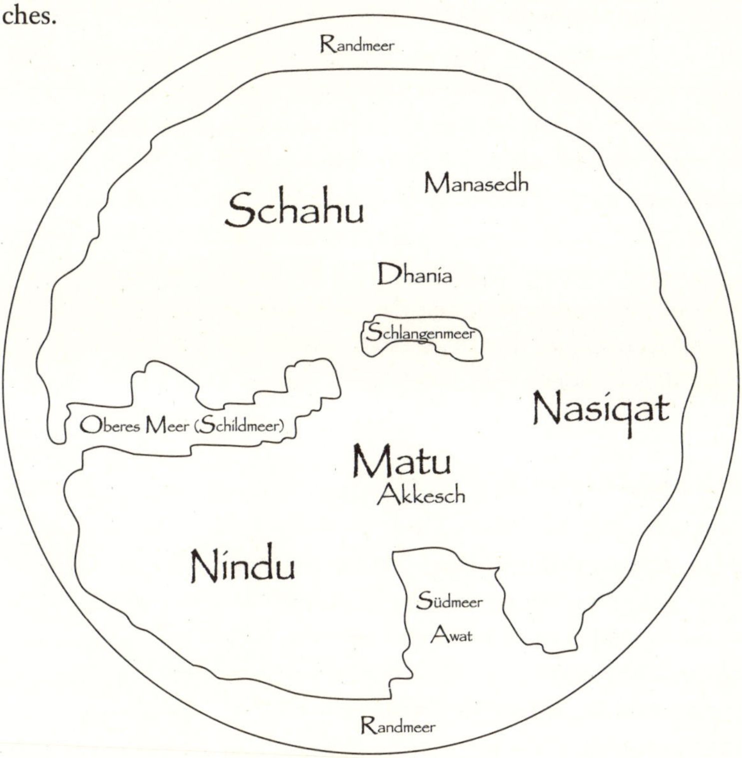

Udu, so heißt die Welt, die Edhil erträumte und in der wir, seine Kinder, leben. Vier Weltgegenden sind den Akkesch bekannt und das sind ihre Namen:

Matu, so tauften sie das Land, in dem die herrliche Stadt Akkesch selbst sich über die Ebene erhebt, und dieses Wort heißt auch nichts anderes als *Das Land* in der Sprache der Alten. Fruchtbar ist es und der Ort, über dem Edhil am liebsten zu verweilen pflegt.

Wer von den schönen Mauern der Stadt nach Osten blickt, kann in der Ferne die Abhänge des kargen Hochlandes sehen. Wie ein Riegel versperren die Wasatu-Berge und die feindlichen Stämme, die dort hausen, den Weg nach Osten. Nasiqat, *Das Verschlossene*, so nannten die Weisen daher alles Land, das hinter diesen Bergen beginnt. Im Westen liegen weite Sandwüsten, und Nindu, *Wüstes Land*, nannten sie es daher. Dahinter jedoch fanden die Späher große und dunkle Wälder, finster, abweisend und beinahe undurchdringlich. Und je weiter die Kundschafter nach Süden vordrangen, desto unerträglicher wurde die Hitze. Daraus schlossen die Weisen, dass dort im Süden das Land brennen muss. Selbst das Randmeer scheint dort zu kochen wie Wasser über der Flamme. Und dies ist wahr, denn noch im Südmeer Awat ist das Wasser warm.

Die Meere im Norden sind dagegen kalt. Das Schlangenmeer liegt dort und das Obere Meer, welche manche auch das Schildmeer nennen, denn es heißt, es sei entstanden, weil Boga, der göttliche Jäger, im Schmerz über den Verlust seines Freundes Arku seinen Schild dort in der Erde vergraben habe. Das Land jenseits dieser Meere blieb den Akkesch lange verschlossen. Schahu, das *Land hinter dem Wasser*, nannten es die Alten. Gefährlich waren die Pfade über die mächtigen Himmelsberge und feindselig die Völker, die die Landenge zwischen den Meeren beherrschen, und nur wenige der Späher kehrten zurück.

Jenseits des Schlangenmeeres aber, am großen Fluss Dhanis, trafen die Kundschafter auf das friedfertige Volk der Dhanier. Diese warnten die Akkesch davor, die Grenzen ihres Landes zu überschreiten, denn jenseits davon, so sagten sie, hausten gefährliche Feinde. Als die Kundschafter nach dem Namen dieser Feinde fragten, verstanden die Dhanier die Frage falsch und antworteten: Manasedh. Das aber heißt *Menschensaat*, denn so nennen die Dhanier alle Kinder Edhils. Und die Späher verstanden die Antwort nicht und dachten, dass dort im Norden ein einziges riesiges Reich läge, das diesen Namen trug. Und so nannten die Alten das ganze Land Manasedh, und sie staunten, dass ein einziges Reich über so viel Land gebieten konnte. So fügten sie Manasedh als fünftes Land ihrem Wissen von der Welt hinzu, und es dauerte lange, bis sie ihren Irrtum erkannten.